그랜드 호텔

Menschen im Hotel

Vicki Baum

대산세계문학총서 145

그랜드 호텔

Menschen im Hotel

비키 바움 지음 — 박광자 옮김

문학과지성사

대산세계문학총서 145_소설

그랜드 호텔

지은이 비키 바움
옮긴이 박광자
펴낸이 이광호
펴낸곳 ㈜문학과지성사
등록번호 제1993-000098호
주소 04034 서울 마포구 잔다리로7길 18(서교동 377-20)
전화 02) 338-7224
팩스 02) 323-4180(편집) 02) 338-7221(영업)
전자우편 moonji@moonji.com
홈페이지 www.moonji.com

제1판 제1쇄 2017년 12월 29일

ISBN 978-89-320-3065-4 04850
ISBN 978-89-320-1246-9 (세트)

이 도서의 국립중앙도서관 출판예정도서목록(CIP)은 서지정보유통지원시스템 홈페이지(http://seoji.nl.go.kr)와
국가자료공동목록시스템(http://www.nl.go.kr/kolisnet)에서 이용하실 수 있습니다.
(CIP제어번호: CIP2017033030)

이 책은 대산문화재단의 외국문학 번역지원사업을 통해 발간되었습니다.
대산문화재단은 大山 愼鏞虎 선생의 뜻에 따라 교보생명의 출연으로 창립되어
우리 문학의 창달과 세계화를 위해 다양한 공익문화사업을 펼치고 있습니다.

차례

일러두기

1. 이 책은 Vicki Baum의 *Menschen im Hotel*(Köln 2013, 6Aufl.)을 우리말로 옮긴
   것이다.
2. 본문의 주는 모두 옮긴이의 것이다.

7번 전화실에서 나오는 도어맨의 안색이 좋지 않았다. 그가 전화실의 라디에이터 위에 놔두었던 모자를 집어 들었다. "무슨 일이죠?" 전화교환대의 교환수가 물었다. 그의 귀에는 이어폰이 꽂혀 있고, 손가락에는 적색과 녹색 플러그가 끼워져 있었다.

"네, 집사람이 갑자기 병원에 실려 갔어요. 어떻게 해야 할지 모르겠어요. 아내 말로는 이제 진통이 시작된 거랍니다. 출산 시간은 아직 멀었다는데, 걱정입니다!" 도어맨이 대답했다.

통화 연결을 하느라고 교환수는 건성으로 듣고 있었다. "걱정 마세요, 젠프 씨." 그가 서둘러 한마디 했다. "내일 새벽에는 아들을 만날 겁니다."

"전화 받게 해줘서 감사합니다. 개인적인 일로 저 앞의 안내 데스크에서 소란스럽게 할 수는 없지요. 업무가 우선이니까요."

"맞습니다. 출산했다고 연락이 오면 다시 불러드리죠." 교환수가 서둘러 말하고, 정신없이 플러그를 꽂았다. 도어맨은 모자를 손에 들고 까치발로 걸어갔다. 그는 자기도 모르게 그렇게 행동했는데 아내가 산통을 겪으며 출산이 임박한 까닭이었다. 복도를 지나 조명을 반쯤 끈 조용한 고객 업무실 앞을 지나면서 그는 숨을 길게 내쉬고 머리를 쓸어 올렸다. 손이 젖어 있어서 좀 놀랐지만, 씻을 시간은 없었다. 도어맨의 아내가 아이를 낳는다고 호텔 업무가 방치되어서는 안 되었다. 신관의 '티 룸'에서 음악이 벽 거울을 따라 울려왔다. 마침 점심 시간이라 기름진 음식 냄새가 사방으로 퍼졌지만, 대식당의 내부는 아직 텅 비어 조용했다. 작은 '화이트 룸'에서는 조리사 마토니가 냉채 뷔페를 준비하고 있었다. 무릎이 불편한 도어맨은 문 앞에서 잠시 걸음을 멈추고 얼음 조각 뒤의 영롱한 불빛을 멍하니 바라보았다. 낭하에서는 전기공이 바닥에 앉아 열심히 전기선을 수리하고 있었다. 호텔 전면에 대형 조명을 만들면서 전력의 과부하로 인해 종종 문제가 생겼다. 후들거리는 다리에 이내 힘을 싣고 도어맨은 자기 위치로 돌아갔다. 잠시 동안 그는 젊은 견습생 게오르기에게 업무를 부탁했다. 게오르기는 대형 호텔 체인 사장의 아들인데, 그의 아버지는 아들에게 다른 호텔에 가서 말단직부터 배워 오라고 했다. 젠프는 무거운 마음으로 사람들이 북적대는 라운지를 지나갔다. '티 룸'에서 들리는 재즈 음악이 '겨울 가든'*에서 들려오는 바이올린 소리와 뒤섞였고, 그사이로 조명을 받으며 모조 베네치안 수조(水槽) 위로 떨어지는 분수의 물소리, 탁자 위에 놓인 유리잔이 달가닥거리는 소리, 등의자(藤椅子)의 삐걱 소리가 나지막이 뒤섞였다. 모피와 실크 드레스를 입고 오가는 여자들의 낮은 소음도 함께 섞였다. 보이가 손님들을 내보내고 들여보낼 때마다 회전문으로 쌀쌀한 3월의 바람이 잠깐씩 몰려들었다.

* 베란다에 유리 지붕을 얹은 실내 온실을 말한다.

"별일 없어요." 도어맨 젠프가 마치 고향 항구로 돌아오는 사람처럼 서둘러 데스크로 돌아오자 게오르기가 말했다. "7시 우편물 여기 있습니다. 운전기사가 바로 나타나지 않았다고 68호실이 법석을 떨었습니다. 히스테리가 좀 있는 분이지요?"

"68호라면 그루진스카야로군." 도어맨이 대답하면서 오른손으로는 이미 편지 분류를 시작했다. "발레리나야. 모르는 사람이 없지. 경력이 18년이나 되는데, 저녁 공연 전에는 매번 신경이 예민해져서 소란을 일으키지."

라운지의 안락의자에 앉아 있던 사람이 일어났는데, 그는 키가 큰 데다 마치 다리에 관절이 없는 사람처럼 보였다. 그는 고개를 숙이고 도어맨 데스크 쪽으로 걸어와서는 라운지를 이리저리 걷더니 호텔 입구 쪽으로 걸어갔다. 아무 희망도 없는, 무료한 모습이었다. 자그마한 신문 판매대에 꽂혀 있는 잡지들을 쳐다보던 그는 담배에 불을 붙이고 도어맨한테로 가서 얼빠진 사람처럼 물었다. "나한테 온 우편물 없습니까?"

도어맨은 이 작은 코미디의 의미를 알고 있었다. 그는 218번 우편함을 들여다보고 "박사님, 오늘은 없습니다"라고 말했다. 그러자 키가 큰 그 남자는 천천히 움직여 다시 한 바퀴를 돌아 자신의 안락의자로 가서는 뻣뻣해진 다리로 의자에 앉았다. 그러고는 멍하니 라운지를 바라보았다. 그의 얼굴은 반쪽밖에 없었는데, 예수회 수도사처럼 정제되고 날카로운 옆얼굴을 하고 있었다. 관자놀이를 덮고 있는 연회색 머리카락 아래로 유난히 잘생긴 귀가 이어지면서 얼굴의 윤곽이 완성되어 있었다. 얼굴의 다른 쪽 반은 없었다. 그 자리에는 이리저리 꿰매고 얽은 자국뿐으로, 상처와 흉터 사이에 의안(義眼)이 자리 잡고 있었다. 오터른슐라크 박사는 이 같은 자기 얼굴을 혼잣말로 "플랑드르의 기념품"이라고 부르곤 했다.

그는 지겨울 정도로 낯익은 내리석 기둥의 금박 입힌 석회 기둥머리를 바라보았고, 보이지 않는 눈으로 텅 빈 라운지를 마치 연극 시작 직전의 무대처럼 만족스럽게 응시했다. 그러다가 다시 일어나 발꿈치를 들고 젠프 씨가 지금 사생활 문제를 털어내고 열심히 일을 하고 있는 데스크로 다가갔다.

"나를 찾은 사람 없었습니까?" 오터른슐라크 박사가 물으면서 도어맨이 쪽지나 메시지를 보관하는, 유리를 깐 마호가니 테이블을 넘겨다보았다.

"없었습니다, 박사님."

"전보는?" 잠시 뒤에 오터른슐라크 박사가 다시 물었다. 아무것도 없다는 것을 알지만 도어맨 젠프는 친절하게 218호 우편함을 다시 한번 들여다보았다.

"오늘은 없습니다, 박사님." 그가 말했다. 그리고 인간적인 애정으로 덧붙였다. "박사님, 오늘 극장에 가시겠습니까? 그루진스카야 공연 티켓이 있습니다. 베스텐스 극장*입니다."

"그루진스카야 말이오? 관두겠소." 오터른슐라크 박사는 그렇게 대답하고 잠시 서 있다가 출입문 앞을 지나 라운지를 한 바퀴 돌아서는 자기 자리로 되돌아갔다. 그루진스카야 공연이 매진되어서는 안 돼,라고 그는 생각했다. 그럴 수는 없어. 이제 절대로 그 공연엔 안 가. 처참한 기분으로 그가 안락의자에 다시 자리를 잡았다.

"저분은 남을 못살게 굴지." 견습생 게오르기에게 도어맨이 말했다.

---

* 베를린 중심가에 위치한 뮤지컬 극장.

"우편물을 계속 물어보면서 말이야. 10년째 매해 두세 달 정도 이 호텔에 묵는데, 편지가 온 적은 한 번도 없고, 개 한 마리도 저분을 찾은 적이 없어. 그런데도 항상 저 자리에 앉아서 기다리고 있어."

"누가 기다린다고?" 리셉션 데스크의 총책 로나가 물으면서 불그스레한 머리를 낮은 유리 칸막이 위로 내밀었다. 하지만 도어맨은 바로 대답하지 않았다. 아내의 비명 소리를 들은 것 같아서 그는 귀를 모았다. 그러다가 이내 개인적인 일은 그의 머리에서 사라졌다. 게오르기를 도와서 117호의 멕시코 손님에게 복잡한 열차 시간표를 스페인어로 설명해야 했기 때문이었다. 붉은 뺨에 머리를 멋지게 빗어 넘긴 24번 보이가 승강기에서 달려 나오면서 이 고상한 라운지에 어울리지 않는 너무 크고 들뜬 목소리로 외쳤다. "가이거른 남작의 운전기사님 대기하세요." 로나가 훈계하듯이 마치 지휘자처럼 좀 조용히 하라는 손짓을 했다. 도어맨이 기사를 전화로 불렀다. 게오르기는 기대에 가득 찬 어린아이의 눈으로 구경하고 있었다. 라벤더 향기와 고급 담배 냄새가 났고, 바로 그 뒤를 이어 한 남자가 라운지를 가로질러 오는데, 너무도 눈에 띄는 모습이었기 때문에 모두 고개를 돌려서 바라보았다. 그가 지나오는 길의 소파와 등의자는 생기가 넘쳤다. 신문 판매대 옆의 창백한 아가씨까지 미소를 보냈다. 그 남자 역시 이유 없는 미소를 짓고 있었는데, 스스로 만족스러워서 그러는 것 같았다. 유난히 큰 체격의 그는 옷을 유난스럽게 잘 입었는데, 걸음걸이는 고양이나 테니스 선수처럼 가벼웠다. 턱시도에다 이브닝코트가 아닌 거기에 어울리지 않는 감색 트렌치코트를 입었는데, 그것이 오히려 매력적으로 보였다. 그는 24번 보이의 깔끔한 가르마를 살짝 건드리더니 보이에게 시선을 주지도 않고 한쪽 팔을 도어맨의 테이블 위로 내밀어 한 다발의 편지를 받아 주머니에 넣으면서 거의 동시에 재빠른 동작으로 누빈 가죽장갑을 꺼냈다. 그는 리셉션 데스크의 총책에게 마치 동료에게 하듯 고개를 까닥했다. 그러고는 진한 색의 부드러운 모자를 쓴 그가 담배 케이스에서 담배를 꺼내 입에 물었다. 하지만 불을 붙이지는 않았다. 다음 순간 그는 모자를 벗고 두 여자가 그의 앞을 지나 회전문으로 가도록 비켜섰다. 한 여자는 날씬하고 자그마한 그루진스카야였는데, 모피를 코에까지 휘감고 있었다. 나머지 한 여자는 양손에 트렁크를 들고 그림자처럼 그녀를 따라가고 있었다. 밖에서 주차 담당원이 두 사람을 자동차에 태운 뒤에야 감색 트렌치코트의 이 매혹적인 남자는 비로소 담배에 불을 붙였다. 그러더니 주머니에 손을 넣어 회전문을 맡고 있는 11번 보이에게 동전 한 닢을 주고 마치 회전목마를 탈 차례가 된 소년처럼 행복한 얼굴로 흔들리는 유리문 사이로 사라졌다.

이 신사, 이 사람, 이 잘생긴 가이거른 남작이 라운지를 나가자 라운지가 갑자기 조용해졌다. 소리라고는 조명을 받고 있는 분수의 베네치안 수조에서 들려오는 서늘하고 감미로운 소리뿐이었다. 라운지가 텅 비고 '티 룸'의 재즈 밴드가 연주를 멈추고, 식당의 음악은 아직 시작되지 않았다. 그리고 빈에서 온 '겨울 가든'의 살롱 트리오는 휴식 중이었다. 갑작스러운 적막을 뚫고 호텔 밖에서 저녁이 시작되는 도시의 소란스러운 자동차 경적 소리가 들려왔다. 가이거른 남작이 음악, 소음, 인적까지 다 몰고 간 것처럼 라운지 안은 조용했다.

견습생 게오르기가 회전문 쪽을 바라보며 고개를 끄덕이면서 말했다. "좋은 분이죠. 틀림없어요." 사람 보는 안목이 있는 도어맨이 어깨를 으쓱했다. "좋은 사람인지는 아직 알 수 없어. 잘 모르지만 아무튼 그래. 너무 능란하단 말이야. 등장하자마자 요란하게 팁 인심을 쓰는 것, 그게 마치 영화 같아. 요즘 저러고 돌아다니는 사람이 어디에 있나! 사기꾼이 아니라면 말이야. 내가 필츠하임이라면 눈을 떼지 않을 거야."

사방에 귀를 열어놓고 있는 리셉션 총책 로나가 유리 칸막이 너머에서 고개를 들었다. 숱이 적은 불그레한 그의 머리카락 속에서 허연 두피가 반짝였다. "아닐세, 젠프." 그가 말했다. "가이거른은 좋은 사람이야. 내가 잘 알아. 우리 형하고 펠트키르히*에서 학교를 같이 다녔어. 그 사람한테는 필츠하임이 필요 없네." 필츠하임은 그랜드 호텔의 전속 수사관이었다.

젠프가 경례를 붙여 경의를 표하고 입을 다물었다. 로나는 아는 게 많았다. 원래 슐레지엔의 로나 가문 태생의 백작인 그는 장교로 전역을 한, 흠 잡을 데 없는 인물이었다. 젠프가 다시 한 번 경례를 보내자 로나의 사냥개 모습은 뒤로 물러났고 불투명한 유리 칸막이 뒤로 그의 그림자만이 보였다.

남작이 라운지에 나타나는 바람에 귀퉁이에 앉아 있다가 잠시 몸을 좀 일으켰던 오터른슐라크 박사가 다시 자리에 주저앉았다. 그는 전보다 더 우울한 모습이었다. 잔에 반쯤 들어 있는 코냑을 마시려고 팔을 들었는데, 잔에는 시선을 보내지 않았다. 다리를 벌리고 앉은 무릎 사이로 담배에 찌든 가느다란 두 손이 늘어져 있었는데, 마치 납 장갑을 낀 것처럼 무척 무거워 보였다. 그는 뾰족한 에나멜 구두 사이로 그랜드 호텔의 홀, 계단, 통로, 복도 사방에 깔려 있는 카펫을 내려다보았다. 진홍빛 바탕 위에서 누르스름한 나뭇잎 사이로 보이는 파인애플의 연두색 넝쿨 무늬가 그는 지겨웠다. 모든 것이 죽었다. 시간이 죽고, 라운지도 죽었다. 사람들은 일, 재미, 못된 짓을 위해 모두 외출했고, 그 혼자 여기에

---

* 오스트리아의 도시.

남았다. 텅 빈 이곳에는 휴대품 보관실 여자만 잠시 보일 뿐이었다. 그녀는 현관 입구의 텅 빈 보관실 옷걸이 뒤에서 숱이 없는 늙은 머리를 검은 빗으로 빗어 넘기고 있었다. 도어맨이 데스크에서 나와 급히 라운지를 지나 전화실로 가는 것이 보였다. 도어맨은 생각에 빠져 있는 것처럼 보였다. 박사는 코냑을 찾았지만 어디 있는지 보이지 않았다. 방으로 돌아가서 좀 누워야 해,라고 그가 스스로에게 말했다. 그러자 마치 무슨 비밀이라도 발각된 것처럼 그의 뺨에 잠깐 붉은 기가 나타났다가 사라졌다. 방으로 돌아가자,라고 그가 자신에게 말했다. 하지만 일어설 수가 없었다. 상태는 절망적이었다. 그가 누르스름한 둘째손가락을 들자, 라운지 저쪽 끝에 있던 로나가 그것을 보고 거의 보이지 않는 눈짓으로 보이를 불러 박사 앞으로 달려가도록 했다.

"담배, 담배 좀." 그가 힘없이 말했다. 보이가 신문 판매대 앞의 뻣뻣한 아가씨한테로 달려갔는데, 로나는 보이의 넘치는 혈기가 별로 마음에 들지 않았다. 오터른슐라크는 보이가 가져다준 신문과 담배를 받았다. 돈을 내주면서 박사는 보이의 손이 아니라 탁자 위의 작은 상판 위에 돈을 놓았다. 그는 언제나 자신과 타인 사이에 거리를 두었는데, 스스로는 그것을 의식하지 못했다. 신문을 펴서 읽으면서 박사는 온전치 못한 반쪽짜리 입으로 미소 비슷한 것을 보냈다. 찾아오지도, 편지나 전보, 전화도 안 하는 사람들한테 그는 무엇인가를 기대하고 있었다. 박사는 끔찍하게 외롭게, 텅 빈 채로, 삶으로부터 격리되어 살았다. 그는 종종 혼잣말로 그런 말을 크게 입 밖에 내기도 했다. "끔찍해." 진홍색 카펫을 내려다보고 스스로에게 경악하면서 그가 중얼거렸다. "끔찍스러운 일이야. 살아 있는 게 아니야. 결코 사는 게 아니야. 대체 삶은 어디에 있지? 아무 일도 없어. 아무 일도 일어나지 않아. 지루하고, 늙었고, 죽었어. 끔찍해." 그를 둘러싸고 있는 것 전부가 올가미였다. 그가 손에 잡는 모든 것이 먼지가 되어 부서졌다. 세상은 바스러질 것 같은 조각이어서 붙잡을 수도, 가질 수도 없었다. 공허에서 공허로 추락할 뿐이었다. 주변에는 한 보따리의 어둠뿐이었다. 오터른슐라크라는 이 박사는 캄캄한 고독 속에 살고 있었다. 그리고 세상은 그런 사람들로 가득했다.

신문에는 마음에 드는 것이 하나도 없었다. 태풍, 지진, 흑백 인종 간의 이런저런 전쟁, 폭동, 살인, 정치 싸움뿐이었다. 아무것도 없었다. 의미 없는 것뿐이었다. 스캔들, 주가 폭락, 엄청난 자산의 손실. 이런 것이 무슨 상관이란 말인가? 무슨 영향을 준단 말인가? 대양 횡단 비행, 속도 전쟁, 헤드라인 제목이 요란하다. 신문마다 요란스럽게 떠들고 있지만 귀에 들어오는 것은 하나도 없다. 완전히 눈멀고 귀가 먹어 그는 세기적인 요란한 사건에도 무감각해졌다. 나체의 여자들, 허벅지, 가슴, 손, 치아의 사진들이 그 앞에 수북이 쌓였다. 예전에 오터른슐라크 박사에게는 여자들이 많았다. 그 기억은 아직도 남아 있지만 감정은 사라졌고, 그저 목덜미가 약간 서늘할 뿐이었다. 담배 때문에 누르스름해진 손으로 그는 신문을 파인애플 무늬의 카펫에다 던졌다. 너무도 지루하고 관심 없는 내용뿐이었다. 그래, 아무 일도 일어나지 않아, 전혀 아무 일도, 그가 나지막이 내뱉었다. 예전에 그는 구르베라는 이름의 작은 페르시아 고양이를 기른 적이 있었다. 그 고양이가 평범한 수컷 길고양이와 사라져 버린 뒤로 박사는 혼잣말을 하는 버릇이 생겼다.

그가 도어맨 데스크 앞에서 줄을 따라 앞으로 나아가고 있는데, 회전문이 돌아가면서 행색이 좀 유별나 보이는 한 사람이 입구의 홀에 나타났다.

"맙소사, 저 사람 또 왔어"라고 도어맨이 게오르기에게 말하고는 하사관의 사나운 표정으로 그 사람을 쳐다보았다. 그 사람, 그 남자, 그 인간은 그랜드 호텔의 라운지하고는 어울리지 않는 사람이었다. 싸구려 중산모를 썼는데, 너무 큰 모자가 얼굴 밑으로 흘러내리는 것을 돌출한 귀가 간신히 막고 있는 형상이었다. 얼굴은 작고 누르스름했으며 회장님들이 좋아하는 강렬한 코밑수염이 연약한 코를 보완하고 있었다. 꽉 끼는 낡고 허름한 파란색 구식 상의를 입고 작은 몸에 비해 지나치게 커다란 거무스름한 부츠를 신고 있었다. 짧은 검정색 바지 아래로 부츠의 발목 부분이 드러나 보였다. 그는 회색 목장갑을 낀 손으로 트렁크 손잡이를 잡고 있었는데, 꽤나 무거워 보이는 트렁크를 두 손으로 솜씨 좋게 가슴 앞에 들고 있었다. 트렁크 외에도 갈색 종이에 싼 커다란 꾸러미를 겨드랑이에 끼고 있었다. 전체적으로 이 사람은 우스꽝스럽고 불쌍하고 무척 지친 모습이었다. 14번 보이가 트렁크를 들어주려고 했지만 그는 짐을 내어주지 않았다. 유난스러운 친절에 다시 한 번 당황한 것 같았다. 젠프 씨의 말을 듣고서야 그는 인조 가죽 가방을 내려놓고 잠시 숨을 돌린 뒤 고개 숙여 인사를 하고는 높고 밝은 목소리로 말했다. "내 이름은 크링엘라인이고, 이곳에 두 번 왔었습니다. 물어보고 싶은 게 있습니다."

"저쪽에 문의하시지요. 그사이에 빈 객실이 나온 것 같지 않습니다." 도어맨이 정확하게 로나 쪽을 가리키면서 칸막이 너머로 설명하듯이 말했다. "이분께서 이틀 전부터 객실을 구하십니다." 쳐다보지 않았지만 이 상황을 완벽하게 파악한 로나가 예의상 숙박부를 넘기면서 이렇게 말했다. "죄송하지만 현재 빈 객실이 없습니다. 정말 죄송합니다."

"아직도 없나요? 그럼 난 어디에 묵나요?" 그 남자가 물었다.

"프리드리히 가(街)역 근처를 둘러보시지요. 거기에 호텔이 많습니다."

"아뇨, 싫습니다." 그렇게 대답하고 나서 그는 상의에서 손수건을 꺼내 이마의 땀을 닦았다. "거기 호텔에 가봤는데 마음에 들지 않습니다. 난 고급 호텔에 묵고 싶습니다." 그러면서 그는 왼쪽 팔에 끼고 있던 젖은 우산을 손에 들었는데 그 순간 오른쪽 겨드랑이에 끼고 있던 불룩한 꾸러미가 미끄러져서 아래로 떨어졌다. 버터 바른 빵 몇 조각이 바닥에 떨어졌다. 말라서 비틀어진 상태였다. 로나 백작은 웃음을 꾹 참았고, 견습생 게오르기는 시선을 얼른 보관대 쪽으로 돌렸다. 17번 보이가 마른 빵을 얼른 집어 건네자 남자는 떨리는 손으로 그것을 가방에 넣었다. 그가 모자를 벗어 로나 앞의 테이블에 올려놓았다. 그의 넓은 이마는 주름으로 가득했고, 관자놀이는 우묵했다. 낮은 콧등에서 금방이라도 흘러내릴 것 같은 코안경 뒤의 맑고 푸른 눈으로 그가 잠시 로나를 노려보았다. "이 호텔에 투숙하고 싶습니다. 여기도 가끔 방이 나오겠지요! 방이 나면, 나한테 먼저 주십시오. 내가 지금 이곳에 세번째로 오는 건데, 쉬운 일이 아닙니다. 객실이 모두 항상 만원은 아닐 겁니다."

로나가 유감이라는 듯이 어깨를 으쓱했다. 잠시 침묵이 흘렀다. '레드 룸' 식당에서 음악이 들려왔고, '옐로 룸' 별관에서 공연하는 재즈 밴드의 연주 소리도 들렸다. 손님 몇이 라운지에 앉아 있었는데 몇 사람은 반은 재미로, 반은 놀라서 그를 쳐다보고 있었다.

"프라이징 총회장 아시지요? 베를린에 오면 항상 여기 묵지 않습니까? 저도 좀 여기에 묵어야겠습니다. 프라이징 씨하고 함께 나눌 중요한 이야기가 있습니다. 네, 그분이 이 호텔을 말하더군요. 저더러 여기에 투숙하라고 강력히 추천했습니다. 저더러 이리 가라고 했거든요. 프라이징 총회장님이 내게 이리 가라고 했습니다. 그러니 부탁합니다. 빈 방이 언제 나오나요?"

"프라이징? 프라이징 총회장님 말인가요?" 로나가 젠프를 바라보면서 물었다.

"프레더스도르프의 작소니아 면방(綿紡) 주식회사입니다. 나도 프레더스도르프에서 왔습니다."

"네." 도어맨이 기억을 더듬었다. "프라이징이라는 분이 몇 번 여기 투숙한 적 있습니다."

"그분이 내일하고 모레 이틀간 방을 예약한 것 같은데요." 게오르기가 아는 척했다. "프라이징 씨가 여기 묵으실 테니 내일 다시 한 번 방문해주시죠. 그분은 아마 오늘 밤에 도착하실 겁니다." 숙박부를 넘겨서 예약을 확인하고 로나가 말했다.

이 말에 남자는 무척 놀라는 눈치였다.

"오늘 도착합니까?" 그가 놀라서 말을 내뱉고 더 사납게 노려보았다. "알겠습니다. 오늘 도착하는군요. 좋습니다. 그런데 그 사람이 묵을 방은 있나요? 그렇다면 방이 있었다는 얘기군요. 맙소사, 어떻게 총회장이 묵을 방은 있고, 내가 묵을 방은 없다는 겁니까! 이게 무슨 소리입니까! 말이 안 됩니다. 무슨 소린가요? 먼저 예약을 했나요? 나도 예약을 했습니다! 오늘 나는 세번째로 온 겁니다. 무거운 트렁크를 끌고 오늘 세 번 왔습니다. 비가 오고 있어요. 버스는 만원이고, 난 건강이 안 좋습니다. 내가 아직도 몇 번을 더 와야 하는 겁니까! 뭔가요? 왜 이러죠? 이건 말이 안 됩니다. 여기가 정말 베를린에서 제일 좋은 호텔입니까? 그래요? 그렇습니까? 좋습니다. 나도 최고 호텔에 투숙 좀 해봅시다. 안 되는 겁니까?" 그는 한 사람씩 차례로 둘러보았다. "난 지쳤습니다." 그가 덧붙였다. "정말이지 나는 지쳤어요." 그는 정말로 지쳐 있었고, 제대로 설명하느라고 우스꽝스러울 정도로 애를 쓰고 있었다.

곁에서 이야기를 듣고 있던 오터른슐라크 박사가 갑자기 끼어들어 커다란 나무 공을 매단 방 열쇠를 꺼내더니 깡마른 그의 팔꿈치를 도어맨 데스크에 올려놓았다.

"그렇게 필요하다는데 저분에게 내 방을 드려도 됩니다." 오터른슐라크가 말했다. "나는 어디 숙박해도 정말 상관이 없습니다. 저분 짐을 올려 보내세요. 난 나가도 됩니다. 내 짐은 다 싸놨습니다. 항상 싸놓고 있습니다. 보세요, 저분은 아주 지치고 아파 보입니다." 그러면서 그는 자신 있는 지휘자의 손짓으로 로나 백작의 핑계를 단숨에 일축해버렸다.

"하지만 박사님, 그렇다고 박사님께서 방을 비우시는 것은 말이 안 됩니다. 한번 찾아보지요. 손님께선 여기에 성함을 기입해주십시오. 감사합니다. 자, 216호로 안내해드리세요." 그가 도어맨에게 말했다. 도어맨은 11번 보이에게 216호 열쇠를 주었고, 손님은 펜을 받아서 활기찬 필체로 숙박계에 이름을 썼다.

오토 크링엘라인, 경리 직원, 작센 주 프레더스도르프, 1882년 7월 14일 프레더스도르프 출생.

"됐습니다." 그가 안도의 숨을 내쉬고 고개를 돌려 눈을 크게 뜨고 라운지를 둘러보았다.

프레더스도르프에 사는 경리 직원 오토 크링엘라인은 그랜드 호텔 라운지에 서 있었다. 낡은 코트를 입은 그는 코안경 속의 굶주린 시선으로 주변을 한 바퀴 둘러보았다. 그는 마치 결승점의 흰색 테이프에 도달한 달리기 선수처럼 지쳐 있었는데, 이런 피곤함은 그에게는 익숙한 것이었다. 그는 석회 장식을 한 대리석 기둥, 조명을 받고 있는 분수, 안락의자를 바라보았다. 연미복을 입은 남자, 턱시도를 입은 남자, 고상하고 처세에 능한 남자 들을 보았고, 팔을 드러낸 채 번쩍이는 옷을 입고 장신구를 하고 모피를 두른 뛰어나게 아름다운 화려한 여성들을 바라보았다. 그는 멀리서 들려오는 음악 소리를 들었다. 그리고 커피, 담배, 향수, 식당에서 나는 아스파라거스 향기, 꽃병에 담아놓은 판매용 꽃의 향기를 맡았다. 검은 가죽 부츠 아래로 붉은빛의 두툼한 카펫이 느껴졌는데, 이 카펫은 그에게 강한 인상을 주었다. 크링엘라인은 발꿈치를 들고 조심스럽게 걸어가면서 주위를 둘러보았다. 라운지는 아늑한 노란색 조명으로 무척 밝았다. 벽에는 갓을 씌운 붉은 램프가 불을 밝히고 있었고, 베네치안 수조에서는 녹색의 분수가 물을 뿜었다. 웨이터가 은쟁반을 들고 지나갔는데, 쟁반 위에는 넓고 운두가 낮은 잔이 놓여 있었다. 잔마다 황금빛 코냑 조금씩 하고 얼음이 들어 있었다. 베를린 최고 호텔에서 왜 술잔을 가득 채우지 않는지 그는 이해가 안 되었다.

실눈으로 주위를 둘러보며 꿈꾸는 듯이 걷고 있는 크링엘라인을 궁상맞은 그의 트렁크를 들고 있던 포터가 깨웠다. 11번 보이가 외팔의 뚱한 승강기 기사에게 그를 싣고 위층으로 올라가라고 말했다.

216호실과 218호실은 이 호텔에서 가장 나쁜 방이었다. 218호실에는 오터른슐라크 박사가 묵고 있는데, 장기 투숙객인 데다가 형편이 넉넉지 않고 다른 방을 요구할 정도로 까다롭지 않기 때문이었다. 그 방 오른쪽 코너에 216호실이 있는데, 이 두 개의 방은 주방 계단 옆에 있는 업무용 승강기하고 3층의 욕실 사이에 끼어 있는 꼴이었다. 벽의 수도관을 타고 물이 흘러 콸콸 소리가 들리기도 했다. 야자수 화분, 청동 샹들리에, 사냥 장면을 그린 정물화 앞을 지나고 이 호텔에서 가장 초라한 구역을 지나서 드디어 크링엘라인은 늙고 못생긴 룸 메이드가 열어주는 방 안으로 천천히, 그리고 실망스러운 표정으로 들어서게 되었다. "216호실입니다"라고 보이가 말하고 트렁크를 내려놓은 뒤에 팁을 기다렸지만 한 푼도 받지 못하자 그는 아무 말 없는 크링엘라인을 남겨놓고 방을 나갔다. 크링엘라인은 침대 모서리에 앉아 방을 둘러보았다. 길고 좁은 방에는 창문이 하나뿐이었다. 퀴퀴한 담배 냄새와 물걸레질을 한 옷장 냄새가 났다. 카펫은 얇고 해진 것이었다. 손을 대보니 가구는 광택을 낸 밤나무였다. 프레더스도르프에도 있는 가구였다. 머리맡에는 비스마르크 초상화가 걸려 있었다. 크링엘라인은 고개를 저었다. 비스마르크를 싫어하는 것은 아니지만 그의 초상화라면 집에도 걸려 있었다. 막연히 그는 그랜드 호텔이라면 머리맡에 풍성하고 화려하며 특이하고 재미있는 다른 그림이 있을 것으로 기대했다. 크링엘라인은 창가로 가서 밖을 내다보았다. 온실의 유리 지붕이 정원 쪽으로 이어져 있어서 아래층은 상당히 밝았다. 반대쪽에는 아무것도 없이 긴 방화벽뿐이었다. 주방에서 미지근한, 별로 좋지 않은 김이 올라오면서 음식 냄새가 났다. 갑자기 속이 메슥거려 그는 세면대에 몸을 기댔다. 몸이 안 좋은 게 확실했다. 그는 슬펐다.

크링엘라인은 색이 바랜 침대 커버 위에 앉아 있었는데, 비참한 마음은 매 순간 점점 더 심해졌다. 난 이 방에 묵지 않을 거야,라고 그는 생각했다. 안 돼, 절대로 안 돼. 이러려고 여기에 오지 않았어, 이러자고 내가 그렇게까지 한 게 아냐. 이렇게 시작하면 안 돼. 이따위 방에서 시간을 낭비하면 안 돼. 나를 속이고 있어. 이 호텔에는 훨씬 좋은 방이 많아. 프라이징은 이런 방에 묵지 않아. 프라이징은 이런 방을 절대 못 참아. 프라이징이라면 난리를 칠 것이고, 그러면 정신들을 차리겠지. 프라이징한테라면 절대로 이런 방을 내주지 않아. 이런 방은 나도 못 참아.

크링엘라인은 잠시 생각을 멈추고 정신을 집중했다. 몇 분을 기다리다가 그는 벨을 눌러 룸 메이드를 불러서는 호통을 쳤다.

그런 난리를 친 것이 난생처음이라는 점을 감안하면 그의 행동이 아주 미숙하지는 않은 모양이었다. 흰 앞치마를 두른 룸 메이드가 놀라서 앞치마를 두르지 않은 팀장을 데려왔다. 직원이 달려왔고, 룸 웨이터는 찬 음식 접시를 손바닥으로 받쳐 든 채 216호실 앞에서 이쪽으로 귀를 기울였다. 전화를 받은 로나가 크링엘라인 씨에게 사무실로 와달라고 요청했다. 네 명의 매니저 가운데 한 사람도 호출되었다. 크링엘라인은 정신 나간 사람처럼 고집을 부리면서 더 비싸고 좋은 방을 내놓으라고, 적어도 프라이징 씨의 객실 정도 되는 방을 내놓으라고 우겼다. 그는 프라이징이라는 이름에 사로잡힌 것처럼 보였다. 아직 코트도 벗지 않고 있었다. 오래되어 부스러진 버터 빵이 든 꾸러미를 떨리는 손으로 움켜쥔 채 눈을 번득이면서 그는 비싼 방을 요구했는데, 너무 지쳐서 거의 울 것처럼 보였다. 건강 문제로 그는 지난 몇 주일 동안 뻑하면 울음이 쏟아졌다. 그러던 그가 갑자기 포기한 사람처럼 마음을 진정했다. 그는 70호실을 배정 받았는데 침실과 욕실을 따로 갖춘 하루 50마르크짜리 객실이었다. 숙박비를 듣고 그는 잠시 눈을 깜빡이더니 이렇게 말했다. "좋습니다. 욕실이 있나요? 아무 때나 목욕을 할 수 있지요?" 로나 백작은 확실한 표정으로 그렇다고 알려주었다. 크링엘라인은 두번째 방으로 들어갔다.

70호실은 제대로 된 방이었다. 마호가니 가구에다 전신 거울은 물론 실크 의자에, 조각 장식을 한 탁자, 레이스 커튼, 죽은 꿩을 그린 정물화가 벽에 걸려 있는 데다 침대에는 깃털 이불이 덮여 있었다. 크링엘라인은 따뜻하고 부드러운 이불을 세 번이나 만져보았다. 책상에는 청동으로 만든 최고급 필기도구가 놓여 있는데, 독수리가 날개를 넓게 펴서 비어 있는 두 개의 잉크병 위에 올라앉은 모습이었다.

밖에는 썰렁한 3월의 비가 내리고 있었고 매연 냄새, 자동차 소음이 요란했다. 길 건너 건물 전면에서는 빨강, 파랑, 하양 글씨의 네온사인이 끝날 만하면 다시 처음부터 깜빡였다. 크링엘라인은 6분 정도 창밖을 바라보았다. 길 아래에는 검은 우산, 여자들의 뽀얀 다리, 노란색 버스, 아크등이 물결쳤다. 나무도 한 그루 서 있었는데, 나뭇가지가 호텔 가까이까지 뻗어 있었다. 나뭇가지를 보니 프레더스도르프의 나무와 달랐다. 아스팔트 위의 그 나무는 흙더미에 둘러싸여 있었는데, 흙 주위에는 울타리가 쳐 있었다. 도시로부터 나무를 보호하려는 것 같았다. 낯설고 압도적인 상황에 둘러싸인 크링엘라인은 이 나무와 친구가 된 기분이었다. 그는 잠시 멍하니, 아무 생각 없이 낯선 백동(白銅) 욕조 앞에 서 있었는데 갑자기 더운 물이 손에 떨어졌다. 그는 옷을 벗었다. 환한 타일로 가득한 공간에서 작고 초라한 알몸을 드러낸다는 것이 그는 왠지 마음이 아팠다. 하지만 물속에 15분 이상 들어가 앉아 있는 동안 아픔은 사라졌다. 아니다, 그런 아픔은 몇 주 전에 갑자기 그를 떠났다. 그는 앞으로 아무런 고통이 없기를 바랐다.

저녁 10시경 크링엘라인은 라운지를 어슬렁거리고 있었다. 그는 연미복을 입고, 빳빳한 높은 칼라에 검정 넥타이를 맸다. 이제 그는 전혀 피곤하지 않았다. 반대로 들떠서 행복하고 조바심이 났다. 이제 시작이다, 라고 그는 생각했다. 그의 연약한 어깨가 마치 어쩔 줄 모르는 강아지처럼 떨고 있었다. 그는 꽃을 사서 단춧구멍에 꽂고는 진홍색 카펫 위를 유쾌한 걸음으로 걸어가서 도어맨에게 방에 잉크가 없다고 말했다. 보이가 그를 고객 업무실로 모셔갔다. 텅 빈 탁자 앞으로 가서 녹색 갓을 씌운 램프에 불을 켜는 순간 자신 있는 그의 태도는 사라졌다. 그는 바지 주머니에서 손을 빼고, 풀이 죽어 앞을 바라보았다. 그는 자리에 앉기 전에 습관대로 하얀 소맷부리를 상의 소매 안으로 밀어 넣고 나서 경리 직원들이 쓰는 커다란 필체로 편지를 쓰기 시작했다.

"프레더스도르프 작소니아 면방 주식회사 인사부 담당자께"라고 그는 썼다. "서명자는 동봉한 의사 소견서(첨부 서류 A)를 참조로 4주간의 휴무를 허락해주시기를 부탁드리는 바입니다. 3월의 월급은 전권을 가진 (첨부 서류 B) 반 가(街) 4번지의 안나 크링엘라인 부인에게 월말에 지불해주십시오. 4주 후에 업무에 복귀할 것인지는 추후에 다시 연락드리겠습니다. 감사합니다. 오토 크링엘라인."

"작센 주 프리드리히스도르프, 반 가(街) 4번지 안나 크링엘라인에게." 그는 (안나의 A를 크고 둥근 필체로) 썼다. "여보, 잘츠만 교수의 검사 결과가 썩 만족스럽지 않아. 그래서 곧장 요양소로 오게 되었는데 비용은 건강보험에서 해결이 될 거야. 몇 가지 형식적인 문제만 해결하면 돼. 프라이징 총회장님의 추천으로 나는 당분간 아주 저렴한 곳에 투숙할 거야. 자세한 내용은 며칠 후에 알려줄게. 정확한 결과가 나오려면 엑스레이를 다시 찍어야 해. 남편 오토."

"작센 주 프리드리히스도르프, 빌라 로젠하임, 마우어 가(街), 친구이자 같은 노래회 회원인 노타르 캄프만에게." 세번째 편지를 크링엘라인은 깨끗한 종이 위에 펜촉을 기울이면서 얌전하게 썼다. "내가 베를린에서 보내는 장문의 편지를 받으면 자네는 놀라겠지. 하지만 중대 상황에 관해 자네에게 알리고자 하니, 나를 이해해주고 회사에는 비밀로 해주기 바라네. 글로 쓰려니 쉽지 않지만 자네는 학식이 풍부하고 이해심도 많아서 내 편지를 잘 이해해줄 것으로 믿네. 자네도 알다시피 작년 여름 수술 후에도 나는 경과가 좋지 않았고 병원이나 의사도 별로 믿음이 안

갔어. 그래서 내 아버지의 유산으로 무엇이 문제인지 검사를 해보려고 이곳에 왔네. 그런데 유감스럽게도 결과가 별로 좋지 않아. 교수의 말에 따르면 나는 오래 살지 못한다네."

크링엘라인은 1분 정도 펜을 허공에 들고 있었다. 그는 마지막 문장에 구두점 찍는 것을 잊고 있었다. 코밑수염이, 회장님 스타일의 풍성한 코밑수염이 약간 떨렸지만, 그는 계속 편지를 썼다.

"그런 결과에 머리가 복잡해져서 여러 날 잠을 이루지 못한 채 생각에 몰두했지. 그러다가 나는 프레더스도르프로 돌아가지 말고, 아직 다리에 돌아다닐 만한 힘이 남아 있는 동안 몇 주일이라도 인생을 누려보자는 결심을 하게 되었네. 인생을 한 번도 누려보지 못하고 마흔여섯 살에 무덤으로 들어간다는 것은 좋은 일이 아니야. 항상 조바심 내면서 절약하고, 회사에서는 프라이징 사장, 집에서는 아내한테 시달리며 사는 것 말이야. 한번 제대로 즐거움을 느껴보지 못한 채 이렇게 끝이 난다면, 그건 부당하고 잘못된 것이지. 미안하지만 친구, 나는 더 이상은 제대로 표현할 방법을 모르겠네. 그래서 자네에게 말하려는 것은 내가 여름에 수술 전에 쓴 유언은 그대로 유효하지만 다른 조건이 더 추가되었다는 것일세. 나는 내 전체 은행 예금을 이곳으로 이체했고, 생명보험 회사에서도 큰 금액을 대출했어. 그리고 아버지의 유산에서도 3,100마르크를 현금으로 인출했네. 이렇게 해서 나는 몇 주일 동안 재벌처럼 살 수 있게 되었는데, 이것이 바로 내가 원한 것이네. 왜 프라이징 같은 사람은 인생을 실컷 즐기고, 우리 같은 바보는 아끼면서 궁상맞게 살아야 하느냐 말일세. 나는 현금으로 8,500마르크를 가지고 있네. 아내는 남은 돈을 상속받으면 돼. 내 생각에 더 이상은 줄 의무가 없다고 생각하는데, 아내로 말하자면 계속 다투면서 내 삶을 힘들게 만들었고 우리에겐 자식도 없기 때문이야. 앞으로 남은 삶을 내가 어떻게 살면서 지낼지 자네에게는 알리겠지만, 직업상의 비밀이니 비밀을 지켜주기 바라네. 베를린은 무척 아름다운 도시인데 오래 와보지 않았더니 도시가 정말 커졌어. 나는 파리로 갈 생각인데 사업상 거래 때문에 프랑스어를 좀 익혔기 때문이지. 알겠지만 나는 죽을힘을 다해서 버티고 있고, 전보다 훨씬 잘 지내고 있어.

　변치 않는 죽마고우 오토 크링엘라인으로부터.

　추신: 노래회 회장한테는 내가 요양원에 있다고 말해주게."

　크링엘라인은 편지를 훑어보았다. 잠을 이루지 못한 이틀 밤 동안 생각해낸 문장들이었지만 별로 마음에 들지 않았다. 공증인에게 쓴 편지에는 무언가 중요한 것이 빠진 것 같았지만, 무엇인지 알 수가 없었다. 서투르고 대단치 않지만 크링엘라인은 그래도 어리석은 사람은 아니었고 이상도, 열정도 가지고 있었다. 스스로 농담 삼아 죽마고우라고 했는데 그것은 도서관에서 빌려서 힘들여 읽은 어느 책에서 알게 된 표현으로, 전에 공증인과의 힘든 대화에서도 사용한 적이 있었다. 크링엘라인은 어려서부터 소시민의 평범한 삶을 살았다. 어딘가 답답하고 재미없고 요령부득인 소도시 하급 회사원의 삶이었다. 별다른 생각 없이 일찌감치 안나 자우어크라츠와 결혼했는데, 그녀는 잡화상 자우어크라츠의 딸이었다. 아내는 약혼하고 결혼할 때까지는 굉장히 미인으로 보였지만, 결혼하고 나자 금방 못생겨 보인 데다 성격이 사납고 욕심도 많을 뿐만 아니라 잔소리가 심했다. 크링엘라인은 고정적인 월급을 받았는데 5년마다 조금씩 인상되었다. 건강이 나빠서 앞으로의 '부양'이 불안하기 때문에 아내와 가족은 그에게 고통스러울 정도로 절약을 하게 했다. 예를 들어 그가 일생 동안 너무도 갖고 싶어 하는 피아노를 갖지 못하게 했고, 애완견 세금이 인상되자 지펠이라는 이름의 사냥개도 팔 수밖에 없었다. 그의 목에는 항상 상처가 있었는데 그것은 얇고 창백한 목 피부가 낡은 셔츠 칼라의 해진 깃을 잘 견디지 못하기 때문이었다. 때로 자신의 인생에서 무언가 잘못되었다는 생각이 들기도 했지만, 그것이 무엇인지 그는 알지 못했다. 가끔 노래 모임에서 떨리는 그의 부드러운 테너 음성이 남들 목소리보다 더 높이 올라갈 때 그는 마치 날개를 달고 둥실 떠가는 것 같은 황홀한 기분을 느꼈다. 때로 저녁이면 그는 미케나우 쪽으로 난 큰길을 걷다가 길에서 벗어나 습기 찬 배수로 너머 밭 사이의 고랑으로 산책하곤 했다. 곡식의 줄기 사이에서 나지막하게 살랑대는 소리가 들리고 이삭이 손에 떨어질 때면 그는 알 수 없는 기쁨에 사로잡혔다. 병원에서 마취를 했을 때도 무언가 이상하고 좋은 기분이었는데, 그 일은 곧 잊어버렸다. 경리 직원 오토 크링엘라인이 다른 사람들과 다른 점은 아주 조금밖에 없었다. 하지만 이 사소한 것이 (몸 안의 위험한 독소와 함께) 이 죽마고우를 이곳으로, 베를린에서 제일 비싼 호텔로 오게 만들고, 이제 편지지를 앞에 놓고 쉽사리 설명이 되지 않는 유례없는 이번 결정을 내리도록 만들었다……

약간 비틀거리면서 일어나 세 장의 편지를 들고 고객 업무실에서 나오던 크링엘라인은 오터른슐라크 박사와 마주쳤다. 상대방이 무슨 일인지 궁금해하면서 반쪽이 짓이겨진 얼굴을 이쪽으로 돌리자 크링엘라인은 무척 놀랐다. "저어, 투숙하셨습니까?" 오터른슐라크가 맥없이 물었다. 그는 연미복을 입고 있었는데, 에나멜 구두를 내려다보았다.

"예, 그렇습니다. 최고급이네요." 당황해서 크링엘라인이 대답했다. "감사합니다. 선생님께 제가 감사를 드려야 합니다. 어제 선생님께서 친절하게……"

"친절? 내가요? 전혀 아닙니다. 아, 방 때문에 그러시는군요. 아닙니다. 나는 오래전부터 여기서 나갈 생각이었어요. 게을러서 그냥 있는 것뿐입니다. 이 호텔 정말 형편없습니다. 선생께서 내 방에 투숙했으면 지금쯤 나는 밀라노 같은 데로 가는 특급 열차를 타고 있을 겁니다. 그거 멋지지요. 아니, 거기도 마찬가지겠네요. 3월에는 온 세상의 날씨가 다 끔찍하니까요. 어디에 있든 결국은 마찬가지입니다. 여기서 즐겁게 지내십시오."

"선생님께선 여행을 많이 하시나요?" 크링엘라인이 수줍어하며 물었다. 그는 이 호텔의 모든 투숙객에게 자신이 귀족 태생이며 현금을 두둑히 가지고 있다는 사실을 알릴 생각이었다. "인사드립니다. 크링엘라인입니다"라고 그가 겸손하게 말하면서 프레더스도르프 식의 우아한 태도로 인사를 건넸다. "견문이 넓으신 것 같습니다."

오터른슐라크는 '플랑드르의 기념품'을 크링엘라인 쪽으로 돌렸다. "그런 편입니다"라고 그가 말했다. "세상의 웬만한 곳은 다 가봤습니다. 인도하고 그 밖의 다른 곳도 갔지요." 안경 너머 크링엘라인의 푸른 눈이 보여주는 커다란 갈증에 박사가 희미한 미소를 보냈다. "저도 여행을 계획하고 있습니다." 크링엘라인이 말했다. "우리 회사 프라이징 총회장은 매년 여행을 하십니다. 바로 얼마 전에는 생모리츠에 다녀오셨지요. 지난 부활절에는 식구들과 함께 카프리에 다녀오셨고요. 정말 멋진 일이지요."

"가정이 있으십니까?" 오터른슐라크 박사가 물으면서 신문을 옆으로 밀어놓았다. 대답하기 전에 크링엘라인은 5분 정도 생각해보았다.

"없습니다."

"없으시군요." 오터른슐라크가 따라서 말했는데, 그 말은 그의 입에서 어딘가 확고하게 느껴졌다.

"전 일단 파리로 갈 작정입니다." 크링엘라인이 말했다. "파리는 아주 아름답겠지요?"

지금껏 온정과 관심을 보여주던 오터른슐라크가 설핏 잠이 든 것 같았다. 낮 시간에 그는 종종 그렇게 나른해지곤 했다. 비밀스럽고 좋지 않은 방법으로만 그것을 막을 수 있었다. "파리에 가려면 5월에 가야 합니다." 그가 중얼거렸다. 그러자 크링엘라인이 재빨리 대답했다. "저한테는 시간이 그렇게 많질 않아요."

갑자기 오터른슐라크 박사가 헤어질 채비를 했다. "이제 방에 가서 좀 누워야겠습니다"라고 그가 말했다. 크링엘라인한테보다는 자신에게 말하는 것 같았다. 크링엘라인은 편지 세 통과 함께 고객 업무실에 남았다. 오터른슐라크가 넘겨보던 신문이 바닥으로 떨어졌다. 남자들 사진에는 전부 굵게 십자가가 그려져 있었다. 크링엘라인은 그늘진 표정으로 카펫을 따라 고객 업무실에서 나와 떨떠름한 표정으로 식당으로 갔다. 그곳에선 사람을 유혹하고 가슴 뛰게 만드는 음악이 나지막하지만 또렷하게 대형 호텔의 네 벽에 울려 퍼지고 있었다.

막이 내렸다. 무거운 쇠가 둔탁하게 떨어지는 소리를 내면서 커튼이 무대 바닥에 닿았다. 조금 전에 여성 무용수들 사이에서 한 송이 꽃처럼 사뿐하게 춤추며 돌던 그루진스카야가 숨을 몰아쉬며 맨 앞의 세트 뒤로 기어서 무대 밖으로 나갔다. 그녀는 떨리는 손으로 정신없이 무대장치 담당자의 단단한 팔을 붙잡고 부상당한 사람처럼 숨을 헐떡였다. 눈밑 주름을 따라 땀이 흘러내렸다. 박수가 멀리서 들리는 빗소리처럼 희미하다가 갑자기 가깝게 들렸는데 그것은 막이 다시 올라간다는 신호였다. 반대편 무대 뒤에서 한 사람이 커다란 크랭크축으로 힘껏 커튼을 올리고 있었다. 그루진스카야는 마분지 가면을 쓴 것 같은 미소와 함께 조명을 받으며 다시 무대 앞으로 사뿐히 걸어가 인사를 했다.

　가이거른은 끝도 없이 지루했지만 그저 착한 마음에서 세 번 약하게 박수를 치고는 특별석에서 일어나 사람들이 몰리는 출구 쪽으로 나아갔다. 앞좌석과 일반석에서 몇 사람이 그대로 앉아 소리치며 박수를 보내고 있었다. 그 뒤에서는 모두들 옷 보관소 쪽으로 밀려가고 있었다.

무대 위의 그루진스카야에게 그것은 썰물처럼, 작은 소동처럼 보였다. 흰 셔츠의 앞면, 검은 옷을 입은 남자들의 뒷면, 그리고 실크 코트가 한 방향으로 움직이고 있었다. 그녀는 미소를 지으며 긴 목 위의 고개를 뒤로 젖히고 좌우로 깡충 뛰고 양팔을 벌려 출구로 나가고 있는 관객들에게 인사를 보냈다. 내려졌던 막이 서서히 올라가고 있었다. 무용수들은 아직도 꼿꼿이 절도 있게 서 있었다. "막, 막 올려." 무대 인사를 총괄하는 무용단장 피메노프가 신경질적으로 소리쳤다. 커튼 축을 돌리는 사람이 정신없이 애를 쓰자, 막은 천천히 움직였다. 거의 출구까지 간 일반석의 관객 몇 사람이 걸음을 멈추고 멍한 미소를 보내며 손뼉을 쳤다. 특별석에서도 박수 소리가 났다. 그루진스카야는, 망사를 입고 요정 역을 한, 그녀를 둘러싸고 있는 여자 무용수들을 가리켰다. 그녀는 겸손의 표시로 약간의 박수를 별 볼일 없는 젊은 무용수들 쪽으로 보내노록 했나. 그러자 이미 코트를 찾아 입은 몇 사람들이 다시 돌아와 재미있다는 표정으로 이 장면을 구경했다. 저 아래 오케스트라 석에서는 나이가 든 독일인 지휘자 비테가 악기를 주섬주섬 싸고 있는 연주자들에게 요란한 몸짓으로 부탁하고 있었다. "아직 나가면 안 돼"라고 그가 험상궂은 목소리로 속삭였다. 그 역시 몸을 떨면서 땀을 비 오듯이 흘리고 있었다. "여러분, 아직 아무도 나가면 안 됩니다. 아마 「봄의 왈츠」를 한 번 더 연주해야 할 겁니다."

"앙코르 없습니다." 바순 연주자가 말했다. "오늘은 앙코르 없어요. 오늘은 이게 끝입니다. 제 말이 맞습니다."

정말로 박수 소리가 멈췄다. 그루진스카야는 커튼이 완전히 내려오기 전 저 아래에서 웃고 있는 연주자의 검게 찢어진 큰 입을 보았다. 갑자기 박수 소리가 사라지고 커튼 뒤에 갑작스러운 고요가 내려앉았다.

침묵 속에서 망사 무용수들이 실크 슈즈의 앞코로 스치듯 걸어가는 소리만 들렸다. "우리 기도 되나요?" 제1무용수인 뤼실 라피트가 떨고 있는 그루진스카야의 하얗게 분칠한 등에다 대고 프랑스어로 물었다.

"그래, 가. 다들 가. 가도록 해." 그루진스카야가 러시아어로 대답했다. 소리 지르고 싶었지만 반은 목이 쉬고, 반은 흐느끼는 것 같은 소리가 나왔다. 망사 무용수들은 모두 피하듯이 사라졌다. 스포트라이트가 꺼지고 그루진스카야는 잠시 혼자 무대에 서 있었다. 잿빛 리허설 조명 아래에서 그녀는 추워 떨면서 서 있었다.

갑자기 나뭇가지가 부러지는 것 같기도 하고 말이 뛰는 것 같기도 한 소리가 들렸다. 확실했다. 텅 빈 건물 저쪽에서 누군가 완전히 홀로 박수를 치고 있었다. 기적이 아닐 수 없었다. 그것은 이 공연을 필사적으로, 용기 있게 살려내고자 하는 단장 마이어하임이었다. 잘 울리는 두 손으로 그는 열심히 박수를 치고 있었다. 그는 열성팬들이 할 일을 잊고 너무 빨리 자리를 떠난 관객석을 화난 시선으로 노려보았다. 이 외로운 박수 소리를 듣자 궁금하기도 하고 장난기도 발동한 가이거른 남작이 다시 안으로 들어와 재빨리 장갑을 벗고 열렬히 박수에 동참했다. 몇몇 열성 관객과 관심 있는 사람들이 옷 보관소에서 되돌아오자 그는 마치 열렬한 대학생 팬처럼 발까지 굴렀다. 몇 사람이 재미있어 하면서 함께 어울리자 작고 신나는 박수 모임이 생겨났고 마침내 그 숫자가 60명 정도 되었다. 그들은 함께 박수를 치면서 그루진스카야를 외치며 환호했다.

"막, 막!" 피메노프가 요란한 목소리로 소리쳤다. 그루진스카야는 무대 위에서 미친 듯이 이리저리 춤을 추고 있었다. "미하엘, 미하엘 어디 갔지? 미하엘 오라고 해요." 그녀가 깔깔 웃으면서 소리쳤다. 파랗게 칠한 속눈썹은 땀과 눈물에 젖어 있었다. 비테가 무대 뒤에서 무용수 미하엘을 밀자 그루진스카야는 제대로 쳐다보지도 않고 파트너의 손을 잡았다. 미하엘의 손이 너무 젖어 미끄러웠기 때문에 거의 놓칠 뻔했지만 그녀는 손을 힘껏 꼭 잡았다. 그들은 무대 한가운데 프롬프터 석 앞까지 나와 인사를 하고 파드되*가 보여주는 육체의 아름다운 하모니를 선사했다. 막이 내려가자마자 흥분한 그루진스카야가 한바탕 분풀이를 했다. "네가 전부 망쳤어. 전부 다 네 잘못이야. 세번째 아라베스크**에서 엉키고 말았잖아! 피메노프하고 함께 출 때는 이런 일이 한 번도 없었단 말이야!"

"맙소사, 나 때문이라고요? 저어, 그루!"*** 우스꽝스러운 발트국 억양으로 미하엘이 나지막이 말했는데, 힘 빠진 목소리였다. 비테가 재빨리 그를 세번째 세트 뒤로 밀어 넣고 주름진 손으로 그의 입을 막았다. "부탁인데, 말대답하지 마. 그냥 내버려둬." 그가 낮은 소리로 말했다. 그루진스카야는 혼자서 박수갈채를 받았다. 하지만 막이 다시 내려가자 그녀는 신경질을 부렸다. 다른 사람들에게 심하게 욕설을 하고 남들을 돼지, 개, 썩은 인간이라고 욕하고, 미하엘이 술 마시는 것을 욕하고, 피메노프더러는 미하엘보다도 더 형편없는 인간이라고 욕했다. 자리에 없는 발레단원에 대해서는 해고하겠다고 비난했고, 맥이 빠져 말없이 서 있는 지휘자 비테한테는 형편없는 박자 때문에 자기가 자살할 지경이라고 말했다. 그러면서 감정이 가슴속을 파고들어서 마치 길을 잃은 지친 새처럼 화장으로 얼룩진 미소 위로 눈물을 흘렸다. 드디어 조명기사가 커다란 레버를 내려 무대가 깜깜해졌고, 법석은 끝이 났다. 건물 안은 캄캄

---

* pas de deux: 두 사람이 추는 춤.
** arabesque: 한 다리로 서서 다른 다리를 직각으로 드는 발레 동작.
*** 그루진스카야의 약칭.

해졌으며 성급한 직원들이 일렬로 늘어선 좌석 위에 회색 천을 덮기 시작했다. 막은 내려갔고 조명기사는 퇴근했다.

"커튼콜이 몇 번이었지, 주제테?" 그루진스카야가 나이 든 어느 여자에게 물었다. 여자는 색 바랜 구식 울 코트를 그루진스카야에게 걸쳐주고 무대에서 나가는 철문을 열어주었다. "일곱 번? 나는 여덟 번인 것 같은데. 일곱 번이야? 어쨌든 대단하지, 안 그래? 성공이지?"

그루진스카야는 오늘 공연이 3년 전 브뤼셀 공연만큼 대단한 성공이었다는 주제테의 확인에 초조하게 귀를 기울였다. 아직도 기억하시지요? 물론 마담은 기억하고 있었다. 어떻게 그런 엄청난 환호를 잊을 수 있단 말인가! 마담은 작은 드레스 룸에 앉아서 거울 위 금속 장식 속의 전구를 바라보면서 회상에 잠겼다. 아냐, 오늘은 브뤼셀에서와 같은 환호는 아니었어. 우울한 생각에 빠진 그녀는 죽을 만큼 피곤했다. 땀에 젖은 라운드가 끝난 뒤 코너에 앉은 복서처럼 그녀는 피곤한 몸을 죽 편채 주제테가 땀을 닦고 문지르고 화장을 지우도록 몸을 맡겼다. 드레스룸은 우울한 공간이었다. 너무 덥고 지저분하고 좁았다. 오래된 옷, 왁스, 화장품, 피곤한 수많은 사람들 냄새가 났다. 그루진스카야는 깜빡 잠이 들 뻔했다. 그녀는 코모* 호숫가 별장의 돌을 깐 현관으로 걸어가고 있다가 순간 주제테와, 괴로운 공연에 대한 가슴을 찌르는 듯한 불만 때문에 다시 정신이 돌아왔다. 오늘 공연은 대성공이 아냐. 아냐, 절대로 대성공이 아냐. 대성공을 가로막는 이 세상, 정말로 끔찍하고 이해가 안 돼.

그녀의 나이를 아는 사람은 아무도 없었다. 빌머스도르프의 가구 딸린 방에는 늙은 러시아 사람들이 살고 있었는데, 이민 온 귀족들이었

---

* 북이탈리아에 있는 호수.

다. 그들 말로는 그루진스카야를 안 지 이미 40년이 된다지만 그건 과장이 틀림없었다. 하지만 그녀는 국제적인 명성을 20년이나 누려왔다. 20년은 무척 긴 세월이었다. 그루진스카야는 발레 인생의 시작부터 친구이자 동행자로 지내온 늙은 비테에게 종종 이렇게 말했다. "비테, 난 체중이 늘지 않도록 피나는 노력을 해요. 쉬지 않고, 평생토록 노력을 해요." 그럴 때면 비테는 진지하게 이렇게 대답했다. "남들한테는 비밀로 해요, 엘리자베타 알렉산드로브나. 체중 얘기는 하지 마요. 사람들이 요즘 모두들 체중 과다 상태지만, 엘리자베타, 당신의 임무는 늘지 않는 것입니다. 제발 변치 마요, 그건 세상의 불행입니다."

그루진스카야는 변하지 않았다. 열여덟 살부터 44킬로그램이었는데, 그것이야말로 그녀의 성공과 능력의 중요한 부분이었다. 이런 가벼움에 익숙해지면 그녀의 파트너들은 다른 무용수하고는 춤을 출 수 없었다. 그녀의 목과 몸은 관절뿐으로, 갸름한 얼굴 라인도 언제나 변함이 없었다. 양팔은 말을 잘 듣는 날개 같았다. 갸름한 눈꺼풀 아래 그녀의 미소는 그 자체만으로 예술이었다. 그루진스카야는 변하지 않는 데에 온 힘을 쏟고 있었다. 하지만 바로 그 점이 세상 사람들을 지루하게 만든다는 것을 그녀는 알지 못했다.

그녀가 현실에서도 지금 드레스 룸에 앉아 있는 모습과 같다면 아마도 세상은 그녀를 사랑했을 것이다. 슬픈 눈을 가진 초라하고 연약하고 지친, 작고 고통스러운 얼굴을 가진 늙은 여자라면 말이다. 요즘 와서 종종 공연이 신통치 않으면 그녀는 움츠러들었고, 갑자기 늙어서 일흔 살, 백 살 이상 되어 보였다. 지저분한 세면대 옆에 서 있던 주제테가 온수가 제대로 나오지 않자 뒤에서 프랑스어로 몇 마디 불평을 했다. 그녀가 곧 김이 나는 더운 습포(濕布)를 얼굴에 붙여주자 마담은 화끈거리는 습포에 몸을 맡겼다. 주제테가 목에서 진주 목걸이를 풀었는데, 그것은 황제 시절*에 만들어진, 세계적으로 알려진 무척 아름다운 목걸이었다.

"목걸이 치워. 오늘은 더 이상 안 할 거야." 거의 감은 눈꺼풀 아래로 불그레한 불빛을 바라보면서 그루진스카야가 말했다.

"안 하세요? 오늘 파티에 예쁘게 하고 가셔야죠."

"아냐, 됐어, 안 해도 돼. 주제테, 목걸이 안 해도 예쁘게 보이도록 해줘." 그렇게 말하고 그루진스카야는 긴장한 얼굴로 희미하게 보이는 주제테의 손끝과 습포와 화장에 몸을 맡겼다. 공연협회가 마련한 축하연에 가야 하기 때문에 그녀는 적과 싸우러 나가는 고대 멕시코 용사처럼 엄청난 분장이 필요했다.

밖의 드레스 룸 앞 복도에서는 비테가 초조한 보초병처럼 왔다 갔다 하면서 기다리고 있었다. 그는 하얀 조끼 주머니에 구식으로 매단 회중시계 뚜껑을 계속 열었다 닫았다 했다. 늙은 음악가의 얼굴에는 근심과 걱정이 가득했다. 잠시 후 무용단장 피메노프가 나타났고, 마지막으로 미하엘도 왔다. 미하엘은 바셀린 때문에 속눈썹이 반짝였는데 진한 화장 그대로였다. "그루를 기다리나요? 우리가 모두 같이 가나요?" 그가 쾌활하게 물었다.

"젊은이, 부탁인데 이제 좀 빠져." 비테가 말했다. "백 번이라도 비틀거리지 않았다고 해도 말이야."

"전 비틀거리지 않았습니다. 피메노프, 내가 비틀댔나요?" 그가 말했는데 거의 우는 것처럼 보였다. 피메노프는 어깨만 으쓱했다. 그 역시 나이가 들었는데, 개성 있는 커다란 코에 에드워드 2세 시대의 폭 넓은

---

* 여기서는 제1차 세계대전 이전 로마노프 왕가의 러시아를 가리킨다.

구식 넥타이를 매고 있었다. 이제는 춤을 추지 않지만, 연습을 지도하고 그루진스카야의 디베르티스망* 부분을 책임지고 있었다. 힘든 고전 안무였는데 발끝으로 새, 꽃, 상징 같은 것을 표현하는 춤이었다. "어서 가서 자도록 하게. 오늘은 그루를 만나지 말게. 뤼실은 이미 사라졌네"라고 그가 젊잖게 말했다. 미하엘이 젊은 얼굴에 잔뜩 열 받은 채로 드레스 룸의 문을 두드렸다. "안녕히 계세요, 마담." 그가 큰 소리로 말했다. "전 오늘 함께 안 갑니다. 내일 연습은 몇 시죠?"

"같이 가. 테이블에서 내 옆에 앉아야 해." 안에서 그루진스카야가 소리쳤다. "자기, 날 슬프게 하지 마. 연습은 나중에 얘기해. 조금만 기다려. 금방 끝나."

"저런. 아주 우는군!" 비테가 마술사처럼 낮은 소리로 말했다.

"눈물, 오 달콤한 눈물." 피메노프가 외투 깃에 턱을 밀어 넣으면시 소리쳤다. "내 라이벌이 그루하고 파드되 추는 것은 절대 안 돼요. 미안하지만 안 됩니다." 미하엘이 우스꽝스러운 발트 독일어로 덧붙였다. 안에서는 드레스 룸의 환한 불빛 아래에서 그루진스카야가 귓불 뒤에다 향수를 뿌리고 있었다. '미하엘은 같이 가야 해'라고 그녀는 생각했다. '내 주위엔 온통 늙은이들뿐이야. 피메노프, 비테, 뤼실, 주제테, 모두 다 그래.' 갑자기 그녀는 뒤에 있는 주제테가 허연 머리에 쓴 낡은 모자에 정나미가 떨어졌다. 주제테의 도움을 거칠게 거부하고 그녀는 복도로 나갔다. 검정과 황금빛의 담비 모피로 만든 이브닝코트를 팔에 건 채였다. 그녀는 어깨를 미하엘 쪽으로 내밀어 코트를 입히도록 했다. 미하엘은 언제나처럼 상냥하고 여성스럽게 코트를 입혀주었다. 그것은 화해의 작

---

* divertissements: 기분 전환이라는 뜻으로, 본 줄거리와 무관하게 일종의 뉴요기로 삽입되는 춤.

은 의식이었지만 그 이상의 것이기도 했다. 그것은 젊은이에게 공동 작업을 부탁하는 마담의 몸짓이기도 했다. 미하엘은 젊고, 그루진스카야는 제1무용수를 자주 바꿨다. 개인 파트너에 대해서 예민하고, 요구 사항도 많기 때문이었다. 나머지 다른 멤버들은 그녀와 함께 늙어갔다.

어쨌든 지금 그녀는 눈이 부셨다. 아름답고 특별하고 꽃과 같고 유연했다. "엘리자베타는 너무 매력 있어." 비테가 옛날식으로 허리 굽혀 인사를 보내며 말했다. 그는 특이한 표현에 익숙했는데, 첫번째로는 젊어서부터 품고 있는 그루에 대한 비밀 사랑을 숨기기 위해서였고, 그다음으로는 자신의 말을 독일어에서 얼른 러시아어로, 그리고 프랑스어로 옮겨야 했기 때문이었다. 그루진스카야는 이 언어에서 저 언어로 바꾸는데 능숙해서 러시아어로 편하게 반말을 하다가 프랑스어나 영어 존칭으로 바꾸기도 했다. 독일어를 할 줄 알았고, 필요에 따라 능숙하게 아주 거칠게, 혹은 다정하게 말할 수도 있었다. 하지만 그녀의 말귀를 따라가는 것은 쉽지 않았다. 예를 들면 차에 오르자마자 느닷없이 "비테, 진주 때문이지?"라고 묻는 식이었다.

"진주가 어떻다고? 진주 때문이라니 무슨 말이야?" 비테가 당황해서 물었다. 두번째 질문은 순전히 자상함에서 나온 것이었는데, 사실 그는 그루진스카야의 말을 이미 다 알아들었기 때문이었다. "아니, 진주라니 그건 무슨 얘기야?" 피메노프가 물었다.

"그래요, 진주 말이에요. 진주가, 진주 불행을 가져오는 것 같아요." 마치 어린아이처럼 생각에 잠겨서 그녀가 말했다. 비테는 구식 염소 가죽 장갑을 접었다. "아니 그건……" 그가 맥없이 말했다. "뭐라고?" 피메노프가 물었다. "그 진주가 평생 당신한테 행운을 가져왔고, 당신의 마스코트이자 부적인데 왜 그래? 항상 그 목걸이를 하고 춤을 추었잖아!

그런데 갑자기 그게 불행을 가져온다니 무슨 말이야! 도대체 무슨 소리야, 그루?"

"그래요. 불행을 가져와요. 내가 알아요." 열심히 그린 눈썹 사이로 그루가 고집스러운 주름을 만들면서 말했다. "설명할 순 없지만 난 그 생각을 많이 했어요. 세르게이 대공이 살아 계실 때는 그것이 나한테 행운을 가져왔어요. 그랬어요. 그런데 그분이 살해된 뒤로는 불행, 불행, 불행의 연속이에요. 작년에 런던에서는 발목 힘줄이 파열되었어요. 니스에서는 적자가 났고요. 계속 사고예요. 이제 춤을 출 때 목걸이를 안 하려고 해요. 이해해주세요."

"목걸이를 안 하다니! 하지만 그루, 당신은 그걸 안 하고는 무대에 못 올라. 평생 그 목걸이 없이는 무대에 오를 수 없다고 했는데, 그런데 갑자기……"

"그래요." 그루진스카야가 말했다. "미신이에요." 비테가 웃기 시작했다. "리자," 그가 말했다. "비둘기, 내 소중한 아기, 당신 정말 어린애로군!"

"당신들은 날 이해 못 해요. 비테, 당신은 전혀 이해 못 해요. 그 진주가 이젠 나한테 안 어울려요. 더 이상 그 목걸이 안 해요. 전에는 달랐어요. 예전에 페테르부르크, 파리, 빈에서는 보석이 필수였어요. 무용수라면 보석을 가져야 하고, 그걸 하고 다녀야 했어요. 하지만 요즘 진짜 진주를 하고 다니는 사람은 없어요! 난 여자라 그런 걸 더 잘 느껴요. 난 직감이 있어요. 미하엘, 자고 있는 거야? 말 좀 해봐."

우아한 자세를 움직이지 않은 채 미하엘이 어설픈 프랑스어로 말했다. "마담, 제 대답이 궁금하신가요? 내주세요. 그 진주를 가난한 아이들, 장애인들에게 내주도록 하세요."

"무슨 소리야? 진주를? 내준다고!" 그루진스카야가 러시아어로 소리쳤는데 내준다는 말이 무슨 노래 가사처럼 들렸다.

"다 왔어." 피메노프가 갑자기 브레이크를 밟으면서 말했다.

"가요." 그루진스카야가 명령을 내렸다. "우린 멋져요. 우린 즐거워야해요."

입구가 열렸다. 그루진스카야의 뒤를 따라 층계를 오르면서 비테가 말했다. "엘리자베타 알렉산드로브나는 딱 한 가지 결점이 있어. 단정적으로 명령하는 것 말이야."

그루진스카야가 미소를 보내면서 갑자기 불을 켠 전구처럼 빛을 발했다. 빛을 발하며 미소를 띤 채 그녀는 서른 명의 신사들이 기다리고 있는 클럽 안으로 들어갔다.

가이거른 남작은 맨 마지막까지 박수를 보낸 사람이었다. 커튼이 더이상 올라가지 않는 것을 확인한 후 그는 급한 용무가 있는 사람처럼 진지한 얼굴로 극장을 나왔다. 비는 그쳤고, 칸트 가(街)의 젖은 아스팔트에는 수없이 많은 하얗고, 노란 불빛이 비치고 있었다. 도시철도가 건물사이를 달렸으며 경찰이 교통정리를 했고, 무직자들은 모피코트 앞에서자동차 문을 열어주고 있었다. 가이거른은 생명의 위험을 무릅쓰고 교통규칙을 무시한 채로 차도의 소용돌이 속으로 달려가서 차를 주차해둔컴컴한 파자넨 가(街)로 갔다. 차는 내부 잠금장치가 있는 소형 승용차였다. 기사는 담배를 피우고 있었다. "어때?" 가이거른이 두 손을 푸른색코트 주머니에 넣은 채 물었다.

"마담이 기사를 또 바꿨더군요"라고 기사가 말했다. "이번엔 영국인이에요. 니스에서 낚았는데, 주인이 파산해서 일거리가 없는 사람입니다. 함께 식사를 해봤는데 통 입을 열지 않더군요."

"내가 수백 번 말했지. 나하고 이야기할 때는 담배를 입에서 떼라고." 그가 감정을 누르면서 말했다.

"네." 기사가 말하고 담배를 내던졌다. "지금은 극장으로 가서 마담을 저 건너에 있는 공연 클럽으로 모셔갔습니다. 언제 픽업하러 갈지는 그 기사도 모른답니다."

"몰라?" 가이거른이 되묻고는 생각에 잠겨서 장갑으로 손등을 두드렸다. "됐어. 내가 다시 한 번 가서 볼 테니, 차를 가지고 극장 앞으로 와서 날 기다려."

가이거른은 언제나처럼 일 때문에 정신없이 바쁜 사람의 얼굴을 하고 극장 앞으로 되돌아갔다. 극장은 텅 비고 황량했다. 커다란 전광판 글씨도 꺼졌고, 플래카드 역시 아무런 할 말이 없는 것처럼 보였다. 무대 출입구는 도로 쪽이 아니라 안뜰 쪽으로 나 있었는데, 밖의 방화벽에는 비에 젖은 담쟁이 잎이 반짝거렸다. 가이거른은 그루진스카야가 나타나기를 기다리는 사람들 사이에 끼어 서성였다. 그의 눈은 불이 켜진 불투명한 유리문을 바라보고 있었다. 맨 먼저 소방 담당자들이, 그 뒤를 이어 어깨가 넓고 담배를 입에 문 무대장치 작업자들이 나타났다. 잠시 조용하더니 얼마 뒤 발레단원들이 문을 밀고 나왔는데, 값싼 모피코트를 두른 마른 여자들로, 그들이 뱉어내는 프랑스어, 러시아어, 영어가 섞여서 온통 뒤죽박죽이었다. 가이거른은 그들을 바라보며 미소를 보냈다. 그들 중 몇 명은 니스나 파리에서부터 아는 얼굴이었다. 그는 웃을 때면 어린아이처럼 윗입술이 짧아졌다. 그 모습이 제법 멋져 보여 많은 여자들이 그를 좋아했다.

"맙소사, 오늘 정말 오래 걸리는군."

안뜰은 완전히 잠이 들었다. 그는 안절부절못하면서 기다렸다. 15분쯤 지나자 그루진스카야의 자동차 안에서 기사가 마치 꿈을 꾸는 개처럼 몸을 떨더니 일어나서 시동을 걸었다. 이 신호를 듣고 가이거른은 담의 그림자 안으로 깊숙이 몸을 숨겼다. 그루진스카야가 나타났을 때 그는 보이지 않았다. "여기서 기다려, 주제테." 그녀가 문 안쪽을 바라보면서 말했다. "버클리를 곧 돌려보낼게. 그가 호텔로 데려다줄 거야." 그녀는 금색과 검은색 담비 모피로 된 화려한 이브닝코트를 턱까지 휘감았는데 이 순간 세계적인 유명 잡지에 실린 그녀의 사진과 똑같이 아름다웠다. 가이거른은 그림자 속에서 그녀를 바라보았다. 그녀가 디딤대에 은빛 발을 올려놓자 담비 모피의 칼라가 펼쳐져서 그녀의 목, 세계적으로 유명한 길고 하얀 그녀의 목이 보였다. 오늘따라 유난히 많이 드러난 목은 꽃처럼 아름다웠다. 가이거른은 즐거워서 치아 사이로 공기를 빨아들였다. 원하는 것은 오직 하얗게 드러난 그 목을 보는 것뿐이었다.

자동차가 사라지자마자 컴컴하고 인적 없는 마당에 주제테가 나타났다. 뒤를 이어 도어맨이 나타나 출입문을 잠갔다. 주제테는 마담의 늙고 색 바랜 복제품으로 보였다. 오래전에 구식이 된 마담의 헌 옷과 모자를 걸치고 있기 때문이었다. 오늘은 종(鐘)처럼 생긴 긴 스커트를 입고 마당을 지나갔는데 구식 칼라가 달린 코트 단추를 꽉 잠그고 있었다. 그녀는 양손에 무엇인가를 들고 있었다. 왼손에 든 건 꽤 크고 납작한 트렁크였고, 오른손에 든 건 검정 에나멜가죽으로 만든 작은 슈트케이스였다. 불편한 걸음으로 그녀는 천천히 극장의 안뜰과 도로 사이의 격자문으로 가 환한 아크등 아래에서 왔다 갔다 했다. 그 순간 가이거른의 머릿속으로 몇 가지 놀라운 생각이 스쳐갔다. 그는 잔뜩 긴장해서 어두운 모퉁이에 몸을 숙이고 있었는데 마치 점프를 하거나 달리기 스타트를 하려는 사람 같았다. 하지만 아무것도 하지 않았는데, 그때 마침 망할 놈의 버클리가 멋지게 차를 선회하면서 다시 나타났기 때문이었다. 주제테가 회색 차에 올라타는 순간 때마침 게데히트니스 교회*에서 12시를 쳤다. 1분쯤 숨 쉬는 것을 잊고 있던 가이거른은 숨을 깊게 들이켰다. 그가 휘파람을 불자 곧 작은 그의 차가 나타났다. 그가 "호텔로 가. 어서 빨리"라고 외치면서 운전석 옆 좌석에 앉았다.

"뭔가요? 오늘은 전망이 좋은가요?" 기사가 물었다. 그는 또다시 담배를 입에 물고 있었다.

"기다려봐." 가이거른이 대답했다.

"또다시 밤새도록 차를 타고 돌아다닙니까? 우리 같은 사람은 밤잠도 못 자는 겁니까!" 기사가 따져 물었다. 가이거른은 둘째손가락으로 흰색 차를 가리켰다. 앞의 차가 히치히 다리의 신호등 앞에서 회전을 하고 있었다. 그는 단지 "추월해"라고만 했고 기사는 속도를 올렸다. 다리 근처에 경찰은 보이지 않았다. 붉은 하늘 아래의 도로에서 베를린의 밤이 끓어오르고 있었다. 별도 없는 쾌청한 봄밤의 한가운데였다.

"흥이 나지 않습니다." 기사가 생각에 잠겨 말했다. "정말이지 쓸데없는 일입니다. 마지막에는 완전히 망하고 말 겁니다."

"싫으면 됐어." 남작이 친근하게 말했는데 그의 윗입술이 짧아졌다. "마음에 안 들면 정산해줄 테니, 자네 갈 길 찾아서 가도록 해."

"농담입니다." 기사가 말했다.

"나도 그래." 남작이 말했다. 그 뒤로 두 사람은 호텔에 도착할 때까지 입을 열지 않았다.

"6번 입구에 주차해." 가이거른이 차에서 내리면서 말했다. 그는 입

---

* 베를린 중심가에 위치한 교회 이름.

구 작은 로비에서 라운지로 이어지는 회전문 안에서 기이한 남자와 마주쳤다. 크링엘라인이었는데, 회전문을 반대로 밀고 있었기 때문에 문 안에 갇혀 있었다. 가이거른이 문을 확 밀어서 회전문과 그 안에 든 사람을 앞으로 나가게 했다. "이쪽 방향으로 돌아서 나가야 합니다"라고 그가 크링엘라인에게 말했다.

"감사합니다. 고맙습니다." 크링엘라인이 말했다. 그는 밖으로 나가려다가 다시 안으로 들어온 셈이었다. 가이거른은 재빨리 방 열쇠를 받아서 승강기로 갔다. 2층에서 그는 외팔 안내원에게 금방 돌아올 테니 잠시만 기다리라고 했다. 그는 복도를 뛰어 69호실 자기 방으로 가서 모자와 외투를 던져놓고, 예쁜 난초 한 가지를 꽃병에서 꺼내 들고 다시 복도로 나왔다. "승강기 안내원에게 기다릴 필요 없다고 해줘요"라고 그가 룸 메이드에게 말했는데 그녀는 반쯤 졸면서 복도를 지나가던 중이었다.

룸 메이드가 외팔 안내원에게 그 말을 전하자, 승강기는 요란한 소리와 함께 아래층으로 내려갔다. 승강기가 아래층에 도착했을 때 주제테는 양손에 짐을 든 채로 올라가려고 기다리고 있었다. 그것이야말로 가이거른이 의도한 것이었다.

주제테가 그루진스카야의 68호실 앞에 와보니 잘생긴 젊은이가 야자수 아래 서 있었다. 머뭇거리며, 무언가 부탁하려는 듯한 그의 얼굴은 낯설었다.

"안녕하십니까, 마드무아젤. 한 가지 말씀드리려고 하는데……" 그가 예수회 기숙학교에서 배운 아름다운, 약간 구식 프랑스어로 말했다. "한말씀만 해주세요. 마담께서 방에 계신가요?"

"잘 모르겠습니다. 선생님." 잘 훈련을 받은 주제테가 대답했다.

"무례함을 용서해주십시오. 저는 단지 마담을 위해서 방에다 꽃을 좀 갖다났으면 해서요. 저는 마담을 존경합니다. 오늘도 극장에 갔었지요. 마담께서 공연하시는 날에는 빠지지 않고 갑니다. 신문에서 읽었는데 마담께서 이 카틀레야 난을 좋아하신다더군요. 그렇지요?"

"그래요." 주제테가 말했다. "난을 좋아하세요. 트레메초*에 있는 온실에도 난을 키우고 계세요."

"네, 그러시면 이 작은 난을 마담께 전해주시겠습니까?"

"오늘 꽃을 아주 많이 받았어요. 프랑스 대사님도 한 바구니 보내주셨어요." 절반의 성공에 그친 오늘 공연 생각에 마음이 쓰라린 주제테가 말했다. 그녀는 아주 친절한 눈길로 젊은이를, 수줍어하는 남자를 바라보았다. 하지만 양손에 짐이 가득한 까닭에 그가 내민 꽃을 받을 수는 없었다. 오른손에 열쇠를 든 채로 68호실 문을 여는 것조차 힘이 들 정도였다. 그녀가 힘들어 하는 것을 본 가이거른이 재빨리 곁으로 다가갔다. "이리 주십시오." 그가 주제테의 손에 들린 짐을 대신 들겠다고 나섰다. 주제테는 큰 짐을 그에게 넘겨주었다. 하지만 작은 슈트케이스는 본능적이고, 조심스러운 태도로 단단히 움켜쥐고 있었다. 유명한 진주가 저기 들어 있군. 가이거른은 혼자 생각했을 뿐 아무 말도 하지 않았다. 그가 객실 문을 열고 안쪽 문도 열었다. 그러고는 조심스럽고 매혹적인 걸음으로 그루진스카야가 머물고 있는 방의 문지방을 넘었다.

방은 평범했고, 다른 방들과 마찬가지로 우아하지만 구식이었다. 안은 서늘했는데 향수 같기도 하고 꽃향기 같기도 한, 독특하고 쌉쌀한 향기가 났다. 작은 발코니로 나가는 문은 열려 있었다. 침대는 펼쳐져 있고, 침대 앞 조그만 양탄자 위에 놓인 작고 낡은 슬리퍼는 닳아서 해진

---

* 이탈리아 북부 코모 호수 근처에 있는 지명.

상태였다. 혼자 자는 데 익숙한 여자의 슬리퍼였다. 문 안으로 들어선 가이거른은 잠시 약간의 연민의 감정으로 아름다운 여자의 침대 곁에 놓인 체념의 슬리퍼를 바라보았다. 씁쓰름한 심정으로 그는 난을 들고 방 안으로 들어갔다. 주제테가 세 개의 거울 사이에 있는 화장대 탁자 위에 슈트케이스를 올려놓고 나서 꽃을 받았다.

"감사합니다, 선생님." 그녀가 말했다. "성함이 어떻게 되시나요?"

"아닙니다. 그러실 것까지 없습니다." 가이거른이 대답했다. 그는 주제테의 주름진 상앗빛 얼굴을 유심히 바라보았다. 그 얼굴은 이상하게 주인과 닮아 있었다. "피곤하신가요?" 그가 물었다. "마담께선 늦게 돌아오시는데, 들어오실 때까지 기다리셔야 합니까?"

"아니에요. 마담께선 잘해주세요. 매일 저녁 '가서 자, 주제테, 이젠 곁에 없어도 돼'라고 말하세요. 그래도 내가 계속 곁에 있어야 하기 때문에, 들어오실 때까지 기다려요. 마담께선 늦어도 2시까지는 들어오시는데, 매일 아침 9시에 일을 시작하거든요. 얼마나 힘든 일인데요! 정말 대단하세요. 그래요, 마담께선 정말 잘해주세요."

"천사 같은 분이군요." 가이거른이 공손하게 말했다. 68호실과 69호실 사이에는 창문이 없고 욕실 하나뿐이로군, 하고 그는 생각했다. 둘러보던 그의 시선이 주제테의 퀭한 하품과 마주쳤다.

"안녕히 계세요. 정말 감사합니다, 마드무아젤." 그가 조용히 말하고 미소를 지으며 사라졌다.

주제테는 그의 뒤에서 이중문을 닫고 난을 꽃병에 꽂은 뒤에 추위에 떠는 작은 폐품처럼 마담을 기다리려고 안락의자에 몸을 묻었다.

그랜드 호텔에서 밤 1시 전에 방문 앞에 신발이 놓이는 곳은 별로 없었다. 끓어오르고 열광하며 불빛이 번쩍이는 대도시의 저녁을 맛보기 위해서 온 세상이 움직이고 있었다. 복도 끝의 작은 사무실에서는 야간 룸 메이드가 하품을 하고 있었다. 층마다 얌전하고 이제는 시든, 무척 피곤해 보이는 아가씨가 한 명씩 대기 중이었다. 보이들은 10시에 교대했다. 하지만 납작 모자를 비스듬히 쓰고 어린아이처럼 초롱초롱한 눈을 한 야간조 역시 제 시간에 잠자리에 들 수는 없었다. 기분이 별로인 승강기 옆의 외팔 안내원은 자정에 역시 기분이 별로인 다른 외팔 안내원과 교대했다. 도어맨 젠프는 자리를 야간 도어맨에게 내주고 11시경에 정신없이 병원으로 달려갔는데, 너무 흥분해서 이가 떨릴 정도였다. 하지만 그곳에서 불친절한 야간 간호사가 그가 병실로 들어가는 것을 막았다. 아이가 나오려면 24시간은 더 있어야 한다는데, 그것은 개인 사정일 뿐 호텔 사정과는 맞지 않았다. 그 시간이면 호텔은 한창 바쁜 시간인 까닭이었다. '옐로 룸'에서는 사람들이 춤을 추고 있었고 마토니의 냉채 뷔페는 이미 많이 사라졌다. 마토니는 흑인의 눈으로 웃으면서 로스트비프를 얇게 저몄고, 마라스키노*를 얼음처럼 차가운 과일 샐러드에 섞었다. 환풍기가 소리를 내면서 나쁜 공기를 호텔 안뜰로 쏟아냈다. 지하의 기사실에서는 운전기사들이 앉아서 주인 험담을 하고 있었다. 근무 중에 술을 마시면 안 되는 까닭에 그들은 짜증이 나 있었다. 라운지에는 곳곳에서 온 손님들이 앉아 있었다. 그들은 베를린의 단골들이 모자를 뒷덜미까지 내려쓰고, 짙은 화장을 한 여자들에게 손을 흔들고 있는 것을 한편으로는 경탄의 눈빛으로, 다른 한편으로는 약간 짜증도 내면서 바라보고 있었다. 지금 막 화장실 세정제로 손을 씻고 라운지로 나

---

* maraschino: 마라스카marasca 버찌를 원료로 해서 만든 술을 말한다.

오며 로나는 이렇게 생각했다. 야간 고객들은 일급은 아니야. 하지만 무슨 상관인가. 좋지 않은 고객들이 돈은 더 많이 풀지.

1시 직전 크링엘라인 씨가 호텔 바로 들어섰다. 그는 지쳐서, 작은 탁자 앞에 앉아 주변을 둘러보았다. 진실을 말하자면 크링엘라인은 너무도 피곤했지만 생일을 맞은 어린아이같이 고집스럽게 잠을 잘 생각이 없었다. 게다가 그는 이미 잠이 든 것 같은 기분이었다. 세상이 너무도 뒤죽박죽이고 꿈같고, 머리는 뜨거웠다. 소음, 어른거리는 사람들, 목소리, 음악, 이 모든 것이 아주 가깝게, 그러면서도 동시에 굉장히 멀리 비현실적으로 느껴졌다.

세상이 이상하게 윙윙거렸고 술 취하지도 않았는데 모든 것이 그를 취하게 만드는 것 같았다. 열 살 때 크링엘라인은 한 번 학교를 빼먹은 적이 있었다. 받아쓰기 시험에 대한 두려움 때문에 안개 낀 포근한 아침에 학교에 가지 않고 미케나우 방향으로 걸어 한길에서 벗어나 들판을 돌아다녔다. 해가 따갑게 비추자 그는 누워서 클로버를 베개 삼아 잠을 잤다. 깨어나서는 강가의 늪에 널려 있는 산딸기를 따먹었다. 맨다리와, 딸기 냄새 나는 빨간 손에 달라붙었던 왕모기의 윙윙 소리를 그는 한 번도 잊은 적이 없었다. 그는 딸기를 한줌 가득 따기 위해 덤불과 늪을 헤매고 다녔다. 그런데 이곳 베를린의 제일 비싼 이 호텔에서 지금 그는 풍요와 두려움의 감정, 차분하면서도 어딘지 들뜬 불안감, 나쁜 짓을 저지르면서 느끼는 비밀스러운 기쁨, 범죄자의 쾌감을 다시 한 번 맛보고 있었다. 모기에 물리는 것 같은 아픔을 느끼는 것까지 같았지만, 이번엔 비용을 지불해야 하는 일이었다. 그것은 일생 경리일을 했고 지금도 그것을 중단할 수 없는 이 보잘것없는 경리 담당자의 머리에 고통을 주었다.

예를 들어 캐비아가 1인분에 9마르크였다. 크링엘라인이 보니 캐비

아는 실망스러웠다. 청어하고 비슷한 맛인데도 값은 9마르크나 했다. 당황해서 그는 오르되브르* 카트 앞에 멍하니 앉아 있었는데 세 명의 웨이터들이 거만하게 그를 쳐다보았다. 정식은 팁 포함 22마르크였는데 위가 좋지 않아서 그는 제대로 먹지 못했다. 부르군더는 진하고 시큼한 포도주로, 마치 갓난아이처럼 유모차 비슷한 데 놓여 있었다. 부자들은 취미가 이상해 보였다. 크링엘라인은 자신이 옷을 제대로 차려입지 않은 데다 다양한 나이프나 포크 같은 것을 잘못 사용하고 있음을 곧 눈치챘다. 그는 결코 어리석은 사람이 아닌 데다 항상 열심히 배우려 했기 때문이었다. 저녁 내내 예민하게 떨리는 것이 멈추지 않았고, 당황해서 팁을 잘못 내주고 다른 출구로 나간다거나 엉뚱한 질문을 하는 등 내내 온갖 종류의 괴로운 일이 이어졌다. 하지만 부자로 그가 맞은 첫날인 오늘은 대단한 날이었다. 예를 들면 쇼윈도가 그랬다. 베를린에는 쇼윈도가 밤에도 불이 켜져 있었다. 온 세상의 풍성함이 넘쳐났다. '이거 전부 다 살 수 있다'는 엄청난 생각이 크링엘라인 같은 사람을 기쁨에 들뜨게 만들었다. 크링엘라인은 극장에도 가보았다. 베를린에서는 저녁 9시 반에도 영화관에 갈 수 있고, 특석도 있었다. 프레더스도르프에서도 영화는 볼 수 있지만 일주일에 세 번 치켄마이어 홀로 가야 했다. 평상시에는 합창단이 연습을 하는 곳이었다. 크링엘라인은 한두 번 그곳에 가본 적이 있는데 인색한 아내 안나와 함께 맨 앞좌석, 제일 싼 좌석에 공장 노동자들 사이에 앉아서 고개를 이리저리 돌리며 엄청나게 일그러진 인물들을 화면으로 구경했다. 비싼 좌석에서 보면 완전히 다른 얼굴이 나오는 영화를, 그러니까 돈만 충분히 지불하면 실제와 비슷한 인물들이 나오는 영화를

---

* hors-d'œuvres: 전채 요리.

볼 수 있다는 것이 그날 저녁에 알게 된 커다란 깨달음이었다. 크링엘라인은 옛일을 생각하고 미소를 지으며 고개를 저었다. 그건 그렇고 생모리츠의 이 영화는 멋지고, 비현실적인 세상을 보여주고 있었다. 거기 앉아서 크링엘라인은 생모리츠로 가야겠다고 생각했다. 저 산과 호수, 계곡은 프라이징만을 위해서 있는 것이 아니야,라고 그는 생각했다. 이 생각을 하자 심장이 점점 크게 뛰었다. 죽음을 눈앞에 둔 사람에게는 달콤하고 쓸쓸하면서도 승리에 넘치는 해방감이 따르는 법이다. 크링엘라인은 그 해방감이 정확히 무엇인지 몰랐지만, 죽음의 그림자가 드리워질 때마다 무거운 한숨과 함께 깊은 숨을 내쉬어야만 했다.

이 생각 저 생각에 빠져 있는데 오터른슐라크 박사가 "실례합니다"라고 말하면서 앙상한 무릎을 크링엘라인의 탁자 아래로 밀어 넣었다. "이 망할 바에는 빈자리가 여기밖에 없군요. 형편없는 술집입니다. 루이지애나플립* 한 잔." 그가 웨이터에게 말하고, 차갑고 무거운 쇠막대기처럼 보이는 가느다란 손가락을 그와 크링엘라인 사이의 탁자 위에다 올려놓았다.

"반갑습니다." 크링엘라인이 점잖게 말했다. "다시 뵙게 되어 정말 기쁩니다. 절대로 잊지 않을 겁니다. 정말로……"

외롭게 보낸 오랜 세월 동안 한 번도 친절하다는 말을 들어본 적이 없고, 10년 동안 다른 사람하고 거의 대화를 나눠본 적이 없는 오터른슐라크는 프레더스도르프에서 온 이 남자가 고맙다는 인사를 되풀이하자 어느 정도는 기분이 좋기도 했지만 약간 조롱당하는 듯한 기분도 들었다. "자, 건배"라고 말하고 그가 술잔을 기울였다. 술을 마실 엄두가 나

---

* 맥주나 브랜디에 달걀, 향료, 설탕 등을 넣어 따뜻하게 한 음료.

지 않아서 아무거나 주문을 한 크링엘라인은 낮은 금속 잔에 들어 있는 구릿빛 액체에 입을 살짝 대기만 했다.

"처음이라 그런지 여기가 좀 어리둥절합니다." 크링엘라인이 조심스럽게 말했다.

"음," 오터른슐라크가 대답했다. "처음엔 그렇죠. 단골이 되어도 별로 나아지진 않아요. 그렇습니다. 루이지애나플립 한 잔 더 주게."

"실제로 와보니 상상했던 것하고는 모든 게 달라 보입니다." 진한 칵테일에 생각이 많아진 크링엘라인이 말했다. "요즘엔 시골에 살아도 세상 바깥에 사는 것은 아닙니다. 신문이 있고 영화관에도 가거든요. 잡지에서도 온갖 것을 다 봅니다. 하지만 실제로 보면 완전히 다릅니다. 예를 들어 바의 의자는 높긴 하지만, 실제로 보니 그다지 많이 높지는 않군요. 그리고 저기 뒤에 앉아 있는 흑인은 보아하니 혼혈인데, 내가 평생에 처음으로 본 흑인이지만 가까이에서 보니 특별할 것이 없습니다. 전혀 낯설지 않아요. 독일어를 말하기 때문에 그냥 검은 칠을 한 사람으로밖에는 안 보입니다."

"아뇨, 진짜 흑인입니다. 새까맣지는 않지만 말입니다. 여기서 졸릴 때까지 술을 마시려면 한참 걸립니다."

크링엘라인은 사람들의 뒤섞인 목소리에 귀를 기울였다. 잡담, 웅웅대는 소리, 바의 앞쪽에 앉아 있는 여자들의 높은 웃음소리를 듣고 있었다. "화류계 여자들 아니지요?" 그가 물었다. 오터른슐라크가 멀쩡한 쪽 옆얼굴을 그에게로 돌렸다. "여자 필요하신가요?"라고 그가 되물었다. "아닙니다. 그런 여자들 아닙니다. 여긴 명망 있는 점잖은 술집이거든요. 여성들은 남자들이 동반해야 들어올 수 있습니다. 저 여자들은 화류계 여자는 아니지만 그렇다고 제대로 된 여자들도 아닙니다. 여자 사귀시렵니까?"

크링엘라인이 헛기침을 했다. "아닙니다. 절대로 아닙니다. 그렇지 않아도 오늘 저녁에 한 명 사귈 뻔했습니다. 정말입니다. 어느 젊은 여성이 저한테 춤을 청했거든요."

"그래요? 선생한테요? 어디서요?" 그렇게 물으면서 오터른슐라크 박사는 입의 절반을 일그러뜨리며 웃었다.

"어느 주점이었어요. 카지노 같은 곳인데, 포츠담 광장에서 멀지 않았습니다." 크링엘라인은 오터른슐라크처럼 인생 경험이 많은 사람의 또박또박한 어조를 흉내내면서 말했다. "대단했습니다, 정말 대단했죠. 조명이라든가 정말 환상적이었습니다." 그는 뭔가 인상적인 표현을 찾으려 했지만 포기하고 말았다. "조명이 환상적이었습니다. 작은 분수가 있었는데 여러 가지 조명이 시시각각 변했습니다. 가격이 비쌌지요. 샴페인뿐이었는데, 한 병에 25마르크였습니다. 유감스럽게도 전 조금밖에 못 마셨습니다. 건강이 안 좋거든요."

"그러신 것 같습니다. 보면 압니다. 셔츠의 목둘레가 2센티미터 정도 남아돌게 되면 더 이상 말할 필요가 없지요."

"의사신가요?" 크링엘라인이 식은땀을 흘리며 물었다. 그러고는 무의식적으로 두 손가락을 셔츠의 목에 넣어보았다. 정말이지 셔츠의 목이 너무 컸다.

"의사였죠. 지금은 아니에요. 의사로 서아프리카에 파견되었죠. 날씨가 정말 나빴습니다. 포로가 되어 9월 14일에 영국령 동아프리카에 있는 나이르티 포로수용소에 수용되었죠. 전투에 참여하지 않는다는 선서를 하고 독일로 돌아왔습니다. 의사로서 종전까지 정말이지 험악한 일을 했어요. 그러다가 낯짝에 수류탄을 맞았죠. 1920년까지 상처에 디프테리

아균을 지닌 채 지냈습니다. 그러다가 2년간 병원에 격리 수용되었죠. 그래요. 그랬습니다. 그 후 올 스톱 상태입니다. 모든 것이 과거가 되어, 이젠 관심 갖는 사람마저 없습니다."

크링엘라인은 놀라서 망가진 그 사람을 바라보았는데, 그의 손가락은 그들 사이에 놓인 탁자 위에 죽은 듯이 차갑게 올려져 있었다. 바는 소란스러운 음악을 쏟아냈고, '옐로 룸'에서는 찰스턴 춤곡*이 들려왔다. 크링엘라인은 토막토막 이어지는 오터른슐라크의 이야기를 아주 조금밖에 이해하지 못했다. 하지만 눈에서는 뜨거운 눈물이 흘렀다. 절망적인 수술을 눈앞에 두게 된 뒤부터 그는 창피할 정도로 쉽게 눈물이 났다.

"그럼 선생님께선 아무도 없으십니까? 제 말은, 홀몸이십니까?"라고 그가 당황해서 물었다. 오터른슐라크는 처음으로 그가 높고 편안한 목소리를 가졌다는 것을 깨달았다. 울리는 듯한, 무엇인가를 찾는 듯한, 어루만지는 듯한 목소리였다. 오터른슐라크는 차가운 손을 탁자 위로 내밀었다가 곧 다시 끌어당겼다. 크링엘라인은 생각에 잠겨서 오터른슐라크의 얼굴에 허옇게 자리한 수술 자국을 바라보다가 갑자기 일어나서 말을 시작했다.

혼자라는 것, 그게 무슨 의미인지 나는 잘 안다. 실제로 나는 지금 혼자 베를린에 있다. 혈혈단신으로. 모든 실타래를 끊어버렸고, 인연도 모두 끊고(이것이 그의 표현이었다) 혼자 베를린에 있다. 프레더스도르프에서 평생 살았기 때문에 대도시에 온 것이 어리석은 일이겠지만, 나 자신의 어리석음을 모를 정도로 어리석지는 않다. 나는 삶에 관해 아는 것이 별로 없지만 이제 알아보려고 한다. 거대한 진짜 삶에 관해 알고 싶

---

* Charleston: 1920년대 미국 웨스트버지니아 주의 찰스턴에서 시작된 사교춤으로, 4박자의 경쾌한 리듬에 맞춰 추는 폭스트롯의 일종이다.

다. 그러기 위해 여기 왔다. "하지만 말입니다." 크링엘라인이 말을 이었다. "진짜 삶은 어디에 있는 겁니까? 아직 만나보지 못했습니다. 카지노에 가봤고 이곳 고급 호텔에도 왔지만 아직도 진짜는 아닌 것 같습니다. 나는 계속 제대로 된, 진짜의, 원래의 삶은 전혀 다른 곳에 있고, 전혀 다르게 보이는 것 아닌가 의심이 듭니다. 그런 삶을 살고 있지 못한 사람이 그 안으로 들어가는 것은 정말 어려운 일입니다. 안 그렇습니까?"

"네, 하지만 당신은 삶이 어떤 것이라고 생각하십니까?"라고 오터른슐라크가 물었다. "선생께서 생각하는 그런 삶이 있을까요? 원래의 것은 항상 어딘가 다른 곳에 있는 법이죠. 젊었을 적에는 나중에 있을 거라고 생각합니다. 하지만 나중에는 전에 있었다고 생각합니다. 여기에 있으면 저기에 있다고, 인도에, 아메리카에, 포포카테페틀 산*이나 뭐 그런데 있다고 생각합니다. 하지만 그런 데 가면 삶은 사라져서, 당신이 떠난 바로 이곳에서 조용히 당신을 기다립니다. 인생은 호랑나비 잡으러 다니는 나비 채집꾼 꼴입니다. 날아가는 것을 보면 참 멋있지요. 하지만 잡고 보면 색이 다르고 날개도 상하기 마련이죠."

크링엘라인은 오터른슐라크 박사의 입에서 그렇게 긴 말이 나오는 것을 처음 듣고 좀 놀랐지만, 그의 말에 동의하지는 않았다. "전 그렇게 생각하지 않는데요." 그가 겸손하게 말했다.

"제 말을 믿으십시오. 모두 바의 의자와 마찬가지입니다." 오테른슐라크가 대답했다. 그가 팔꿈치를 무릎 위에 올려놓았는데, 허공에 있는 그의 양손이 약간 떨렸다.

"무슨 의자 말씀이신가요?"

---

* 멕시코시티 동남쪽에 있는 높이 5,456미터의 화산.

"앞서 선생이 말한 의자 말입니다. 바의 의자가 그렇게 높지는 않다고 말하셨죠. 바의 의자를 더 높게 생각하신 것 아닙니까? 그렇게 말하셨죠! 좋습니다. 모든 것을 실제보다 높게 생각하죠. 선생께선 작은 시골 마을에서 인생에 대한 잘못된 생각을 가지고 이곳으로 오셨습니다. 그랜드 호텔 같은 것을 생각하신 거죠. 아주 비싼 호텔을 생각한 겁니다. 그런 호텔에서 어떤 것을 기대하셨는지 알 수 없군요. 그런 곳이 어떤지 곧 알게 될 겁니다. 크링엘라인 씨, 이 호텔은 빈 껍질입니다. 인생하고 똑같습니다. 인생엔 모두가 빈 껍질뿐이죠. 와서 잠시 머물다가 떠나갑니다. 여행객처럼 말입니다. 아시겠어요? 잠시 머무는 겁니다. 큰 호텔에서 무얼 하나요? 먹고, 자고, 어슬렁거리고, 업무 처리하고, 바람 조금 피우고, 춤 좀 추고, 그거 아닙니까? 선생은 인생에서 무얼 하시나요? 복도에는 수백 개의 문이 있지만 아무도 옆방에 묵는 사람에 관해 모릅니다. 당신이 떠나면 다른 사람이 와서 당신 침대에 눕습니다. 그게 끝입니다. 라운지에 한두 시간만 앉아서 잘 살펴보십시오. 개성 있는 사람은 아무도 없습니다. 모두 다 가짜입니다. 모두들 다 죽었는데, 그 사실을 모릅니다. 아름다운 빈 껍질, 큰 호텔도 마찬가지입니다. 인생이라는 그랜드 호텔, 안 그런가요? 요점은 짐을 꾸려두라는 것입니다……"

크링엘라인은 한동안 생각에 잠겼다. 그러자 오터른슐라크의 말이 이해되는 것 같았다. "네, 그렇습니다." 그가 동의했다. 그는 말 한 마디마다 너무 많은 비중을 두었다.

잠깐 잠이 들었던 오터른슐라크가 정신을 차렸다. "나한테 혹시 원하는 것이 있나요? 내가 당신을 인생의 종말로 모셔가야 할까요? 최고의 선택입니다. 최고입니다. 언제라도 불러주십시오, 크링엘라인 씨."

"선생님을 귀찮게 해드리고 싶지 않습니다." 크링엘라인이 우울한 표

정으로 조심스럽게 말했다. 그는 생각에 잠겼다. 생각했던 우아한 말은
입에서 나오지 않았다. 그랜드 호텔에서 지내게 된 뒤부터 마치 낯선 나
라에 있는 것 같았다. 그는 독일어를 책이나 신문에서 배운 외국어처럼
말했다. "선생님께선 정말 친절하셨어요." 그가 말했다. "제가 바란 것
은……, 하지만 선생님은 모든 것이 저하고는 다른 것 같습니다. 선생님
께선 모두 다 겪어보셨지요. 실컷 해보셨습니다. 하지만 저한테는 앞으로
다가올 일이거든요. 그러니까 조바심이 나는 겁니다. 죄송합니다."

　오터른슐라크는 크링엘라인을 쳐다보았다. 의안 위의 꿰맨 자국이
있는 눈꺼풀까지 집중해서 그를 바라보는 것 같았다. 그는 크링엘라인을
똑똑히 쳐다보았다. 그의 눈에는 낡아서 번들거리는 질긴 회색 회사원
복장을 한 마른 몸의 크링엘라인이 보였다. 그리움 가득한 서글픈 주름
이 코밑수염 아래 핏기 없는 입 주변에 나 있었다. 그는 낡고 넓은 셔츠
깃 속의 깡마른 목과 경리 직원의 손과 제대로 손질하지 못한 손톱, 탁
자 아래 두꺼운 카펫 위에 얌전히 안쪽으로 모은 닳아빠진 구두를 쳐다
보았다. 그는 마지막으로 크링엘라인의 눈을, 코안경 너머 경리 직원이자
한 인간의 푸른 눈을 바라보았다. 그 눈은 엄청난 요구와 기대, 호기심,
삶에 대한 갈망과 죽음에 대한 관심을 담고 있었다.

　그 눈에서 그의 차가운 존재 속으로 온기가 스며든 것인지, 아니면
그냥 심심해서 그런 것인지 알 수 없지만 오터른슐라크는 이렇게 말했
다. "좋아요, 좋습니다. 선생 말이 맞습니다. 정말 맞는 말입니다. 나는
다 겪어봤습니다. 실컷 해봤습니다. 마지막 사소한 절차까지 다 겪어봤
습니다. 그런데 선생은 앞으로 해보겠다는 것 아닙니까! 의욕이 있는 거
죠, 안 그래요? 정신적으로 말입니다. 무슨 계획이라도 있습니까? 흔히
들 말하는 남자들의 천국 말인가요? 술? 여자? 내기하고 도박하고 술

퍼마시기? 저런! 그래서 오늘 이렇게 바가지를 쓴 거군요. 첫날 저녁부터 시작이군요! 당장에 여자를 만나볼 생각인가요?" 비록 차갑게 말했지만, 오터른슐라크는 크링엘라인 눈에 담긴 애정이 고마웠다.

"네, 곧 시작하려 합니다. 어떤 여성이 저와 춤을 추겠다고 했습니다. 굉장한 미인이 말예요. 아니, 별로 미인은 아니지만, 말하자면 도시의 나무 같은 여자지요('도시의 나무'라는 표현은 그가 『미케나우 저널』에서 자주 본 것이었다). 아주 우아해요. 교육도 잘 받았고요."

"교육도 잘 받았다! 좋습니다. 좋아요. 그럼 사귀는 건가요?" 오터른슐라크가 중얼거렸다.

"유감이지만 전 춤을 못 춥니다. 춤을 출 줄 알아야 하는데 말입니다. 그건 굉장히 중요하거든요." 크링엘라인이 말했다. 칵테일이 그를 들뜨게도 만들었지만 동시에 슬프게 만들기도 했다.

"굉장히 중요하죠, 굉장히. 엄청 중요합니다." 오터른슐라크 박사가 유난히 또랑또랑한 목소리로 대답했다. "춤은 출 수 있어야 합니다. 같은 박자에 서로 얼싸안는 것, 어지러울 정도로 돌고 나서 둘이서 멈추는 것 말입니다. 여성에게 거절해서는 안 됩니다. 춤은 출 수 있어야 해요. 정말이지 맞는 말입니다. 크링엘라인 씨. 시간 나는 대로 어서 빨리 배우세요. 여성에게 거절하지 않게 될 겁니다. 크링엘라인 씨. 성함이 크링엘라인 맞지요?"

궁금하기도 하고 불안하기도 해서 크링엘라인은 코안경 너머로 오터른슐라크의 얼굴을 바라보았다. "그건 왜 물으시죠?" 그가 물었는데 마치 바보가 된 기분이었다. "잘 들으세요." 오터른슐라크가 말했다. "잘 들으십시오, 크링엘라인 씨. 섹스가 없는 남자는 죽은 남자입니다. 웨이터, 여기 계산요."

이 갑작스러운 끝맺음에 크링엘라인 역시 계산을 하고 당황해서 일어났다. 오터른슐라크의 말라빠진 어깨 뒤에서 그는 바를 나와 비틀거리며 도어맨에게로 가서 열쇠를 받았다.

"편지 없나요?" 오터른슐라크가 야간 도어맨에게 물었는데, 크링엘라인에 대해서는 완전히 잊은 것처럼 보였다.

"없습니다." 도어맨은 쳐다보지도 않고 대답했다. 왜냐하면 도어맨이라고 다 같은 도어맨이 아니고, 감정의 예민함은 직위와 일치하지 않기 때문이었다. 동시에 도어맨이 "마담의 열쇠는 마드무아젤께서 위로 가져가셨습니다"라고 프랑스어로 어떤 여성에게 말했는데, 해외 파트에서 일한 덕택에 크링엘라인은 그 말을 알아들을 수가 있었다.

그 여성이 크링엘라인 곁을 지나갔다. 목이 드러난 이브닝코트에서 부드럽고, 쌉쌀하면서도 달콤한 향기가 흘러나왔다. 크링엘라인은 경탄의 눈으로 그녀를 바라보았다. 그녀는 윤기 나는 검은 머리에 머리 장식을 얹었고, 눈꺼풀에는 길게 검푸른 화장을 했는데 눈 아래에도 검푸른 그림자가 있었다. 관자놀이, 뺨, 턱은 상앗빛으로 푸른 혈관이 보일 정도였다. 진홍빛 입술은 자주색에 가까웠으며 양쪽 끝을 어찌나 올려서 그렸는지 화살 모양의 그 끝이 콧구멍까지 올라가 있었다. 키가 커 보였지만 실제로는 중간 정도였다. (크링엘라인은) 그 이유를 몸의 균형이 잘 맞아서라고 생각했다. 그녀는 자그마한 노신사를 동반하고 있었는데, 실크해트를 한 손에 들고 있는 그 사람은 음악가 같았다. "내일 8시 반에 극장에 올 수 있어요?" 크링엘라인의 코앞을 지나가면서 여성이 노신사에게 물었다. "리허설 전에 30분 정도 해봐야겠어요."

이 여성만큼 예술적인 인물을 한 번도 본 적이 없는 크링엘라인은 너무 놀라서 재미난 표정을 하고 오터른슐라크의 옷소매를 잡아당기면서 낮은 소리로 물었다. "저 여자는 대체 누군가요?"

"모르십니까? 맙소사! 그루진스카야입니다." 오터른슐라크가 답답하다는 듯이 말하고 승강기 쪽으로 걸어갔다. 크링엘라인은 홀 한가운데에 서 있었다. 그루진스카야라고! 맙소사, 그루진스카야로구나, 라고 그는 생각했다. 그녀의 명성은 대단해서 그가 사는 프레더스도르프에까지 소문이 나 있었다. 정말로 보게 되다니! 저렇게 생겼구나! 신문에만 있는 게 아니라 그녀는 실제로 이 세상에 존재하고 있었다. 내가 그녀 곁에 서고, 그녀 곁을 스쳐 지나갔어. 그녀가 지나갈 때는 홀 전체에 향기가 퍼지는구나! 캄프만에게 편지를 써서 알려주어야겠다.

그는 그루진스카야를 다시 한 번, 그리고 자세히 보기 위해서 재빨리 움직였다. 그때 예절 때문에 빚어진 조금 우스꽝스러운 장면이 승강기 앞에서 벌어졌다. 눈에 띄게 잘생긴 우아하고 멋진 남자가 승강기에서 두 걸음 뒤로 물러나 그루진스카야에게 무심한 듯하면서도 동시에 존경이 담긴 손짓을 하면서 길을 비켜주었는데, 마치 승강기를 양보하는 것이 아니라 제국을 정복해서 여왕의 발아래에 바치는 분위기였다. 오터른슐라크는 혼자 복도의 다른 쪽에 서서 얼굴을 찡그리며 월터 롤리 경*이 따로 없구먼, 하고 중얼거렸다. 반면 크링엘라인은 곧바로 돌진해 오터른슐라크보다 앞서 예의 바른 젊은이의 넓은 어깨 뒤를 따라 승강기 안으로 들어갔다. 그래서 그의 은인만 혼자 뒤에 남고 말았다. 승강기에 네 명 이상 탈 수 없기 때문이었다. 그들은 유리와 목재로 만든 작은 감방에 아주 좁게 서 있게 되었다. 잘생긴 젊은이는 구석에 완전히 몰려 있었다.

"아, 베를린에서 또 뵙네요, 남작님." 노악장 비테가 말했다. 그러자

---

* Sir Walter Raleigh(1552?~1618): 엘리자베스 여왕이 총애한 신하.

가이거른 남작이 대답했다. "네, 그렇습니다. 저도 여기 왔습니다." 크링엘라인은 존경심을 가지고 고상한 사람들 간의 대화에 귀를 기울였다. 외팔의 승강기 안내원이 핸들을 돌리자 승강기가 2층에 섰다. 진홍빛 카펫을 밟으며 그들은 방으로 걸어갔다. 맨 앞에 그루진스카야, 그 뒤에 비테, 그 뒤에 남작, 그 뒤가 크링엘라인이었다. 68, 69, 70호실의 문이 열렸다. 2시였다. 복도 한구석에서 오래된 벽시계가 점잖게 울렸다. 마지막 곡을 연주하고 있는 '옐로 룸'에서 음악 소리가 약하게 들려왔다.

그루진스카야는 잠시 자기 방의 이중문 사이에 서 있었다. "자, 구테 나흐트."* 그녀가 비테에게 말했다. 기분이 좋으면 그녀는 독일어로 말했다. "오늘 저녁 고마웠어요. 오늘 정말 좋았어요. 안 그래요? 커튼콜이 여덟 번이었죠. 그런데 저 젊은 분은 누군가요? 전에 혹시 어디선가 본 적 있지 않나요? 니스였나요?"

"그래, 니스 맞아, 리자. 한번 인사 나눈 적이 있어. 브리지 게임을 한두 번 같이 한 적도 있고. 당신을 굉장히 흠모하는 것 같았지."

"네." 그루진스카야가 짧게 대답했다. 그녀는 코트 아래에서 손을 꺼내 맥없이 비테의 소매를 쓰다듬었다. "우리는 정말 피곤해요. 구테 나흐트. 그 사람 내 평생 본 남자 중에서 제일 잘생긴 남자예요. 그 남작 말이에요"라고 그녀가 러시아어로 덧붙였다. 마치 경매에 팔려고 나온 물건에 관해 말하는 것 같은 냉랭한 목소리였다.

크링엘라인은 문 앞에서 서성이면서 삶에 목마른 사람처럼, 열심히 이 낯선 외국어에 귀를 기울였다. 이 세상은 훨씬 크고 재미있고, 그가 프레더스도르프에서 생각했던 것하고는 다른 것 같았다.

---

* Gute Nacht: 독일어로 '잘 자요'라는 뜻의 밤 인사.

그리고 호텔의 방문들이 닫혔고, 모두들 이중문 안에 갇힌 채 혼자서 각자의 비밀과 함께 남았다.

아침 8시에서 10시 사이 대형 호텔 로비에서는 어떤 화려한 빛도 찾아볼 수 없다. 조명도, 음악도 없고 여성은 한 명도 보이지 않는다. 여성이라면 푸른 앞치마를 두르고 라운지에서 젖은 톱밥으로 청소를 하고 있는 청소 직원뿐이다. 하지만 로나는 다르다. 부지런한 이 로나 백작은 이미 말끔하게 면도한 모습으로 조용히 자리에 앉아 있다. 상의 포켓에는 실크 손수건의 삼각 귀퉁이가 점잖게 드러나 있다. 그는 손님들 앞에서 청소를 하는 것은 이류라고 생각하지만 호텔의 입장은 달랐다. 불행히도 그런 것은 그의 능력 밖의 일로, 상부 부서의 일이었다. 그리고 투숙객들은 그런 것에 관심을 두지 않았다. 아침에 큰 호텔에서 만나는 손님들은 모두가 건실하고 부지런한 사업가들이었다. 그들은 라운지에 앉아서 다양한 언어로 증권, 목화, 윤활유, 특허권, 영화, 토지는 물론, 사상, 아이디어, 활력, 심지어 그들의 두뇌와 삶까지도 팔았다. 그들은 담배 연기 가득한 아침 식당에서 과한 식사를 하고, 흡연자는 옆의 '그레이 살롱'에서 담배를 피워달라는, 노란 다마스크 천 벽지 위에 얌전히 걸려 있는 주의사항에도 불구하고 담배 연기를 가득 풍기며 앉아 있었다. 탁자마다 신문이 놓여 있고 전화실은 모두 꽉 차서 도어맨 젠프는 오후 1시까지도 병원에서 소식을 들을 가능성이 없었다. 6층 복도 세탁실 바로 뒤에서는 보이들이 업무를 시작하기 전에 일종의 열병식을 하고 있었다. 첫번째 현관문과 세번째 현관문 사이의 전면 모양새로 보자면 그랜드 호텔은 주식시장과 별로 다를 바 없었다.

작소니아 면방 주식회사 프라이징 총회장의 경우도 마찬가지였다. 이 평범하면서도 훌륭한 사업가를 통해 그런 계층의 남자가 아침 8시에서 10시 사이에 그랜드 호텔에서 무엇을 하는지 알아보자.

크고, 비만해서 체중이 많이 나가는 프라이징 총회장은 새벽 6시 20분이라는 말도 안 되는 시간에 호텔에 도착했다. 불행하게도 프레더스도르프에는 급행열차가 서지 않기 때문이었다. 프라이징 총회장이 그동안 백방으로 힘을 썼지만, 급행열차를 유치하는 데는 성공하지 못했다. 다만 상품 적재용 연결 선로를 하나 얻는 것에 만족해야만 했다. 그래서 프라이징은 몹시 지친 상태로 호텔에 도착했는데, 자기 방이 호텔에서 제일 비싼 방인 것을 알고는 속으로 불만스러웠다. 71호실로 응접실과 욕실이 딸린 2층 방이었는데 숙박비가 하룻밤에 75마르크였다. 프라이징은 돈을 아끼는 사람으로 그가 베를린으로 차를 가지고 오지 않은 이유도 운전기사의 여행 비용을 아끼기 위해서였다. 욕실이 딸린 비싼 방에 투숙하게 된 그는 우선 욕조에 오래, 아주 편안한 자세로 몸을 담갔다가(프레더스도르프에서 온 다른 투숙객 크링엘라인 씨도 똑같이 한 바 있다) 침대에 잠시 누웠지만 밤새도록 달려온 여행에서 오는 한기에서 벗어나지 못했다. 그래서 다시 일어나 옷을 입고 짐을 조심스럽게 풀어서 가져온 옷걸이에다 양복을 걸었다. 구두, 내의, 그 밖의 물건들은 깨꿋한 리넨 주머니에 들어 있었는데 주머니마다 K . P.라는 이니셜이 빨간색 십자수로 암전하게 수놓아져 있었다.

넥타이를 매면서 프라이징은 아침 안개 속에 잠긴 거리를 멍하니 내려다보았다. 아직 시간이 일러서 반 정도만 밝았다. 청소차가 아스팔트를 쓸며 지나가고, 노란색 버스가 아침을 뚫고 마치 선박처럼 다가왔다. 프라이징은 바로 아래를 내려다보았지만 아무것도 보이지 않았다. 오늘 하루는 결코 쉬운 날이 아니다. 정신을 차리고 만사를 잘 생각해서 일해야 한다. 그는 벨을 눌러 세탁 담당 직원을 불러서 구두를 닦아오도록 내주었다. 그는 구두약까지 챙겨왔는데 갈색과 흰색 구두약이었다. 이미 방은 바쁜 출장 여행에서 오는 알 수 없는 냄새로 가득했다. 트렁크 가죽, 구강청정제, 화장수, 테레빈유(油), 담배 냄새 등이었다. 프라이징은 늘 그렇듯 신중하고 조심스러운 태도로 지갑을 꺼내 돈을 세어보기 시작했다. 지갑 안쪽에는 천 마르크짜리 지폐가 담긴 튼튼한 봉투가 들어 있었다. 사업에서 왜 현금이 필요한지 알 수 없는 일이었다. 프라이징은 엄지와 검지에 침을 묻혀서 돈을 세어보았는데, 그것은 자수성가한 소인배의 행동이었다. 그는 지갑을 회색 양모 양복의 안쪽 주머니에 넣고, 안전을 위해 주머니에 핀까지 꽂았다. 그러고는 빨간색 가죽으로 된 여행용 슬리퍼를 신고 방 안에서 한동안 왔다 갔다 하다가 켐니츠 직물회사 사람과 무언의 대화를 시도해보았다. 재떨이를 찾아보았지만 찾을 수 없었다. 잉크병에다 담뱃재를 터는 것은 마음에 들지 않았다. 70호실의 크링엘라인 씨가 마음을 뺏긴 것과 똑같은 청동 독수리가 이 방에도 놓여 있었다. 프라이징 총회장은 생각에 잠긴 채로 독수리의 펼쳐진 날개를 몇 분 동안 두드려보았다. 보이가 광택을 낸 구두를 가져오자 프라이징은 7시 50분에 방을 나와 호텔 이발소에 두번째 손님으로 들어갔다.

그는 걱정이 있지만 당당하고 자신 있게, 잘 나가는 남자의 말끔한 뺨과 얼굴로 아침 식사 자리를 잡았다. 8시 30분에 약속대로 로텐부르거 씨가 나타났다. 로텐부르거 씨는 완전한 민머리로 눈썹도 속눈썹도 없어서 언제나 사람을 놀라게 하는 용모를 하고 있었는데, 그것은 그의 의심스러운 직업과 잘 어울리지 않는 것이었다. 그는 주식중개업자와 은행원의 중간에 있는 사람으로 때로는 대리업까지 겸했다. 그뿐만 아니라 이런저런 중소업체의 감사이기도 해서 모르는 것이 하나도 없고, 모든 일에 관해 많은 이야기를 하면서 관여하고 있었다. 주식시장의 소문을 제일 먼저 아는 사람도 그였고, 의심스러운 소문을 퍼뜨려 주식 가격을 뒤흔드는 첫번째 인물이기도 했다. 한마디로 이 로텐부르거 씨는 우스꽝스럽고 위험하고, 그러면서도 유용한 사람이었다.

"안녕하십니까, 로텐부르거 씨." 프라이징이 인사를 하면서 남배를 들고 있던 두 손가락을 그에게 내밀었다.

"안녕하십니까, 프라이징 씨." 로텐부르거도 인사를 하며 모자를 목덜미 뒤로 끌어내리고 자리에 앉아 서류가방을 탁자 위에 놓았다. "다시 왕림하셨군요."

"그렇습니다." 프라이징이 말했다. "만나게 되어 반갑습니다. 뭘 드시겠습니까? 차, 코냑, 햄 앤 에그는 어떠신가요?"

"전 코냑으로 하겠습니다. 댁내 무고하시지요? 사모님하고 따님 모두 안녕하시지요?"

"감사합니다. 잘들 지냅니다. 은혼식을 축하해주셔서 감사합니다."

"네, 물론 축하드려야지요. 그런데 회사에서는 어땠나요?"

"회사가 어떻게 축하했느냐는 말씀인가요? 내가 그냥 낡은 차를 회사에 끌어다놓고 새 차를 가져왔지요."

"네, 그러셔도 되지요. 짐이 곧 국가라는 말처럼 내가 곧 회사,라고 말씀해도 무리가 아니지요. 장인께선 어떠신가요?"

"감사합니다. 잘 지내십니다. 아직도 시가를 좋아하십니다."

"놀랍군요, 제가 그분을 알게 된 지 상당히 오래되었죠. 처음엔 자카드Jacquard 직조기 여섯 대로 작은 방에서 시작하셨는데 지금은 굉장하죠. 정말 놀랍습니다."

"네, 일이 잘 풀리네요." 프라이징이 의도적으로 그렇게 대답했다.

"소문이 자자합니다. 굉장한 별장을, 아니 어마어마한 정원이 딸린 성을 지으셨다면서요."

"네, 꽤 그럴듯하게 지어졌습니다. 요즘 집사람은 거기에 푹 빠져 있답니다. 제 처는 대단한 살림꾼이죠. 그렇게 보고 자랐으니까요. 네, 프레더스도르프의 제 집은 꽤 멋집니다. 한번 방문해주십시오."

"감사합니다. 정말 감사합니다. 한번 출장 여행을 만들어보죠. 출장비로 경비를 충당할 수 있게 말입니다."

형식적인 인사와 안부를 물은 뒤 두 사람은 마주 앉아서 본론으로 들어갔다. "어제는 주식이 좀 불안했지요?" 프라이징이 물었다.

"불안했냐고요? 네, 그런 것 같습니다. 그래도 달도르프는 여름이라 잘나갔는데, 베가*의 폭등 이후에는 모두 다 정신이 나간 것 같습니다. 보전(補塡) 없이도 사업을 잘 해나갈 수 있다고 모두들 믿었죠. 그런데 어제는 우르르 무너졌습니다. 아마 30, 아니 40퍼센트는 내려갔을 겁니다. 죽은 사람이 한둘이 아닌데, 아직 모르고들 있습니다. 베가 주식을 아직도 보유하고 있는 사람들 말입니다. 혹시 베가를 가지고 계신가요?"

---

* 조명 회사 이름.

"전에 가졌었죠. 때맞춰서 팔았습니다"라고 프라이징이 말했다. 거짓말이었지만 일상적인 말투로 말했다. 그런 일은 사업에서는 흔한 일이었고, 로텐부르거도 알고 있는 사실이었다.

"네, 걱정하지 마십시오. 금방 회복됩니다." 그가 위로하듯이 말했다. 프라이징의 부정(否定)을 그는 긍정으로 정확하게 이해했다. "뒤셀도르프의 퀴젤 은행 같은 곳이 파산을 하니 대체 무얼 믿어야 할지 알 수가 없군요! 그런 은행까지 그렇게 되니 말입니다! 회장님의 작소니아 회사도 손해 좀 보셨지요?"

"우리요? 아뇨, 전혀 아닙니다. 왜 그런 생각을 하시나요?"

"아닌가요? 전 그런 줄 알았습니다. 하긴 별의별 소문이 다 나니까요. 그럼 퀴젤의 파산으로 손해 보신 게 없는데, 작소니아 면방의 주가가 왜 그렇게 하락하는지 알 수가 없군요."

"네, 같은 의견입니다. 나도 그게 이해가 안 됩니다. 28퍼센트라는 것은 간단히 넘길 숫자가 아니지요. 하지만 우리보다 사정이 더 나쁜 방직 회사들도 잘 지탱하고 있습니다."

"네, 켐니츠 편직(編織)은 잘 버티죠." 로텐부르거가 아무런 토도 달지 않고 인정했다. 프라이징은 그를 바라보았는데, 두 사업가 사이로 동그스름한 담배 연기가 피어올랐다. "자, 이제 우리 솔직하게 이야기를 하죠." 잠깐 쉬었다가 프라이징이 말했다.

"회장님부터 솔직하게 말씀을 하세요. 전 비밀이 없습니다, 프라이징 씨. 회장님께서 작소니아 면방을 최고의 가격으로 매입하라는 부탁을 저한테 하셨고, 저는 그렇게 했습니다. 작소니아 면방을 위한 작소니아 주식 매입이죠. 그렇습니다. 우리는 주가를 상당히 올려놓았어요. 네, 184라는 숫자는 상당한 가격이었습니다. 회장님께서 영국하고 대단한 계약을 성사시킬 거라는 소문이 났고, 주가가 더 상승했어요. 쳄니츠 편직하고의 합병 소문이 나자 더욱 상승했죠. 그런데 갑자기 쳄니츠 측에서 작소니아 주식을 시장에 내놓기 시작했고, 작소니아 주식 가격은 떨어지기 시작했습니다. 순리에 어긋날 정도로 아주 급격하게 떨어졌습니다. 사실 주가란 비합리적이지요. 프라이징 씨, 제 말은 주식이 히스테리 부리는 여자 같다는 겁니다. 결혼 생활을 40년 한 제 생각입니다. 결국 퀴젤의 파산으로 회장님은 돈을 많이 잃었습니다. 그렇습니다. 영국과의 거래도 이루어지지 않았습니다. 좋아요. 하지만 하루아침에 28퍼센트의 손실이 나는 것은 너무 심합니다. 무슨 사정이 있는 겁니다."

"좋아요. 그런데 사정이 있다니, 무슨 말인가요?" 프라이징이 물었는데 기다란 담뱃재가 식은 커피에 떨어졌다. 프라이징에겐 능란한 외교술이 없었다. 그의 질문은 단순하고 바보 같았다.

"쳄니츠 편직에서 협상을 중단하려는 것을 회장님도 잘 아실 텐데요. 회장님께서 여기 오신 것도 구할 만한 것이 있으면 구해보려고 달려온 것이죠. 제가 어떤 충고를 해야 할까요? 쳄니츠 측에게 애정을 강요하실 순 없습니다. 만약 쳄니츠가 회장님 회사의 주식을 모두 시장에 내놓는다면 그건 '알았어, 우린 작소니아 면방에 더 이상 관심이 없어'라는 뜻입니다. 문제는 이 괴로운 상황에서 벗어나기 위해서 회장님께서 어떻게 할 것인지입니다. 회장님 소유의 주식을 더 사 모으실 겁니까? 지금이면 싸게 구입할 수 있습니다."

프라이징은 아무 대답도 하지 않은 채 생각에 잠겼는데, 그에게 그것은 어려운 일이었다. 총회장 프라이징은 훌륭한 사람으로 정확하고 솔직하고 안과 밖이 깨끗한 사람이었다. 하지만 수완 있는 사업가는 아니어서 상상력과 설득력, 추진력이 부족했다. 그래서 중대한 결단이 필요

할 때면 마치 얼음 위를 걷는 사람처럼 이리저리 흔들렸다. 거짓말을 할 때는 설득력도 부족했다. 그가 할 수 있는 것은 사업상의 거짓말을 미숙하게, 아주 조금만 하는 것이었다. 그는 약간 말을 더듬었는데 코밑수염에는 땀방울까지 맺혔다.

"만약 쳄니츠 쪽에서 합병을 원치 않는다면, 그건 그쪽 결정입니다. 우리 쪽에서 그쪽을 필요로 하는 것보다 실은 그쪽에서 우리를 더 필요로 합니다. 그쪽에 새로운 나염 방식이 없다면 우리도 이 일에 전혀 관심이 없습니다." 그가 드디어 입을 열었는데 스스로 생각해도 정말 대답을 잘한 것 같았다. 로텐부르거가 통통한 열 손가락을 허공에 들었다가 다시 아침 식탁 위에, 바로 꿀 접시 옆에다 내려놓았다. "쳄니츠에는 나염 공정이 있지 않습니까! 그러니까 작소니아에서 거기에 관심을 갖는 것 아닌가요?" 그가 상냥하게 물었다. 프라이징은 단숨에 골백번이라도 이런 대답을 내뱉고 싶었다. '퀴젤 사건으로 우리 회사는 어떤 손실도 당하지 않았어'. 그리고 이런 말도 하고 싶었다. '영국 측과의 거래도 아직 끝장난 게 아니야.' 이런 말도 하고 싶었다. '쳄니츠 편직이 지금 우리 회사의 주가를 낮추고 있는데, 그렇게 해서 합병 때 조건을 더 좋게 만들려는 수작이지'. 하지만 그는 아무 대꾸도 하지 않고 이 말만 내뱉었다. "자, 두고 보도록 하지요. 모레 쳄니츠 측과 만나기로 약속이 되어 있습니다."

"푸우." 로텐부르거가 담배 연기를 목에서부터 내뿜었다. "약속요? 그쪽에선 누가 나옵니까? 슈바이만인가요? 게르스텐코른인가요? 똑똑한 사람들이죠. 그 사람들 잘 대처해야 합니다. 죄송하지만 그런 일은 프라이징 씨의 장인어른이 제격이십니다. 하지만 아직 희망은 있습니다. 증권가에 소문을 낼까요? 밑져봐야 본전입니다. 지금 상황은 어떤가요? 방적 주식 매도에 관한 새로운 업무를 저한테 맡기시겠습니까? 오늘 시장에서 막는 사람이 없으면 엄청나게 폭락할 거라고 감히 제가 말씀드립니다. 자, 어떡하실 겁니까?" 로텐부르거가 서류가방을 펼치고 주문서 한 장을 꺼냈다.

장인에 관한 로텐부르거의 냉철한 언급에 프라이징은 눈썹 사이가 붉어졌다. 콧마루 위에 생겼다가 금방 사라지는 작고 어두운 붉은 자국이었다. 그는 주머니에서 만년필을 꺼내 잠깐 주저하다가 서류에 서명을 했다. "4만까지, 170이 한계입니다"라고 그가 쌀쌀맞게 말하고, 자기 이름 아래에다 힘있게 굵은 가로선을 그었다. 거기엔 장인에 대한 항의, 로텐부르거에 대한 항의가 들어 있었다.

프라이징은 무거운 마음으로 아침 식사 식탁에 그대로 남아 있었다. 귀에서 윙 하는 소리가 조금 나는 것 같았는데 혈압이 정상이 아니기 때문이었다. 중요한 이야기가 오가다 보면 종종 뒷골이 눌리는 기분이었다. 작년에도 몇 번 일이 벌어졌는데, 오늘도 상황이 좋지 않았다. 합병 파기를 원하는 켐니츠 측에게 합병 협상을 지속하도록 만드는 건 쉬운 일이 아니었다. 그리고 집에서는 노인네가 휠체어에 앉아서 사위가 조금만 실수를 해도 고소해하면서 좋아했다. 급행열차에 관한 철도청과의 협의는 아무런 성과가 없었다. 저렴한 상품에 색을 들이는 염색 공정은 지금까지는 고급 물품에만 해왔던 것인데, 켐니츠 편직 주식회사하고 묶이는 바람에 현재는 억지로 진행하고 있었다. 영국 측과의 거래 체결은 몇 달째 제자리걸음이었다. 프라이징은 이미 두 번이나 맨체스터를 방문했지만, 돌아와보면 교섭은 전보다 더 악화되어 거의 끝장난 것으로 보일 정도였다. 그러자 노인이 켐니츠와의 업무에 끼어들었다. 장인은 사전 협상을 교활하게 진행시켰고, 그러자 노(老)게르스텐코른이 일을 알아보러 프레더스도르프에 나타나 계속 이리저리 협의 중이었다. 유명한 통상 전문 변호사 치노비츠 박사가 켐니츠 주식 두 장에 작소니아 주식 한 장의 주가로 예비 계약서를 만들었지만 서명은 아직 이루어지지 않았다. 그 정도라면 좋은 거래로, 켐니츠 측에도 나쁜 것이 아니었다. 주식시장에서는 모두들(섬유업계 사람들 모두) 그렇게 알고 있었는데, 갑자기 켐니츠 측에서 다른 소리를 하기 시작했다. 만사가 엉망진창이 되어버리자 문제를 해결하도록 노인네가 그를, 이 불행한 프라이징을 보낸 것이었다. "제기랄!" 프라이징이 중얼거리면서 실수로 담뱃재를 떨어뜨린 차가운 커피를 한 모금 마시고 일어났다. 완행열차를 타고 온 탓에 그는 등이 아팠다. 하품을 요란하게 하자 두 눈에서 눈물이 흘렀다. 지쳐서 휴식이 필요했지만 그는 전화실로 가서 프레더스도르프 48번에 긴급통화를 신청했다.

프레더스도르프 48번은 공장이 아니라 프라이싱의 집이있다. 오래지 않아 전화가 연결되었다. 프라이징은 아내와 편안하게 통화하려고 팔꿈치를 탁자 위에 얹었다. "잘 있지? 물레, 여보." 그가 말했다. "나야. 물레, 아직도 자는 거야? 아직도 안 일어났어?"

"무슨 소리예요!" 전화 저쪽에서 멀지만, 부드럽고 폭신폭신한 목소리, 회장님만을 사랑하고 생각하는 목소리가 들려왔다. "9시 반이에요. 벌써 아침을 먹고 꽃에 물도 주었어요. 당신은요?"

"잘 있어." 프라이징이 지나치게 명랑하게 말했다. "이따가 치노비츠하고 약속이 있어. 거긴 날씨가 좋은가?"

"그래요"라고 전화가 대답했다. 나지막한 웃음소리가 들렸는데 아주 친밀하고, 집 생각이 나게 만드는 웃음이었다. "날씨가 좋아요. 밤사이에 파라 크로커스꽃이 피었어요."

프라이징은 전화 너머로 크로커스가 보이는 듯했다. 등나무 가구와 커피 보온병, 식사가 차려진 식탁, 삶은 계란을 덮은 편물 커버가 눈앞에 선했다. 아내 물레의 모습도 보였다. 푸른색 가운을 입고 실내화를 신은 채로 주둥이가 긴 커피포트를 손에 들고 있었다. "여보, 물레, 여긴 날씨가 별로 안 좋아." 그가 말했다. "당신도 함께 왔어야 하는데. 정말이야. 꼭 한번 와봐야 해."

"무슨 소리예요!" 전화에서 아양을 떨면서 물레가 다정하게 웃는 소리가 들렸다.

"당신이 최고야. 그런데 여보, 내가 면도기를 잊어버리고 왔어. 그래서 여기서 매일 이발소에 가야 해."

"알고 있어요"라고 전화가 대답했다. "면도기를 욕실에 놓고 갔더군요. 여보, 거기서 하나 사도록 하세요. 상점에 가면 아주 싼 것을 살 수 있어요. 매일 이발소에 가서 면도하는 것보다 그게 더 싸고 더 간편해요."

"알았어, 그렇게. 당신 말이 맞아." 프라이징이 고마워하며 대답했다. "아이들은 어디에 있나? 애들과 통화하고 싶은데."

알아들을 수 없는 소리가 멀리서 들리더니 밝은 목소리가 나타났다. "아빠, 안녕하세요!"

"안녕, 꼬마!" 프라이징이 신이 나서 대답했다. "잘 있지?"

"그럼요. 아빠 어때요?"

"잘 있어. 바베도 거기 있나?"

바베도 거기 있었다. 바베는 열일곱 살의 목소리로 아빠가 잘 지내고 있는지, 날씨는 어떤지, 베를린에서 무슨 선물을 사 가지고 오실지 물었고, 크로커스가 피기 시작했으며 엄마가 테니스 치러 못 나가게 했고 날씨가 아주 포근해졌다고 덧붙이면서 슈미트가 잔디 손질을 시작해도 되는지 물었다. 엄마가 끼어들어 무슨 말을 하자 아이들이 무어라고 말하더니 마지막으로 세 사람이 소리치며 웃는 소리로 전화가 요란했다. 교환수가 끼어들었고 프라이징은 통화를 끝냈다. 그런 다음 그는 전화실에 한동안 서 있었는데, 알 수는 없지만 두 손 안에 따스한 창가의 햇살과 푸른 크로커스를 담고 있는 기분이었다.

전화실을 나오면서 그는 기분이 훨씬 좋아졌다. 프라이징 회장을 집바보라고 놀리는 사람들이 있었는데 그 말은 틀린 것이 아니었다. 그는 두번째로 전화를 연결해서 은행과 통화했다. 굉장히 열을 내면서 이야기를 했는데 왜냐하면 4만이라는 액수와 관련된 일이었기 때문이었다. 엄청나게 큰 액수로, 그가 로텐부르거 씨에게 자신의 능력으로 내놓을 수 있는 거의 마지막 액수였다. 회장님이 4번 전화실에 있는 이 불편한 10분 동안 크링엘라인이 층계를 내려와 유별나게 고상한 진홍빛 카펫 위를 즐기듯이 걸어서 도어맨 데스크 앞까지 왔다. 그는 오늘도 단추에 꽃을 한 송이 꽂고 있었는데, 그것은 어젯밤의 것으로 밤새도록 욕실의 양치 컵에 넣어두어 아직도 시들지 않은 상태였다. 하얀 카네이션이었는데, 그는 그 꽃의 향기를 자신의 우아함을 완성해줄 불가결한 요소로 생각했다.

"선생님께서 어제 문의하신 분께서 이미 호텔에 와 계십니다"라고 도어맨이 말했다. "누구 말씀인가요?" 크링엘라인이 의아해하면서 물었다. 도어맨이 숙박계를 들여다보았다. "프라이징, 프레더스도르프에서 오신 프라이징 회장님 말씀입니다"라고 말하면서 도어맨은 작고 해쓱한 경리 직원의 얼굴을 뚫어져라 바라보았다. 크링엘라인이 길게 숨을 내쉬자 그것은 한숨으로 변했다. "아, 네. 알겠습니다. 감사합니다. 그런데 어디에 계신가요?" 창백해진 입술로 그가 물었다.

"아마 조식 식당에 계실 겁니다."

크링엘라인은 걸어가면서 잔뜩 긴장했다. 너무 긴장해서 거의 쓰러질 지경이었다. 그는 혼자 뭐라고 말할지 생각해보았다. '안녕하십니까, 프라이징 회장님, 아침 식사가 좋지요? 네, 저도 그랜드 호텔에 묵고 있습니다. 그렇습니다. 그럼 안 되나요? 우리 같은 인간은 그러면 안 되나요? 그렇습니다. 우리도 살고 싶은 대로 살아도 됩니다.'

그는 또 이런 생각도 했다. '아, 왜 내가 프라이징을 두려워하지? 그는 절대로 나를 건드릴 수 없어. 나는 곧 죽을 거야. 아무도 날 어쩔 수 없어.' 거기엔 미케나우 숲에서 산딸기를 딸 때와 같은 일종의 해방감이 섞여 있었다. 용기를 잔뜩 내서 그는 조식 식당으로 들어가 우아한 그곳 분위기에서 자신감 있게 움직였다. 그는 눈으로 프라이징을 찾았다. 프라이징과 이야기를 하고 싶었다. 프라이징과 해결할 것이 있었다. 원래 그는 그것 때문에 그랜드 호텔에 온 것이었다. '안녕하십니까, 프라이징 씨'라고 그는 말하고 싶었다.

하지만 프라이징은 조식 식당에 없었다. 크링엘라인은 복도를 왔다 갔다 하면서 열람실과 고객 업무실에 머리를 디밀어 보고 신문 판매대 쪽도 들여다보았다. 그는 프라이징 씨에 관해 14번 보이에게 물어보기까지 했다. 하지만 모두들 모르겠다고 고개를 저었다. 크링엘라인은 흥분해서 어서 빨리 해결하고 싶은 생각에 낯선 방의 문지방까지 오게 되었다. "죄송합니다만 혹시 프레더스도르프의 프라이징 씨 보셨습니까?"라고 그가 전화교환수에게 물었다. 교환수는 고개를 끄덕였지만 머리가 전화번호로 꽉 차 있기 때문에 말을 하지는 못했다. 교환수가 엄지손가락으로 어깨 너머를 가리켰다. 크링엘라인은 얼굴이 벌게졌다. 왜냐하면 바로 그 순간 프라이징이 생각에 잠긴 채 4번 전화실에서 나오고 있었기 때문이었다.

그러자 다음과 같은 일이 벌어졌다. 크링엘라인은 목이 부러진 사람처럼 목덜미와 머리가 움츠러들어 잔뜩 오그라들었다. 그의 발끝은 안으로 향했다. 코트 깃은 목까지 올라가 있었는데 무릎이 내려앉았고 서글픈 정강이 위에는 바지 주름이 역력했다. 부유하고 점잔 빼던 크링엘라인 씨가 1초 만에 가난하고 초라한 직원이 되었다. 거기에 서 있는 것은 형편없는 하급자, 완전히 망각된 채 일주일 정도밖에 살 수 없는 사람이었다. 하지만 그렇기 때문에 앞으로도 몇 년 힘겨운 일을 관철시켜야 하는 프라이징 씨보다 더 유리한 사람으로 보였다. 경리 직원 크링엘라인은 옆으로 비켜 2호실 방문에 바싹 붙어 섰다. 회사에서처럼 머리를 숙이면서 그가 작은 소리로 인사했다. "안녕하십니까, 회장님?"

"안녕하십니까?" 프라이징은 인사를 건네면서도 그를 전혀 쳐다보지 않았다. 크링엘라인은 1분 동안 벽만 바라보면서 멍하니 서 있었다. 수치스러운 나머지 그는 쓴 침을 삼켰다. 갑자기 슬픔이 솟아올라 아픈, 반쪽만 남은 빈사 상태의 위에다 쑤시는 듯한 고통을 주었다. 위는 남몰래, 혼자서 서서히 죽음의 독을 준비하고 있었다.

그러는 동안 프라이징은 계속 라운지로 걸어갔다. 그곳에서는 유명한 통상 전문 변호사 치노비츠가 그를 기다리고 있었다.

치노비츠 박사와 프라이징 총회장은 '겨울 가든'의 조용한 코너에서 두 시간째 서류 뭉치에 머리를 맞대고 앉아 있었다. 그곳은 점심때까지는 텅 비어 있는 곳이었다. 프라이징의 서류가방은 속이 텅 비었고, 재떨이에는 담배꽁초가 가득했다. 사업상의 힘든 업무를 처리할 때면 늘 그렇듯이 그의 손은 축축해졌다. 중국 마술사의 얼굴을 한 작달막한 중년의 치노비츠 박사가 일을 마감하면서 법정에서처럼 헛기침을 하더니 자기 앞의 서류에 권위 있게 손을 올려놓으며 이렇게 말했다.

"프라이싱 회장님, 요약해보겠습니다. 상당히 좋지 않은 상황에서 우리는 내일 만남을 가지게 되었습니다. 우리의 주식은 상황이 좋질 않습니다. 숫자상으로도, 현실적으로도 그렇습니다." (이 말을 하면서 그는 보이가 방금 전에 가져온 『베를리너 차이퉁』 신문의 시세표를 손으로 두드렸다. 거기에는 작소니아 면직의 주식이 7퍼센트 하락했다고 적혀 있었다.) "우리의 주식은 상황이 나쁩니다. 감히 말씀드리자면 심리적인 측면에서 보아도 이 중대한 만남은 선택이 잘못되었습니다. 아시다시피 켐니츠 측에서 내일 만약 노,라고 말하면 합병은 끝장이 나는 겁니다. 더 이상 재론의 여지가 없습니다. 그리고 현재의 상황을 보면 노,라고 할 가능성이 높습니다. 확실하다고 말할 수는 없지만 그럴 가능성이 충분히 있고, 거의 확실하다시피 합니다."

프라이징은 초조하게 귀를 기울였다. 그는 조바심이 났다. 변호사의 형식적인 말투에 짜증이 나기도 했다. 혼자 있을 때에도 치노비츠는 항상 총회에서 연설하듯이 말을 했다. 그가 손을 올려놓자 '겨울 가든'의 연약한 등나무 탁자는 녹색 천을 깐 운명적인 회의용 탁자로 변했다.

"약속을 취소할까요?" 프라이징이 물었다.

"취소하면 아주 좋지 않은 인상을 남기게 됩니다"라고 치노비츠가 말했다. "게다가 연기를 한다 해도 이익이 될지 손해가 될지 알 수가 없습니다. 연기하다가 기회를 잃을 수도 있으니까요."

"기회라뇨?" 프라이징이 물었다. 그는 뻔히 아는 일에 관해서 물어보는 어리석은 습관에서 벗어나지 못하고 있었다. 그의 그런 실수로 인해 협상이 다른 길로 빠져 답답하고 복잡하게 꼬이는 경우가 많았다.

"충분히 잘 아실 텐데요." 치노비츠 박사가 말했는데 마치 나무라는 것처럼 들렸다. "일은 영국 측 상황하고 연관이 있습니다. 제 생각에는 맨체스터의 버를리 앤 선 회사가 핵심입니다. 켐니츠 직물은 완제품 판매를 위해서 영국 시장으로 진출하려 합니다. 그곳 시장의 상당 부분을 확보하고 있는 버를리 앤 선은 완제품 면직을 지속적으로 주문받고 있지만 그들은 원사(原絲)만 생산하기 때문에 원사를 독일로 수출해서 켐니츠를 통해 완제품을 영국으로 들여오려고 하죠. 그들은 켐니츠와의 합병에 큰 관심을 가지고 있습니다. 이 일을 그쪽에서 왜 간단히 직접 진행하지 않는지는 프라이징 회장님께서도 충분히 알고 계실 겁니다. 그것은 영국 측에서 볼 때 켐니츠 사가 별로 건실하지도 않고, 자본도 넉넉지 않아 보이기 때문이지요. 그래서 머뭇거리는 겁니다. 기초가 튼튼해 보이지 않기 때문입니다. 만약 우리 작소니아 사가 켐니츠와 합병을 한다면 사정은 달라집니다. 버를리 앤 선은 그렇게 되기를 바라고 있어요. 그럴 경우 회장님 회사의, 이렇게 말씀드려 죄송하지만 김빠진 사업은 활기를 찾게 되고, 너무 앞서 나가고 있는 켐니츠 측은 속도를 좀 줄이게 되는 거죠. 버를리 앤 선은 회장님의 작소니아가 켐니츠 편직과 합병을 하는 경우에만 작소니아에 관심을 가지고 있습니다. 그리고 켐니츠 측은 회장님이 버를리 앤 선과 사업을 함께하면서 영국 시장을 장악하게 될 때에만 합병을 할 생각이 있습니다. 일단 회장님 회사와 다른 쪽의 계약부터 완벽하게 이루어져야만 일이 시작됩니다. 그런데 제 의견을 솔직하게 말씀드리자면, 협상은 현재 아주 안 좋게 진행되고 있어서 잘못하다간 전부 그르칠 상황입니다. 맨체스터 측과의 협상은 누가 하고 있나요?"

"장인어른이 하십니다." 프라이징이 재빨리 대답했다. 그건 맞는 말이 아니었고, 그것이 사실이 아니라는 것을 치노비츠도 알고 있었다. 작소니아 면방의 파워 게임에 관해서라면 그가 모르는 것이 없기 때문이었다. 손바닥으로 테이블을 쓸어내리면서 그는 프라이징의 대답까지 쓸어냈다. 무슨 소리야, 라는 몸짓이었다.

"저는 말입니다." 그가 말을 이었다. "켐니츠 측과 밀접한 관계를 지속적으로 유지하고 있습니다." (그는 예비역 대위 시절에 자주 쓰던 이 표현을 좋아했다.) "그래서 분위기가 어떤지 정확하게 말씀드릴 수 있습니다. 슈바이만은 합병 생각을 중단했고, 게르스텐코른도 흔들리고 있습니다. 이유요? 거대한 SIR 그룹이 켐니츠 쪽에 매각 의사를 타진 중이거든요. 합병이 아니라 매각입니다. 슈바이만과 게르스텐코른은 감사로 남아서 급료 받는 자리를 제공받죠. 하지만 아직 위험성은 남아 있습니다. 버를리 앤 선과의 일이 완벽하게 해결된다면, 제 보잘것없는 견해입니다만, 켐니츠 측에서는 SIR의 제안을 묵살하고 회장님 회사와 합병을 할 것입니다. 상황은 그렇습니다. 그런데 작소니아가 맨체스터를 어떻게 할 것인지 저는 확실하지가 않습니다. 프라이징 씨의 장인께서 저한테 보내신 편지 내용이 애매하기 때문에……"

프라이징은 변호사의 명확한 설명에 대해서 다시 어리석은 질문을 했다. "SIR 측의 제안은 확실한 건가요, 아니면 그냥 말만 나온 건가요? 켐니츠 측에 얼마를 제안했나요?"

"그건 핵심 사안이 아닙니다." 그것에 관해 아는 것이 없는 치노비츠가 말했다. 프라이징은 시가를 물고 있는 아랫입술을 앞으로 내밀면서 생각에 잠겼다. 이건 중요한 문제다, 라고 그는 생각했지만 이유는 자신에게도 상대방에게도 설명을 할 수가 없었다. "버를리와의 일은 아주 나쁘진 않습니다"라고 그가 머뭇거리며 말했다. "하지만 제가 보기에 아주 좋다고도 할 수 없는 상황입니다." 변호사가 덧붙였다. 프라이징은 가방으로 손을 내밀었다가 다시 끌어당겼다. 하지만 다시 가방을 들고 시가를 입에서 내려놓았다. 시가는 끝이 부스러져 있었다. 세번째로 가방을 집어 든 그는 편지와 편지 복사본이 들어 있는 파란색 서류철을 꺼냈다. "여기 맨체스터 측과 최근 주고받은 서류가 있습니다." 그가 재빨리 말하면서 서류 뭉치를 변호사에게 내밀었다. 다음 순간 그는 바로 후회했다. 다시 손등의 땀구멍에서 식은땀이 흐르기 시작했다. 그는 습관대로 결혼반지를 돌려보려고 했지만 돌려지지 않았다. "제발 부탁이니 반드시 비밀로 해주세요." 그가 속삭이듯이 말했다. 치노비츠는 편지 너머로 힐끗 옆을 바라볼 뿐이었다. 프라이징은 입을 다물었다. 이제 넓은 홀에서 들리는 것은 식사를 준비하는 달그락 소리뿐이었다. 세상의 모든 호텔에서 점심 식사 직전에 풍기는, 음식을 노릇하게 볶는 냄새로, 식사 전의 식욕을 돋우어서 참을 수 없게 만드는 냄새였다. 잠시 프라이징은 집에 있는 식구들과 함께 식사하는 식탁을 머리에 떠올렸다.

"이것 참……" 치노비츠 박사가 그렇게 내뱉고는 편지를 치우고 나서 생각에 잠긴 채 마치 정신 나간 사람처럼 프라이징의 콧등을 바라보았다.

"어떻습니까?" 프라이징이 물었다.

"이제 말입니다." 한동안 조용히 바라보던 치노비츠가 연설을 시작했다. "출발점으로 이야기가 되돌아오네요. 당분간 버를리 앤 선과의 협상은 계속하도록 하죠. 켐니츠 측에게 압력을 행사할 수 있는 유용한 기회를 손에 쥐고 있는 것이니까요. 우리가 협상을 연기하거나 버를리 측에서 거부하면(2월 27일자 마지막 편지에서 보면 그럴 가능성이 상당히 큽니다) 우리는 이 기회를 놓치게 됩니다. 그렇게 되면 기회는 영영 사라집니다. 그러면 우리는 두 개의 의자 위에 앉는 것이 아니라 두 의자 사이에 끼이는 난처한 꼴이 되고 맙니다."

갑자기 프라이징의 이마가 벌게졌다. 가늘게 주름이 진 피부 아래에 피 뭉치가 나타나 핏줄이 부풀어 올랐다. 종종 그에게는 그런 분노의 발작, 혈압 상승, 강한 충격이 일어나곤 했다.

"안 될 말입니다. 무조건 합병을 해야 합니다." 그가 주먹으로 테이블을 치면서 말했다. 치노비츠 박사는 한동안 기다리다가 대답을 했다. "내 생각에 합병을 안 해도 우리 작소니아가 파산하지는 않습니다. 그럼요. 결코 파산하지 않습니다. 파산을 말하는 사람 아무도 없습니다." 프라이징이 열에 들떠서 말했다. "하지만 우리는 삭감을 했어야 해요. 방적 파트의 노동자들을 줄였어야 했어요. 그랬어야만 했죠. 이젠 다 소용없는 얘기입니다. 어떤 일이 있어도 합병을 관철시켜야 해요. 그러려고 내가 여기에 온 것입니다. 반드시 관철해야 합니다. 어떤 일이 있어도 해야 합니다. 그리고 또 속사정도 있습니다. 아마 이해가 되실 겁니다. 공장을 건립한 건 접니다. 내 조직력이 한 일이지요. 그러니 응분의 대가가 있어야 합니다. 노인께선 이제 늙었어요. 그리고 처남은 나하고 잘 맞지 않습니다. 솔직하게 말씀드리지요. 변호사께서도 내 처남을 아시지만, 처남은 나하고 잘 맞지 않습니다. 처남은 최신 리옹 투자 방식*을 끌어들이고 있는데, 내 사업 방식하고 맞지가 않아요. 나는 허세는 딱 질색입니다. 난 그런 식의 기만을 좋아하지 않아요. 나는 견고한 바탕 위에서 계약을 합니다. 난 모래성 같은 것은 짓지 않습니다. 내가 말하고 싶은 것은……"

치노비츠 박사는 열에 들뜬 회장을 흥미롭게 바라보았다. 프라이징은 자신이 책임질 수 있는 것 이상을 말하고 있었다. "회장님께선 이쪽 거래에선 모범적인 사업가로 알려져 있습니다." 치노비츠가 공손하게 말

---

* 해외에서 수입해 국내 중견업체 이상에게 납품하는 방식.

했는데, 그의 목소리에는 연민의 분위기가 깔려 있었다. 프라이징이 더이상 논의하고 싶지 않다는 듯 떨리는 손으로 파란색 서류 폴더를 다시 가방에 집어넣었다.

"우린 합의가 된 겁니다." 치노비츠가 말했다. "내일 만나도록 하는데, 원하는 것은 어떻게 해서든 계약 초안을 밀어붙이는 겁니다. 내가 알기로……"

치노비츠가 말없이 생각에 잠겼다가 1분쯤 뒤에 입을 열었다. "저어 말입니다. 편지 한두 통만 내가 가져가면 안 될까요? 전망이 아주 밝은, 협상 초기의 것으로 말입니다. 오후에 슈바이만하고 게르스텐코른을 만나서 얘기해보겠습니다. 아무런 피해도 없을 겁니다. 편지 전부를 보여주는 것이 아니고 몇 장만……"

"그건 안 됩니다." 프라이징이 말했다. "버를리 앤 선 측하고 비밀 유지의 의무가 있거든요." 치노비츠는 그 말에 미소만 보냈다. "이미 소문이 다 나 있는데요"라고 그가 말했다. "하지만 알아서 하십시오. 책임이 있으니까요. 한번 잘해보세요. 맨체스터 측과의 협상을 잘 이용만 하면 완전 승리입니다. 그것이야말로 켐니츠하고 얽힌 문제를 해결하는 유일한 방법입니다. 슈바이만한테 편지 두어 장 슬쩍, 아주 우연인 것처럼 쥐여주면 됩니다. 골라서 보여주면 됩니다. 복사본 몇 개 말이죠. 하지만 회장님 생각대로 하십시오. 책임이 따르는 일이니까요."

프라이징은 다시 책임을 져야 하는 일과 마주치게 되었다. 로텐부르거의 주식 매입을 위한 선도금 4만은 그에게 큰 부담이었다. 너무 신경이 쓰여서 그는 실제로 가슴이 쓰리고 관자놀이가 후끈거렸다. "그건 마음에 안 듭니다. 올바른 일이 아니지요"라고 그가 말했다. "켐니츠 측과의 협상은 버를리와의 일보다 훨씬 전에 시작된 일입니다. 그사이에 우리 측하고 게르스텐코른 사이에는 한 마디도 오간 적이 없습니다. 그런데 갑자기 일이 그쪽으로 돌아가네요. 만약 켐니츠 측이 우리를 영국 측과의 협상을 위한 꼭두각시나풀로만 생각한다면, 사실 현재 그렇게 보이지만, 우리의 왕래 서신까지 보여줄 수가 없죠."

'노새처럼 고루하군!'이라고 치노비츠 박사가 생각하면서 서류가방을 잠갔다. "자, 그럼." 입을 꾹 다문 채 그가 일어났다.

갑자기 프라이징이 수그러들었다. "편지 두세 장 베낄 만한 사람 있나요? 먹지를 대고 타자를 쳐서 몇 장 베껴 가는 것은 좋습니다. 하지만 원본은 내줄 수 없습니다." 그가 서둘러서 남들에게 들리게 하려는 듯이 큰 소리로 말했다. "믿을 만하고 신중한 사람이어야 합니다. 나도 회의에서 필요한 것을 몇 가지 구술할 것이 있습니다. 호텔에 있는 타이피스트는 싫습니다. 모든 사업상의 비밀을 도어맨에게 다 말할 것 같은 생각이 들거든요. 점심 직후가 좋겠습니다."

"내 사무실에는 시간 있는 사람이 없습니다." 치노비츠가 약간 놀라 냉담하게 대답했다. "몇 가지 큰 건들을 처리하느라고 몇 주일 전부터는 초과 근무까지 하고 있습니다. 잠깐만요. 플램헨을 보내드릴 수 있겠네요. 플램헨이 좋겠습니다. 플램헨에게 전화를 걸지요."

"누구 말씀인가요?" 애칭처럼* 들리는 이름에 마음이 조금 상해서 프라이징이 물었다.

"플램헨요. 플람 2입니다. 회장님도 아시지요, 제 사무실에서 20년째 일하고 있는 우리 직원 플람 1의 여동생입니다. 회사가 감당할 수 없을 만큼 타자 일이 많을 때에는 플람 2가 종종 와서 일을 도왔지요. 플

---

* 플램헨Flämmchen은 플라메Flamme(불꽃)의 축소형이다.

람 1이 바쁘면 저는 종종 플람 2를 출장에 동반하기도 합니다. 재빠르고 똑똑하거든요. 베끼는 일을 5시까지는 끝내도록 조치하겠습니다. 그리고 그 시간 이후에 사적으로 켐니츠 사람들과 저녁 식사 약속을 잡도록 하겠습니다. 플램헨은 베낀 것을 곧장 사무실로 가져오면 됩니다. 지금 당장 플람 1에게 전화해서 동생을 보내라고 하겠습니다. 내일 몇 시에 회의실을 예약하셨나요?"

훌륭한 두 사람 치노비츠 박사와 프라이징 총회장은 연륜이 느껴지는 서류가방을 팔에 끼고 '겨울 가든'에서 나와 복도를 지나고 도어맨 데스크를 지나 라운지로 갔다. 그곳에는 꽤 많은 비슷한 남자들이 비슷한 서류가방을 들고 비슷한 대화를 나누고 있었다. 여자 몇 명도 모습을 드러냈는데, 지금 막 샤워를 하고 아침에 새로 화장을 한 모습이었다. 여자들은 입술을 깔끔하게 칠했고 회전문을 지나 실로 나가면서 우아하고 당당한 몸짓으로 장갑을 끼었다. 길에는 노란 햇살이 회색 아스팔트를 비추고 있었다.

그들이 전화실로 가려고 라운지를 지나가고 있을 때 프라이징은 누군가 자기 이름을 부르는 소리를 들었다. 18번 보이가 사람들 사이를 지나면서 일정한 간격을 두고 밝고 약간 높은 소녀의 목소리로 "프라이징 회장님! 프레더스도르프에서 오신 프라이징 회장님! 프라이징 회장님!" 하고 소리치고 있었다.

"여기입니다"라고 프라이징이 대답하고 손을 내밀어 전보를 받았다. "죄송합니다"라고 말하고 그는 치노비츠 박사와 나란히 라운지를 걸어가면서 전보를 읽었다. 전보를 읽으면서 그는 머리끝이 쭈뼛해져서 기계적으로 둥글고 뻣뻣한 모자를 머리에 얹었다.

전보에는 이렇게 쓰여 있었다. '버를리 앤 선과의 협상 완전 무산되

었음. 브레제만.'

'끝장났어. 박사, 타이피스트 보낼 필요 없어. 끝장이 났어. 맨체스터
는 끝났어.' 전화실로 계속 걸어가면서 프라이징은 생각했다. 그는 전보를
외투 주머니 속에 넣고는 엄지와 검지로 꽉 쥐고 있었다. '이젠 끝장난 거
야. 편지를 베낄 필요 없어'라고 생각하면서 그는 그 말을 하려고 했다. 하
지만 말하지 않았다. 그는 헛기침을 했다. 아직도 밤기차 여행의 피로가
목에 남아 있었다. "이젠 날씨가 제법 따뜻해졌습니다"라고 그가 말했다.

"벌써 3월 말입니다." 치노비츠가 대답했다. 이제 사업가에서 개인
으로 돌아온 그가 여자들의 실크 스타킹을 쳐다보면서 말했다. "2번 전
화실이 곧 빕니다." 적색과 녹색 플러그를 연결하면서 교환수가 말했다.
프라이징은 쿠션을 넣은 전화실 문에 기대선 채로 기계적으로 유리창을
통해 안을 들여다보았는데 널찍한 등이 보였다. 치노비츠가 무슨 말을
했지만 그는 관심을 두지 않았다. 막중한 협상을 앞두고 골치가 아픈데
그따위 전보를 보낸 멍청한 상무 브레제만에 대한 엄청난 분노가 치솟았
다. 그런 기분 나쁜 전보에는 노인네의 악의와 고약함이 숨어 있는 게 분
명했다. 넌 진흙탕에 빠졌어, 어디 한번 잘해봐. 프라이징은 울고 싶었다.
잠도 못 자고 신경과민에다 머리에는 온통 근심이 가득했으며, 올바른
그의 양심은 불확실한 일과 알 수 없는 혼란으로 뒤범벅이었다. 생각을
가다듬어보려고 했지만 빙빙 돌면서 잡히지 않았다. 그의 곁에서 치노비
츠 박사는 새로운 전망, 화려한 희망에 들떠서 계속 떠들어대고 있었다.
그런데 그가 힘없이 기대서 있는 전화실의 문이 어깨뼈를 밀면서 조용
히 열리더니 키가 크고 눈에 띄게 잘생긴, 푸른 코트를 입은 친절해 보
이는 사람이 나왔다. 그 사람은 투덜대기는커녕 몇 마디 예의 바른 말로
미안하다고 인사를 했다. 프라이징은 멍하니 그의 얼굴을 바라보다가 그

역시 이상할 정도로 얼굴을 가까이 대한 채로 죄송하다는 흔한 인사말을 했다. 치노비츠는 이미 전화실로 들어가 편지를 베끼는 일을 해줄 플람 2, 성실한 타자수 플램헨에게 전화를 신청하고 있었다. 하지만 사실 그 일은 이제는 아무런 목적도 없는 쓸모없는 일이었다. 프라이징은 거기에다 힘을 쏟을 필요가 없다는 것을 잘 알고 있었다. "됐습니다." 치노비츠 박사가 전화실에서 나오면서 말했다. "3시에 플램헨이 여기로 올 겁니다. 타자기야 호텔에 얼마든지 있지요. 5시에는 제가 편지를 받게 될 겁니다. 회의 전에 전화드리겠습니다. 이젠 그대로 해나가기만 하면 됩니다. 이따 뵙지요."

"이따 뵙겠습니다." 프라이징이 돌아가고 있는 회전문의 반짝이는 유리에 대고 말했다. 회전문은 변호사를 길로 내보냈다. 밖에는 햇살이 비치고 있었다. 작고 초라한 웬 남자가 제비꽃을 팔고 있었다. 밖에서는 아무도 합병이나 계약상의 어려움 같은 걱정을 하지 않았다. 치노비츠 박사가 택시를 타고 사라지자 프라이징은 오른쪽 외투 주머니에 단단히 넣어두었던 전보를 꺼내 왼손에 들었다. 그는 라운지의 테이블로 가서 조심스럽게 전보를 판판하게 펴서 말끔하게 다시 접어 진회색 양복 안주머니에 넣었다.

3시 5분에 전화벨이 요란하게 울려 프라이징을 오후의 낮잠에서 깨웠다. 구두, 셔츠 칼라, 상의를 벗어놓고 잠이 들었던 그는 소파에서 벌떡 일어났는데, 단잠을 빼앗겨 잠시 멍하고 좀 불쾌했다. 두꺼운 노란 커튼을 내리고 잠이 든 방 안은 난방의 열기 때문에 무척 건조했다. 프라이징의 오른뺨에 여행용 쿠션의 무늬 자국이 그대로 새겨져 있었다. 전화가 계속 울렸다. 회장님을 찾아오신 숙녀분이 라운지에서 기다리고 계십니다,라고 도어맨이 말했다. "올려 보내요." 프라이징이 말하고 급히 준비하기 시작했다. 하지만 예상하시 못한 난관이 전화를 통해 정중하게 전해졌다. 호텔에는 규칙과 규율이 있습니다. 데스크 총책 로나가 직접 죄송하다면서 사교적인 웃음을 흘리며 그 사실을 통보하는 것이었다. 여성 손님을 객실에 들이는 것은 허용이 안 됩니다. 죄송하지만 예외가 없습니다. "맙소사! 여성 손님이 결코 아니오. 내 비서가 함께 일을 하러 온 겁니다. 보면 알 겁니다"라고 프라이징이 답답해하며 말했다. 전화기에서 들리는 리셉션 매니저의 웃음소리가 더욱 커졌다. 회장님께 부탁드리는 것이니 여성분과 함께 아래층의 업무실에서 일을 보셨으면 합니다. 그런 용도로 따로 방이 준비되어 있으니, 그걸 이용해주십시오. 프라이징은 전화를 끊었다. 수화기를 탕 하고 내려놓았다. 불쾌한 방식으로 푸대접 받고 있는 기분이었다. 그는 손을 씻고 입가심을 하고 칼라 단추를 힘들여 끼우고 넥타이를 맨 다음 라운지로 내려왔다.

라운지에는 플램헨, 즉 플람 1의 동생인 플람 2가 앉아 있었다. 이 세상에 이보다 더 다르게 생긴 자매는 없을 것이다. 프라이징이 기억하는 플람 1은 머리색이 이상한, 하지만 믿음이 가는 그런 여성으로, 오른팔에 덧소매를 하고 왼팔에는 종이 토시를 끼고 시큰둥한 얼굴로 원치 않는 방문객을 제지하면서 치노비츠 박사의 대기실에 앉아 있는 모습이었다. 그런데 플람 2, 즉 플램헨에게는 그런 딱딱함이 전혀 없었다. 그녀는 클럽 의자에 기대앉아 있었는데 마치 집에 있는 것처럼 편안한 모습이었다. 마치 놀러 온 사람처럼 반짝이는 파란 가죽구두를 신은 한쪽 다리를 흔들고 있었다. 기껏해야 스무 살밖에 안 돼 보였다.

"필사(筆寫) 일로 치노비츠 박사님께서 보내서 왔어요. 박사님이 말씀하신 플램헨입니다." 그녀가 요란스럽지 않게 말했다. 입술 한가운데에는 유행을 따라 붉은색 립스틱이 둥글게, 아주 무심한 듯 묻어 있었다. 일어나는데 보니 키가 프라이징보다 더 크고 다리가 긴데, 눈에 띌 정도로 가는 허리에는 꽉 끼는 가죽 벨트를 했고 위에서부터 아래까지 몸매가 완벽했다. 프라이징은 자신을 이런 난감한 상황으로 몰고 간 치노비츠에게 화가 났다. 그는 이제야 데스크 총책 로나의 우려가 이해됐다. 그녀는 향수까지 뿌리고 왔다. 프라이징은 그녀를 돌려보내고 싶었다. "좀 서둘러야 할 것 같아요"라고 그녀가 젊은 여자들에게 흔한 낮고, 좀 허스키한 목소리로 말했다. 프라이징의 큰딸인 펩시 역시 어릴 적에 목소리가 그와 비슷했다.

"미스 플람의 동생분 맞습니까? 미스 플람을 내가 아는데……" 프라이징이 놀라서 약간 우악스럽게 말했다. 플람 2는 아랫입술을 약간 내밀면서 작은 펠트 모자 아래로 이마에 흘러내린 고수머리를 혹하고 불었다. 금발로 물들인 앞머리가 나풀거리더니 다시 이마 위에 내려앉았다. 프라이징은 그것을 보지 않으려 했지만 보고 말았다. "이복동생이에요." 플램헨이 말했다. "이복 자매간이에요. 아버지가 재혼을 한 거예요. 그래도 우리들은 서로 아주 잘 지내요."

"그렇군요." 프라이징이 말했다. 그는 막막한 표정으로 그녀를 바라보았다. 이제 편지를 베껴야 해. 이미 끝장이 나서 전혀 의미 없는, 아무런 쓸모도 없는 편지인데 어떡하나! 그는 몇 달째 버를리 앤 선 회사와의 합병에 공을 들여왔기 때문에 이제 와서 갑자기 포기하기가 힘들었다. 이 일을 지워버리고 잊는다는 건 불가능했다. '협상이 완전 무산되었음, 브레제만.' 무산이라고! 브레제만에게 보내는 분풀이 편지나 받아쓰게 하자. 그리고 4만에 관해 노인네한테도 써야 한다. 켐니츠 건이 내일 소문나면 시세 보존을 위한 4만은 날아가버릴 형국이었다. "자, 업무실로 가죠." 프라이징이 우울하게 말하고 앞장서서 복도를 지나갔다. 플램헨은 뒤따라가면서 튀어나온 그의 목딜미를 바라보며 재미있다는 듯이 웃었다.

멀리서 타자기 소리가 약한 기관총 소리처럼 들렸다. 타자기의 행을 바꿀 때 나는 가벼운 종소리도 일정한 간격을 두고 들렸다. 프라이징이 문을 열자 담배 연기가 커다란 비단뱀처럼 밖으로 빠져나왔다. "듣기가 좋네요." 플램헨이 말하고 코를 킁킁거리며 냄새를 맡았다. 안에서는 웬 남자가 모자를 뒤로 넘겨 쓰고 뒷짐을 친 채 왔다 갔다 하면서 콧소리 나는 영어로 받아쓰기를 시키고 있었다. 그는 어느 회사의 매니저였는데, 플램헨을 힐끗 쳐다보더니 구술을 계속했다. "안 되겠어"라고 프라이징이 말하고 문을 다시 닫았다. "안 되겠어. 독방이어야 해. 이 호텔은 왜 이렇게 사방이 복잡한 거야!"

이번에는 프라이징이 플램헨의 뒤를 따라 복도로 되돌아왔다. 그는 화가 났다. 하지만 플램헨의 엉덩이가 흔들리는 것을 보자 분노를 느끼면서도 가볍게 흥분이 되었다. 라운지에서도 플램헨은 남들의 시선을 모았다. 그녀는 화려한 여성의 표본으로, 거기에는 의심의 여지가 없었다. 눈에 띄는 여성과 라운지를 걸어간다는 것이 프라이징에게는 굉장히 불편했다. 그래서 그녀를 잠깐 세워놓고 고객 업무실이 일하기에 불편하다고 로나에게 이야기를 했다. 주변의 시선에 전혀 아랑곳하지 않고 플램헨은(그녀는 그런 일에 아주 익숙한 모양이었다) 아무렇지도 않게 코에다 분을 바르더니 서 있는 자리에서 조금도 움직이지 않고 외투에서 아주 자연스럽게 담배를 꺼내 피우기 시작했다. 프라이징은 마치 쐐기풀 덤불에 다가가듯이 그녀에게 조심스럽게 다가갔다.

"10분 정도 기다려야 합니다." 그가 말했다. "좋아요." 플램헨이 말했다. "하지만 그다음부터는 서둘러야 해요. 5시까지는 치노비츠 변호사님한테 가야 하니까요."

"항상 그렇게 시간을 잘 맞추면서 다닙니까?" 프라이징이 뚱해서 물었다. "그런 편이에요." 플램헨이 말하면서 장난스럽게 웃었다. 코가 아기 코처럼 작아지고 연갈색 눈은 눈꼬리에까지 올라갔다. "자, 여기 앉아서 좀 기다리도록 해요." 프라이징이 말했다. "뭘 좀 주문해요. 웨이터, 이분한테 주문 좀 받게." 그가 멋없게 말하고 사라졌다. "복숭아푸딩 주세요." 플램헨이 주문을 하고 만족해서 고개를 까닥했다. 앞머리를 다시 한 번 훅 불었지만 이번엔 성공하지 못했다. 겉으로는 경마처럼 성숙해 보이지만 속으로는 강아지처럼 천진스러운 느낌이었다.

좀 전부터 라운지를 돌아다니던 가이거른 남작이 그들과 좀 떨어진 곳에서 감탄을 하면서 그녀를 바라보았다. 잠시 뒤 그가 그녀에게 다가가 알은체를 하고 약간 낮은 목소리로 말했다. "실례입니다만, 합석해도 될까요? 기억이 안 나십니까? 바덴바덴에서 우리가 함께 춤을 춘 적이 있는데요."

"아뇨. 전 바덴바덴에 간 적 없어요." 플램헨이 말하면서 젊은 남자를 찬찬히 살펴보았다.

"아, 실례했습니다. 죄송합니다. 이제 보니 사람을 잘못 보았네요. 착각했습니다." 남작이 가식적으로 말했다. 그 말에 플램헨이 웃었다. "그런 낡은 수법은 저한테 안 통해요." 그녀가 직선적으로 말했다. 가이거른이 웃었다. "알겠습니다. 그런데 여기 합석해도 되나요? 네, 맞습니다. 아가씨는 다른 사람하고 혼동되는 사람이 아니지요. 딱 한 번밖에 만날 수 없는 분입니다. 여기 투숙 중이십니까? 5시 티파티에서 저와 함께 춤을 추시지요. 부탁하건대, 꼭 함께 춤을 추고 싶습니다. 괜찮지요?"

그는 양손을 플램헨의 손이 놓여 있는 테이블 위에 올려놓았다. 두 사람의 손가락 사이에는 약간의 공간이 있었는데 이 작은 공간이 요동하기 시작했다. 그들은 서로 마주보았고 서로가 마음에 들었다. 이 아름다운 두 사람은 서로 잘 이해할 수 있었다. "어머, 무척 급하시네요." 플램헨이 들떠서 말했다.

가이거른 역시 들떠서 말했다. "그럼 약속한 겁니다. 5시에 오세요."

"안 돼요, 오후엔 일을 해야 해요. 내일은요? 아니면 모레 5시는요? 여기에서요? '옐로 룸'? 그럼 약속한 건가요?" 아이스크림 스푼을 핥아 먹고 나서 플램헨은 개구쟁이처럼 입을 다물었다. 무슨 말이 더 필요할까! 마치 담배에 불을 붙이듯이 사람을 쉽게 사귀는 세상인데. 맛이 있으면 몇 모금 피우고 그 뒤에는 남은 불을 밟아서 끈다.

"성함이 어떻게 되시나?" 가이거른이 물었다. "플램헨이에요." 플램헨이 즉각 대답했다. 바로 그때 프라이징이 상사의 얼굴을 하고 테이블로 다가왔다. 그러자 가이거른이 예의 바르게 일어나 의자 뒤로 가서 섰다. "지금 가면 되겠어." 프라이징이 불쾌한 듯 말했다. 플램헨이 가이거른에게 장갑 낀 손을 내밀자 프라이징은 못마땅한 얼굴로 바라보았다. 그는 이 젊은 남자가 전화실에서 나오는 걸 본 적이 있었다. 그 얼굴이 똑똑히 기억났다. 땀구멍까지, 아주 사소한 윤곽까지도 확실했다. "저 사람은 누군가?" 플램헨 옆에서 라운지를 가로질러 가며 그가 물었다. "아는 사람이에요"라고 그녀가 대답했다.

"흠, 그쪽은 아는 사람이 많은 것 같아!"

"많진 않아요. 좀 비싸게 굴어야 하거든요. 저라고 항상 시간이 있는 것은 아니에요."

알 수는 없지만 이 대답은 총회장의 마음에 들었다. "고정으로 일을 하고 있나?" 그가 물었다. "지금은 아니에요. 찾고 있는 중이에요. 곧 다시 일이 생길 것 같네요. 저한테는 계속 일이 생겨요." 생각에 잠겨 플램헨이 말했다. "제일 하고 싶은 것은 영화 일이에요. 하지만 거긴 발 들여놓기가 쉽지 않아요. 일단 발만 들여놓으면 잘 나갈 자신은 있어요. 하지만 시작하기가 더럽게 힘이 드네요." 걱정스럽게, 그러면서도 우스꽝스러운 표정으로 그녀가 프라이징을 바라보았다. 그 모습이 마치 새끼 고양이 같았다. 모든 귀여운 동물의 모습이 나타났다 사라졌다. 그런 일하고는 전혀 거리가 먼 프라이징이 타자실 문을 열면서 슬쩍 물었다. "왜 하필 영화를 하려고 하지? 요즘 모두들 영화에 야단들인 것 같아." 모두들이라는 말 속에는 그의 딸 바베도 포함되어 있었다. 열다섯 살짜리 바베는 영화에 한창 빠져 있었다.

"그냥요. 전 환상 같은 것은 없어요. 전 사진이 잘 나와요. 모두들 그렇게 말해요." 플램헨이 말하고 외투를 벗었다. "속기인가요, 아니면 직접 타자로 칠까요?"

"타자로 합시다." 프라이징이 말했다. 그는 기분이 한결 나아져 있었다. 맨체스터의 일이 끝장이 났다는 사실은 머릿속에서 사라졌다. 서류 가방에서 초기의, 희망에 찬 왕래 서신을 꺼내자 마음이 가라앉았다. 플램헨은 아직도 자기 용건에 빠져 있었다. "전 신문에 내는 사진도 종종 찍어요. 비누 광고 사진도 찍었어요. 어떻게 그 일을 하게 되었느냐고요? 전에 일했던 사람을 통해 소개 받은 거예요. 전 누드가 아주 좋아요. 하지만 가격이 정말 형편없어요. 한 커트에 10마르크밖에 못 받거든요. 말도 안 되는 거지요. 제가 가장 좋아하는 건 누군가가 봄에 나를 비서로 여행에 데리고 가는 거예요. 작년에는 어떤 남자분과 피렌체에 갔었어요. 책을 쓰고 있는 교수였죠. 멋진 분이었어요. 제발 올해도 그런 일이

나 또 생겼으면 좋겠어요." 그녀가 말하고 타자기를 정돈했다. 보아하니 그녀에게도 걱정이 있어 보였지만, 그 걱정은 종종 바람을 불어 올리는 이마의 고수머리보다도 가벼워 보였다. 아무렇지도 않게 자기 누드가 훌륭하다고 말하는 것이 쉽게 이해되지 않는 프라이징은 업무에 관한 이야기를 시작하고자 했다. 하지만 그 대신 타자기에 종이를 끼워 넣고 있는 플램헨의 손을 바라보면서 그는 이렇게 말했다. "손이 많이 탔네. 어디서 그렇게 태운 거야?"

플램헨은 자기 손을 쳐다보더니 소매를 약간 걷어 올려 햇볕에 탄 피부를 진지하게 들여다보았다. "눈에서 탔어요. 포어알베르크*에 스키 타러 갔었거든요. 아는 사람이 절 데리고 갔어요. 정말 멋졌어요. 막 돌아왔을 때의 내 모습 보셨으면 놀랐을 거예요. 자, 이제 일을 시작할까요?"

프라이징은 담배 연기 자욱한 방을 한 바퀴 돌고 맨 처음부터 구술하기 시작했다.

"날짜, 날짜는 썼지? 친애하는 브레제만 씨, 브 레 제로 써야 해. 오늘 받은 전보와 관련하여 전할 말은……"

플램헨은 오른손으로 타자를 치면서 왼손으로 모자를 벗었다. 방해가 되는 모양이었다. 방에는 짙은 색의 환기통이 있고 녹색 사무실 등이 켜져 있었다. 이렇게 사무를 처리 중인 가운데 프라이징은 프레더스도르프의 자기 집 현관에 있는 오래된 자작나무 서랍장 생각이 났다.

한밤중에야 플램헨 꿈을 꾸다 깨어난 그는 그 생각이 났다. 그녀의 머릿결은 오래된 자작나무의 빛깔과 타오르는 광채, 짙고 흐린 나뭇결

---

* 오스트리아 서부의 관광 휴양지.

을 닮았다. 호텔 객실의 건조한 공기를 들이마시며 닫힌 커튼에 비치는 네온사인 광고를 바라보면서 밤중에 잠자리에 누워 있는데 그녀의 머릿결이 눈앞에 생생하게 떠올랐다. 그는 컴컴한 방의 테이블 위에 놓인 서류가 신경에 거슬렸다. 그는 일어나서 그것을 트렁크에 넣고, 구강청정제로 입을 한 번 더 헹구고 나서 손도 다시 한 번 씻었다. 객실은 마음에 들지 않았다. 비싸고 불편한 데다가 온통 소파, 테이블, 의자로 꽉 찬 방, 침실, 욕실뿐이었다. 수도꼭지는 꽉 잠기지 않아서 잠자는 내내 똑 똑똑 물이 떨어졌다. 프라이징은 다시 한 번 일어나서 시계의 알람을 맞추어 놓았다. 면도기 사는 것을 잊어서 아침 일찍 또 이발소에 가야 하기 때문이었다. 그는 잠이 들었다가 다시 타이피스트와 자작나무 빛깔의 머릿결을 꿈에서 보았다. 그는 다시 잠에서 깨었다. 네온사인 글씨는 아직도 커튼 위에서 돌아가고 있었고, 낯선 잠자리의 밤 시간은 불편하고 짜증스러웠다. 슈바이만과 게르스텐코른을 만날 생각을 하니 끔찍스러웠다. 그는 가슴이 답답했다. 영국 관련 전보를 손에 받았을 때부터 마음이 뒤숭숭했고, 손이 깨끗하지 못한 것 같은 께름칙한 기분이었다. 그는 간신히 반쯤 잠이 들었다가 밖에서 누군가 나지막하게 휘파람을 불면서 양탄자 위를 걸어가는 소리를 들었다. 인생이 온통 즐거움으로 가득해 보이는 69호실 남자의 에나멜 구두가 그의 객실 문 앞에 도착한 것 같았다.

70호실의 크링엘라인 역시 그 소리에 잠에서 깼다. 그는 그루진스카야 꿈을 꾸었다. 그녀가 회사 경리실에 나타나서 미지급된 계산서를 내놓았다. 그는 주변을 더듬어보았다. 프레더스도르프의 경리원 오토 크링엘라인, 폐소기호증* 환자, 죽기 전에 한 번만이라도 멋지게 살아보고 싶

---

* Claustrophilia: 폐쇄된 곳에서 성적 흥분을 느끼는 증상.

은 그였다! 굉장히 허기가 졌지만 그는 아주 조금밖에 소화를 못 시켰다. 허약한 몸이어서 혼잡을 피해 방으로 돌아가 누우라고 독촉했다. 크링엘라인은 자신의 병을 증오했다. 하지만 병에 걸리지 않았다면 그는 결코 프레더스도르프 밖으로 나오지 못했을 것이다. 그에게는 사놓은 약이 있었다. 희망을 품고 훈츠 강장제를 한 모금씩 마셨는데, 쓴 계피향을 참고 그걸 마시자 기분이 좀 나아졌다.

크링엘라인은 차가운 손가락을 어둠 속으로 내밀어 세어보았다. 자는 동안 손가락이 벌써 죽기 시작한다는 것은 기분 나쁜 일이었다. 방안에서 숫자가 머리를 숙이고 돌아다니는 것 같았다. 불을 켜자 방 안이 환해졌다. 유감스럽게도 부자 크링엘라인 씨는 가난뱅이 크링엘라인 씨의 생활습관에서 완전히 벗어나지 못한 채 아직도 계산을 하고 있었다. 그의 머릿속에서는 항상 숫자가 행패를 부리면서 돌아다녔다. 숫자는 소수점 안에서 뒤죽박죽이 되어 가만히 있는데도 더하고 빼면서 법석을 부렸다. 크링엘라인은 방수포로 제본을 한 작은 수첩을 하나 가지고 있었다. 집에서부터 들고 온 것이었다. 몇 시간째 그는 그것을 펴놓고 있었다. 지출을, 인생을 즐기는 것을 배우고 있는 정신 나간 남자의 지불 항목을, 이틀 동안 소비한 액수를 그는 써 넣었다. 몇 번 어지럼증이 나서 튤립 무늬로 도배를 한 사방의 벽이 무너져 내리는 기분이었다. 그는 행복하기도 했는데, 부자라면 이만큼 행복하리라고 생각했던 만큼의 완전한 행복은 아니어도 어쨌든 행복했다. 몇 번이나 그는 침대맡에 앉아서 다가오는 죽음을 생각했다. 죽음에 대한 생각에서 벗어나지 못한 채 두려워하면서 앉아 있는데, 귀가 차가워지고 심장이 공포로 두근거리기 시작했다. 그건 피할 수 없는 일이었다. 바라는 것은 단지 그것이 마취와 별로 다르지 않았으면 하는 것이었다. 마취에서 깨어나면 구토와 두통이 나지만, 그가 알고 있는 고통은 후에 겪는 것이 아니라 전에 겪는 것이었다. 이런 생각에 그는 몸이 떨렸다. 아직 확실히 알 수는 없지만 그가 느끼기에 죽음이 바로 코앞에 와 있는 것 같았다.

잠든 호텔 객실의 닫힌 이중문 뒤에는 잠을 이루지 못하는 사람들이 많았다. 이 시간에 오터른슐라크 박사는 소형 피하주사기를 세면대 위에 놓고 침대에 쓰러져 구름 같은 모르핀 세상을 헤매고 있었다. 좌측 별채 221호실의 오케스트라 단장 비테도 잠을 이루지 못했다. 늙은 사람은 잠이 잘 오지 않는 법이다. 그의 방은 오터른슐라크 박사 방 건너편으로, 이곳에서도 물 내려가는 소리와 승강기 오르내리는 소리가 들렸다. 하인의 방보다 별로 나을 게 없는 방이었다. 비테는 창가에 앉아 음악가 특유의 굽은 등으로 유리창에 이마를 대고 맞은편 방화벽을 바라보았다. 베토벤 교향곡의 구절이 머리를 떠나지 않았다. 한 번도 지휘해보지 않은 곡이었다. 바흐의 음악도 들렸다. 「마태 수난곡」 중의 '그를 십자가에 매달아라'라는 곡이었다. 나는 일생을 허비했어, 라고 노인 비테는 생각했다. 그의 인생에서 한 번도 불러보지 않은 음악이 목에서 응어리가 졌고, 그는 그것을 삼켰다. 아침 8시 반에 발레 리허설이 있다. 그는 피아노 앞에 앉아 항상 발레리나의 몸 풀기 동작을 위한 행진곡으로, 봄의 소리 왈츠, 마주르카, 바카날* 곡을 연주했다. 적당한 때에 엘리자베타를 떠났어야 했어, 라고 그는 생각했다. 하지만 지금은 안 돼. 엘리자베타도 늙었으니 이젠 그녀를 떠나면 안 돼. 이제는 그녀 곁에 남아 있어야해. 이젠 남은 시간이 그리 길지도 않아……

엘리자베타 알렉산드로브나 그루진스카야 역시 잠을 이루지 못했

---

* 생상스의 오페라 「삼손과 데릴라」에 나오는 곡.

다. 한밤중에 그녀는 시간이 흘러가는, 빠르게 달려가는 소리를 들었다. 어두운 실내의 두 곳에서 똑딱대는 소리가 들렸다. 책상 위에 놓여 있는 청동 시계와 침대 옆 탁자 위의 손목시계 소리였다. 둘 다 같은 시간을 가리키고 있는데 한쪽 시계가 다른 쪽 시계보다 더 빨리 가는 것 같았다. 그 소리를 듣고 있자니 가슴이 뛰었다. 그루진스카야는 불을 켜고 일어나서 낡은 실내화를 신고 거울 앞으로 갔다. 시간은 거울 속에도 있었다. 거울이 제일 역력했다. 시간은 날카로운 비판에, 신문의 끔찍스러운 무례함에, 흉하게 늙은 발레리나의 최근 평범해진 공연에, 줄어드는 순회공연에, 작아지는 박수 소리에, 매니저 마이어하임의 당당한 말투 등 곳곳에 어디에나 숨어 있었다. 지친 발목으로 춤을 추는 동안 시간은 흘러갔고, 32년간 발레를 공연하며 다니는 동안 제대로 숨을 쉴 틈도 없었다. 클라이맥스에서 이따금씩 목에서 뺨으로 피가 솟구치는 것 같았다. 발코니 문을 열어놨는데도 방은 더웠다. 밖에서는 자동차 경적이 밤새도록 울렸다. 그루진스카야는 작은 슈트케이스에서 진주를 꺼냈다. 그러고는 두 줌이나 되는 서늘한 진주에 얼굴을 가져다 댔다. 소용없었다. 눈꺼풀은 아직도 뜨겁고 화장과 조명 때문에 따끔거렸다. 그녀는 여러 가지 생각으로 고통스러운데 양쪽의 시계는 화살처럼 달려가고 있었다. 그루진스카야는 턱 아래에 고무로 된 밴드를 두르고 있었고, 두 손과 입술에는 크림을 잔뜩 바른 채였다. 거울 속의 모습이 너무도 흉해서 그녀는 얼른 불을 껐다. 어둠 속에서 그녀는 수면제 한 알을 삼키고 절망적이고 격정적인 여자의 뜨거운 눈물을 흘렸다. 그러다가 구름 속으로, 마침내 잠 속으로 곯아떨어졌다.

밖에서는 누군가가 승강기를 타고 돌아오고 있었다. 니스에서 온 젊은 남자인 것 같았다. 그루진스카야는 수면제의 꿈속으로 그를 데리고 들어갔다. 그녀가 보았던 세상에서 가장 아름다운 69호실의 남자를.

　방으로 돌아오자 그는 기분이 좋아 나지막하게 휘파람을 불었다. 잠옷으로 갈아입고 푸른색 가죽의 실내화를 신으면서 그는 조용하게 마치 들고양이와 멋진 청년 사이의 중간 존재처럼 움직였다. 그가 라운지를 지나칠 때면 마치 추운 공간으로 창문 가득 햇살이 퍼져오는 듯했다. 그는 아주 쿨하면서도 열정적으로 춤을 출 줄 알았다. 그의 방에는 항상 꽃 몇 송이가 있었다. 혼자 있을 때면 그는 꽃을 사랑하며 꽃향기를 맡고 꽃을 쓰다듬고, 마치 동물처럼 연한 잎을 핥기까지 했다. 길에서는 마치 강아지처럼 여자 뒤를 따라다녔다. 대개 여자들을 그냥 바라보면서 즐겼지만 말을 걸 때도 있었다. 또는 집으로 따라가거나 좀 허름한 호텔로 같이 가기도 했다. 아침에 그가 가짜로 술 취한 척하면서 고상하고 흠잡을 데 없는 그랜드 호텔의 라운지로 돌아와 도어맨한테 열쇠를 달라고 손을 내밀 때면 도어맨은 미소를 보내지 않을 수 없었다. 때로 그 역시 진짜로 술에 취하는 때가 있지만, 보기 좋게 약간 들뜬 정도여서 아무도 나쁘게 생각하지 않을 정도였다. 아침이면 그의 방 아래층 객실은 좀 심란했는데, 그가 운동을 하기 때문이었다. 일정한 간격을 두고 그의 몸이 바닥에 닿는 소리가 났다. 그는 매력적인 조그마한 나비넥타이를 매고, 깊게 파인 조끼를 입었다. 양복은 마치 털을 밀어낸 개의 피부처럼 그의 근육에 딱 맞는 편안한 모습이었다. 종종 소형차로 어딘가 달려가서 이틀 정도 눈에 띄지 않을 때도 있었다. 때로는 몇 시간씩 자동차 전시장을 돌며 차를 구경하면서 자동차 보닛 아래로 머리를 밀어 넣고 벤진과 오일, 뜨거워진 모터의 냄새를 맡고, 차대를 두드려보고 페인트칠과 파랑, 빨강, 베이지 색의 시트를 쓰다듬었다. 아무도 없다면 핥기라도 했을 것이다. 그는 거리의 행상들에게서 벨트, 쓸모없는 라이터, 고무로 만든 작은 닭, 열 개나 되는 성냥갑을 샀다. 갑자기 말이 보고 싶으면 6시에 일어나서 버스를 타고 경마장으로 가서 즐겁게 대팻밥, 안장, 말똥, 땀 냄새를 맡았다. 그러고는 말 한 마리와 친해져서 티어가르텐*을 한 바퀴 돌면서 3월 아침의 회색 안개를 흠뻑 들이마신 다음 만족한 마음으로 호텔로 돌아왔다. 가끔 주방 뒷마당의 종업원용 계단 뒤에서 그를 볼 수 있었는데, 그는 설거짓거리와 쓰레기가 가득한 하수구 옆에 선 채로 뿌연 하늘에 안테나가 달려 있는 5층을 올려다보고 있었다. 얌전하지 못해서 해고당한, 이 호텔에서 유일하게 예쁜 룸 메이드를 찾고 있는 것 같았다. 호텔에서 그는 사람들을 많이 사귀었는데, 우표를 빌려주고, 장거리 항공 여행에 관해 도움을 주고, 다리까지 나이 든 부인들을 차에 태워줄 뿐만 아니라 호텔의 와인 창고에 관해서도 아는 것이 많았기 때문이었다. 그는 오른손 검지에 파도를 넘는 독수리 문장을 새긴, 가이거른 가문의 청금석 도장 반지를 끼고 있었다. 저녁에 잠자리에 누워 있을 때면 그는 바이에른 사투리로 베개에 대고 "안녕, 아, 좋아, 내 폭신한 잠자리, 정말 좋아"라고 말했다. 그는 금방 잠이 들었고 결코 코를 골거나 꾸르륵대거나 신을 벗어던져서 옆 사람을 방해하는 법이 없었다. 그의 운전기사는 기사 휴게실에서 남들에게 남작이 아주 좋은 사람이지만 너무 단순하다고 말했다. 하지만 가이거른 남작 역시 이중의 문 안에서 살고 있었다. 그 역시 비밀과 숨기고 싶은 일이 있었다……

"뭐 소식 없나?" 남작이 운전기사에게 물었다. 남작은 벗은 몸으로 양탄자 한가운데에 앉아 허벅지를 마사지하는 중이었다. 그는 몸이 좋았

---

* Tiergarten: 독일어로 '동물원'이라는 뜻이지만 여기서는 베를린 동물원 북쪽에서부터 브란덴부르크 문에 이르는 약 4킬로미터에 걸친 공원을 가리킨다.

는데 가슴이 권투선수처럼 단단했다. 어깨하고 다리는 연갈색이었다. 그의 몸에서 타지 않은 곳은 여름에 반바지에 가려졌던 가랑이하고 몸통뿐이었다. "별 소식 없어?"

"네, 없어요." 기사가 대답하고 모조 편물 깔개를 깐 긴 소파에 누웠다. 아랫입술에 담배를 문 채 피우고 있었다. "암스테르담에서 끝없이 기다려줄 거라고 생각하나요? 샬호른은 이미 5천을 냈습니다. 하지만 과연 앞으로도 계속 그럴까요! 에미는 한 달째 슈프링에 죽치고 앉아 배송을 기다리고 있습니다. 파리에서도 실패, 니스에서도 실패했는데 오늘 해내지 못하면 여기서도 또 실패하는 겁니다. 5천이나 받았는데 일을 진척시키지 못하면 샬호른이 우릴 그냥 두지 않을 텐데요."

"샬호른이 보스야?" 남작이 조용히 물으면서 손바닥에 화장수를 뿌렸다.

"일을 하는 사람이 보스 아닙니까!" 기사가 웅얼거렸다.

"때가 되면 착수할 거야. 틀림없어. 자네가 일하는 거나, 샬호른이 하는 걸 보면 전부 다 내 마음에 안 들어. 자네들은 항상 사고를 내잖아! 나는 한 번도 사고 낸 적 없어. 샬호른은 한 번도 손해를 입은 적 없는데, 무슨 소리야. 만약 슈프링에서 에미가 불안해한다면 난 그녀가 필요 없어. 전에 만났을 때 직접 그렇게 말한 적이 있지만 말이야. 에미가 가게에 가만히 들어앉아 뭘한테 차분히 앤틱 세팅을 복제하는 일이나 시키는 게 싫다면……"

"세팅은 신경 쓸 것 없습니다. 일단 진주부터 가져와야 세팅 제작을 시키지요. 이 아이디어는 당신이 낸 것 아닙니까! 처음엔 그럴듯해 보였죠. 진주가 50만 정도는 나가니까요. 맞아요. 두 달 경비를 계산해도 남는 게 있으니까요. 그걸 앤틱 세팅 그대로 처분하는 게 더 나을지도 몰라요. 뮐은 요새 슈프링에 죽치고 앉아 남작 할머니의 패물을 가지고 복제품을 만들고 있어요. 에미는 미칠 지경이고 샬호른도 미치려고 해요. 제발 부탁이니 여자를 믿지 마세요. 인내가 한계에 달하면 무슨 수를 쓸지 모른다니까요! 자, 어떡할 겁니까? 도대체 언제 노는 것을 집어치우고 일에 착수할 겁니까?"

"자네가 궁한 모양인데, 안 그런가? 니스에서 받은 2만 2천은 다 잊어버리고 다시 입을 놀려대는군!" 남작이 그렇게 말하고는 아주 유쾌하게 흰 실크 밴드가 있는 검정 실크 양말을 신었다. 그리고 춤출 때 신는 멋진 에나멜 구두를 신었다. 그것 말고는 아직도 벗은 상태였다.

기사는 아무렇지도 않게 무심하게 벗은 그의 모습에 짜증이 났다. 흘러내린 어깨나 숨을 쉴 때마다 갈비뼈가 가슴에서 오르내리는 걸 보고 있자니 더 그런 것 같았다. 그는 방 한가운데에 담배꽁초를 버리고 일어섰다.

"우리가 이제 더 이상은 참지 못한다는 것을 알아두세요." 그가 테이블 위로 몸을 숙이고 말했다. "당신은 우리들 말을 안 들어요. 도대체 진지할 줄을 몰라요. 속에 아무것도 든 것이 없고, 하는 일도 아무것도 없어요. 도박을 할 때든, 경마를 할 때든, 아줌마들을 구워삶아 2만 2천을 빼올 때든 당신은 언제나 그래요. 항상 그렇다는 겁니다. 하지만 차이는 엄연히 있습니다! 필요한 순간에 진지할 줄 모르는 사람은 보스가 될 수 없어요. 만약 당신이 자진해서 일에 착수하지 못하면 우리가 착수하도록 만드는 수밖에 없습니다."

"진정해." 가이거른이 다정하게 말하고 간단한 주짓수 동작으로 운전기사의 주먹을 조용히 밀어냈다. "일 착수하는 데 자네 도움 같은 거 필요 없어. 자넨 내일 알리바이나 신경 써. 12시 28분에 진주를 가지고 슈프링에로 갔다가 아침 8시 16분에 돌아오면 돼. 9시에 자네 방의 초인종을 누를 건데, 그때 침대에 누워 있기만 하면 돼. 그런 뒤 우리는 누군가와 함께 드라이브를 갈 거야. 아침에 호텔에서 굉장한 장면이 벌어지고, 난 자네를 체포하도록 할 거야. 그건 그렇고, 뭐 다른 소식은 없어?"

운전기사는 주먹을 다시 주머니에 넣었다. 손목에는 빨간 줄이 나 있었다. 대답하고 싶지 않아 보였는데 그가 입을 열었다. "마담은 항상 6시 반에 일찍 극장으로 갑니다. 신경과민 탓이죠"라고 중얼거리고 나서 마지못해 몇 마디 덧붙였다. "공연 후에는 프랑스 대사관에서 송별회가 있습니다. 2시에는 끝나게 될 겁니다. 내일 11시에 출발해서 이틀 뒤 프라하를 거쳐 빈으로 갑니다. 오늘 저녁이 아주 좋은 기회인데, 내가 궁금한 것은 공연과 송별회 사이에 언제 진주를 집어올 생각이냐는 겁니다. 더 좋은 기회는 드뭅니다. 극장 마당에 깜깜한 구멍이라도 난 것 같은 이런 좋은 기회는 다시는 없습니다." 그는 흡사 대들 기세였지만 남작을 쳐다보지는 않았다. 남작은 그사이 턱시도 차림으로 변해 있었다.

"이제는 그루진스카야가 진주 목걸이를 안 해. 호텔에 두고 다녀." 가이거른이 말하고 검은 넥타이를 맸다. "인터뷰하면서 어떤 바보 같은 놈한테 그렇게 말했어. 신문에 났어."

"뭐요? 그냥 놓고 다녀요? 호텔 보관소에 안 맡겼어요? 그렇다면 방 안으로 들어가서 그냥 들고 나오면 되겠네요."

"맞아." 가이거른 남작이 말했다. "자, 나 이제 좀 쉬어야겠어." 그가 놀라서 입을 벌리고 있는 공범에게 말했는데, 기사의 검붉은 목구멍과 이 빠진 자리 두 곳이 보였다. 그는 자신이 이따위 인간하고 얽혀 있다는 사실에 갑자기 참을 수 없이 분노가 끓어올랐다. 그의 목 근육이 경련하듯 움찔했다. "나가!" 그가 말했다. "8시 정각에 차를 호텔 정문에 대도록 해." 운전기사는 콧대를 꺾고 가이거른의 얼굴을 처다보더니 하고 싶은 말을 심키고 물러났다. "70호실 남자는 신경 쓸 필요 없는 사람입니다." 그가 하인의 몸짓으로 돌아와서 남작의 푸른색 잠옷을 집어 들면서 마지막으로 낮은 소리로 말했다. "그 남자 괴짜 부자 같은데, 유산을 왕창 물려받아 돈을 정신없이 뿌리고 있습니다." 남작은 귀를 기울이지 않았다. 운전기사는 이중문 사이에 서서 미신에 따라 뒤에다 세 번 침을 뱉고는 조용히 문을 닫고 나갔다.

저녁 8시 직전에 남작이 턱시도와 푸른 트렌치코트를 입고 명랑하고 들뜬 모습으로 라운지에 나타났다. 호텔 수사관 필츠하임은 이 멋쟁이 아폴로가 단지 알리바이를 만들려고 거기 나타난 것을 전혀 눈치챌 수 없었다. 그루진스카야의 공연을 보러 가기 전에 맥 빠진 크링엘라인과 더불어 라운지에서 커피를 마시고 있던 오터른슐라크 박사가 뻣뻣한 손가락을 들어 정확히 남작을 가리키면서 조롱과 질투심이 섞인 말투로 "한번 보시오, 크링엘라인. 자고로 저렇게 살아야 합니다"라고 말했다.

남작이 18번 보이에게 1마르크를 손에 쥐여주면서 말했다. "자네 약혼녀에게 안부 전해주게." 그러고는 도어맨 데스크 쪽으로 갔다. 젠프가 재빨리, 하지만 잠을 못 자서 게슴츠레한 눈으로 대답했다. 도어맨 젠프가 병원에 있는 아내 때문에 개인적인 걱정에 파묻힌 지 벌써 사흘째였다.

"내 극장표 준비해놨지요? 15마르크? 좋습니다." 그가 말했다. "나를 찾는 사람 있으면 도이체스 테아터에 갔다고, 그 뒤에는 베스텐스 클럽으로 간다고 말해주세요. 나 오늘 베스텐스 클럽에 갑니다"라고 남작이 말하고 두 걸음 걸어서 로나 백작에게 갔다. "거기서 누굴 만났는지 아십니까! 뤼초브, 꺽다리 뤼초브를 만났습니다. 그 사람 당신이랑 우리

형이랑 함께 74기병대에 있었지요? 지금은 자동차 회사에 있어요. 모두 모범생들이지요. 나만 무용지물, 말하자면 들판에 핀 백합이죠. 뭐라고? 내 기사가 문 앞에 와 있다고?" 그가 나가자 회전문을 통해 따스한 바람이 불어 들어왔다. 라운지의 사람들이 모두 그를 바라보면서 미소를 지었다. 그는 소형차에 올라타 알리바이를 남겨놓고 떠났다. 10시 반에 남작은 베스텐스 클럽에서 호텔로 전화까지 했다. "가이거른 남작인데, 나찾아온 사람 없습니까? 베스텐스 클럽에 있는데 2시 전까지는 못 돌아갑니다. 더 늦을 겁니다. 운전기사더러 가서 자도 된다고 전해주십시오."

전화기의 이 목소리가 점잖고 편안하게 알리바이를 만드는 바로 그 시간에 가이거른 자신은 그랜드 호텔의 전면, 두 개의 모조 사암(砂岩) 기둥 사이에 달라붙어 있었다. 위치가 별로 편하지 않았지만 그는 즐거웠다. 그것이 그를 사냥꾼, 투사, 암벽등반가의 뜨거운 기쁨으로 가득 채워주는 까닭이었다. 일하는 데 편하도록 그는 청색 파자마를 입고 특수 바닥을 댄 운동화를 신었다. 그리고 사고에 대비해서 그 위에 스키용 털양말도 신었다. 혹시 뜻하지 않게 발자국을 남기게 될까 봐 신경을 좀 쓴 것이었다. 가이거른은 자기 방 창문에서 시작해서 그루진스카야의 방으로 향했다. 7미터 정도 남았을 때 둘러보니 벌써 반쯤 간 상태였다. 그랜드 호텔의 사암 기둥은 벽돌을 거칠게 구운 팔라초피티*의 방식을 모방한 것이었다. 멋지게 보였는데 부서지지만 않는다면 별문제가 없었다. 가이거른은 벽토 사이를 까치발로 조심스럽게 걸었다. 손에 장갑을 끼고 있었는데 도중에 아주 귀찮게 느껴졌다. 하지만 2층 외벽을 마치 풍뎅이처럼 붙어서 기어가는 중이어서 장갑을 벗을 수가 없었다. "빌어먹을."

---

* Palazzo Pitti: 피렌체에 있는 유명한 궁전.

손 밑에서 석회와 회반죽이 부서져 한 층 아래 함석 창틀에 떨어지자 그가 말했다. 목이 타는 듯해서 그는 마치 마지막 트랙 위를 달리는 달리기 선수처럼 숨을 조절했다. 그런 다음 다시 한 번 멈추었다가 위험한 순간에 발끝으로 균형을 잡고 뒤의 다리를 0.5미터 앞으로 내디디면서 나지막하게 휘파람을 불었다. 신경이 곤두섰기 때문에 휘파람을 분 다음 그는 소년처럼 정신을 바짝 차렸다. 이 순간 그에게 문제의 진주는 안중에 없었다. 진주는 다른 방식으로 다른 날 가져오면 된다. 주제테가 저녁에 슈트케이스를 들고 그 방에서 나올 때 그녀의 머리를 한 방 먹이거나, 아니면 한밤중에 그루진스카야의 방으로 몰래 들어가서 훔쳐올 수도 있다. 복도에서 네 걸음만 걸어가서 마스터키로 방문을 열고 들어갔다가 만약 일이 잘못되면 마치 방을 잘못 들어간 것처럼 천진한 얼굴을 하면 된다. 하지만 그런 것은 그의 방식이 아니었다. 전혀 그의 방식이 아니었다. "각자 자기 식대로 하는 거야"라고 가이거른은 동지들에게 말했다. 그의 동지들은 실패한 패거리들로, 가이거른은 2년 반 전부터 그들의 하극상을 잠재우느라고 애를 쓰고 있었다. "난 올가미로 짐승을 잡지 않아. 나는 와이어 로프에 의존해 산에 오르지 않아. 난 내 두 주먹으로 얻는 것 말고는 갖지 않고, 가지려고 하지도 않아."

그런 연설이 가이거른하고 그의 패거리들 간에 오해의 벽을 쌓을 것은 뻔했다. 각자 나름대로 충분히 갖고 있는 '힘'이라는 단어만 해도 생각하는 의미가 서로 달랐다. 쓸 만한 두뇌의 소유자인 슈프링에의 에미는 언젠가 "운동이 힘"이라고 말한 적이 있는데, 가이거른을 잘 알고 있기 때문에 그 말은 맞는 것 같았다. 어쨌든 7시 20분에 가이거른은 그랜드 호텔의 전면을 운동선수처럼, 험준한 절벽을 기어오르는 산악인처럼, 위험 지역에서 앞장선 돌격대장처럼 기어오르고 있었다.

가장 위험한 부분은 돌출된 굴곡 면이었는데 그 안쪽에 그루진스카야의 욕실이 위치해 있었다. 건축가는 그곳 표면을 매끄럽게 만들 생각이었던 모양으로, 창턱은 없고 욕실이 안쪽으로 바로 들어가 있었다. 욕실은 곧장 안뜰을 향하고 있는데, 전에 남작이 안테나를 올려다보던 바로 그 안뜰이었다. 이 매끄러운 2.5미터 건너에는 68호실 발코니에 설치된 가느다란 쇠 격자가 보였다. 가이거른은 나지막이 숨을 내쉬고, 가끔 휘파람을 불고, 사이사이 욕을 내뱉으면서 이 매끄러운 바닥으로 마지막으로 뛰어내릴 채비를 했다. 허벅지 근육이 후들거리고 긴장한 발목에서는 뜨거운 피가 요동했다. 그런 것 말고는 가이거른은 자신의 상황이 만족스러웠다. 그가 수백 번 상상했던 상황과 그대로 일치했다.

얼마 전에 호텔의 전면에 설치한 거대한 조명 간판 덕택에 윙윙거리는 대도시의 개미굴 같은 길에서 가이거른은 눈에 띄지 않았다. 누가 위를 올려다본다고 해도 하얀 불빛 때문에 눈이 부셔서 아무것도 보이지 않을 터였다. 청색옷의 자그마한 남자를 알아본다는 것은 불가능했다. 요란한 불빛 뒤의 어두운 그늘 속에서 그는 지금 한창 움직이고 있었다. 가이거른은 이런 트릭을 마술사의 공연에서 본 적이 있었다. 마술사는 휘황한 불빛을 관객석에 비치게 하고 검은 우단 커튼 앞에서 속임수를 썼다. 무대 중앙에서 여자를 톱질해서 몸통을 허공으로 올려 보냈다. 가이거른은 두번째 조명 간판 뒤에서 휴식을 취하면서 거리를 내려다보았다. 보는 각도가 좀 이상하게 비뚤었기 때문에 아래 세상이 거꾸로, 편편하게 보였다. 까마득한 저 아래에 보이는 담장은 아주 위태롭고 위협적이었다. 그는 머리를 바싹 앞으로 기대고 아래를 내려다보았는데 숨을 쉴 수도, 눈을 깜빡일 수도 없었다. 어지럽지는 않았다. 단지 장갑 안에서 맥박이 등반가만이 알 수 있게 달콤하면서도 짜릿하게 뛰었다. 하지만 리트*에 있는 가이거른 가문의 성 원형 탑보다는 낮은 위치였다. 전에 펠트키르히에서 밤에 화재가 났을 때 그는 피뢰침을 타고 내려온 적도 있었다. 돌로미테**의 '삼대 암벽' 등반도 결코 장난이 아니었다. 발코니까지 2.5미터를 이동하는 것이 쉬운 일은 아니지만, 가이거른은 지금껏 더 어려운 일도 겪은 사람이었다. 그는 내려다보는 것을 멈추고 잠시 위를 올려다보았다. 지붕에는 네온사인이 걸려 있는데, 샴페인 잔에서 전구가 거품처럼 튀어나오고 있었다. 하늘은 보이지 않았고 도시는 지붕, 전깃줄, 안테나 너머에서 갑작스럽게 끝나 있었다. 가이거른은 장갑 속에서 손가락을 움직여보았다. 손가락이 서로 붙어 있는 게 아무래도 피가 난 모양이었다. 숨을 내쉬자 마음이 다시 안정되었다. 그는 힘을 모아 전방회전 낙법으로 뛰어내렸다. 귀에서 휙 하고 바람 소리가 났고, 다음 순간 그는 발코니 창살에 매달려 있었다. 창살의 모서리가 그의 손가락을 찔렀다. 1초 정도 가슴을 두근거리며 그렇게 매달려 있다가 그는 날쌘 곡예사처럼 창살 위로 올라가는 데 성공했다. 이제 그는 발코니에, 그루진스카야 방의 열려진 창문 앞에 서 있었다.

"됐어." 그가 만족해서 말하고는 잠시 그 자리에, 조그만 발코니의 돌바닥에 누웠다. 입을 벌려 공기를 들이마시고 위에서 비행기가 날아가는 소리에 귀를 기울였다. 눈을 뜨자 객실의 불빛이 불그스름한 대도시의 구름 속으로 사라지는 것이 보였다. 아래쪽 길에서 요란한 소음이 올라왔다. 가이거른은 한순간 피곤함과 반(半)의식 상태의 섬에 있었다. 아래에서는 앞서가려고 경쟁하는 차들의 경적 소리가 요란했는데, 왜냐하면 오늘 이웃사랑협회가 소형 홀에서 연찬회를 열고 있어서 여자들이

---

* 북오스트리아에 있는 작은 도시.
** 알프스의 산악 지대.

마치 황금딱정벌레처럼 이브닝코트를 펄럭이며 자동차에서 내려 세 계단을 올라가 호텔의 제2정문으로 들어서는 중이었기 때문이다. 아, 담배 한 대만 피우면 소원이 없겠다,라며 가이거른은 맥 빠진 자신의 상태는 잊은 채 담배 생각을 했다. 그는 누운 채로 오른손 장갑을 벗고 검지의 상처를 빨았다. 작업에서 핏자국을 남기면 안 되었다. 그는 신경질적으로 약한 금속 냄새를 삼켰다. 젖은 등에서 돌바닥의 기분 좋은 냉기가 느껴졌다. 발코니 창살 너머로 거리를 내려다보면서 그는 되돌아갈 험난한 길을 가늠해보았다. 그는 밧줄을 가지고 왔다. 나중에 발코니에 밧줄을 묶고 추처럼 옆으로 건너가면 된다. "좋아." 그가 예전 장교 시절의 목소리로 혼잣말을 했다. 멋진 곳을 방문하는 것처럼 다시 장갑을 끼고 일어나서 그루진스카야 방의 발코니 앞으로 갔다. 문은 움직이지 않고 커튼이 약하게 흔들렸다. 쪽마루도 조용하고 아무 일 없었다. 컴컴한 방 안에서는 시계 두 개가 똑딱거렸는데, 하나가 다른 하나보다 두 배는 더 빨리 가는 것 같았다. 이상하게 장례식과 화장터 냄새가 났다. 건너편 광고판에서 비치는 삼각형의 노르스름한 네온 광고가 삼각형의 노란 불빛을 방바닥의 양탄자 모서리에까지 비추고 있었다. 가이거른은 손전등을 꺼냈는데, 인생을 경솔하게 바꿔보려는 요리사들이 흔히 사용하는 길쭉하고 작은 싸구려 손전등이었다. 손전등으로 그는 조심스럽게 방 안을 비추었다. 다행스럽게도 주제테와 이 방에서 대화를 나눈 일이 있어서 방의 구조와 가구 배치가 머릿속에 들어 있었다. 준비를 마친 그는 이 방에서 슈트케이스를 열고 진주를 찾아서 비밀의 열쇠를 풀 태세가 되어 있었다. 그런데 전등의 작은 불빛을 따라 방으로 들어가 화장대 거울과 세 번이나 얼굴을 마주쳤을 때 그는 매우 놀라고 말았다.

화장대 거울 위에 가죽 슈트케이스가 아무렇지도 않게 얌전히 놓여 있었기 때문이었다. 가죽 표면은 작은 불빛까지 반사하고 있었다. '침착해야 돼'라고 가이거른은 생각했다. 사냥의 열기로 머리가 뜨거워지기 시작했기 때문이었다. 그는 일단 피가 나는 오른손을 잘 챙겨야 하는 물건처럼 주머니에 넣었는데, 일하는 데 방해가 되고 흔적을 남길 수도 있기 때문이었다. 전등은 입에 물었다. 장갑을 낀 왼손으로 그는 조심스럽게 슈트케이스를 만져보았다. 그래, 진주는 여기에 들어 있어. 그는 매끄러운 가죽에 손을 올려놓았다. 전등을 그 위에 올려놓고 불을 끈 다음에 잠시 생각에 잠긴 채 서 있었다. 방에서는 가슴이 답답할 만큼 장례식장 냄새, 돌아가신 할아버지와 성대한 장례 예배가 치러진 바로 그 장례식장의 냄새가 났다. 그 이유를 알게 되자 가이거른은 어둠 속에서 웃음이 나왔다. 월계수 때문이었다. 그는 주제테의 말이 생각났다. "마담은 월계수 선물을 많이 받아요. 오늘도 프랑스 대사가 월계수를 한 바구니 보냈어요." 가이거른은 화장대 앞에 무릎을 꿇고 앉았다. 바닥이 마치 화가 난 것처럼 삐걱 소리를 냈다. 어둠 속에서 그는 왼손으로 슈트케이스를 집었다. '아냐, 안 돼.' 그가 다시 생각하고 가방에서 손을 뗐다. 이런 물건에는 재앙이 숨어 있어. 손가방, 트렁크, 지갑 같은 물건은 위험하기 이를 데 없어 태워 없애기도 어렵고, 강에 던지면 나중에 다시 떠오르거나 운하의 하수구에서 발견되어 재판 과정에 요란하게 증거물로 등장하기 십상이었다. 그리고 2킬로그램이나 나가는 슈트케이스를 입에 물고 2.5미터나 되는 얼음판 같은 벽을 내려간다는 것은 쉬운 일이 아니었다. 가이거른은 손을 다시 주머니에 집어넣고 생각에 잠겼다. 그는 전등을 켜고 가방의 자물쇠 두 개를 뚫어지게 쳐다보았다. 어쩌지, 도대체 그루진스카야는 보물을 어떤 비밀 도구로 잠가둘까? 시험 삼아 가이거른은 작은 도구를 꺼내 자물쇠의 동그스름한 금속 표면에 찔러 넣었다.

그런데 자물쇠가 열렸다.

가방은 아예 잠겨 있지도 않았다.

찰칵 하는 작은 소리에 가이거른은 깜짝 놀랐다. 전혀 예상하지 못한 일이어서 순간 그는 멍한 기분이었다. "좋아." 그가 두세 번 중얼거렸다. "좋아." 그는 가방을 열고 안에 있는 보석함을 열었다. 거기에 그루진스카야의 진주가 들어 있었다.

그것은 크지 않은, 자그마한 목걸이로 살해당한 대군주가 발레리나의 목에 걸도록 보낸 사랑의 선물이라는 소문에 비하면 작은 규모였다. 구식의 얌전한 목걸이였는데, 완벽하게 동일한 중간 크기의 진주를 모아서 이은 것이었다. 반지 세 개, 엄청나게 큰 둥근 진주로 만든 귀걸이 두 개가 자그마한 벨벳 쿠션 위에 함께 놓여 손전등의 화려한 불빛을 받고 있었다. 가이거른은 장갑을 낀 왼손으로 아주 조심스럽게 그것을 상자에서 꺼내 주머니에 넣었다. 진주가 이렇게 아무렇지도 않게 밖에 나와 있는 것을 보니 그는 우스운 생각이 들었고 일종의 환멸, 혹은 실망 같은 것을 느꼈다. 엄청난 긴장에서 오는 피로감이 몰려왔다. 한순간 그는 방을 나가 아무렇지도 않게 복도를 지나 자기 방으로 돌아가면 어떨까 하는 생각까지 했다. 아마 여자들이 방문도 열어놨을지도 모르지,라고 그가 믿을 수 없는 미소를 지으며 생각했다. 진주를 본 순간부터 그의 윗니에는 바보 같고 어린애 같은 웃음이 떠나지 않았다.

하지만 방문은 잠겨 있었다. 복도에서는 승강기가 불규칙적인 간격으로 올라오면서 찌익 하고 격자문 열리는 소리가 들렸다. 68호실이 바로 승강기 건너편에 위치했기 때문이었다. 가이거른은 어둠 속에서 잠시 소파에 앉아 귀로를 위해 힘을 모았다. 미친 듯이 담배를 피우고 싶었지만 피울 수는 없었는데, 담배 냄새가 흔적을 남기기 때문이었다. 그는 터

부를 지키는 원시인처럼 조심했다. 동시에 많은 생각을 했는데 가장 생생하게 떠오른 생각은 아버지의 엽총 장롱이었다. 그 장의 맨 위에는 항상 헤르체고비나 산의 큼직한 연초가 양철 상자 안에 들어 있었다. 아버지는 사흘마다 각각의 상자에 당근 한 조각씩을 넣었다. 달콤한 이 냄새에 가이거른은 상상 속에서 집으로 돌아갔고, 리트에 있는 낡은 층계를 올라가 열일곱 살 간부 후보생 때 숨어서 피우던 담배를 떠올렸으며, 그러느라 한동안 시간 가는 줄도 몰랐다. 씁쓸한 기분으로 그는 다시 현재의 상황으로 되돌아왔다. "잘해보자, 플릭스." 그가 중얼거렸다. "잠들면 안 돼. 자, 시작하자!" 그는 자신의 별명을 부르며 다독거리고 부드럽게 칭찬도 했다가 팔다리에 욕을 퍼붓기도 했다. "빌어먹을." 상처가 나서 피를 흘리며 장갑을 적시고 있는 손가락에 그는 욕을 했다. "망할 것 같으니, 제발 사고 치지 마." 그러고는 말처럼 허벅지를 치면서 칭찬했다. "너희들 잘한다. 정말 좋아. 정말 잘해. 자, 잘해보자, 플릭스."

그는 월계수 향기가 나는 68호실에서 발코니로 나와 나지막하게 킁킁거리면서 3월 베를린의 설명할 수 없는 냄새, 자동차 가스, 동물원의 습한 바람 냄새를 맡았다. 그런데 약간 부푼 커튼을 손으로 밀면서 보니 무엇인가가 정상이 아니었다. 몇 초 후에야 그는 전에는 없던 불빛이 자신의 얼굴과 몸을 비추고 있음을 깨달았다. 잠옷 소매에 약한 불빛이 비치고 있는 것을 보고 그는 무의식적으로 재빨리 방의 어둠 속으로 숨어들었다. 마치 야생동물이 숲속 공터의 입구에서 이상한 냄새를 맡고 어두운 숲속으로 달아나는 식이었다. 그는 숨을 몰아쉬며 긴장했다. 방 안에 있는 두 개의 시계가 요란하게 똑딱대고, 대도시 저 멀리 떨어진 곳의 어느 교회 탑에서 시간을 알리는 종소리가 들려왔다. 11시였다. 길 건너 집의 담이 불빛을 받아 밝았다가 어두워졌다 하면서 예술작품을 만들어내고 있었다. "미치겠네." 가이거른이 중얼거리면서 발코니로 나갔다. 이번에는 마치 68호실이 자기 방인 것처럼 급하고 당당하게 움직였다.

호텔 전면의 불이 꺼졌다. 새 시설이 또 고장 난 모양이었다. 소형 홀에도 이웃사랑협회 회원들이 어둠 속에 앉아 있었다. 지하실에서는 전기 기술자들이 스위치를 열심히 만지고 있지만 아무 소용이 없었다. 저 아래 길에서는 몇 사람이 걸음을 멈추고 네 개의 아크등이 번갈아 가면서 켜졌다 꺼졌다 하는 호텔 전면을 흥미롭게 구경하고 있었다. 거기엔 경찰도 있었다. 차들 때문에 도로가 막혀서 자동차 경적 소리가 시끄럽게 들렸다. 건너편의 네온사인은 샴페인 상표를 밤하늘에 번쩍이면서 호텔 전면을 비추느라 열심이었다. 드디어 푸른 작업복을 입은 두 명의 남자가 아래층 창문에서 정문 쪽으로 내어 지은 유리 지붕 위로 올라가서 접속이 잘못된 곳이 없나 찾기 시작했다. 이제 사람들의 시선이 모인 호텔 정문 위를 지나 방으로 돌아가는 건 불가능한 일이 되고 말았다. '잘들 노는군!' 가이거른은 화가 나서 웃었다. '이젠 여기 앉아 있는 수밖에 도리가 없어. 여기서 나가려면 문을 부수는 수밖에 없어!'

그는 도구와 손전등을 꺼내 아주 조심스럽게 68호실의 열쇠 구멍을 긁어보았지만 아무 소용이 없었다. 문 옆에 걸려 있던 나이트가운이 흔들려 바닥에 떨어졌다. 가운이 그의 얼굴을 스치며 떨어지자 그는 몹시 놀랐다. 그는 목덜미의 핏줄이 요동치는 것을 느꼈다. 밖의 복도에서도 움직이는 소리가 났다. 걷는 소리, 기침 소리에 승강기가 끽끽대며 오르내리고, 룸 메이드가 뭐라고 말하면서 달려가고 다른 메이드가 대답하는 소리가 들렸다. 가이거른은 말을 듣지 않는 현관문을 포기하고 다시 발코니 쪽으로 갔다. 3미터 아래에서는 전기공 두 명이 유리 지붕 위에서 전깃줄을 입에 문 채 왔다 갔다 하고 있고, 길에서는 사람들이 그들을 열심히 올려다보고 있었다. 그때 가이거른이 예상치 못한 무모한 행동을 했다. 난간에 기댄 채 소리친 것이다. "전기가 어떻게 된 겁니까?"

"합선입니다." 전기공이 대답했다. "얼마나 오래 걸리나요?" 가이거른이 물었다. 아래에서는 어깨를 으쓱할 뿐이었다. "병신들 같으니." 가이거른은 화가 났다. 잘난 체하는 유리 지붕 위의 두 전기공에게 그는 정말 짜증이 났다. 그래도 10분이면 해결하겠지,라고 그는 생각하면서 다시 아래를 내려다보고 방으로 되돌아왔다. 갑자기 수리가 한 시간 넘게 걸려 만사가 허사가 될지도 모른다는 위험한 생각이 그의 머리에 떠올랐다. 그는 흔적을 남기지 않으려고 양말만 신은 채 방 한가운데에 서 있었다.

'절대로 잠이 들어선 안 돼'라고 그는 생각했다. 기분을 전환하려고 그는 주머니 속의 진주를 만져보았다. 체온 때문에 진주는 따스했다. 그는 장갑을 벗었다. 매끄럽고 귀한 보석을 직접 만져보고 싶었기 때문이었다. 감촉이 좋았다. 그때 갑자기 운전기사가 제 시간에 슈프링에행 기차를 못 타면 계획을 전부 다시 세워야 한다고 말한 게 생각이 났다. 진행표를 다시 짜야만 했다. 진주는 열린 상자 안에 들어 있어 너무도 쉬웠는데, 그 대신 그걸 들고 나가는 것이 이렇게 고생스러울 줄은 몰랐다. 이런 생각을 하는 중에 그는 갑자기 한 가지 생각이 떠올라 웃음이 나왔다. '도대체 어떤 여자일까? 진주를 아무데나 놓고 다니는 이 여자는 대체 어떤 여자일까.' 그는 놀라 고개를 가로저으면서 크게 웃었다. 가이거른은 아는 여자들이 많았는데, 대개 여자들은 유쾌하긴 해도 유별나지는 않았다. 외출하면서 아무나 마음만 먹으면 집어갈 수 있도록 발코니 문을 열어놓은 채로 자신의 모든 것을 늘어놓고 나가는 여자는 별난 여자일 것이라고 그는 생각했다. 집시처럼 칠칠치 못한 여자라고 생각했다. 아니면 통이 큰 여자일 거야, 라고 속으로 생각했다. 하지만 무엇보다도 잠이 와서 죽을 지경이었다. 어둠 속에서 문으로 가다가 그는 좀 전에 바닥에 떨어진 나이트가운을 집어서 호기심에서 냄새를 맡아보았다. 알 수 없는, 쏩쓸하면서 거의 느껴지지 않는 약한 향수 냄새가 났다. 그것은 공연 날이면 가이거른을 수도 없이 지루하게 만들었던 발레복의 여성에게는 어울리지 않는 냄새였다. 그래도 그는 이 그루진스카야가 잘되기를 바랐다. 그녀가 싫지 않았다. 나이트가운을 아무렇게나 올려놓고 그는 열 개의 약한 손자국을 실크에 남긴 채 한가로운 사람의 얼굴로 다시 발코니로 나갔다. 아래에서는 두 사람이 박쥐처럼 매달려 아직도 전기 작업을 하고 있었다. "잘들 해봐." 가이거른은 그렇게 중얼거리고 직물 커튼과 레이스 커튼 사이에서 마치 초소 안의 군인처럼 정신을 차리고 꼿꼿이 서 있었다.

크링엘라인은 코안경 너머로 무대를 응시하고 있었다. 많은 요술 같은 일들이 무대 위에서 일어나고 있었는데, 모든 것이 너무도 빨리 스쳐 지나갔다. 그는 두번째 줄에 있는 조그마한 갈색의 무용수를 자세히 보고 싶었지만 그럴 기회가 없었다. 그루진스카야의 발레에서는 잠시도 정지라는 것이 없었다. 모두들 이리저리 번쩍, 깡총 하며 움직였다. 때로 무용수들이 양손을 늘어뜨리고 발레복 자락을 잡은 채로 무대 양쪽으로 줄을 서서 그루진스카야만을 위한 공간을 만들어주기도 했다.

그러면 그녀가 원을 돌면서 나타났다. 얼굴과 팔이 새하얀 그녀는 발끝으로 서서 마치 바닥에 나사로 박힌 것처럼 꼿꼿하고 자신 있게 회전을 했다. 그러다가 얼굴은 보이지 않고 점점 은빛 줄로 만든 하얀 소용돌이처럼 되어갔다. 춤이 다 끝나지도 않았는데 크링엘라인은 멀미가 났다. "믿을 수가 없군요." 그가 놀라서 말했다. "대단합니다. 다리를 어떻게 저렇게 자유자재로 움직일 수 있을까요! 대단합니다. 놀라지 않을 수 없네요." 몸이 최상의 컨디션은 아니었지만 그는 진심으로 경탄했다.

"정말 그렇게 마음에 드십니까?" 오터른슐라크 박사가 못마땅해서 물었다. 그는 칸막이 좌석에 앉아 부상당한 쪽의 얼굴을 무대로 돌렸다. 그의 얼굴은 이쪽을 비추고 있는 무대의 조명을 받아 험악해 보였다. 정말,이라는 말에 대답하는 것은 크링엘라인에게 어려운 일이었다. 70호 관람석으로 들어온 뒤 그에게는 근본적으로 정말인 것이 하나도 없었다. 온 세상이 꿈과 열기로 가득했다. 모든 것이 너무도 빨리 스쳐 지나가서 충분히 즐길 만큼 멈춰 서지 않았다. 함께 다니면서 이것저것 가르쳐달라는 그의 끈질긴 부탁에 오터른슐라크는 흔히 여행객들이 하는 투어, 즉 베를린을 한 바퀴 돌면서 박물관, 포츠담, 방송탑까지 올라가도록 그를 끌고 다녔다. 바람이 세 배나 더 요란하게 부는 방송탑에서는 매연에 휩싸인 베를린을 내려다볼 수 있었다. 심한 마취 상태에서 깨어나 자신이 병원 침대에 누워 있는 것을 보았어도 크링엘라인은 놀라지 않았을 것이다. 발은 차갑고 손은 마비가 될 정도여서 그는 입을 악물었다. 너무 많은 것이 입력되어 머리는 뜨거워졌고, 그 안에 들어간 것들은 지글거리며 용해되고 있었다.

"만족하나요? 이제 행복한가요? 이제 인생을 이해했나요?" 오터른슐라크가 가끔씩 그에게 물었다. 그러면 크링엘라인은 힘차고 착실하게 대답했다. "네, 그렇습니다."

그루진스카야의 다섯번째 공연이 있는 오늘 저녁에는 관객이 별로 없어서 공연장이 거의 비어 있는 상태였다. 손님이 없어서 아래층 객석은 마치 좀이 먹은 것같이 보기 흉했다. 첫 줄에 앉은 사람들은 추워서 죽을 지경이었고, 그렇게 텅 빈 객석에 앉아 있는 것이 스스로 창피할 정도였다. 크링엘라인도 추위 떨면서 창피스러웠다. 오터른슐라크의 충고에 따라 크링엘라인이 40마르크나 지불하고 구입한 귀빈석에는 단 한 사람이 더 앉아 있을 뿐이었는데, 그것은 단장인 마이어하임이었다. 크링엘라인은 앞으로 공연을 볼 때는 최고의 좌석에 앉기로 했다. 영화관에서는 맨 뒷자리에, 연극 공연에서는 앞쪽, 특히 발레 공연에서는 첫번째 줄에 앉아야겠다고 생각했다. 마이어하임은 오늘 저녁에는 박수 부대를 포기했다. 이미 적자가 너무도 큰 까닭이었다. 중간 휴식 전에 약간의 박수가 나왔다. 피메노프는 재빨리 막을 올렸고, 그루진스카야가 무대 앞으로 나와서 미소를 보냈다. 그런데 약한 박수마저 금세 사라지고 사람들이 모두들 휴게실 쪽으로 사라졌기 때문에 그녀는 텅 빈 홀에다 미소를 보내게 되었다. 그루진스카야는 무대 위에서 미소가 사라진 멍한 얼굴로 이제는 들을 수 없는 박수에 대해 감사를 표했다. 땀과 화장으로 범벅이 된 그녀의 피부는 차가워졌다. 비테가 지휘봉을 던지고 작은 철계단을 통해 무대 위로 달려갔다. 그는 엘리자베타가 걱정스러웠다. 그가 보니 피메노프는 마치 장례식에 온 사람처럼 멍하니 서 있고 무대 담당자들은 마르고 늙어서 굽은 그의 등 뒤쪽으로 해체한 무대장치 조각을 내던졌다. 매일 저녁 공연에서 피메노프는 연미복을 입었는데, 언제라도 관람석에 세르게이 대공이 등장할 수 있기 때문이었다. 왼쪽 어깨에 점박이 표범 무늬를, 맨살 허벅지에 분을 바른 미하엘이 겸손한 태도로 무대감독 옆에 서 있었다. 그들 모두는 그루진스카야가 발작이라도 일으킬까 봐 떨고 있었다. 그녀는 말 그대로, 글자 그대로 무릎, 양손, 어깨, 치아까지 떨고 있었다.

　"죄송합니다, 마담." 미하엘이 낮은 소리로 말했다. "용서하세요. 제 탓입니다. 내가 잘못해서⋯⋯" 그루진스카야가 멍한 시선으로 무대장치의 먼지와 소음 사이를 지나서 낡은 울코트를 끌며 이쪽으로 오더니, 미하엘 곁에 서서 모두들 깜짝 놀랄 정도로 다정하게 그를 바라보았다.

"네가? 아니야, 절대 그렇지 않아." 그녀가 부드럽게 말했다. 그녀는 찢어지는 목소리를 가다듬으며 진정하는 중이었다. 마지막의 힘겨운 춤을 추고 난 뒤라 아직도 숨을 제대로 쉬지 못하고 있었다. "잘한 거야. 오늘 정말 잘했어. 나도 잘했고. 우리 둘 다 잘했어……"

그녀가 갑자기 몸을 돌려서 걸어갔다. 그녀와 더불어 채 끝내지 않은 말은 무대 뒤의 어둠 속으로 사라졌다. 비테는 그녀를 따라갈 엄두가 나지 않았다. 그루진스카야는 후면의 무대장치용 나무 사이에 놓인 황금빛 나무 층계에 앉아서 사람들이 무대장치를 바꾸는 내내 그곳에 앉아 있었다. 양손을 살색 발레복을 입은 오른쪽 장딴지에 올려 발레화의 끈을 기계적으로 다시 묶고, 몇 분 동안 지치고 보드라운, 약간 더러워진 발을 마치 낯선 동물처럼 멍하니, 그리고 측은하게 바라보았다. 그러더니 두 손으로 자신의 목을 둘렀다. 진주 목걸이가 없어서 유감이었다. 전에는 종종 목걸이를 묵주처럼 손가락으로 돌려보곤 했다. 무엇이 더 남아 있지? 더 이상 뭘 원하는 거지? 그녀는 깊은 생각에 빠졌다. 오늘보다 더 잘 출 수 없어. 오늘보다 더 잘 춘 적은 한 번도 없었어. 젊었을 때 페테르부르크에서도, 파리에서도, 미국에서도 더 잘 추지는 못했어. 당시에 나는 어리석고 별로 열심히 하지도 않았어. 요즘은 일을 제대로 하고 있어. 이제 나는 알아. 이제야말로 춤을 출 수 있어. 그런데 사람들은 나한테서 뭘 원하는 거지? 더 이상의 춤을? 더 이상은 못 해. 진주를 기증해야 할까? 정말 내놔야 할까? 맙소사. 날 내버려둬. 모두들 제발. 난 지쳤어.

"미하엘." 그녀가 낮은 소리로 말했다. 내려온 후면 배경 너머에 있는 그림자를 알아보고 그녀가 말했다. "마담이세요?" 미하엘이 조심스럽게 물었다. 그는 이미 옷을 갈아입어 갈색 벨벳 상의를 입고 손에는 활과 화살을 들고 있었다. 후반부가 활잡이의 춤으로 시작되는 까닭이었다. "준비 안 하세요, 그루?" 그는 목소리에 될 수 있는 한 동정하는 말투를 담지 않으려고 조심하면서 물었다. 목재 사이에 쪼그리고 앉아 있는 그루진스카야를 보니 너무도 작고 연약해 보였다. 무대감독이 울리는 벨소리가 여덟 군데에서 동시에 요란하게 들렸다. "미하엘, 나 피곤해." 그루진스카야가 말했다. "나 집에 가고 싶어. 뤼실이 내 역을 하면 될 거야. 그렇게 해도 아무도 신경 쓰지 않을 거야. 내가 춤을 추든 다른 발레리나가 춤을 추든 사람들은 별 관심이 없어." 미하엘은 너무 놀라서 온몸이 오그라드는 것 같았다. 층계에 앉아 있는 그루진스카야는 바로 그의 코앞에 앉아 있어서 미하엘의 허벅지 근육이 묘하게 부푼 것을 볼 수 있었다. 그녀가 잘 알고 있는, 의지와 상관없는 몸의 움직임은 그녀에게 약간 위안이 되었다. 하얗게 분장을 한 미하엘이 말했다. "뭐예요!" 너무 놀라서 그는 좀 무례해졌다. 그루진스카야가 힘없는 미소를 보내며 한 손가락으로 미하엘의 다리를 살짝 건드렸다. "반드시 발레복을 입고 춤을 추라고 내가 몇 번이나 말했잖아!" 그녀가 아주 다정하게 말했다. "발레복을 갖춰 입지 않으면 따뜻하질 않아, 유연성이 모자라게 돼. 제발 내 말 좀 들어. 제멋대로 하지 마." 그녀는 잠시 동안 분을 바른 젊은 피부, 그 밑에서 근육이 장난을 하는 따스한 피부 위에 손을 올려놓았지만, 그녀가 손을 대도 아무 반응이 없었다. 벨이 세번째로 울렸다. 사원이 그려진 무대 배경 뒤쪽 바닥에서 여자 무용수들이 발레화를 묶고 있었다. 주제테는 분장실 입구에서 마치 길 잃은 수탉처럼 우왕좌왕하며 걱정하고 있었다. 마담이 옷을 갈아입지 않고 그 자리에 그냥 앉아 있었기 때문이다. 이미 지휘자 자리에 가서 서 있는 비테는 떨리는 손으로 지휘봉을 잡고 다음번 춤을 위해서 조금 늦게 들어오는 빨강 표시등을 기다리고 있었다.

"무슨 생각을 하고 있습니까?" 위층 관람석에서 오터른슐라크 박사가 물었다. 크링엘라인은 프레더스도르프를 떠올렸다. 여름날 오후 어두운 사무실의 초라한 녹색 담을 비추던 햇살을 생각하다가 한순간에 기꺼이 베를린으로, 베스텐스 극장으로, 창업 시대*의 황금기로, 빨간 우단으로 치장한 40마르크짜리 특별석으로 되돌아왔다.

"고향 생각 하나요?" 오터른슐라크가 물었다.

"그곳 얘긴 싫습니다." 크링엘라인이 경험 많은 냉담한 사람처럼 대답했다. 아래층에서는 비테가 지휘봉을 들었고, 음악이 시작되었다. "오케스트라가 엉망입니다." 오터른슐라크가 말했다. 이런 형편없는 발레에 친절한 멘토 역을 하는 것이 그는 점점 지겨워졌다. 하지만 이번에는 크링엘라인이 대꾸가 없었다. 그는 음악이 마음에 들었다. 호텔의 따스한 욕조에 들어가 앉아 있는 것처럼 그는 음악에 빠져들었다. 마치 금속 덩어리가 몸속에 들어 있는 것처럼 위가 무겁고 차가웠다. 의사의 말에 따르면 그것은 나쁜 증상이었다. 하지만 그는 한 번도 통증을 느낀 적이 없었다. 항상 아플 것만 같은 불편한 경계선에 있으면서 실제로 통증이 시작되지는 않고 있는 상태였다. 그것이 전부였다. 그런 식으로 죽음이 시작되는 모양이었다. 그런데 비올라의 트레몰로**에 플루트의 피아니시모***가 울리면서 음악은 그에게 위안을 주었다. 크링엘라인의 마음은 음악과 함께 둥둥 떠올라서, 배경으로 그린 해변의 사원 속으로 들어갔다.

무대에서는 극이 진행되고 있었다. 사냥꾼 역의 미하엘이 새하얀 장

---

* 1871년 이후 독일의 경제 호황기.
** tremolo: 음 또는 화음을 널리듯이 빠르게 되풀이하는 연주법.
*** pianissimo: 매우 여리게 연주하라는 악보 기호.

딴지에 갈색 벨벳 상의를 입고 등장해서 젊은 육체를 맘껏 펴고 전방회전으로 무대에서 튀어 올라 마치 밧줄에서 풀려난 것처럼 허공을 갈랐다. 새를 잡겠다는 상징적인 몸짓이었는데, 그 새는 바로 사원의 비둘기였다. 무대 위에서 한창 도약과 회전의 불꽃을 날리던 그가 드디어 화살을 오른편 무대 후면으로 날렸다.

갈채가 쏟아졌다. 오케스트라는 피치카토*로 연주했다. 그루진스카야가 무대에 등장했다. 그녀는 숨 쉴 새도 없이 서둘러 상처 입은 비둘기로 분장했다. 크고 붉은 핏방울이 그녀의 하얀 몸에서 떨어지고 있었다. 죽을 정도로 피곤했지만 그녀는 아주 가볍게 두 팔을 작고 떨리는 날개 속으로, 감동적인 죽음 속으로 집어넣었다. 드디어 부드럽고 긴 목이 앞으로 숙여졌고, 그녀는 머리를 무릎에 묻고 죽었다. 화살을 맞아 죽은 불쌍한 비둘기는 가슴에 큰 상처를 안은 채 쓰러져 있었다. 조명 담당자가 상처 위에 푸른 조명을 비춰 효과를 내고 있었다.

커튼이 내려지고 박수가 쏟아졌다. 극장이 텅 비다시피 해서 박수를 칠 만한 사람이 없는 걸 감안한다면 정말 대단한 박수였다. "앙코르인가요?" 무대 한가운데에 누운 채로 그루진스카야가 물었다. "아냐." 피메노프가 절망적인 외침으로 무대 후면에서 소리쳤다. 박수가 끝났다. 이제 끝났다. 그루진스카야는 한동안 그대로 누워 있었다. 솜털처럼 가볍게, 춤 속에서 죽은 채, 손, 팔, 관자놀이에 무대 바닥의 먼지를 묻힌 채였다. 이 춤을 추고 나서 앙코르를 받아보지 못한 것은 난생처음이었다. 더 이상은 못 해,라고 그녀는 생각했다. 못 해, 난 할 만큼 했어, 더 이상은 할 수 없어.

---

* pizzicato: 현악기의 현을 손끝으로 튕겨서 연주하는 것.

"무대 바꿔야 하니 비키세요." 무대감독이 소리쳤다. 그루진스카야는 일어나고 싶지 않았다. 그 자리에, 무대 한가운데에 누운 채 잠이 들어 모든 것을 잊고 싶었다. 결국 미하엘이 곁으로 와서 그녀를 일으켜 세워 두 발로 서게 했다. "스파시바, 고마워." 그녀가 러시아어로 말하고, 여자 의상실 쪽으로 뻣뻣하게 걸어갔다. 미하엘은 왼쪽 첫번째 무대 배경으로 몸을 돌려 이미 파드되를 출 준비를 끝냈다.

그루진스카야는 의상실 쪽으로 가서 발레화 발끝으로 문을 열었다. 거기서 거울 앞에 앉아 먼지 묻고 약간 찢어진 발레화의 실크 천을 내려다보았다. 그녀의 발은 이루 말할 수 없이 지친 상태인 데다 춤 때문에 많이 부어 있었다. 강한 불빛 아래 거울 속에서 늙고 근심 어린 주제테의 얼굴이 다가왔다. 파드되용 의상이 바스락 소리를 냈다.

"상관 마." 그루진스카야가 쉰 소리로 말했다. "아파서 그래. 못 하겠어. 상관하지 마. 내버려둬. 마실 것이나 좀 줘"라고 그녀가 덧붙였다. 그녀는 지치고 시들어버린 주제테의 얼굴을 때려주고 싶었다. 갑자기 자신의 얼굴과 너무도 닮았다고 느꼈기 때문이었다. "나 내버려둬." 그녀가 명령하듯 말했다. 주제테는 사라졌다. 그루진스카야는 잠시 꼼짝 않고 앉아 있었다. 그러다가 갑자기 발레화를 벗었다. 이제 됐어,라고 그녀는 생각했다. 됐어, 정말 됐어.

그루진스카야는 발레복을 입고 비둘기 분장을 한 채로 자신만의 독특한 탈출을 시도했다. 발레화를 벗어던지고 다른 신발을 신고 낡은 외투를 둘러 입고 무거운 마음으로 그녀는 극장을 나섰다. 주제테가 적포도주 한 잔을 사러 매점에 갔다 와 보니 분장실은 텅 비고 조용했다. 거울에는 메모지가 꽂혀 있었다. "더 이상은 못 하겠으니 나 대신 뤼실보고 춤추라고 해요." 주제테는 쪽지를 들고 급히 무대로 달려갔고 10분 동안 극장에서는 법석이 났다. 하지만 커튼은 올라갔고 공연은 다른 날처럼 러시아 민속무용, 파드되, 축제 장면으로 진행되었다. 피메노프와 비테는 왕이 도주한 전쟁터에서 패전 후의 후퇴 상황을 감추려 애쓰는 두 명의 늙은 사령관처럼 고생을 했다.

무대에서는 무용수들이 축제의 춤을 추며 모슬린 베일을 흔들고 4백 개의 종이 장미를 뿌리는 가운데 미하엘은 목양신의 점프를 하고 있었다. 주제테는 극장 사무실에서 영국인 운전기사 버클리와 절망적인 전화통화를 하고 있었다. 그러는 동안 그루진스카야는 타우엔트치엔 가를 지나 정신없이 절망적인 도주를 하고 있었다.

베를린은 환하고 시끄럽고 사람들이 넘쳐났다. 화장을 짙게 하고 정신 나간 사람처럼 보이는 데다 반은 의식이 없는 그녀의 얼굴을 베를린은 호기심에 가득 차서 재미있다는 듯이 바라보았다. 베를린은 잔인한 도시였다. 길을 건너 다른 쪽의 좀더 조용한 인도로 넘어가려던 그루진스카야는 이 도시를 저주했다. 오한이 엄습했고, 3월 저녁이라 공기는 따뜻했지만 습기가 많아서 그녀의 낡은 울외투는 눅눅해졌다. 그루진스카야는 짤막한, 흐느끼는 말을 내뱉으려 했지만, 그 말은 목구멍에 걸려서 아픔을 줄 뿐이었다. 울 것 같았지만 그녀는 울지 않았다. 퍼렇게 무대화장을 한 눈꺼풀은 점점 뜨거워지고 점점 메말라갔다. 더 이상은 안 돼. 그런 생각에 사로잡혀 그녀는 비틀거렸고, 통제가 되지 않는 그녀의 육체에서는 우아함이 사라졌다. 걸음을 내디딜 때마다 그녀는 앞으로 기울어졌다. 꽃가게의 환한 불빛이 발 앞에 떨어졌다. 걸음을 멈추고 그녀는 커다란 화반에 들어 있는 목련 가지와 선인장, 난을 심은 구불구불한 유리병을 바라보았다. 하지만 이 섬세한 꽃의 아름다움에서도 전혀 위안을 느낄 수가 없었다. 그녀는 난생처음 두 손이 시린 것을 느끼고 낡은 외투 주머니에서 장갑을 찾기 시작했다. 그것은 어리석은 일이었다. 왜냐하면 지난 8년 동안 이 외투는 무대 뒤에서, 세상의 어느 극장에서나 불어오는 바람을 막기 위해 잠시 걸칠 때만 썼기 때문이었다. 천장에 매달린 무대장치, 비상등 아래의 철문, 발 앞의 무대의 경사가 그녀의 눈앞에 떠올랐다. 못 해, 그녀는 생각했다. 절대로 못 해. 치렁치렁한 구식 외투가 그녀의 무대의상을 감춰주었지만 걸어가는 데는 방해가 되었다. 꽃가게 유리창 앞을 떠나면서 그녀는 외투를 들어 올리고 좀더 조용한 골목으로 접어들었다. 지나가면서 불상을 보았는데, 받침대 위에 조용히 앉은 부처는 금빛 청동으로 된 두 손으로 무너지고 있는 이 세상을 받치고 있었다. 더 이상 춤을 안 출 거야, 절대로, 절대로 안 해. 위로가 될 만한 말을 찾아보려 했지만 목구멍에서 흘러나오는 건 흐느낌뿐이었다. 세르게이, 그녀가 울부짖었다. 가브리엘, 가스통. 그녀는 몇 안 되는 연인의 이름을 불렀고 딸인 아나스티아를 부르고, 나중에는 파리에 있는, 아직 본 적이 없는 어린 손자 퐁퐁도 불러보았다. 하지만 그녀는 혼자였고, 위로해주는 사람은 아무도 없었다. 갑자기 그녀가 걸음을 멈추고 깜짝 놀랐다. 아니, 내가 지금 뭘 하는 거야, 라고 그녀는 생각했다. 내가 극장을 나온 건가? 말도 안 돼. 있을 수 없는 일이야. 돌아가야 해. 교회 시계가 느리게 11시를 쳤다. 아주 느리게, 아주 가까이에서 똑똑히 들렸지만 교회 탑은 보이지 않았다. 그루진스카야는 두 손을 외투 주머니에서 꺼내 앞으로 늘어뜨렸다. 그것은 상처 입고 죽어가는 비둘기의 죽음을 상기시켰다. 너무 늦었어, 라고 두 팔은 말하고 있었다. 이젠 공연이 끝날 시간이었다. 그루진스카야는 고개를 뒤로 돌리고, 도망쳐온 거리를 바라보았다. 지금 어디에 있는지조차 알 수가 없었다. 파랑과 노랑 조명으로 가장자리를 두른 작은 입구가 보였는데 거기에는 러시안 바라고 쓰여 있었다. 그루진스카야는 길을 건너 입구에 서서 어린아이처럼 코를 닦고 생각에 잠겼다. 러시안 바, 들어가볼까? 나를 알아보고 붉은 셔츠를 입은 악단이 그루진스카야 왈츠를 연주해줄지도 몰라. 얼마나 멋질까!

'아냐.' 슬프게도 그녀는 곧 생각을 바꿨다. '난 들어갈 수 없어. 내 꼴이 어떤지 몰라. 아무도 날 알아보지 못할 거야. 그리고 지금의 내 모습을 보고 날 알아보면…… 안 돼, 그건 안 돼.'

그녀는 고물 택시를 세우고, 갑자기 차갑고 굳어버린 얼굴로 호텔로 향했다.

가이거른은 보초병처럼 68호실의 커튼 사이에 서서 푸른 작업복을 입은 사람들이 아래에서 일을 어서 끝내기만 기다리고 있었다. 하지만 일은 금방 끝나지 않았다. 그들은 계속 2층의 창틀 주변을 오르락내리락하면서 일을 하고 있었다. 전깃줄과 절단용 집게를 가져오더니 저런, 아이쿠, 해가면서 열심히 작업을 했지만 조명은 들어오지 않았다. 그래도 호텔의 전면은 거리의 아크등, 입구의 다섯 군데 조명, 샴페인과 초콜릿을 번갈아 광고하는 건너편 네온 광고 덕택에 전보다는 환해졌다. 그런데 20분 정도 지났을 때 갑자기 68호실의 문이 열렸다. 불이 켜지면서 호텔 실내에 딱 어울리는 조용한 불빛 아래 그루진스카야가 안으로 들어오는 것이 보였다.

가이거른이 서 있는 자리에서 볼 때 그것은 정말로 끔찍스러운 사건이었으며 그로서는 죽을 맛이었다. 너무 놀라 소름이 비수처럼 그의 가슴을 훑고 지나갔다. 아니, 이 여자는 무슨 일로 11시 20분인데 벌써 호텔로 돌아온 것일까? 극장에서 공연을 할 시간이 확실한데 도대체 무슨 일인가! 망했구나, 라고 생각하면서 가이거른은 이를 악물었다. 그는 실패가 두려웠다. 구렁텅이로 빠져버린 이 저주스러운 상황에서 대체 무얼 할 수 있단 말인가! 샹들리에 불빛이 그가 서 있는 바로 앞의 레이스 커튼에까지 비쳐서 발코니에 커튼 무늬의 그림자를 만들었다. 가이거른은 마음을 가라앉혀 진정하고자 했다. 주머니 속의 진주 목걸이는 체온으로 따스해졌다. 진주는 손가락 사이에서 콩처럼 움직였다. 한순간 그는 이 한 줌의 진주 낟알이 엄청난 가격이 나간다는 것이 미친 일, 정신나간 일로 여겨졌다. 4개월을 기다려 목숨을 내놓고 7미터를 올라왔는데 그다음에는 다른 위험이 기다리고 있다니! 위험의 사슬, 그것이 그의 삶이었다. 그리고 그루진스카야의 삶은 진주의 사슬이었다. 얽히고설킨 상황에 가이거른은 미소를 지으며 고개를 저었다. 종종 그는 인생에 대해 경탄하고, 재미있어 하며, 거의 바보 같은 미소를 보냈다. 그는 인생이 이해가 되지 않았다. 이제 그는 정신을 가다듬고 레이스 커튼 뒤에서 방쪽을 바라보면서 조심스럽게 몸을 돌려 기다렸다.

처음에 그루진스카야는 1분 정도 꼼짝하지 않고 방 한가운데 샹들리에의 유리등 아래 서 있었다. 그녀의 얼굴은 정신이 나간 사람 같았다. 축 늘어진 팔에서 무게 때문에 울코트가 흘러내려 바닥에 떨어질 때까지 그녀는 멍하니 서 있다가 테이블 위의 전화기로 걸어갔다. 극장으로 전화 연결을 할 때까지 약 1분 정도, 피메노프가 전화를 받을 때까지 또 얼마간의 시간이 흘렀다. 엄청난 피로감이 그녀를 참을성 없게 만들었다.

"여보세요, 피메노프? 나예요, 그루예요. 나 호텔에 있어요. 미안해요. 갑자기 안 좋아져서 그랬어요. 심장요. 숨을 잘 쉴 수가 없었어요. 스헤베닝겐*에서 아팠을 때랑 비슷했어요. 아뇨, 이젠 좀 괜찮아요. 많이

---

* 네덜란드 헤이그에서 북서쪽으로 약 5킬로미터 정도 떨어져 있는 해변.

당황했죠? 뤼실은 잘했나요? 네? 괜찮게 했어요? 관객은요? 네? 아니에요, 괜찮아요. 혹시 무슨 소동이라도 나지 않았나요. 아니에요? 아무 일 없었어요? 아주 조용했어요? 박수가 덜 나왔나요? 공연이 완전히 달라졌어요? 네, 그건 나중에 얘기하도록 해요. 아니에요. 나 자려고 해요. 의사 필요 없어요. 비테도 마찬가지예요. 아니에요, 아니에요. 아무도 필요 없어요. 주제테도 필요 없어요. 그냥 좀 쉬면 돼요. 프랑스 대사관에 가거든 미안하다고 말 좀 전해주세요. 고마워요. 구테 나흐트. 구테 나흐트, 피메노프. 피메노프, 내 말을 전해줘요. 비테하고 미하엘한테 인사 전해줘요. 모두에게 인사 전해줘요. 아녜요, 내 걱정 하지 마요. 내일 되면 괜찮아요. 구테 나흐트!"

그녀가 수화기를 내려놓았다. "구테 나흐트." 그녀가 호텔 방에 홀로 서서 다시 한 번 나지막하게 말했다.

심장이구나, 심장이 나쁘구나,라고 가이거른은 생각했다. 빠른 프랑스어를 알아듣느라고 그는 신경을 곤두세우고 있었다. 몸이 아파서 말도 안 되는 이 시간에 호텔로 돌아왔군. 딱해 보이네. 하지만 좋아. 이제 곧 자려고 누울 테니 그 시간을 잘 이용하면 돼. 침착하게 행동하는 것이 무엇보다 중요해. 그는 조심스럽게 발코니 모서리로 가서 밖을 내려다보았다. 푸른 작업복의 바보 같은 두 전기공은 앉아서 토론 중이었다. 각자 각등(角燈)을 들고 있는 폼이 밤새 야근이라도 할 작정인 것 같았다. 가이거른은 담배를 피우고 싶어서 미칠 것 같았다. 그는 입을 크게 벌리고 눅눅한 매연을 들이마셨다. 그러는 사이 방 안의 그루진스카야는 삼면경 앞으로 갔다. 거울 화장대에는 비어 있는 슈트케이스가 놓여 있었다. 가이거른의 가슴은 갑작스럽게 뛰기 시작했다. 하지만 그녀는 가죽 가방을 쳐다보지 않은 채 옆으로 밀어놓고, 가운데 거울 위의 전구를 켜고 두 손으로 거울의 양 모서리를 잡더니 거울 쪽으로 바싹 다가가서 거울 속을 들여다보았다. 자신의 얼굴을 들여다보는 그녀의 주의력은 철저하고 탐욕스럽고 끔찍스럽기까지 했다. 여자들은 이상한 동물이야, 라고 가이거른은 커튼 뒤에서 생각했다. 정말 알 수 없는 동물이야. 저렇게 끔찍스러운 얼굴로 거울 속에서 대체 무얼 찾으려는 걸까?

그가 바라보고 있는 여자는 뺨의 화장은 사라졌지만 아름다운, 무척 아름다운 여자였다. 특히 양쪽 거울에서 두 배로 빛을 받고 있는 그녀의 목은 비교할 수 없을 만큼 부드럽고 유연해 보였다. 그루진스카야는 마치 적의 얼굴을 바라보듯이 자신의 얼굴에 시선을 고정하고 있었다. 끔찍한 심정으로 그녀는 세월, 주름, 무기력함, 피로, 노화를 바라보았다. 관자놀이는 전처럼 매끄럽지 않았고 입 주변은 가라앉았고 눈꺼풀은 푸른 색조 화장 아래에서 얇은 종이처럼 주름져 있었다. 자신을 들여다보고 있자니 앞서 길에서보다 더 심하게 몸서리가 났다. 입술을 다물려 했지만 그렇게 할 수가 없었다. 그녀는 급히 일어나 샹들리에의 차가운 조명을 끄고 테이블 위의 램프를 켰지만 그것 역시 따스하지 않았다. 그녀는 몇 번의 다급한 동작으로 겉옷을 벗어 방에다 던지고 상의를 타이즈의 엉덩이까지 내린 채 라디에이터로 가서 가슴을 회색빛 관 가까이에 댔다. 별 생각 없이 그저 온기를 찾고 있을 뿐이었다. 됐어, 그녀는 생각했다. 이제 그만 됐어. 더 이상은 아니야. 끝난 거야. 됐어. 그녀는 각국의 언어로 마지막 작별의 말을 덜덜 떨리는 이 사이로 내뱉었다. 그런 다음 욕실로 가서 옷을 완전히 다 벗었다. 그러고는 흐르는 더운 물에 두 손을 갖다 대고 아플 때까지 더운 물을 핏줄 위로 흘려보냈다. 그런 다음 브러시를 가져다가 어깨를 문질렀다. 하지만 갑자기 모든 것이 역겨워져서 벗은 채로 떨며 방으로 돌아와 수화기를 손에 잡았다. 떨리는 입술을 두 번이나 수화기에 댔다가 그녀가 겨우 입을 열었다.

"차 좀 갖다주세요. 많이요. 설탕을 많이 넣어서." 그녀는 다시 거울 앞으로 가서 자신의 벗은 몸을 우울한 표정으로 꼼꼼히 들여다보았다. 하지만 그녀의 몸은 완벽하고 더할 나위 없이 아름다웠다. 그것은 일생 동안 고된 훈련과 공연을 반복하느라 하나도 변하지 않은 열여섯 살 발레리나의 몸 그대로였다. 갑자기 그루진스카야는 자신에 대해 품고 있는 증오심이 부드러운 마음으로 변했다. 그녀는 양손으로 어깨를 움켜쥐고 매끄러운 피부를 어루만졌다. 그러고는 오른편 겨드랑이에 키스를 했다. 작고 완벽한 가슴을 마치 접시에 올려놓듯이 손바닥에 올려놓았고, 가슴골과 그늘진 날씬한 엉덩이를 쓰다듬었다. 머리를 무릎에 닿도록 수그리고 마치 사랑스러운 아픈 아이들에게 하듯이 가냘프지만 쇠처럼 단단한 다리에 키스를 했다. "브예드나야야, 말렌카야"라고 중얼거렸는데 그것은 어린 시절 그녀의 애칭이었다. 브예드나야야, 말렌카야. 아가, 꼬마라는 뜻이었다.

커튼 사이의 가이거른은 어느덧 존경심 넘치는, 애틋한 얼굴이 되었다. 눈앞의 장면에 그는 당황했다. 많은 여자들을 알고 있었지만 저렇게 섬세하고 완벽한 여자는 본 적이 없었다. 하지만 그것은 단지 부차적인 것이었다. 달콤하게 가슴 조이는 것, 그를 귀까지 달아오르게 하는 것은 거울 앞에 앉아 있는 그루진스카야의 외로움, 한기, 절망적인 혼란과 슬픔이었다. 50만 마르크짜리 진주를 훔쳐 주머니 속에 갖고 있는 범법자이긴 해도 가이거른은 인간이고자 했다. 그는 진주에서, 주머니에서 손을 떼었다. 그는 이 작고 외로운 여성을 손바닥 안에, 양팔에 들어 올려 위로하고 따스하게 해주어 이 끔찍스러운 냉기와 정신 나간 독백에서 구하고 싶었다.

보이가 이중문을 노크했다. 그루진스카야는 가운으로 몸을 감쌌다. 어둠 속에서 가이거른을 놀라게 했던 그 가운이었다. 그녀는 낡은 슬리퍼를 신고 문으로 갔다. 곧 문 안으로 차가운 공기가 들어왔고, 그루진스카야는 멀어져 가는 보이 뒤로 문을 잠갔다. 이제 끝이야, 그녀는 생각했다. 차를 가득 한 잔 따른 뒤 그녀는 침대 옆 탁자에서 베로날* 약 상자를 꺼냈다. 한 알을 먹은 다음에 차를 마시더니 두번째 약을 먹었다. 그리고 일어나서 방 안을 이리저리 걸었다. 아주 빨리, 마치 도망치듯이 이쪽 벽에서 저쪽 벽으로 4미터가량을 이리저리 왕복했다.

아무 의미 없는 일이야, 라고 그녀는 생각했다. 무엇 때문에 사는 걸까? 나는 무엇을 더 기다리나. 왜 고통을 참고 있는 걸까. 난 지쳤어. 내가 얼마나 지쳤는지 당신들은 몰라. 때가 되면 물러난다고 나는 약속했어. 그래, 때가 됐어. 사람들이 내려가라고 휘파람 불 때까지 기다릴 필요 없어. 때가 됐어, 말렌카야. 불쌍한 꼬마야. 그루는 내일 빈으로 안 갈 거야. 그루는 안 가. 그루는 잠을 잘 거야. 유명하다는 것이 얼마나 추운지 사람들은 몰라. 나는 혼자야. 아무도 없어. 한 사람도 없어. 나는 허망한 사람, 불안에 떠는 사람일 뿐이야. 나는 항상 혼자였어. 아! 춤을 그만두면 누가 대체 그루진스카야에게 관심이나 가질까! 끝이야. 절대로 나는 유명했던 다른 늙은 여자들처럼 뻣뻣해지고, 살찌고 늙은 모습으로 몬테카를로에 가서 돌아다니지 않을 거야. "세르게이 대공 시절의 내 모습을 봤어야 하는데." 아냐, 그건 아냐. 그런데 난 어디로 가야 하지? 트레메초로 가서 난초를 기르고 하얀 공작 두 마리를 기를까? 돈 걱정을 하면서 아주 외롭게 시골 생활을 하다가 죽어야 하나? 그래, 마지막

---

* 최면 혹은 진정제로 쓰는 약품의 상품명.

은 결국 죽는 거야. 니진스키*는 정신병원에서 죽음을 기다리고 있지. 불쌍한 니진스키. 불쌍한 _그루_, 난 기다리지 않을 거야. 이제 끝났어. 이젠, 이젠, 이젠······

그녀는 누가 이름을 부르는 것 같아서 선 채로 귀를 기울였다. 베로날 덕에 잠이 오려는지 귀에서는 이미 웅웅 소리가 나는 것 같았다. 친절한 수면제가 선사하는 무념의 상태였다. '가스통!' 탁자로 가면서 그녀는 생각했다. '가스통, 당신은 나한테 잘해줬어. 그때 당신 정말 어렸어. 얼마나 오래전 얘기인지 몰라. 이제 당신은 장관이 되어 배가 나오고 수염투성이에다 대머리가 되었어. 아듀, 가스통. 영원히 안녕. 늙지 않는 아주 쉬운 방법이 여기에 있어요······'

그루진스카야는 두번째로 차를 가득 따랐다. 이제 그녀는 약간의 연기를, 슬프면서도 달콤한 장면의 연기를 시작했다. 그녀의 절망과 결단에는 격식과 기품이 있었다. 빠른 동작으로 그녀는 베로날 약병을 들어서 한 번에 알약 전부를 차에 쏟고 녹기를 기다렸다. 시간이 너무 오래 걸리자 그녀는 참지 못하고 숟가락으로 찻잔을 두드렸다. 그러더니 일어서서 다시 거울 앞으로 가서는 땀범벅이 된 차가운 얼굴에다 갑작스럽게 기계적인 동작으로 분을 발랐다. 입술이 떨리기를 멈추고 마치 무대 위에서처럼 얼굴에 딱딱한 미소가 나타났다. 그녀는 두 손으로 얼굴을 감싸고 중얼거렸다. "하느님, 하느님, 하느님." 그녀는 장례식장의 향기를 맡았다. 꽃바구니에서 올라와 방 안에 퍼진 시든 향기였다. 비틀거리며 차가 놓

---

* Vaslav Fomich Nijinsky(1890~1950): 폴란드계 러시아의 무용수로 역사상 가장 재능 있는 남성 무용가로 손꼽힌다. 후원자인 댜길레프와 동성애 관계였던 것으로 알려져 있다. 신경쇠약으로 1919년에 무대 활동은 막을 내리게 되었고, 말년을 정신병원과 보호시설에서 보냈다.

여 있는 탁자로 가서 그녀는 숟가락 끝을 혀에 대고 맛보았다. 아주 쓴 맛이었다. 그녀는 설탕 집게로 설탕을 하나씩 집어서 차 속에 담그고 녹기를 기다렸다. 1분, 아니 조금 더 걸렸다. 적막 속에서 두 개의 시계가 정신없이 달려가고 있었다.

그루진스카야는 일어나서 발코니 문 쪽으로 걸어왔다. 숨 쉬기가 힘들었지만 그녀는 하늘을 보고 싶었다. 레이스 커튼을 젖히는 순간 그녀는 그림자와 마주쳤다.

"죄송합니다. 놀라지 마십시오." 가이거른이 몸을 숙여 인사하며 말했다.

그루진스카야의 첫번째 반응은 소스라치게 놀란 것이 아니라 이상하게도 부끄러워한 것이었다. 그녀는 가운을 좀더 여미고 말없이 생각에 잠긴 채 가이거른을 바라보았다. '누구지?' 그녀는 꿈을 꾸듯이 생각에 잠겼다. '이런 일은 한 번도 없었는데……' 베로날 차를 마시는 일을 미루게 되어 아마 그녀의 마음이 좀 가벼워졌을지도 모른다. 그녀는 가이거른 앞에 서서 1분 정도 그를 바라보았는데, 그녀의 콧마루 위에서 둥그스름하고 가는 양쪽 눈썹이 교차하고 있었다. 아직도 떨고 있는 입술 사이로는 빠르고 답답한 숨이 흘러 나왔다.

이가 떨려서 가이거른은 입을 꽉 다물었다. 이번 같은 위험한 상황은 처음이었다. 지금까지 그의 일은 모두, 그래봤자 서너 번이지만 준비를 잘하고 조심스럽게 진행했기 때문에 의심조차 받아본 적이 없었다. 그런데 지금 그는 50만 마르크짜리 진주를 주머니에 넣은 채 낯선 사람의 방에서 발각되었다. 그와 형무소 사이에는 두 번만 누르면 보이가 달려오는, 에나멜 버튼을 한 호텔의 작고 하얀 벨밖에 없었다. 미칠 듯한,

알 수 없는 분노가 끓어올랐지만 그는 진정하여 정신을 차리고 마음을 안정시켰다. 상대방을 때려눕히지 않기 위해서는 엄청난 노력이 필요했다. 그는 마치 연기를 내뿜는 거대한 기관차 같았다. 열기와 기압이 안에서부터 끓어올라 멋대로 앞으로 달려나갈 태세였다. 일단 그는 인사를 했다. 무섭게 앞으로 달려나갈 수도 있고, 그루진스카야를 살해할 수도, 위협해서 그녀를 입 다물게 만들 수도 있었다. 그런데 그로 하여금 폭력과 살인 대신 주저 없이 극히 훌륭한 태도로 인사를 하게 만든 것은 사랑스러운 그의 본성이었다. 그는 자신의 눈 밑이 퍼렇게 된 것을 모르고 있었다. 그는 아득하게, 위험을 즐거움처럼 느끼고 있었다. 마치 술에 취했거나, 끝없이 추락하는 꿈을 꾸고 있는 것 같았다.

"누구죠? 어떻게 여길 들어왔어요?" 그루진스카야가 독일어로 물었다. 거의 공손하게 들렸다.

"죄송합니다, 마담. 몰래 들어왔습니다. 발각되어 정말 놀랐습니다. 평소보다 일찍 돌아오셨거든요. 이건 사고입니다. 운수가 나빴습니다. 뭐라고 설명드릴 말이 없습니다."

그에게서 눈을 떼지 않은 채 그루진스카야가 몇 발자국 방으로 물러나 샹들리에의 차가운 조명을 켰다. 뚱뚱하고 못생긴 남자가 있는 것을 보았다면 그녀는 아마도 구조를 요청하며 비명을 질렀을 것이다. 하지만 베르날 효과인지 몰라도 앞에 서 있는 남자는 그녀가 평생 본 중에서 가장 아름다운 남자였고, 하나도 두렵지 않았다. 특히 그녀를 안심시킨 것은 가이거른의 멋진 푸른색 실크 파자마였다. "여기서 뭘 해요?" 어느새 좀더 편한 프랑스어로 그녀가 물었다.

"아무것도 아닙니다. 그냥 앉아 있는 겁니다. 이 방에 있고 싶어서요." 가이거른이 나지막하게 대답하고, 가슴속 깊이 숨을 들이쉬었다가

132

내쉬었다. 문제는 이 여자에게 어떻게 이야기를 하느냐인데, 희망이 좀 있어 보였다. 구두 위에 신은 도둑의 덧양말을 발견하고 그는 재빠른 동작으로 몰래 벗었다.

그루진스카야가 고개를 저었다. "내 방에서요?" 그녀가 러시아의 작은 새가 내는 고음으로 물었는데, 묘한 기대감이 얼굴을 스쳤다.

발코니 문에 그대로 선 채 가이거른이 대답했다. "진실을 말씀드리지요. 이 방에 들어온 것이 이번이 처음이 아닙니다. 극장에 가 계시는 동안 몇 번 이 방에 들어온 적이 있습니다. 부인하고 같은 공기를 마시고 싶었습니다. 작은 꽃을 놔드리기도 했지요. 용서하십시오."

베로날이 들어 있는 차는 이미 식었다. 그루진스카야는 살짝 미소를 지었지만, 그런 사실을 느끼자마자 얼른 미소를 거두고 냉정하게 물었다. "누가 이 방에 들어오게 했죠? 룸 메이드인가요? 아니면 주제테? 어떻게 방으로 들어왔죠?"

가이거른은 과감한 선택을 했다. 그는 밖을, 밤거리를 가리켰다. "저기로요." 그가 말했다. "내 방의 발코니에서 넘어서 들어왔습니다."

다시 한 번 그루진스카야는 전에는 한 번도 느껴보지 못한 꿈같은 기분에 휩싸였다. 갑자기 지난 일이 기억났다. 세르게이 대공이 그녀를 데리고 갔던 저 남쪽 아바스 투만의 여름 성에서 어느 날 저녁에 어떤 젊은 남자, 소년처럼 보이는 어느 장교가 그녀의 방에 몰래 들어온 적이 있었다. 그건 목숨을 건 행동이었다. 실제로 그는 나중에 사냥을 나갔다가 정체불명의 사고로 목숨을 잃었다. 적어도 30년 전의 일이었다. 발코니로 나가서 밖을 가리키는 가이거른의 손을 잠시 바라보는 동안 그루진스카야는 갑자기 잊고 있던 지난 일이 생생하게 떠올랐다. 그녀는 젊은 장교의 얼굴을 떠올렸다. 이름이 파벨 예리린코프였다. 그의 눈과 키스가 생각났다. 그녀는 몸을 떨었고, 동시에 지금 작은 발코니에서 곁에 있는 남자의 애정을 느꼈다. 그녀는 힐끗 자신의 방 발코니와 옆방 사이 호텔 벽의 7미터 높이를 내려다보았다.

"그건 정말 위험한데." 그녀가 멍하니 대답을 했는데, 그녀는 지금 현재의 시간이 아니라 예리린코프에 대한 추억에 잠겨 있었다.

"많이 위험하지 않습니다"라고 가이거른이 대답했다.

"추워요. 문을 닫아요." 그루진스카야가 짧게 말하고 서둘러 방 안으로 들어갔다.

가이거른은 그대로 했다. 문을 닫고 그녀를 따라 들어가 커튼을 닫았다. 그러고는 두 손을 늘어뜨린 채 기다렸다. 눈에 띄게 잘생기고, 겸손하며, 유명한 발레리나의 방에 침입하는 로맨틱한 모험을 마다 않는, 어리숙해 보이는 젊은 남자였다. 가이거른은 약간의 연극을 하기로 작정했는데, 직업상 불가피한 일이었다. 생사가 걸린 연극이었다. 그루진스카야는 몸을 숙여 바닥에 떨어져 있는 의상을 집어 들고 욕실로 가고 있었다. 붉은 유리잔을 바라보며 그녀는 핏방울을 떠올렸다. 찌르는 듯한, 점점 심해지는 고통이 왔다. 앙코르가 사라졌고, 그녀 대신 대역이 춤을 췄는데도 아무도 항의하지 않았다. 그녀는 관객들이 두려웠고, 베를린이 두려웠다. 너무도 외로웠다. 전에도 이런 고통을 겪은 적이 몇 번 있지만 이번의 새로운 고통은 그녀의 가슴을 후벼 팠다. 한순간 그녀는 죽은 예리린코프를 기억나게 하는 침입자를 완전히 잊고 있었지만 그에게로 돌아와 그의 온기가 느껴질 정도로 가깝게 다가가 그를 쳐다보지 않은 채 물었다. "왜 이런 짓을 하죠? 이런 위험한 일을? 왜 내 방에 숨어 있죠? 원하는 게 있나요?"

가이거른은 습격을 감행했다. 공격이었다. 좋아, 이때야, 라고 그는 생각했다. 그녀에게 시선을 옮기지 않은 채 그가 말했다. "당신을 사랑하기 때문입니다."

그는 프랑스어로 말했는데 그 말을 입 밖에 내기 너무 괴로운 까닭이었다. 그런 다음 그는 조용히 반응을 기다렸다. 이건 미친 짓이야, 라고 그는 생각했다. 이 코미디가 너무 괴롭고 창피스러웠다. 이런 유치한 짓이 그는 끔찍스러웠다. 하지만 그녀가 직원만 부르지 않는다면 목숨은 구한 셈이었다.

그루진스카야는 입을 다물지 못하고 이 짤막한 프랑스어를 삼켰다. 그의 말은 마치 약처럼 목을 넘어갔다. 몸이 떨리던 것이 몇 초 지나지 않아 멈췄다. 불쌍한 그루진스카야! 수년 동안 그녀는 아무에게서도 그런 말을 들어보지 못했다. 삶은 텅 빈 급행열차처럼 그녀 곁을 스쳐갔다. 리허설, 공연, 계약, 침대차, 호텔 객실, 무대 공포, 그리고 다시 공연, 그러고는 다시 리허설로 이어진다. 성공, 실패, 비평, 인터뷰, 공식 리셉션, 매니저들과의 다툼. 세 시간짜리 단독 공연, 네 시간에 걸친 발레 리허설, 네 시간짜리 공연, 똑같은 나날의 반복이었다. 늙은 피메노프, 늙은 비테, 늙은 주제테뿐으로 따스함이라고는 없었다. 두 손을 낯선 호텔의 라디에이터 위에 올려놓는 것, 할 수 있는 것은 그것뿐이었다. 그런데 모든 것이 끝나 발 디딜 곳 없이 끝장나버려 삶이 끝나려는 이 순간에 한 사람이 밤중에 방에 나타나서 잊고 있던 말을, 전에는 그녀의 온 세상을 가득 채웠던 그 말을 입에 올린 것이다. 그루진스카야는 무너지고 말았다. 그녀는 마치 아이를 출산할 때와 같은 엄청난 고통을 느꼈다. 두 줄기 눈물, 드디어 오늘의 괴로움에서 벗어났고 눈물이 흘렀다. 그녀는 이 눈물을 몸 전체로 느꼈고 발가락, 손가락 끝, 심장에까지 느꼈다. 눈물은 눈에서부터 검은 칠을 한 뻣뻣하고 기다란 속눈썹으로 내려와 손바닥에 떨어졌다.

이 모습을 바라보며 가이거른은 격정에 사로잡혔다. 불쌍하다, 라고 그는 생각했다. 불쌍한 여자 같으니, 라고 그는 생각했다. 울고 있군. 어리석구나. 우는군. 어리석기도 하지.

고통스러운 첫 두 방울의 눈물을 흘리고 난 뒤에는 쉬워졌다. 이어서 마치 여름날의 비처럼 조용한 눈물이 뜨거우면서도 동시에 차갑게 흘러넘쳤다. 이유는 알 수 없지만 가이거른은 리트의 정원에 있는 수국이 생각났다. 이어 폭우와 격류가 이어지면서 눈꺼풀의 검은 화장이 지워졌다. 드디어 그루진스카야가 침대에 쓰러져 흐느꼈고 러시아어를 쏟아내면서 두 손으로 입을 막았다. 이 광경을 보면서 가이거른은 여자를 쓰러뜨리고 강탈하려던 호텔 도둑에서 우는 여자를 도와주지 않고 그냥 바라볼 수 없는, 속 깊고 소박하고 착한 남성으로 변했다. 그는 이제 아무런 두려움도 갖고 있지 않았다. 그의 가슴을 조이게 하고 두근거리게 만드는 것은 보통 사람들이 갖는 연민이었다. 그는 침대로 다가가서 흐느끼는 작은 몸의 양쪽에 양손을 얹고 몸을 숙인 채 그루진스카야에게 낮은 소리로 말했다. 그가 한 말은 특별한 것이 아니었다. 아마 그는 울고 있는 아이나 아픈 강아지에게도 비슷한 말로 위로를 했을 것이다. "진정해요." 그가 말했다. "진정하세요, 아름다운 그루진스카야, 울고 있군요. 우는 것은 좋아요. 울면 좀 나아지지 않나요? 우세요, 사랑스러운 분. 사람들이 당신한테 대체 무슨 짓을 했죠? 당신에게 못되게 구나요? 내가 있으니 염려 마세요. 곁에 좀더 있을까요? 무서운가요? 무서워서 우나요? 아, 정말 마음이 아픕니다." 그가 한쪽 팔을 침대에서 들어서 입을 막고 있는 그루진스카야의 두 손을 떼어내 키스를 했다. 그녀의 손은 눈물로 젖었고 어린아이의 손처럼 검었다. 무대용 눈 화장 때문에 얼굴도 검게 얼룩져 있었다. 그것을 보니 가이거른은 웃지 않을 수 없었다. 아직 울고 있지만 그루진스카야는 웃고 있는 강한 남자의 어깨가 보여주는 따스한 몸짓을 보았다. 가이거른은 일어나서 욕실로 갔다. 그는 스펀지를 가져와 조심스럽게 얼굴을 닦아주었고, 수건도 가져왔다. 그루진스카야는 가만히 누워 있었는데, 실컷 울고 나자 마음이 한결 가벼워졌다. 가이거른은 침대 끝에 앉아 그녀를 바라보며 미소를 보냈다. "괜찮지요?" 그가 물었다. 그루진스카야는 그가 알아들을 수 없는 말을 했다. "독일어로 말해요." 그가 말했다. "맙소사, 어쩌면 좋아." 그루진스카야가 낮은 소리로 말했다. 그녀의 말이 그의 가슴에 꽂혔다. 그 말은 강한 테니스 공처럼 그의 가슴을 강타해 아픔을 주었다. 전에 그가 사귀던 여자들은 정겨운 말을 많이 하지 않았다. 그들은 그를 괴짜, 귀염둥이, 달링, 남작님이라고 불렀다. 그는 마음속의 울림에 귀를 기울였다. 그것은 어린 시절을, 지나간 날들을 떠오르게 했다. 그는 고개를 저었다. 담배 한 대만 있으면 좀 진정될 것 같은데, 그는 생각했다. 그루진스카야가 그의 눈을 잠시 묘하게 몽롱한, 거의 달콤한 표정으로 바라보았다. 그러더니 몸을 일으켜서 떨어져 있는 실내화를 긴 발로 들어 올렸다. 이제 그녀는 제 모습으로 되돌아왔다.

"어머, 어떻게 된 거야!" 그녀가 말했다. "신파 연극을 했네. 그루진스카야가 운 거야? 무슨 일이람! 정말 구경거리네. 수년 동안 한 번도 운 적이 없는데. 그쪽이 날 놀라게 했어. 이 괴로운 장면은 그쪽 탓이야." 앞서 불쑥 너무 다정하게 말한 것 같아서 그녀는 3인칭으로 말하면서 거리를 두려 했지만 상대는 이미 거리를 두기에는 너무 가까이에 와 있었다. 가이거른은 아무 말도 하지 못했다. "무대에 서는 건 정말 힘들어." 상대가 말을 잘 알아듣지 못한 것 같아서 그루진스카야가 독일어로 말을 이었다. "훈련, 온통 훈련의 연속이거든. 정말이지 훈련에 지친다니까! 훈련이란 하고 싶지 않은 것을 하는 것, 정말로 하기 싫은 것을 하는 것이거든! 훈련에 지쳐서 말할 수 없이 피곤해본 적이 있나요?"

"나요? 아뇨, 없습니다. 난 하고 싶은 것만 합니다." 가이거른이 말했다. 그루진스카야가 한쪽 손을 치켜들었는데 과거의 우아함이 완벽하게 되돌아왔다. "오, 그렇군요. 여자 방에도 들어오고 싶어서 들어온 거군요. 위험한 발코니도 올라오고 싶어서 올라온 거네요. 자, 이제 그럼 무얼 하고 싶은가요?"

"담배를 피우고 싶습니다." 가이거른이 솔직하게 대답했다. 다른 것을 예상했던 그루진스카야는 이 대답이 기사답고 사려 깊다고 생각했다. 그녀는 책상으로 가서 작은 담뱃갑을 꺼내와서는 가이거른에게 내밀었다. 낡았지만 멋진 중국 가운을 입고 낡은 실내화를 신은 채 서 있는 그녀는 화려하게 빛나는 매력에 휘감겨 있었다. 20년 동안 온 유럽을 몰고 다닌 매력이었다. 자신이 눈물을 보였고 얼마나 처량해 보였는지 그녀는 잊은 것 같았다. "자 그럼 우리 화해의 담배를 피웁시다"라고 그녀가 말하고 엉망이 된 긴 눈꺼풀을 들어 가이거른을 바라보았다. "네, 이젠 그만 헤어져야겠습니다." 가이거른은 담배를 욕심껏 코와 폐로 들이켰다. 상황은 아직도 걱정스러웠지만 그는 마음이 훨씬 가벼워졌다. 하지만 진주를 주머니에 넣은 채 이 방을 나갈 수 없다는 것은 확실했다. 그녀에게 발각되었는데 진주를 가지고 오늘 저녁에 사라진다면 내일 아침 일찍 경찰의 추적을 당할 것이다. 그런 일은 가이거른의 삶과는 어울리지 않는 것이었다. 그로서는 될 수 있는 한 그녀의 방에 머물면서 어떻게 해서든 진주를 상자에 다시 갖다놓는 것이 중요했다.

그루진스카야는 거울 앞에 앉아서 열심히 얼굴에 분을 바르고 있었다. 얼굴 여기저기를 문지르고 두드리니 그녀는 아름다워졌다. 가이거른은 그쪽으로 가서 커다란 몸을 비어 있는 슈트케이스와 그녀 사이로 밀어 넣었다. 그러고는 달콤한 유혹의 미소를 그녀의 어깨 너머로 보냈다. "왜 웃지?" 그녀가 거울을 들여다보면서 물었다.

"당신이 거울 속에서 보지 못하는 것이 내 눈에는 보이니까요." 가이거른이 말했다. 그는 아무렇지도 않게 당신이라고 말했다. 담배 덕택에 회복이 되고 나자 이제 그는 자신감이 붙었다. 됐어,라고 스스로 다짐하고는 계속 밀고 나갈 작정이었다. "거울 속에서 저는 이 세상에서 한 번도 보지 못한 아름다운 분을 보았습니다. 그런데 슬퍼 보였어요. 벗은 채로 있었는데, 그 모습은 정말 황홀했습니다. 옷을 벗고 있는 낯선 여성의 방을 들여다보는 것이 이렇게 위험할 줄 몰랐습니다."

기숙학교에서 배운 프랑스어로 이 달콤한 말을 이어가고 있는 동안 그의 눈앞에는 앞서의 거울 속 그루진스카야의 모습이 떠올랐다. 그리고 발코니에서 느꼈던 매력과 애정이 다시 그를 감쌌다. 그루진스카야는 수수께끼 같은 그의 말에 귀를 기울였다. 난 이제 식어버렸어. 뜨거운 대사에도 아무런 설렘이 없자 그녀는 서글퍼졌다. 식어버린 여자라는 깊은 모욕감이 그녀를 엄습했다. 그래서 가이거른을 향해 그녀는 긴 목을 의도적으로 멋지게 돌렸다. 가이거른은 그녀의 작은 어깨를 따스하고 민첩하게 두 손으로 잡아서 양 어깨뼈 사이의 아름다운 골에다 키스를 했다.

낯선 두 육체 사이에서 차갑게 시작된 이 키스는 오래 계속되었다. 그것은 마치 뜨거운 바늘처럼 여자의 척추를 파고들었고, 그녀의 심장은 뛰기 시작했다. 그녀의 피는 짙고 달콤해졌으며, 차가웠던 심장이 움직이기 시작하고 눈이 감겼다. 그녀는 몸을 떨었다. 그녀의 몸에서 손을 풀어 일으켜 세웠을 때 가이거른 역시 몸을 떨었고, 이마에는 푸른 핏줄까지 나타났다. 그는 한순간 몸 안에서 그루진스카야를, 그녀의 피부, 쌉싸래한 향기, 서서히 커져가는 욕망의 움직임을 감지했다. 맙소사, 그는 당황했다. 그는 갈망하고 있는 양손을 내밀었다. "이젠 가야 해." 그루진스카야가 거울 속의 그의 모습을 보면서 나지막하게 말했다. "열쇠는 문에 꽂혀 있어." 맞아, 그 빌어먹을 열쇠가 거기 있으니 이젠 마음만 먹으면 달아날 수가 있었다. 하지만 가이거른은 그럴 생각이 없었다. 이유는 여러 가지였다.

"안 갑니다." 갑작스럽게 명령하듯, 마치 바이올린처럼 떨고 있는 자그마한 여자에게 커다란 남자가 말하듯 그가 말했다. "난 안 갑니다. 내가 안 가리라는 걸 알고 있지 않나요? 내가 정말로 당신을 여기에 혼자 두고 갈 거라고 생각하나요? 베로날이 잔뜩 들어 있는 찻잔을 앞에 둔 당신을 놔두고? 당신의 상황을 내가 모를 줄 압니까! 난 가지 않습니다. 절대로."

"절대로? 절대로라고? 하지만 난 혼자 있고 싶어."

가이거른은 방의 한가운데에 서 있는 그녀에게 얼른 다가가 그녀의 손목을 자기 가슴에 얹었다. "아닙니다." 그가 서둘러 말했다. "그건 사실이 아닙니다. 당신은 혼자 있고 싶지 않아요. 당신은 혼자 있는 게 무척 두려워요. 당신이 얼마나 두려워하는지 나는 알고 있어요. 난 압니다. 사랑스럽고 낯선 당신, 당신을 나는 잘 압니다. 내 앞에서 연극은 그만해요. 당신의 무대는 유리로 만들어져서 속이 다 들여다보입니다. 내가 지금 가버리면 당신은 더욱 절망에 빠질 겁니다. 나더러 곁에 있어달라고 말해요, 어서 말해요." 그가 그녀의 손을 떼놓았다. 그러고는 그녀의 어깨를 잡고 흔들었는데, 그것이 아팠기 때문에 그가 얼마나 흥분했는지 그루진스카야는 느낄 수 있었다. 예리린코프는 애걸을 했었지, 라고 그녀는 생각했다. 그런데 이 사람은 명령을 하네! 그녀는 그의 푸른 실크 파자마 가슴에 힘없이 머리를 묻었다.

"좋아. 1분만 더 있어." 그녀가 속삭였다. 가이거른은 그녀의 머리 너머를 넘겨다보며 이 사이로 휘파람을 불었다. 두려움의 경련이 사라지기 시작했고, 회오리바람 같은 영상이 영화처럼 눈앞을 스쳐갔다. 그루진스카야가 베로날 과용으로 죽어 침대에 누워 있고 그가 지붕 위로 도망을 가고 슈프링에 있는 가택이 수색당하고 형무소로 끌려가는 장면이었다. 형무소가 어떻게 생겼는지 모르는데도 그 모습이 역력히 눈앞에 떠올랐다. 어머니의 모습도 보였는데, 세상을 떠난 지 오래된 어머니의 임종 장면이었다. 다시 68호실 제자리로 돌아왔을 때 두려움과 위험성은 갑자기 도취의 감정으로 변했다. 그는 두 손으로 가벼운 그루진스카야를 들어서 마치 어린아이처럼 가슴에 안았다. "자, 이리, 어서." 낮은 목소리로 그가 입술을 그녀의 관자놀이에 대고 말했다. 그루진스카야는 오래전부터 자신의 육체를 느끼지 못했는데, 이제 그것을 느낄 수 있었다. 수년 동안 그녀는 여자가 아니었는데, 이제 그녀는 여자였다. 검은 하늘이 노래를 부르며 그녀의 위에서 회전하기 시작했고 그녀는 그 속으로 빠져들었다. 그녀의 입에서 쏟아지는 작은 새의 비명 소리가 가이거른을 장난스러운 열정에서 진짜 열정으로, 그가 알지 못하는 욕망의 심연으로 몰고 갔다. 길에서 자동차가 지나갈 때마다 탁자 위에 있는 찻잔이 조금씩 흔들렸다. 처음에는 독이 들어 있는 찻잔 속에서 샹들리에의 하얀 불빛이, 이어 탁자 위에 놓인 램프의 빨강 불빛이, 그다음에는 커튼 사이로 들어오는 광고판의 불빛이 비쳤다. 두 개의 시계가 경쟁하듯 똑딱거리고, 복도에서는 승강기 오르내리는 소리가 들렸다. 멀리 교회 탑에서 한밤중 자동차 경적 소리를 뚫고 1시를 쳤다. 그리고 10분 뒤에는 그랜드 호텔의 정문 앞에 다시 불이 들어왔다.

"자나요?"

"아닙니다."

"편하게 누웠나요?"

"네."

"당신이 눈을 뜨고 있는 걸 알겠어요. 눈을 떴다가 감을 때마다 당신의 속눈썹이 내 팔에 닿은 것이 느껴지거든요. 이렇게 커다란 사람이 눈썹은 어린아이 같네요. 좋았나요?"

"지금처럼 행복한 적은 한 번도 없습니다."

"무슨 소리죠?"

"어떤 여자와도 지금만큼 행복해본 적이 없습니다."

"다시 한 번 말해줘요."

"이렇게 행복해본 적 한 번도 없습니다." 머리를 기대고 있는 그녀의 차갑고, 부드러운 팔에다 가이거른이 말했다. 진심이었다. 그는 굉장히 안심이 되었고 감사한 마음이었다. 완전한 도취감, 포옹과 함께 오는 오싹한 적막, 타인의 육체와의 교감에서 오는 깊은 신뢰감, 이런 것들은 그의 싸구려 연애에서는 한 번도 느껴보지 못한 것이었다. 육체의 긴장을 풀고 그는 만족스럽게 여자의 몸 곁에 누워 있었다. 두 사람의 몸은 깊은 화합을 만들었다. 그는 이름 없는 어떤 것, 사랑 이상의 것을 느꼈으며, 오래 고향을 그리워하다가 드디어 고향으로 돌아온 기분이었다. 그는 아직 젊었지만 늙어가는 그루진스카야의 팔 안에서, 부드럽고 경험 많고 사려 깊은 그녀의 포옹 속에서 더욱더 젊어진 기분이었다. "난 어리석었습니다." 그가 그녀의 품속으로 파고들면서 말했다. 그는 머리를 약간 치켜들어 그녀의 겨드랑이에다 둥지를, 어머니와 초원의 향기가 나는 작고 따스한 고향을 만들었다. "나는 세상 어디에서도 향기로 당신을 찾을 수 있어요. 눈을 감고도 찾을 수 있습니다." 그가 말하고 강아지처럼 킁킁댔다. "무슨 향수인가요?"

"별것 아니야. 어리석었다니 무슨 소리지? 향수는 진짜 별것 아닌데, 들판에 피는 작은 꽃 녜우바다인데, 독일어로는 잘 모르겠네. 백리향이라던가? 내 개인용으로 파리에서 만든 향수지. 그건 그렇고 어리석었다는 건 무슨 소리야?"

"시작을 잘못된 여자와 한 것 말입니다. 수많은 밤을 지내면서 항상 어리석게도 썰렁하고, 차갑고, 마치 소화불량처럼 고통스럽게 생각한 것 말입니다. 함께 잔 첫번째 여자가 당신하고는 완전히 달랐던 것 말입니다."

"어머나, 못됐어!" 그루진스카야가 속삭이면서 입술을 그의 머리에, 뻣뻣하고 촘촘하고 따스한 머리카락에, 남자 냄새, 담배와 머리용품 냄새가 나는 말끔하게 빗은 머리카락 사이에 묻었다. 그는 숨 쉬고 있는 그녀의 옆구리를 손가락으로 쓸어내렸다. "당신 정말 가벼워요. 너무 가벼워. 샴페인 거품 같아." 그가 다정하게 말했다.

"응. 가벼워야 하니까." 그루진스카야가 진지하게 대답했다.

"당신을 보고 싶은데, 불을 좀 켜도 될까?"

"안 돼, 켜지 마." 그녀가 큰 소리로 말하면서 어깨를 치웠다. 아무도 진짜 나이를 모르는 그녀가 얼마나 놀랐는지 느낄 수 있었다. 다시 한 번 그는 그녀에게 강한 연민을 느꼈다. 그가 여자에게 다가갔고, 두 사람은 조용히 누운 채 생각에 잠겼다. 길에서 들어오는 불빛이 천장을 이리저리 비추고 있었다. 대검처럼 가늘고 뾰족한 불빛이 커튼 사이로 방 안으로 들어왔다. 길에서 자동차가 지나갈 때마다 그림자가 갑자기 나타났고 이이 불빛이 전장을 스치고 갔다.

'진주는 일단 잊어버리자'라고 가이거른은 생각했다. '운이 좋으면 일이 잘 풀려서 그녀가 자는 동안 케이스에 도로 갖다두면 돼. 그런데 내가 진주를 안 가지고 가면 난리 법석이 날 거야. 일단 기사 놈이 바보처럼 굴지 않아야 하는데. 그리고 패거리들이 오늘 밤에 화가 나서 술을 퍼마시고 일을 그르쳐서는 안 되는데. 오늘 일은 완전히 엉망이 되었어. 이제 어디서 돈을 구하지, 빌어먹을. 옆방 70호실에서 매일 밤 끙끙 앓고 있는 시골뜨기 부자 아저씨나 호려볼까! 에이, 생각해봤자 아무 소용 없어. 그냥 진주를 나한테 달라고 말해볼까? 무슨 일이었는지 내일 일찍 다 말해볼까! 잘만 하면 내일 나를 잡아가게 하지는 않을 거야. 저렇게 작고, 가볍고, 제정신 아닌 여자가 그럴 리 없어. 진주를 아무데나 놔두는 여자잖아! 정말 별난 여자야. 이젠 어떤 여자인지 잘 알 것 같아. 진주에는 관심이 없어. 이제 막판에 몰려 있기 때문에 아무것도 관심이 없어. 내가 방에 들어오지 않았으면 아마 지금쯤 인생이 끝장났을 거야. 그런 여자한테 진주가 무슨 필요가 있어! 나한테 선물하는 게 나아. 착한 여자니까, 그래, 엄마처럼 착한 여자야. 작고 연약한 엄마, 곁에서 잠이 드는 그런 엄마 말이야.'

그루진스카야는 생각했다. '프라하행 열차는 11시 20분에 출발하지. 일이 제대로 되어야 하는데. 내가 오늘 모든 것을 손에서 놓았으니 내일은 만사가 엉망일 거야. 피메노프는 무용단한테 너무 약해서 무용수들한테 휘둘린다니까! 내일 기차를 놓치는 사람은 해고야, 그건 확실해. 피메노프가 오늘 무대장치를 잘 챙기지 못했으면 내일까지 포장이 안 될 텐데. 무대장치 작업자들이 오늘 밤 특근을 했어야 하는데. 내가 직접

하지 않으면 제대로 되는 게 없어. 마이어하임한테 정산을 해줘야 하는데, 맙소사, 내가 그냥 나와버렸으니 어떡하지! 신경을 써주지 않으면 비테는 정신을 호텔에다 놔두고 다닌다니까! 내가 자리에 있어야 모든 일이 처리가 되는데, 오늘 저녁에 내가 없었으니 어떻게들 했는지 몰라. 온통 뒤죽박죽이었겠지. 오래전부터 뤼실은 뒤집어엎으려고 하고 있지. 그애들 이름은 한 번도 포스터에 크게 나간 적이 없고, 사실 별로 좋은 기회도 얻지 못했어. 하지만 자기네들이 잘하지 못하는 거니까 할 수 없어. 내가 손을 놓으면 전부 다 엉망이 되고 말지. 그 애들 때문에 나는 성질이 나빠지고, 억세고, 피곤해진 거야. 아유, 어제는 정말 피곤했어. 그루진스카야가 잠시만 없어도 어떻게 되는지 한번들 봐야 해. 나 이젠 피곤하지 않아. 지금 일어나서 레퍼토리 전체를, 아니 새 레퍼토리, 새 춤도 출 수 있어. 피메노프한테 새 춤을, 공포의 춤을 만들어보라고 해야겠어. 그걸 이제 출 수 있을 것 같아. 처음엔 한 자리에 서서 몸을 떨다가 발가락 끝으로 서서 세 바퀴 도는 거야. 아냐, 발가락이 아니라 아주 다른 방식으로……'

'난 살았어.' 감동해서 그녀는 생각했다. '난 살았어. 새로운 춤을 춰서 성공을 할 거야. 사랑받는 여자는 항상 성공을 하지. 나는 굶주렸어. 거의 10년이야. 발코니를 넘어온 바보 같은 청년이 나를 이렇게 강하게 해주었어. 사랑에 관해 어린애들이 하는 시시한 이야기밖에 모르는 사랑스러운 청년이 말이야……'

그녀는 이불을 당겨서 마치 어린아이에게 하듯 가이거른을 덮어주었다. 고맙다는 말을 웅얼거리면서 그는 어리고 불쌍한 아이처럼 코를 그녀의 몸에 박았다. 그들은 육체는 가깝지만 생각은 밤새 각자 다른 길을 갔다. 이 세상 많은 잠자리에서 사랑의 커플들은 이렇게 가까우면서도 이렇게 서로 멀리 떨어져 있다.

상대편의 생각을 건드려보기 시작한 것은 여자였다. 그녀가 햇빛 속에서 수확한 커다랗고, 무거운 과일처럼 그의 머리를 두 손으로 들고 그의 귀에다 대고 속삭였다. "여보세요, 아직도 난 당신 이름을 모르네요."

"플릭스라고 합니다. 온전한 이름은 펠릭스 아마데이 벤베누토 가이거른 남작입니다. 하지만 당신이 새로 이름 하나 지어줘도 좋습니다. 특별한 이름 하나 만들어주시죠."

잠시 생각을 하고 나서 그루진스카야가 나지막하게 웃었다. "그렇게 예쁜 이름을 지어준 걸 보면 어머니가 당신을 낳을 때 생각을 많이 한 것 같아"라고 그녀가 말했다. "펠릭스 행복한 아이, 아마데이 신이 사랑하는 아이, 벤베누토 환영하는 아이라고 했으니 말이야. 세례식에서 울었어?"

"기억이 안 나네요."

"말이지, 나도 아이가 하나 있어. 딸이 있어. 벤베누토, 당신은 몇 살이야?"

"여자와 처음으로 함께했으니 오늘은 열일곱, 다른 나이는 서른." 그는 나이를 좀 올렸는데, 불빛하고 나이를 두려워하는 여자에 대한 깊은 배려에서였다. 하지만 그것은 여자에게 상처를 주었다. 그 나이라면 여덟 살 먹은 내 손주 퐁퐁의 아빠 나이야,라고 그녀는 생각했다. 통과,라고 그녀는 스스로 다짐했다.

"어렸을 때 어떤 아이였어? 예뻤지? 엄청 예뻤을걸!"

"엄청났죠. 주근깨에 혹하고 상처투성이에다 때로 지저분하기까지 했으니까. 우리 농지가 있는 국경 지대 부근에는 말을 돌보는 집시들이 살았어요. 집시 아이들이 내 친구였죠. 나는 그 애들한테서 온갖 벌레를

다 옳았어요. 어린 시절 생각을 하면 항상 말똥 냄새만 납니다. 그 뒤 몇 년 동안 나는 여러 학교를 옮겨 다녔습니다. 그다음엔 잠시 전쟁에 나 갔어요. 전장에선 좋았습니다. 전장에서는 마음이 아주 편했어요. 하지 만 내가 전쟁을 엉망으로 만들어놓았는지도 몰라요. 다시 전쟁이 난다면 다음번에는 잘해볼 겁니다."

"군인 아저씨, 요즘은 시원치가 않은가 봐요. 무얼 하나요? 당신은 대체 어떤 사람인가요?"

"당신은 어떤 사람이죠? 어떤 여자인가요? 당신 같은 여성은 본 적 이 없습니다. 다른 여자들은 그렇게 비밀이 많지 않아요. 당신한테는 궁 금한 게 많아서 묻고 싶은 게 많아요. 당신은 굉장히 달라요."

"난 그냥 구식 사람이야. 나는 다른 세상, 당신하고는 다른 세기에서 온 사람이야." 그녀가 힘없이 말했다. 그 말을 하면서 어둠 속을 바라보 며 미소를 지었는데, 눈에는 눈물이 고였다. "우리들 발레리나는 마치 어 린 병사처럼 훈련을 받았어. 엄격하게, 무쇠처럼 강하게. 페테르부르크의 제국 발레 학교에서 교육 받았지. 대공의 잠자리를 위한 소규모 신병 연 대였어. 성숙하기 시작하는 열다섯 살이 되면 더 이상 몸이 자라지 않도 록 가슴에 쇠로 된 띠를 두르게 한다는 곳이야. 작고 말랐지만 나는 다 이아몬드처럼 단단했어. 나는 야심이 많아서, 혈관 속에 야망이 펄펄 끓 었지. 일하는 기계처럼 연습, 연습, 연습뿐이었어. 조금도 쉬지 않았고, 놀지 않았고, 멍하니 지내는 적도 없었어. 한 번도 없었어. 하지만 성공 을 하고 나면 고독한 법이야. 성공은 얼음처럼 차갑고, 마치 북극에서 사 는 것처럼 외로워. 성공을 3년, 5년, 20년 계속 이어간다는 것은 정말이 지…… 아니, 그런데 내가 무슨 말을 하고 있지? 내 말이 이해돼? 내 이 야기 들어봐. 어떨 때 기차역 대합실을, 혹은 저녁에 차를 타고 소도시를 지나가는 수가 있잖아. 그때 보면 사람들이 문 앞에 아주 뻣뻣하게, 어리석은 얼굴로 앉아 있는 게 보이지. 커다란 두 손을 앞에 놓고 꼼짝도 않고 앉아 있지. 그래, 바로 그거야. 나는 이제 지쳐서 멍하니 두 손을 늘어뜨린 채 앉아 있고 싶어. 유명해지고 나니 이젠 세상에서 도망해서 실컷 쉬면서 춤은 다른 사람더러 추라고 하고 싶어. 못생기고 서툰 독일 여자, 흑인, 또는 바보 같은 발레리나한테 추라고 하는 거지. 그리고 나는 푹 쉬는 거야. 하지만 벤베누토, 안 돼. 그건 안 되는 일이야. 그러면 안 돼, 그건 불가능해. 일을 증오하고 일을 저주하지만 나는 일 없이는 살 수 없어. 사흘 쉬면 나는 두려워. 내 스타일을 잃을까 걱정이 돼. 체중이 늘고 테크닉도 엉망이 될 거야. 그러니까 계속 춤을 춰야 해. 일종의 강박증이지. 이 세상에서 어떤 아편, 어떤 코카인, 어떤 악행도 일이나 성공만큼 나쁘진 않다는 걸 알아야 해. 나는 계속 춤을 추는 수밖에 없어. 그리고 그건 중요한 일이야. 내가 춤을 그만두면 이 세상에는 진짜 춤을 추는 사람은 아무도 없는 거야. 정말이야. 다른 사람들은 전부 다 아마추어야. 이 짜증나고, 혐오스럽고 무미건조한 세상에서 춤을 출 줄 아는 사람, 춤이 무엇인지 아는 사람이 한 사람은 있어야 해! 나는 젊어서 체진스카야, 트레빌로바, 트레피로브나 같은 대가에게서 배웠는데, 그들은 40년, 60년 전에 최고의 무용수들한테서 전수를 받은 사람들이야. 종종 나는 세상에 맞서서 춤을 추는 기분이야. 계속 오늘, 오늘만 찾는 이 세상에 말이야. 내가 춤을 추는 극장은 재산가들, 운전사, 전쟁에 나가는 군인, 주식업자들로 가득해. 거기서 이 자그마한 그루진스카야, 늙고, 볼품없고, 한물 간 나는 2백 년 묵은 스텝을 밟으며 춤을 추는 거야. 그래도 내가 사람들의 마음을 움직이면 그들은 환호하고, 울고 웃고, 기뻐 날뛰지. 왜 그런지 알아? 이 구식 발레 때문이잖아! 그러니까 이건 중요한 거야. 세계적인 성공을 거두려면 반드시 세상에서 중요한 것, 세상이 필요로 하는 것이라야만 해. 그 밖의 것은 전부 다 망가져서 제대로 남아나지 못해. 남편, 아이, 감정, 인생 모두가 그래. 더 이상 인간이 아니야. 정말이야, 더 이상 여자도 아니야. 세상을 떠돌며 쏟아낸 책임감만이 남아. 성공이 막을 내리는 그날, 그날이 오면 자신감도, 목숨도 끝이 나는 거야. 내 말 듣고 있어? 내 말 이해돼? 내 말을 이해해주면 좋겠어." 애원하듯이 그루진스카야가 말했다.

"전부는 아니지만 대충은 알겠어요. 프랑스어가 너무 빨라서요." 가이거른이 대답했다. 그는 진주 때문에 기회를 엿보느라고 지난 몇 달 동안 자주 그루진스카야의 공연을 보러 갔지만 항상 지루하기만 했다. 그런 발레 공연을 그루진스카야가 순교 행위로까지 생각하는 것을 보고, 그는 무척 놀랐다. 그녀는 가이거른의 다리에 편안하게 기대고 누운 채 예쁘고, 매혹적이며, 듣기 좋은, 지저귀는 목소리로 그렇게 무거운 내용의 말을 하고 있었다. 뭐라고 대답해야 하나? 가이거른은 한숨을 쉬고 생각에 잠겼다. "뻣뻣한 저녁 관객들에 관해 말한 것은 잘한 겁니다. 당신은 그걸 춤춰야 해요." 그가 어쩔 줄 몰라 하면서 대답했다. 그 말에 그루진스카야는 웃기만 했다. "그걸 춤춘다고? 그걸 춤춘다니 무슨 말인가요, 아저씨? 사람들이 나를 머리에 두건을 두른, 손에는 경련이 나고 막대기 같아서 이제 쉬고 있는 그런 늙은 여자로 보는데……"

그녀가 중간에서 말을 멈췄다. 말을 하는 동안 어떤 상상 때문에 그녀의 육체가 움츠러들고 굳어졌다. 어떤 장면이 눈앞에 나타났는데, 그녀는 그런 그림을 그릴 수 있는 젊은 괴짜 화가를 알고 있었다. 그녀는 춤을 보았고 그것을 손 안에서, 수그린 목의 척추에서 느꼈다. 그녀는 입을 벌린 채 어둠 속에 누워 있었다. 긴장해서 제대로 숨을 못 쉴 정도였다. 방에는 그녀가 한 번도 춤을 춘 적 없지만 이제 춰야 하는 수많은 살아 있는 생생한 인물들이 넘쳐났다. 거지 여자가 몸을 떨며 팔을 벌렸고, 농부의 아내는 딸의 혼례날 춤을 추고 있었다. 장터의 가판대 앞에서는 깡마른 여자가 초라한 재주를 보여주고 있고, 가로등 아래에서는 창녀가 남자를 기다리고 있었다. 하녀는 사발을 깨뜨려 매를 맞고 있고, 열다섯 살짜리 아이는 크고 번들거리는 남자 어른, 대공 앞에서 옷을 벗은 채 춤을 출 것을 강요당하고 있었다. 그리고 말라깽이 가정교사 여자는 아무도 쫓아오는 사람이 없는 데도 쫓기듯 도망치고 있었다. 어떤 여자는 잠을 자고 싶어도 자도록 허락받지 못했고, 어떤 여자는 거울을 두려워했다. 그리고 어떤 여자는 독약을 마시고 결국 죽었다.

"조용히 해, 말하지 마. 움직이지 마." 그루진스카야가 속삭이면서 불빛이 대검처럼 비치는 천장을 바라보았다. 방은 호텔 객실에서 종종 볼 수 있는 낯설고 묘한 모습이었다. 창문 아래로 수많은 자동차들이 짐승처럼 씩씩대며 요란하게 지나가고, 이웃사랑협회 모임의 연회도 끝이 나서 2호 정문에서 출발하고 있었다. 밤은 더욱 쌀쌀해졌다. 그루진스카야는 잠시 방 안을 둘러보고는 추억과 이야기의 회오리에서 제자리로 돌아왔다. 「파필롱 발레」*를 준비 중인 피메노프는 날 미쳤다고 할 거야. 내가 정말 정신이 나간 거 아냐? 잠시 다른 생각으로 헤매던 그녀가 마치 긴 여행을 끝낸 사람처럼 자신의 잠자리로 다시 돌아왔다. 가이거른은 아직도 거기에 누워 있었다. 그녀는 그가 아직도 자신의 어깨에 기대고 있는 것을 보고, 그의 머리, 두 손, 팔을 보며 놀랐다.

"대체 어떤 사람이야?" 그녀가 다시 한 번 물으면서 어둠 속에서 그

---

* Papillonballet: 1860년에 파리에서 초연된 자크 오펜바흐(Jacques Offenbach, 1819~1880)의 2막짜리 발레곡.

의 얼굴에 자신의 얼굴을 바싹 가까이 댔다. 순간 그녀는 그렇게 낯선 사람인데도 이상하게 심리적으로 그토록 가까운 것에 깜짝 놀랐다. "어제만 해도 모르는 사람이었잖아. 도대체 어떤 사람이야?" 그의 촉촉하고 따스한 입에다 대고 그녀가 물었다. 거의 잠이 들었던 가이거른이 양팔로 그녀의 등을 부여안았다. 그녀는 마치 강아지처럼 포근한 기분이었다.

"나요? 뭐 별로 내세울 게 없어요." 눈을 감은 채 그가 얌전하게 말했다. "탈선한 아들입니다. 좋은 가축우리에서 나온 검은 양이죠. 교수대에서 삶을 마감할 몹쓸 인간입니다."

"그래?" 그녀가 나지막이 킬킬 웃었다.

"그렇습니다." 가이거른이 자신 있게 대답했다. 그는 기숙학교 시절의 훈계를 장난삼아 외우기 시작했는데, 침대의 포근한 백리향 냄새에 압도되어 갑자기 고백하고 용서 받고 싶은 생각에 휩싸였다.

"난 막돼먹었어요." 그가 어둠 속에서 말을 이었다. "성품이 나쁘고, 호기심만 많죠. 마구 살고 있는 쓸모없는 인간이죠. 집에서는 승마와 사람 부리는 것을 배웠어요. 기숙학교에서는 기도하는 것과 거짓말하는 것을, 전쟁에서는 총 쏘는 것하고 엄호하는 것을 배웠죠. 그것밖에는 더 이상 할 줄 아는 게 없습니다. 나는 집시, 이방인, 승부사입니다."

"그리고 또 뭐지?"

"노름꾼이죠. 나한테는 누군가를 속이는 게 문제가 되지 않습니다. 훔친 것도 많아요. 난 사실 감방에 있어야 해요. 그런데 돌아다니면서 마음대로 먹고 다니고, 때론 마시기도 하죠. 태어나면서부터 일을 싫어하는 놈입니다."

"더 얘기해줘." 그루진스카야가 재미있어 하면서 말했다. 웃음을 참느라고 그녀의 목젖이 떨렸다.

"한마디로 나는 범죄자죠. 담을 타고 올라갑니다." 가이거른이 졸린 목소리로 말했다. "도둑입니다."

"그게 다야? 살인도 해?"

"물론이죠. 살인범이기도 합니다. 어쩌면 당신을 죽였을지도 몰라요"라고 가이거른이 말했다.

뺨을 대고 있지만 보이지는 않는 그의 얼굴을 향해 그루진스카야가 잠시 웃었다. 갑자기 그녀가 진지해졌다. 그녀가 손가락으로 그의 목을 조이면서 귀에 대고 아주 낮은 소리로 소곤거렸다. "만약 어제 당신이 안 왔으면 난 아마 지금쯤 죽었을 거야."

어제라고? 가이거른은 생각했다. 지금은? 68호실의 밤은 영원했다. 발코니에 서 있다가 여자를 본 것이 2, 3년 전 일 같았다. 그는 깜짝 놀랐다. 그러고는 마치 레슬링을 하듯이 그녀를 감싼 양팔에 힘을 주었다. 그녀의 부드러운 근육이 잘 버텨내는 것을 그는 이상한 즐거움을 가지고 느꼈다. "이런 것은 한 번뿐이야. 당신은 여기 있어야 해. 난 절대로 놓치지 않아. 난 당신이 필요해"라고 그가 말했다. 그는 이 이상한 자신의 말, 뜨거워진 목소리로 심장 깊숙한 곳에서 나오는 자신의 말에 귀를 기울였다.

"그래, 이젠 완전히 달라졌어. 이젠 괜찮아. 곁에 당신이 있잖아." 그루진스카야가 속삭였지만 러시아어로 했기 때문에 그는 제대로 알아듣지 못했다. 단지 목소리만을 들었지만 그것으로 밤은 다시 황홀해졌다. 호텔 벽지에 그려진 넝쿨에서 꿈의 새들이 나타났고, 남자는 파란색 파자마 속의 진주를, 여자는 실패와 찻잔 속의 수많은 베로날을 잊었다.

그들 중 아무도 '사랑'이라는 위험한 단어를 입에 올리지 않았다. 그들은 함께 사랑의 밤의 소용돌이로, 포옹에서 속삭임으로, 속삭임에서 단잠과 꿈으로, 꿈에서 다음번 포옹으로 빠져들었다. 세상의 끝에서 온 두 사람은 몇 시간 동안 68호실의 침대를 떠날 줄 몰랐다.

그루진스카야의 삶에서 사랑은 한 번도 중요한 역할을 하지 않았다. 그녀의 육체와 정신에서 열정은 오직 춤뿐이었다. 한두 명의 연인이 있었지만 그건 유명한 발레리나에게 진주, 자동차, 파리와 빈의 유명 살롱 의상과 다를 바 없었다. 그녀를 사랑하는 수많은 남자들이 그녀를 둘러싸고 구애하고 따라다녔지만 그루진스카야는 근본적으로 사랑의 존재를 믿지 않았다. 그녀에게 사랑은 춤을 추는 무대의 배경, 사랑의 사원, 장미 숲 같은 것이었다. 항상 쌀쌀맞고 사랑에 무심해도 그녀는 멋지고 훌륭한 연인 대우를 받았다. 그녀 자신은 사랑을 직업상의 일종의 의무, 편하지만 내내 신경이 쓰이고 높은 기술이 요구되는 무대 작품 정도로 생각했다. 육체의 모든 부드러움, 섬세한 움직임, 사랑스러움, 세련미, 부드럽고 정다운 것, 도약하고 돌진하는 힘, 감동적이며 연약한 것, 한마디로 춤의 모든 완벽한 소품을 그녀는 밤이면 연인에게 가져다주었다. 하지만 그녀는 남을 도취시킬 수는 있지만 스스로 도취할 줄 몰랐다. 춤을 추면서 아주 힘든 회전 동작 같은 것을 할 때 파트너는 때로 그녀가 강렬한 동작을 하면서 도취해서 작은 비명을 낸다든가 낮게, 새처럼 짤막하게 노래하는 것을 듣기도 했다. 하지만 그녀는 사랑에서 정신을 잃은 적이 한 번도 없었고, 자신을 항상 외부에서 관찰했다. 그녀는 사랑을 믿지도, 필요로 하지도 않았다. 그럼에도 불구하고 사랑 없이는 살 수 없었다.

왜냐하면 그녀는 사랑을 성공의 한 부분으로 생각했기 때문이었다. 젊은 시설 탈의실이 꽃과 쪽지로 넘쳐나고 가는 길마다 남자들이 몰려서서 그녀를 위해서라면 어떤 어리석은 짓도 할 태세가 되어 있던 때에는 그랬다. 그녀를 위해서 남자들이 재산과 가정을 버릴 때 그녀는 성공을 느꼈다. 사랑의 고백, 자살 위협, 세상 어디라도 뒤따라오는 것, 구애하기 위해 온갖 선물을 다 할 때 그것은 갈채, 찬사, 앙코르 요청과 마찬가지였다. 하지만 그루진스카야는 이 사실을 몰랐는데, 그녀에게 매혹되어 행복해하는 첫번째 연인은 관객이며, 자신의 성공은 관객 덕이라는 사실이었다. 성공이 그녀를 떠나기 시작하자 그녀는 가스통이 양가집의 훌륭한 여성과 결혼하려고 자신을 떠나는 것을 보고 깜짝 놀랐다. 수년 동안 그녀를 빛나게 한 광채가 식고 그늘이 지기 시작하더니 이해할 수 없을 정도로 어둠이 내렸다. 내리막이었는데, 당분간은 아주 조금씩 진행되어서 아직 눈에 띄지 않을 정도였다. 그녀가 전쟁 전에 전 세계를 낭만적인 뜨거운 열정 속에서 춤을 추며 돌아다니던 길, 반신반의하는 사람들, 비판자들, 잘난 척하는 사람들의 갈채를 구걸하면서 불쌍한 그루진스카야가 최근에 다녀야 했던 길은 멀고도 먼 길이었다. 그리고 그 길의 귀결점은 완벽한 고독과 치명적인 양의 베로날이었다.

그렇기 때문에 발코니의 남자는 그루진스카야에게 남자 이상이었다. 그녀를 구하기 위해서 마지막 순간에 그가 68호실로 들어온 것은 기적이었다. 그녀에게로 온 그는 그녀에게 나타난 눈앞의 성공, 뜨겁게 그녀를 덮친 세계, 젊은 예리린코프가 끝장낸 낭만의 시간이 아직도 남아 있다는 증거였다. 그녀는 쓰러졌지만 그녀를 잡아줄 누군가가 나타난 것이다.

그루진스카야의 레퍼토리에는 죽음과 사랑을 파드되로 추는 춤이 있었다. 종종 젊은 시인들은 그녀에게 사랑과 죽음이 형제라는 멋없는 생각을 담은 시를 보내왔다. 하지만 오늘 밤 그루진스카야는 이 서정적 사실을 몸소 체험했다. 전날 저녁 괴로움에 정신을 잃었지만 그것은 황홀한 행복으로, 감사에 찬 환희로 불같이 낚아채 소유하고 온몸으로 느낄 수 있었다. 얼어붙은 시절은 다 녹아버렸다. 일생 동안 그녀가 숨겨서 지니고 있던 차가움이라는 그녀의 창피스러운 비밀은 이제 다 녹아버려서 남아 있지 않았다. 수년 동안 그녀는 너무도 초라하고 외로워서 때로 파트너인 미하엘의 젊고 따뜻한 피부에서 따스함을 적선 받기도 했다. 오늘 밤 이 평범한 호텔방에서, 윤이 나도록 닦아놓은 청동 장식의 침대에서 그녀는 자신이 불타오르는 것을, 변하는 것을 느꼈고, 이 세상에 없다고 생각하던 사랑을 발견한 것이다.

68호실과 69호실은 굉장히 비슷해 보였기 때문에 잠에서 깨어났을 때 가이거른은 자신이 어디에 있는지 금방 알지 못했다. 그는 자기 방의 벽 쪽으로 돌아누우려고 하다가 잠을 자면서 숨을 쉬고 있는 자그마한 그루진스카야를 발견했다. 처음으로 함께 잤지만 묘한 깊은 신뢰감이 그의 사지를 무겁게 눌렀다. 그녀의 목 아래에서 뻣뻣해진 팔을 빼내면서 그는 달콤한 행복에 휩싸여 지난밤 일을 생각했다. 그가 사랑에 빠진 것은 의심의 여지가 없었다. 부드럽고 정말로 고마운, 전에 한 번도 경험해보지 못한 사랑이었다. '진주하고는 상관없어.' 수치스러운 생각이 없진 않았다. '이 불행한 진주 사건하고는 아무 상관이 없어. 그래도 난 형편없는 놈이야. 방으로 기어 올라와서 끔찍스러운 코미디를 하고 연극을 했는데 여자는 그걸 믿네! 좋아하기까지 했어. 남자들은 모두 연극을 하고, 여자들은 모두 그걸 믿지. 남자는 원래 항상 사기꾼이고 처음에는 도둑이야. 하지만 나중에는 진심을 품게 되지. 당신을 사랑해, 사랑스러운 모나, 귀여운 녜우뱌다, 당신을 사랑해, 사랑해, 사랑해. 사랑스러운 당신, 당신은 날 멋지게 정복했어.'

방은 서늘했고 밖에는 날이 밝아오고 있었다. 거리는 조용했으며 커튼 사이로 흐릿한 빛이 비쳐 들어왔다. 아침 햇살에 벽지의 무늬가 모습을 드러냈다. 가이거른은 조심스럽게 침대를 만져보았다. 그루진스카야는 자신의 어깨에 턱을 묻고 깊이 잠들어 있었다. 밤의 소란이 지나간 이제 두 알의 베로날이 효과를 발휘하는 것 같았다. 가이거른은 침대 가에 늘어져 있는 그녀의 손을 잡아 손바닥을 자신의 뜨거운 눈꺼풀에 부드럽게 올려놓았다가 마치 그루진스카야가 갓난아기인 양 작고 축 늘어진 그녀의 손을 이불 속에다 넣었다. 그는 어스름 속에서 발코니 문으로 가서 천천히 커튼을 열어젖혔다. 그루진스카야는 눈을 뜨지 않았다. 이제 진주 일을 해결해야만 해, 라고 가이거른은 생각했다. 자신이 이 일을 아주 쉽게 생각하는 것이 그는 이상했다. 이번 라운드는 진 거야. 그래도 그는 별로 기분이 상하지 않았다. 가이거른은 자기가 하는 위험한 일을 스포츠 용어로 표현하기를 좋아했다. 잠옷을 찾다가 그는 자기 옷가지가 곳곳에 흩어져 있는 것을 보고 웃으면서 욕실로 들어갔다. 물을 맞으니 오른손의 상처가 따가워지면서 피가 났다. 그는 상처 부위를 잠깐 핥다가 내버려두었다. 방에 있는 월계수의 씁쓰레한 시든 냄새가 더욱 심해졌다. 가이거른은 신선한 공기를 마시려고 발코니로 나가서 숨을 들이켰다. 그의 가슴은 달콤하고 새로운 불안감으로 가득했다.

밖에는 아침의 거리 위로 옅은 안개가 낮게 내려앉아 있었다. 차도 사람도 없었다. 멀리서 전차가 출발하고, 달리는 소리가 들렸다. 아직 해가 뜨지 않아 뿌옇게 흐린 빛만이 보였다. 거리 모퉁이에서는 발걸음 소리가 들리더니 다시 조용해졌다. 종잇조각 하나가 병든 새처럼 아스팔트 위에서 잠깐 펄럭이더니 바닥에 떨어졌다. 호텔의 2호 입구 근처에 서 있는 나무는 꿈꾸듯이 나뭇가지를 흔들었다. 늦잠을 잔 3월의 새는 대도시 한가운데 가느다란 꽃봉오리 가지에서 목소리를 시험 중이었다. 병우

유 상자를 가득 실은 자동차는 소란스럽게, 존재감을 뽐내며 지나갔고, 내려앉은 안개에서는 호수와 가솔린 냄새가 났다. 발코니 난간은 젖어서 반짝거렸다. 가이거른은 발코니에서 자신의 절도용 양말을 발견하고 급히 숨겼다. 그리고 장갑과 손전등, 치워야 하는 50만 마르크짜리 진주도 숨겼다. 그가 방으로 돌아와 커튼을 열자 카펫 위는 물론 그루진스카야가 잠들어 있는 침대에까지 회색 빛이 들어왔다.

이제 그녀는 완전히 사지를 마음껏 펼치고 누워 머리만 옆으로 해서 뒤로 기대고 있었다. 그녀의 가녀린 몸에 비해 침대가 너무도 넓어 보였다. 대부분의 침대가 항상 너무 짧았던 가이거른은 이 상황이 재미있고 우스웠다. 그는 테이블 위의 베로날 잔과 비어 있는 유리 빨대를 욕실로 가지고 갔다. 마치 보모처럼 조심스럽게 그는 빈 컵을 씻고 수건으로 닦았다. 그러고는 거기 있는 그루진스카야의 목욕 가운 소매에다 아이처럼 키스를 했다. 유리 빨대는 놓을 만한 곳이 없어서 진주와 함께 주머니에 넣었다. 침대로 돌아오니 그루진스카야가 잠을 자면서 한숨을 쉬었다. 긴장해서 내려다보니 그녀는 계속 자고 있었다. 날이 밝았다. 이제 그녀의 얼굴이 아주 가깝고 분명하게 보였다. 머리를 자연스럽게 뒤로 넘기고 있어서 좁고 그늘지게 파인 관자놀이가 그대로 드러나 있었다. 감은 눈 아래의 깊은 주름이 나이를 말해주고 있었다. 그것을 보았지만 가이거른은 마음이 불편하지 않았다. 아름답지만 이제는 시들어버린 턱 위의 입술은 훌륭했다. 곱슬거리는 머리가 내려온 이마에는 약간의 분 자국이 남아 있었다. 한밤중에 그녀가 탁자 위의 전등을 끄도록 허용하기 전에 베개 아래에서 분첩을 꺼내던 일을 기억하고 가이거른은 미소를 지었다. '지금 다 보고 있어.' 그는 바람둥이의 원초적 승리감에 젖어 생각했다. 마치 모험을 찾아서 탐색하는 새로운 풍경처럼 그는 그녀의 얼굴을 훑어보았다. 피부보다 밝은 색의 정체를 알 수 없는 두 줄기 선이 관자놀이에서부터 귀를 지나 목까지 실처럼 가느다랗게 이어진 것이 보였다. 그는 조심스럽게 손가락으로 그 선을 만져보았는데, 그것은 가면의 가장자리처럼 얼굴을 에워싸고 있는 흉터였다. 순간 그는 그것이 무엇인지 알 수 있었다. 그것은 허영의 흔적, 피부를 당겨서 더 젊게 만들기 위한 수술 자국이었다. 그런 것에 관해 어디선가 읽은 적이 있었다. 믿을 수 없다는 듯이 그는 미소를 지으며 고개를 저었다. 무의식적으로 그는 팽팽하고, 강하며, 건강한 맥박이 뛰고 있는 자신의 관자놀이를 만져보았다.

마치 자신이 무언가를 그녀에게 보내줄 것처럼 그는 말할 수 없이 부드럽게 자신의 얼굴을 그루진스카야의 얼굴에 가져다 대었다. 그 순간 그는 스스로도 놀랄 만큼 그녀를 너무도 깊게, 너무도 부드럽게, 너무도 끔찍하게 사랑했다. 스스로를 깨끗하고 당당하다고 생각하고, 모든 비밀이 다 밝혀진 이 불쌍한 여자에게 감동하는 자신이 약간은 우스꽝스럽다는 생각이 없진 않았다.

그는 침대에서 물러나 몇 분간 이마를 찡그리고 입을 벌린 채 생각에 잠겨 거울 앞에 서 있었다. 계속 진주를 가지고 있는 것이 가능한 일인지 그는 곰곰이 생각해보았다. 안 돼. 불가능한 일이야. 나는 가이거른 남작이고, 나쁜 무리들과 어울린 경솔한 인간으로, 빚도 있지만 그래도 신뢰할 만한 사내야. 만약 진주를 가지고 이 방을 나간다면 몇 시간 후에는 경찰이 그 사실을 알게 될 것이고, 멋쟁이로서의 삶은 끝장나게 되겠지. 그러고는 남들처럼 범죄자가 되어 쫓기는 신세가 될 거야. 그런 것은 나하고는 전혀 맞지 않아. 그루진스카야의 애인이 되는 것은 계획과는 어긋난 일이지만 이미 사실이 되었고, 다른 나머지를 뒤바꿔놓았다. 그는 권투 시합이나 테니스 게임에서 하듯 기회를 저울질해보았다.

이번 진주 사건은 일종의 스포츠 같은 것인데, 이번에는 그의 마음대로 되지 않았다. 상황이 달라져서 진주는 훔칠 수가 없게 되었고, 인내심을 가지고 기다리면 혹시 선물로 받을 수 있을지 모르는 상황이었다. 기다려보자,라고 가이거른은 생각하고 한숨을 길게 내쉬었다. 그것이 현명하고 올바른 생각일 것 같았다. 거기에 다른 무엇인가가 숨어 있다는 것을 그는 인정하지 않았다. 그는 스스로 우스꽝스럽게 되는 것을 원치 않았고 감상주의를 혐오했다. 그는 거울 속을 들여다보다가 얼굴을 돌렸다. 좋아, 그는 마음이 편치 않았다. 나는 동침한 여자한테서 진주를 훔치는 놈은 아니야. 그럴 생각은 전혀 없어. 에이 지겨워, 이만 끝!

가이거른은 돌연 애정 어린 눈길을 하고 침대를 바라보았다. 네우뱌다, 착한 모나, 내가 당신에게 훨씬 더 좋은 것을, 더 많이, 더 예쁘고, 비싸고, 당신이 정말로 좋아하는 것을 줄게, 불쌍한 당신. 그는 주머니에서 조심스럽게, 소리 없이 목걸이를 꺼냈다. 진주가 이젠 전혀 마음에 들지 않았다. 신문에서 요란하게 떠들었지만 가짜일 수도 있고, 소문과 달리 절반 가격밖에 안 되는지도 모르는 일이었다. 어쨌든 이제는 그것과 쉽게 헤어질 수 있을 것 같았다.

일어나보려고 했지만 잠에 취한 그루진스카야는 머리가 마치 두꺼운 수건에 싸여 있는 것 같았다. 베로날 때문이야,라고 생각하고 그녀는 눈을 감았다. 최근 그녀는 잠에서 깨어나는 것, 인생의 적나라한 고통과 맞서는 충격을 두려워했다. 막연히 오늘 아침에는 무언가 좋은 일, 즐거운 일이 자신을 기다리고 있는 것 같지만 그것이 무엇인지 금방 알 수가 없었다. 그녀는 입술을 핥았다. 입술에서 잠에 빠진, 건조한 밤의 맛이 느껴졌다. 그러고는 마치 꿈을 꾸는 강아지가 몸을 털듯이 손가락을 움직여보았다. 몸은 지치고, 피곤했지만 많은 앙코르를 받아 온 힘을 다 쏟아낸 성공적인 공연을 마치고 난 것처럼 만족스러웠다. 그녀는 감고 있는 눈꺼풀에서 아침 햇살을 느끼면서 잠시 동안 호수 표면의 빛이 자신의 아름다운 침실을 비추고 있는 트레메초에 와 있는 느낌이었다.

맨 처음으로 본 것은 무릎을 덮고 있는, 산처럼 커다란 낯선 퀼트 이불이었고, 이어서 호텔의 벽지였는데, 가느다란 가지에 매달린 열대 과일을 그린 벽지의 무늬는 정신없이 바라보게 될 만큼 시선을 끄는 것이었다. 늘 트렁크를 끌고 다녀야 하는 그녀 인생이 느끼는 피곤함은 호텔의 그런 벽지와 친밀했다. 책상 모서리는 희미하게 보였고 창문의 커튼이 쳐져 있어서 시계를 볼 수 없었다. 발코니 문이 열려 있어서 찬바람이 들어왔다. 잠에서 덜 깬 그루진스카야는 발코니에서 들어오는 빛을 받은 어떤 남자의 검은 그림자가 화장대 옆으로 길게 늘어진 것을 보았다. 그는 등을 보이면서 다리를 벌리고 서 있었는데 굉장히 자신 있고 당당한 모습으로, 보이지 않는 무언가에 열중해서 머리를 숙이고 있었다. 내가 잠이 덜 깬 것 같아, 그루진스카야는 처음에 그렇게 생각했다. 아직 멍한 상태여서 그녀는 별로 놀라지도 않았다. 그다음에 그녀는 이게 무슨 일이지,라고 생각했다. 그녀는 마침내 예리린코프라고 생각했다. 갑자기 그녀의 가슴이 마구 두근거렸다. 완전히 잠에서 깨어 모든 것이 전부 기억났다.

그녀는 눈을 감은 채 숨을 조용히, 깊게 들이켰고 숨을 쉴 때마다 지난밤의 기억이 전부 또렷하게 떠올랐다. 한쪽 팔을 이불에서 내밀어보니 팔은 마치 날아갈 듯이 가벼웠다. 몰래 분첩을 집어서 작은 거울을 진지하게 들여다보며 매무새를 가다듬었다. 옅은 분 향기가 그녀를 기쁘게 했고 그 향기가 마음에 들었다. 그녀는 자신과 사랑에 빠진 기분이었는데 수년 내 없던 일이었다. 그녀는 작은 가슴을 양팔로 끌어안았다. 습관적인 행동이었지만 자신의 매끄럽고 차갑고 만족스러운 육체를 느껴보는 일은 오늘 아침 특별한 즐거움을 주었다. 벤베누토,* 라고 나지막이 중얼거리고, 쉴라니,** 라고 러시아어로 말했다. 그 말을 가이거른은 듣지 못했는데, 그녀가 속으로만 이름을 말했기 때문이었다. 그는 아름다운 어깨를 보이면서 두 다리를 벌린 채 거기 서 있었다. 시뇨렐리*** 그림의 형리(刑吏) 같아, 라고 그루진스카야는 생각했다. 그런데 그의 손은 지금 화장대 위의 어떤 물건을 만지고 있는 중이었다. 그녀는 몸을 일으켜 그에게 미소를 보냈다.

그는 지금 진주가 들어 있는 작은 함에 손을 대고 있었다. 그녀는 보석 케이스 중 하나가 닫히는 소리를 또렷이 들었다. 그녀는 그것이 52개의 중간 크기 진주로 만든 목걸이가 들어 있는 파란색의 갸름한 비단 케이스가 닫히는 독특한 소리임을 알아차렸다. 처음에 그루진스카야는 자신이 왜 그 소리에 그렇게 깜짝 놀랐는지 알지 못했다. 그녀의 심장은 잠시 멈추었다가 무섭게 뛰기 시작했다. 온몸이 고통스러워서 손가락 끝까지 아팠고 몸이 굳어버리고 말았다. 입술 역시 마찬가지였다. 그녀는 계속 미소 짓고 있었는데, 미소를 멈추지 않았다는 사실을 잊고 있었다. 그녀의 얼굴은 차갑고 종이처럼 하얘졌다. 그러니까 도둑이구나, 그루진스카야는 정신이 퍼뜩 들었다. 아주 이상한 생각이 들었는데, 마치 가슴을 도려내듯 소리 없는 결정적인 한 방이었다. 기절할 것 같았고 차라리 그렇게 되길 바랐지만, 그와 반대로 한순간 수많은 생각이 머릿속에서 날카롭게, 서로 교차하며, 서로 엉켜서 떠올라 마치 생각이 칼부림을 하는

---

* Benvenuto: 이탈리아어로 '어서 오세요'라는 뜻. 가이거른 남작의 이름.
** '기다렸던 사람' '사랑하는 사람'이라는 뜻.
*** Luca Signorelli(1445~1523): 이탈리아의 화가로 인체의 과장된 근육을 표현하는 나체의 남성상을 많이 그렸고, 골격 구조, 나리와 인대의 상호작용에 많은 관심을 가졌다. 오르비에토 대성당의 벽화가 유명하다.

것 같았다.

완전히 이용당했다는 생각, 수치감, 공포, 증오, 분노, 끔찍스러운 절망감이 고통스럽게 밀려왔다. 그리고 동시에 무기력의 심연으로 빠져들었다. 보고 싶지 않고, 알고 싶지 않고, 진실을 받아들이고 싶지 않고, 거짓의 자비 속으로 도주하고 싶은 심정이었다.

"누구죠?" 형리 쪽을 향해서 그녀가 낮은 소리로 말했다. 크게 말하려고 했지만 굳은 입술 사이에서 속삭이는 듯한 소리밖에 나오지 않았다. "뭘 해요?"

가이거른은 너무도 놀란 나머지 머리가 오른쪽으로 홱 돌아갔다. 놀라는 모습만 봐도 자백이나 마찬가지였다. 손에는 네모난 반지 케이스를 들고 있었고 슈트케이스는 열려 있었다. 진주 목걸이는 화장대 탁자의 유리 위에 놓여 있었다. "뭘 해요?" 그루진스카야가 다시 한 번 물었다. 창백하고 일그러진 얼굴에 지은 미소는 너무도 애처롭게 보였다. 가이거른은 금방 그녀를 이해했다. 그의 마음속에는 연민이 다시 솟구쳐 불타올라 관자놀이가 화끈거렸다. 얼른 정신을 차리고 마음을 가다듬었다.

"구텐 모르겐, 모나." 그가 다정하게 말했다. "당신이 자는 동안 멋진 보물을 발견했습니다."

"진주는 어떻게 된 거예요?" 그루진스카야가 쉰 목소리로 물었다. 거짓말을 해요, 제발 거짓말을 해요,라고 그녀의 놀란 시선은 애걸하고 있었다. 가이거른은 그녀에게 다가가서 손을 우산처럼 펴서 그녀의 눈을 가렸다. 불쌍한 사람, 불쌍한 여자 같으니. "무례하게도 당신 물건을 뒤졌어요." 그가 말했다. "반창고를, 상처에 붙일 것을 찾고 있어요. 여기 당신 화장 가방 안에 그런 것이 들어 있을 거라고 생각했어요. 그런데 보석이 들어 있군요. 마치 동굴 안에 들어온 알라딘 같습니다." 색깔을 잃고 납처럼 되었던 그녀의 눈은 이제 서서히 검푸른 빛이 돌기 시작했다. 가이거른은 상처가 나서 피가 조금 난 오른손 바닥을 마치 증명이라도 하듯 그녀의 눈앞에 내밀었다. 그루진스카야는 마음이 약해져서 긴장을 풀고 그의 손에 입술을 댔다. 가이거른은 다른 손을 그녀의 머리에 얹고 그녀를 자신의 가슴으로 끌어당겼다. 그는 포악해져서 평상시에 하듯 여자한테 비열하게 굴 수도 있었다. 하지만 웬일인지 이번엔 그에게 착한 본성만을 일깨웠다. 그녀는 금방이라도 부서질 것처럼, 너무도 위험하게, 당장 보호가 필요한 사람으로 보였다. 그러면서도 강했다. 언제나 벼랑 끝에서 줄타기를 하고 있는 인생이기에 그는 그녀를 이해했다. "바보 같으니. 내가 당신의 진주를 탐낸다고 생각했나요?"

"아니." 그루진스카야는 거짓말을 했다. 양쪽의 거짓말이 징검다리가 되어 두 사람은 다시 연인으로 되돌아왔다. "나 요즘 그 목걸이 안 해." 안도의 숨을 내쉬면서 그녀가 말했다.

"안 해요? 왜요?"

"나도 잘 모르겠어. 일종의 미신이야. 전에는 목걸이가 행운을 가져왔는데, 언제부턴가 반대로 불행을 가져왔거든. 그래서 목걸이를 안 했더니 다시 행운이 와!"

"그런가요?" 가이거른이 생각에 잠겨 물었다. 아직도 그는 마음이 무겁고 부담스러웠다. 진주는 이제 다시 안전하게 제자리에 놓여 있었다. 아듀, 안녕, 그는 유치한 생각에 잠겼다. 그는 두 손을 주머니에 넣었다. 그 안에는 모든 절도용 기구가 들어 있었고 전리품만 없었다. 그는 기분이 정말 좋았다. 행복하고 만족스러워서 소리라도 지르고 싶을 정도였다. 그는 입을 열어 크게 행복의 외마디를 질렀다. 그루진스카야가 웃기 시작했고, 가이거른은 그녀에게 달려가 행복의 외마디소리를 장난스럽게 그녀의 가슴에 묻었다. 그러고는 입과 눈, 감정을 그녀에게 묻었다. 그녀가 그의 두 손을 잡아 키스했는데, 거기에는 순수하고 겸허한 감사의 마음과 장난기가 담겨 있었다. "여기 피가 나는데……" 작은 상처에 입을 댄 채 그녀가 말했다. "당신 입술은 망아지 입술 같아." 가이거른이 말했다. "작은 망아지 말이야. 멋진 검은 순종 망아지." 그가 무릎을 꿇고 드러난 그녀의 발목을 붙잡았다. 피부에는 힘줄이 드러나 있었다. 그루진스카야가 그에게로 몸을 수그리려는 순간 테이블 위에서 요란한 소리가 들렸다. 짧게, 길게, 짧게.

"전화"라고 그루진스카야가 말했다. "전화"라고 가이거른이 따라 했다. 그루진스카야가 깊은 한숨을 쉬었다. 전부 다 쓸데없어,라고 그녀의 표정이 말하고 있었다. 그녀가 수화기를 들었다. 수화기가 돌덩이처럼 무거워 보였다. 주제테였다. "7시예요." 쉰 것 같은 아침 목소리였다. "일어나셔야 해요. 짐을 싸야지요. 차 가져다드릴까요? 마사지 해드리려면 지금 해야만 해요. 그리고 일어나시면 피메노프 씨가 전화 좀 해달래요."

마담은 잠시 생각에 잠겼다. "10분 뒤에, 주제테. 아니, 15분 뒤에 차를 가지고 내 방으로 와. 그때 잠깐 마사지를 받도록 할게."

전화를 끊고 그녀는 잠시 수화기를 손에 들고 있었다. 다른 손은 가이거른에게 내밀었는데, 그는 방 한가운데에 서서 복싱화의 얇은 가죽 뒤꿈치를 집어 들었다. 그루진스카야가 수화기를 다시 들자 도어맨이 밝은 목소리로 대답을 했다. 그는 밤새도록 눈을 붙이지 못했는데 병원에 있는 아내의 상황이 별로 좋지 않았기 때문이었다.

"몇 번 연결해드릴까요?" 그가 상냥하게 말했다.

"빌헬름 7010, 피메노프요." 피메노프는 호텔이 아니라 2급 펜션에 묵고 있었는데, 샤를로텐부르크 가의 5층 건물에 있는, 러시아 이민 가족이 운영하는 곳이었다. 그곳에는 아직 일어난 사람이 없는 것 같았다. 기다리는 동안 그루진스카야에게는 늙은 피메노프가 낡은 실크 가운을 걸치고 전화를 받으러 나오는 모습이 눈앞에 생생했다. 그는 5번 동작을 할 때처럼 갸름한 발을 항상 약간 앞으로 내밀며 걸었다. 드디어 그가 부드럽고 예민한 노인의 목소리로 전화를 받았다.

"아, 피메노프, 당신이에요? 구텐 모르겐, 도브라이 우트로,* 내 친구. 그래요, 고마워요. 잘 잤어요. 아니, 베로날 많이 안 먹고 두 알만 먹었어요. 고마워요. 좋아요, 심장, 두통 모두 다 괜찮아요. 네? 무슨 일이죠? 미하엘 무릎에 피가 났어요? 맙소사, 왜 그 말을 어제저녁에 안 했어요! 정말 큰일이네요. 그거 시간 걸려요. 오래 걸려요. 정말 오래 걸린다고요. 어떻게 조치했나요? 네? 그냥 내버려뒀어요? 당장 체르노브에 전화하세요. 당장요. 금방 달려올 거예요. 마이어하임이 해설할 거예요. 마이어하임은 대체 어디 있어요? 내가 당장 전화할게요. 너무 일러요? 맙소사, 왜 나한테는 일찍부터 서두르면서, 마이어하임한테는 머무적거리죠! 참, 무대장치는 역으로 발송했죠? 제1작업조가 하면 되잖아요. 제1조의 작업 시작 시간이 언제죠? 6시라고요? 무대장치가 제 시간에 도착 못 하면, 당신이 배상해야 해요. 피메노프, 변명 마요. 당신은 발레단장이에요. 무대장치에 신경을 써야 하는 사람은 당신이지, 그건 내 일이 아니에요. 어떻게 해결되었는지 늦어도 30분 안에 나한테 전화로 알려주세요. 얼른 역으로 나가서 확인해보세요. 아듀."

그러고 나서 그녀는 수화기를 내려놓지 않고 두 손가락으로 수화기 받침대를 눌러 끊고는 이번에는 비테에게 전화 연결을 했는데, 그는 아

---

* 러시아어로 아침 인사.

침이면 대개 정신이 멍해서 여러 해 공연 여행을 다녔는데도 여행만 하면 몸이 안 좋고 일을 제대로 처리하지 못했다. 그녀는 미하엘에게도 전화를 했다. 작은 호텔에 묵고 있는 그는 발을 밟힌 강아지처럼 부상당한 다리에 대해서 앓는 소리를 했다. 그루진스카야는 전화로 엄한 지시를 내리고 충고를 했다. 그녀는 단원 중에서 누가 아프면 화를 내고 엄하게 대했다. 누구든 아픈 미하엘한테 가서 필요한 조치를 취하도록 지시했으며 초산 붕대를 감기도 전에 그녀는 세 명의 의사에게 전화를 했다. 마이어하임에게 전화를 해서 다급한 프랑스어로 그와 다투었고, 정산을 할 테니 8시 반까지 호텔로 오라고 지시했다. 그리고 신중을 기하기 위해서 체르노브로 전보를 보내 파리에 있는 실력 있고 계약에 묶이지 않은 제2의 젊은 남자 무용수를 수소문했다. 그 뒤 도어맨 젠프한테 부탁해서 파리 급행열차를 알아보았는데, 그 기차로 청년이 늦지 않게 프라하에 도착하도록 하기 위해서였다. 그런 다음에 연달아 세번째 전보를 보냈다.

"자기, 욕조 물 좀 틀어줘." 그녀가 그 중간에 가이거른에게 급하게 말하고는 운전기사 버클리에게 전화하면서 영어로 지시를 쏟아냈는데, 차가 그냥 오는 것이 아니라 총점검을 하고 와야 하는 까닭이었다. 가이거른은 욕실로 가서 하라는 대로 욕조의 물을 틀었다. 한 가지 더 했는데, 따뜻하도록 목욕 가운을 라디에이터 위에다 걸어놓은 것이었다. 어젯밤에 망가진 그루진스카야의 얼굴을 닦았던 스펀지도 욕실로 가져갔다. 그녀는 아직도 통화 중이었다. 그는 목욕 소금을 발견하고 한줌을 물에 넣었다. 욕조 물이 채워졌다. 그녀를 위해서 무엇이라도 더 해주고 싶었지만 더 이상은 해줄 만한 일이 없었다. 그리고 그루진스카야의 전화 통화도 이젠 끝이 났다.

"봤지, 매일 이런 상황이야!" 그녀가 말했다. 탄식하는 것처럼 들렸지만 생기가 돌고 일에 대한 욕심으로 들떠 있었다. "전부 다 처리해야 하는 일이야. 그루진스카야는 해야 할 치치가 많아,라고 미하엘은 항상 말하지. 마치 재미있는 일인 것처럼 치치라고 말해."

가이거른은 그녀 앞에 서 있었다. 그는 따스한 온기와 친밀감에 목이 말랐다. 실제로 그녀가 두 손으로 그를 잡아당겼지만 그녀의 생각은 다른 데 가 있었다. 그루진스카야는 미하엘의 상처를 생각하고 있었다. 이제 그녀는 두 개의 시계 소리를 다시 들었다. 서둘러 전화기 앞으로 가서 주제테에게 다시 전화를 걸어 "10분만 더 기다려줘, 주제테"라고 아주 공손하고 죄의식이 담긴 목소리로 부탁을 했다. 그녀의 시선은 테이블과 어젯밤의 찻잔을 향했다. 찻잔은 말끔하게 씻겨 순진하고 천진스러운 모습으로 도자기 위에서 호텔의 황금빛 문장을 뽐내며 놓여 있었다. '어젯밤엔 정말 미쳤어'라고 그루진스카야는 생각했다. '정말 그러면 안 돼. 어젯밤에 생각한 춤도 안 되는 거야. 일종의 신경과민이었어. 내가 상처 입은 비둘기나 나비 대신에 그런 춤을 가지고 등장하면 빈의 관객은 야유하고 내쫓을 거야. 빈은 베를린하고는 달라. 거기 사람들은 발레가 무엇인지 알고 있어.'

그러는 동안 그녀는 가이거른의 얼굴을 쳐다보았지만 그를 보고 있지는 않았다. 가이거른은 아련한 슬픔 같은 것을 느꼈는데, 난생처음 느끼는 것이었다. 숨을 쉴 때 무언가 생생한 고통 같은 것이 느껴졌다. "백리향! 네우바다." 그가 나지막하게 내뱉었다. 밤의 깊은 황홀경에서 그 단어를 기억해낸 것이다. 그 안에는 향기가, 톡 쏘면서도 달콤한, 잊을 수 없는 향기가 있었다. 그때 마치 통한 것처럼 그루진스카야가 그에게로 눈을 돌렸는데, 미소를 보내고 있지만 얼굴에는 긴장된 표정이 숨어 있었다. "이제 우리 헤어져야 할 것 같아." 목소리가 갈라지지 않도록 크고 단단한 소리로 그녀가 말했다.

"네." 가이거른이 대답했다. 그는 지금 진주에 관해서도 완벽하게 잊고 있었다. 그는 단지 여자 때문에 가슴 졸이며 답답해하는 감정, 그녀에게 아주 잘해주고 싶다는 앞으로도 변치 않을 생각뿐이었다. 그는 절망적으로 청금석으로 가이거른 가의 문장을 새긴 도장 반지만 돌리고 있었다.

"여기"라고 말하면서 그가 마치 소년처럼 어색하게 반지를 내밀었다. "나를 잊지 말아달라는 뜻입니다."

'그럼 다신 못 만나는 건가'라는 생각이 들자 그루진스카야의 눈시울이 뜨거워졌다. 가이거른의 아름다운 얼굴이 그녀의 눈물 속에서 흐릿해졌다. 아무런 말도 할 수가 없었다. 그녀는 기다렸다. '당신 곁에 있게 해줘요. 잘해줄게'라고 가이거른은 생각했다. 하지만 그는 입을 꽉 다문 채 한마디 말도 하지 않았다.

"주제테가 곧 와요." 그루진스카야가 서둘러 말했다.

"빈으로 가나요?" 그가 물었다.

"일단 프라하로 가요. 사흘 동안. 그런 다음에 빈에 2주 있어. 브리스톨에 묵을 거야." 그녀가 덧붙였다. 시계 소리. 호텔 앞의 길에서부터 들리는 자동차 경적 소리. 숨소리.

"당신, 같이 가면 안 되나? 난 당신이 필요해." 드디어 그루진스카야가 입을 열었다.

"나, 프라하 안 돼요. 돈이 없어요. 일단 돈을 마련해보죠."

"내가 줄게." 그녀가 서둘러 말했다. 마찬가지로 서둘며 가이거른이 말했다. "난 지골로*가 아닙니다."

---

* 제비족을 일컫는 말.

갑자기 두 사람은 끌어안았다. 헤어져야 하는 그 순간 커다란 무엇인가가 그들을 서로 강하게 끌어당겨 밀착시켰다. "고마워"라고 두 사람은 말했다. "당신 정말 고마워"라고 독일어, 러시아어, 프랑스어 3개 국어로 말하며 흐느끼고 속삭이고 울고 환호했다. "당케, 메르시, 볼쇼에 스파시바, 당케……"

그 순간 주제테는 마음 상한 보이로부터 차가 놓인 쟁반을 받고 있는 중이었다. 7시 28분이었다. 책상 위의 시계는 소리 없이 달려가고 있었고, 다른 시계는 지쳐서 서 있었다. 재깍, 재깍, 재깍 비난하듯이 시간은 흘러갔다.

"빈에 올 거지?" 그루진스카야가 눈꺼풀이 젖어 물었다. "사흘 안에 와야 해. 나하고 같이 트레메초로 가. 정말 좋아. 행복하게 지낼 수 있어. 나 휴가 내면 돼. 6주나 8주 휴가를 내면 돼. 우리는 그냥 사는 거야, 아무것도 안 하고 그냥 사는 거야. 전부 다 잊어버리면 돼. 바보 같은 일들은 전부 잊어버리고, 그냥 살기만 하는 거야. 게으름 피우면서 행복에 파묻혀서 사는 거지. 그런 다음 남미로 가는 거야. 리우데자네이루 알아? 사실은 나도 몰라. 어머나, 시간이 됐어. 가, 어서 가요. 고마워!"

"늦어도 사흘 안에 갈게요." 가이거른이 말했다. 그루진스카야는 다시 어느 정도 세계적인 유명인의 모습으로 되돌아갔다. "내 체면 상하지 않게 조심해서 방으로 돌아가"라고 말하고 양쪽 문을 닫았다. 가이거른은 아무 말 없이 손을 놓으면서 고통스러워했다. 다시 피가 흘렀다. 조용한 복도에는 수많은 객실 문들이 길게 늘어서 있었다. 문지방에는 구두가 우그러진 채 놓여 있었다. 승강기가 위에서 내려왔고 4층에서 누군가 승강기를 놓치지 않으려고 달려왔다. 계단실에는 불투명 창문 하나가 열려 있어서 전날 밤의 담배 냄새를 밖으로 내보내고 있었다. 가이거른은 복싱화를 신고 파인애플 무늬의 카펫을 지나 69호실로 살금살금 가서 여벌 열쇠로 자기 방의 문을 열었다. 왜냐하면 다른 열쇠는 알리바이 목적으로 도어맨실의 열쇠 상자에 걸려 있기 때문이었다.

그루진스카야는 목욕을 하고 주제테의 손에 마사지를 맡겼다. 힘차고, 유연하고, 에너지가 넘쳤다. 그녀는 춤추고 싶은 욕망에 넘쳤고 다음 번 공연에 목말랐다. 성공에 자신이 있었는데, 빈에서는 언제나 대성공이었다. 그녀는 발에서, 손에서, 목을 뒤로 넘기면서 그것을 느꼈다. 계속 미소가 나오는 입에서도 느꼈다. 옷을 입고 팽이채로 맞은 팽이처럼 재빨리 움직였다. 넘쳐나는 엄청난 에너지로 아침 업무에 뛰어들어, 마이어하임과 말다툼을 하고 단원들의 술책에 맞서 눈에 안 보이는 싸움을 하고 피메노프나 비테하고는 인내심을 시험했다.

10시에 18호 보이가 장미 다발을 들고 왔다. 호텔 봉투를 오려낸 쪽지에는 '잘 가요, 내 사랑'이라고 쓰여 있었다. 그루진스카야는 가이거른 문장이 새겨진 도장 반지에 키스를 했다. "내 행운의 징표야"라고 아주 친한 친구에게 말하듯 그녀가 나지막이 말했다. 이젠 반지가 행운의 징표가 되었다. 미하엘 말이 맞아, 진주는 가난한 아이들에게 희사해야겠어,라고 그녀는 생각했다. 짜집기한 면장갑으로 주제테가 슈트케이스의 손잡이를 잡았고 다른 여행 가방은 포터가 들었다. 그루진스카야는 별다른 감정 없이 사건이 많았던, 벽지가 늘 마음에 들지 않는 호텔방을 나섰다. 프라하의 임페리얼 호텔에 다른 방이 이미 예약되어 있고, 빈의 브리스톨 호텔에도 그녀에게 익숙한, 정원을 바라보는 욕실이 딸린 184호실이 예약되어 있었다. 리우데자네이루에도, 파리에도, 런던에도, 부에노스아이레스에도, 로마에도 무수한 호텔의 방이, 이중문과 수도 시설이 있는, 정처 없는 타향의 알 수 없는 냄새가 밴 방이 그녀를 기다리고 있었다.

9시 10분 잠을 제대로 못 잔 룸 메이드가 68호실의 먼지를 대충 털어냈다. 시든 꽃다발을 버리고 찻잔을 치우고 마지막으로 다림질의 열기가 아직 덜 마른 새 침대보를 다음 손님을 위해서 깔았다.

모든 자명종과 마찬가지로 총회장 프라이징의 자명종 역시 고약스럽게 요란한 소음으로 정확하게 그를 잠에서 깨웠다. 7시 반에 시계는 짧게 쉰 듯한 툭 소리를 냈는데 그게 전부였다. 입을 벌리고 잠이 들어 입이 바싹 마른 프라이징이 몸을 잠깐 움직이자 침대 스프링이 들썩였고, 노란 커튼 뒤에서 해가 모습을 드러냈다. 도어맨이 8시 정각에 정확하게 전화를 했지만 벌써 그는 일어나 있었다. 그는 멍한 머리로 샤워기 아래에 서 있었는데 면도기를 잊고 온 것이 화가 났다. 프라이징처럼 옹졸한 사람한테는 그런 일 하나도 모든 삶의 행복을 빼앗아 갈 정도였다. 시간이 좀 늦었지만 프라이징은 양복 선택에 꽤 시간을 보냈다. 그는 모닝코트로 결정을 내린 뒤 다시 한 번 화를 내면서 그 양복을 꺼냈다. 모닝코트를 입는 게 그에게 불리할 것 같은 생각이 들었는데 일리가 있는 생각이었다. 하지만 회색의 여행복을 입으면 켐니츠 사람들에게 그가 이 모든 일을 가벼이 여기는 것처럼 비칠지도 몰랐다. 그는 굉장히 서둘렀는데, 모든 상자와 주머니를 치우고 모든 열쇠를 찾아 챙기고 서류를 다시 한 번 넘겨보고 현금을 다시 세어보고 나니 벌써 9시가 넘었다. 그가 급히 객실을 나오려다가 복도를 지나던 사람과 부딪쳤다. "죄송합니다"라고 말하고 프라이징이 문 안에서 걸음을 멈추었는데, 다른 손으로 외투를 집어 들기 위해서였다. 상대방이 "괜찮습니다"라고 말하고 카펫을 따라 등을 보이면서 걸어갔다. 그 모습이 프라이징에게는 낯설지 않았다. 프라이징이 승강기 앞에 갔을 때 그 남자는 이미 내려가고 있었다. 이제는 앞 모습이 보였는데, 전에 본 적이 있는 사람이었다. 하지만 어디서 본 사람인지 알 수가 없었다. 그가 알 수 있는 것은 그 남자가 코앞에서 승강기를 타고 내려가면서 별로 좋지 않게 그에게 미소를 보낸 것이었다.

프라이징은 예민하고 초조해져서 층계를 내려가 복도를 지나서 타일을 깐 지하층의 호텔 이발소로 들어갔다. 그곳에는 눅눅한 지하수와 화장수 냄새가 났다. 의자마다 남자들이 마치 아기들처럼 하얀 천을 누른 채 기대에 가득 차서 흰 가운을 입은 이발사의 손끝에 몸을 맡기고 앉아 있었다. 프라이징이 참지 못하고 두꺼운 그의 구두 밑창을 문질렀다. "한참 기다려야 합니까?" 그가 물으면서 면도하지 못한 뺨을 손바닥으로 문질렀다.

이발사는 "10분 이상은 아닙니다. 선생님 앞에는 저분 한 분뿐입니다"라고 대답했다. 그의 앞사람은 바로 승강기의 그 남자였다. 프라이징은 별로 좋지 않은 표정으로 그를 쳐다보았다. 정말 볼품없는 사람으로 마르고 왜소했는데, 코안경을 낀 채 뾰족한 코를 신문에 박고 들여다보고 있었다. 프라이징은 그 사람과 사업상 관련이 있음을 확신했지만 정확히 어떤 일로 만났는지는 전혀 기억이 나지 않았다. 프라이징은 그 사람 앞으로 가서 대충 인사를 하고 최대한 공손하게 말했다.

"죄송합니다만, 저한테 순서 좀 양보해주시면 안 되겠습니까? 제가 좀 바빠서……"

신문 뒤에서 인상을 쓰며 크링엘라인은 신경이 곤두서는 걸 느꼈다. 그가 톱뉴스에서 고개를 들고 가느다란 목을 내밀어 총회장의 얼굴을 노려보면서 대답했다. "안 됩니다."

"죄송한데, 내가 너무 급해서……" 프라이징이 비난하듯 말을 더듬었다.

"나도 바쁩니다." 크링엘라인이 대답했다.

프라이징은 화가 나서 이발소를 나갔다. 크링엘라인은 승리자나 영웅인 양, 하지만 너무 긴장한 나머지 맥이 빠지고 멍해져서 겨우겨우 숨을 내쉬며 이발소의 냄새 속에 앉아 있었다.

면도도 못 한 채, 뜨거운 커피에 혀끝을 데어 힘들어 하면서 총회장이 뒤늦게 회의실로 들어왔다. 다른 사람들은 이미 꽤 많은 양의 푸른 시가 연기를 방 안에 내뿜고 있었다. 홀은 녹색 테이블보, 모조 다마스크 벽지, 그랜드 호텔 창립자의 유화 초상화가 어우러져서 묵직한 분위기를 풍기고 있었다. 치노비츠 박사는 이미 서류를 꺼내놓았고, 노(老)게르스텐코른은 유난히 긴 테이블의 머리 쪽에 버티고 앉아 있다가 새로 도착한 사람을 보고 의자에서 잠깐 일어나더니 다시 제자리에 앉았다. 노(老)게르스텐코른은 프라이징의 장인과 절친한 친구여서 그 젊은이를 잘 알고 있는데, 별로 대수롭지 않게 생각했기 때문이었다. "늦었습니다, 프라이징." 그가 말했다. "15분이나 늦었어요. 어젯밤에 재미가 좋았나 봐요. 베를린에 왔으니 그래야지." 그가 천식 환자의 가래 긴 기침을 하더니 웃으면서 옆자리 의자를 가리켰는데 슈바이만하고 마주 보는 자리였다. 프라이징은 왠지 불편하고 떨떠름한 기분이었다. 일이 시작도 되기 전부터 콧수염 아래 윗입술이 촉촉했다. 눈꺼풀이 불그스레하고 원숭이 입처럼 크고 튀어나온, 잘 늘어나는 입을 가진 슈바이만이 제3의 인물을 소개했다. "우리 동료 바이츠 박사이십니다." 바이츠 박사는 꽤 젊은 사람으로, 겉보기엔 산만해 보여도 사실은 전혀 그렇지 않은 사람이었다. 트럼펫 소리 같은 자신 있고 공격적인 목소리의 주인공이어서 이런 협상 자리에선 상당히 불편한 인물이었다. 켐니츠 측에서는 그런 사람을 대동하고 나온 것이었다.

"전에 뵌 적이 있습니다." 별 호감 없이 프라이징이 말했다. 슈바이만이 테이블 너머로 총회장에게 시가를 하나 권했다. 치노비츠 박사가 윗옷 주머니에서 만년필을 꺼내 서류 옆에다 놓았다. 테이블 끝에는 별 볼일 없는 플람 1이 물병이 놓인 검은색 쟁반 앞에 앉아 있었는데, 밖에서 버스가 지나갈 때마다 물병이 약간씩 흔들렸다. 속기록을 손에 든 그녀는 나이 들고 맥 빠져 보였으며, 뺨에는 하얗고 작은 솜털이 보였다. 그래도 입을 다문 채 업무에 충실한 모습은 플람 2하고는 결코 혼동될 수 없는 모습이었다.

"좋은 만년필입니다." 슈바이만이 치노비츠에게 말했다. "무슨 상표인가요? 굉장히 좋은 거네요."

"맘에 드십니까? 런던에서 구입한 겁니다. 멋있죠?" 치노비츠가 그렇게 말하고는 메모장에다 간단한 서명을 해 보였다. 다른 남자들이 모두 쳐다보았다.

"죄송합니다만 가격이 어느 정도 되나요?" 프라이징이 그렇게 묻고는 윗옷 주머니에서 자신의 만년필을 꺼내 테이블 위에 놓았다. 사람들이 그쪽으로 시선을 돌렸다. "세금 빼고 3백 파운드 이상입니다. 아는 사람이 사다준 것입니다." 치노비츠 박사가 말했다. "꽤 괜찮은 물건이죠. 상당히 괜찮은 물건입니다."

그들은 마치 소년들처럼 머리를 테이블 위로 내밀고 런던에서 온 녹색 만년필을 바라보았다. 만년필은 3분 동안이나 회의에 참여한 어른 다섯 명의 마음을 빼앗았다. "자, 이제 사업 이야기를 합시다"라고 드디어 노(老)게르스텐코른이 가래 긴 목소리로 말했다. 곧 변호사 치노비츠가 핏기 없는 하얀 손가락을 테이블보 위에 얹고, 회의실의 푸른 공기 속으로 잘 준비된 연설을 막힘없이 쏟아내기 시작했다.

프라이징은 긴장을 약간 풀었다. 그는 훌륭한 연설가가 아니어서 치노비츠가 그 일을 해주는 것, 그의 말이 매끄럽고 기계처럼 정확한 것이 고마웠다. 하지만 그것은 시작에 불과했다. 치노비츠는 이미 앞선 교섭 단계에서 논의되었던 문제를 계속 언급했다. 그러고는 이번 일의 상황을 다시 요약하면서 이 서류 저 서류를 서류가방에서 꺼내더니 실수 없이 읽기 위해서 큰 단위의 숫자를 근시인 눈앞으로 다그었다.

다시 반복하자면 이번 일의 상황은 이렇다. 즉 면 옷감, 침대보, 그 밖에 면직물과 날개 돋친 듯 팔리는 면 청소포를 주로 생산하는 작소니아 면방 주식회사는 자본력이 있는 중견 기업으로 토지, 건물, 기계, 원료와 완제품, 특허, 특히 채권에서 상당한 명성을 누리고 있으며, 연매출과 순이익이 꾸준히 중간 수준을 유지하고 있고 작년도 배당금은 9.5퍼센트에 달한다는 것이었다.

치노비츠가 만족스러운 수치들을 읽어나가는 동안 프라이징은 편안한 마음으로 귀를 기울였다. 사업은 전부 올바르고 정당했으며, 폐기되는 천으로 만드는 제품만 해도 총수입이 30만이나 되는데 모두 프라이징이 이뤄낸 것이었다. 그는 게르스텐코른을 바라보았다. 게르스텐코른은 생각에 잠겨 교활한 노인의 고지식한 모습으로 백발의 머리를 이리저리 흔들고 있었다. 슈바이만은 시가에 불을 붙인 채 전혀 듣지 않고 있었다. 반면 바이츠는 치노비츠가 말하는 숫자 하나하나에 신경을 쓰면서 작은 가죽 수첩에다 받아 적고 있었다. 개인 비서직의 대가(大家)답게 플람 1은 마치 그 자리에 없는 사람처럼 햇빛이 물병의 수면에 반사되는 것을 응시하면서 연필을 뾰족한 작은 총검처럼 들고 앉아 있었다. 치노비츠가 쌓여 있는 서류에서 다른 파일을 꺼내면서 켐니츠 편직 회사의 임원 쪽을 쳐다보았는데, 그가 말을 할 때마다 길고 숱이 성근 중국식 수염이 위아래로 움직였다.

켐니츠 편직으로 말하자면 숫자가 보여주듯이 기본적으로 중소기업이었다. 켐니츠 쪽은 자산이 작소니아의 거의 반밖에 안 되었고, 대차대조표는 매우 긴박한 상황이었다. 최소한의 부채만 탕감했는데도 불구하고 배당금 액수가 매우 높았다. 연간 매출액은 높은데, 순이익은 높은 매출액의 수치와 어울리지 않았다. 그래도 켐니츠는 잔고의 수치가 놀랄 만큼 높았다. 마지막 수치를 읽으면서 치노비츠는 점잖게 작은 의문부호를 만들며 노(老)게르스텐코른을 바라보았다. "그것보다 조금 더 됩니다." 게르스켄코른이 말했다. "좀더 많아요. 25만 마르크 정도 되는 걸로 보아도 됩니다."

"그런 식으로 계산하면 안 되지요." 예민해진 프라이징이 말했다. "새 공법을 위한 새로운 기계의 감가상각을 감안하셔야지요. 그냥 낡은 기계 값만 탕감해선 안 됩니다."

"아니지요, 그게 아닙니다." 게르스텐코른이 끈질기게 우겼다.

치노비츠 박사가 큰소리를 쳤다. "우리 쪽 수치는 고평가가 아니라 저평가를 한 것입니다." 치노비츠 박사가 총회장에게 서류 한 장을 내밀었고, 프라이징은 열심히 수치를 검토했다. 그는 결과를 금방 이해했다. 켐니츠 사는 결코 단단한 기업이 아니었다. 시작부터 빈약한 기금으로 만들어졌고 채무가 상당한 액수에 달했다. 하지만 변화를 맞아 수입이 늘고 개선되어 번창하고 있었다. 반면 작소니아 면직은 뒤처져 잠이 든 채로 옛 자산 그대로 머물러 있는 상태였다. 요즘 세상은 면직, 침대보, 면 청소포를 찾는 세상이 아니었다. 그리고 프레더스도르프에 앉아 있는 노인은 면직 회사와 합병해서 정상에 오르면 사업이 유리할 것으로 생각하고 자신의 생각을 고집하고 있었다.

"그건 상관없습니다. 계속 진행하죠." 불리한 위치의 사람이 갖는 유연성을 가지고 프라이징이 말했다. 게르스텐코른이 그의 손에서 대차대조표를 받아 가볍게 두드렸다. 그가 웃으면서 기침을 했다.

치노비츠가 거침없는 화술로 주식 상태에 대해 언급하면서 화제를 돌렸는데, 거기에는 확실한 갈고리가 숨어 있었다. 작소니아의 유가증권은 켐니츠 주식의 거의 두 배에 달했기에, 과거의 모든 논의는 이 전제에서 출발했다. 따라서 두 기업 간의 합병에서는 두 장의 켐니츠 주식이 한 장의 작소니아 주식과 동일하게 취급되었던 것이다. 그런데 이제 켐니츠 주식이 오르고 작소니아 면직의 주식이 내려 균형이 틀어지게 되었다. 말하자면 켐니츠 사의 시세 상승으로 교환의 근간이 달라진 셈인데, 지금 치노비츠 박사는 그것을 유화적인 손짓으로 해결하려는 중이었다. 프라이징은 못마땅한 얼굴로 그의 유창한 연설에 귀를 기울이고 있었다. 치노비츠는 프라이징이 잘 알고 있는 불편한 내용을 흠잡을 곳 없는 미사여구로 포장해 상대를 설득하는 중이었다. 시가를 피우는 기쁨이 사라지자 프라이징은 두세 번 더 들이마시다가 집어치웠다. 그 순간 치노비츠의 설명을 듣던 바이츠 박사가 마치 큐 신호를 받은 배우처럼 나섰다. 그가 양손으로 녹색 테이블을 치면서 이의를 제기했다. 그는 자세히 보지도 않으면서 노트에서 숫자를 척척 읽었는데 전혀 다른 새로운 숫자였다. 프라이징은 이마의 근육이 긴장되어 눈이 튀어나올 정도였지만 정신을 차려 모든 것을 듣고 잘 살피면서 명확한 판단력을 잃지 않으려고 노력했다. 그는 탁자 위에 놓인 호텔 편지지 몇 장을 집어 마치 못된 학생처럼 몰래, 흥분해서 메모를 끄적거렸다. 치노비츠가 플람 1을 힐끗 쳐다보자 얌전한 그녀는 공격적인 말과 증언을 푸른색 줄을 친 속기장에 받아 적었다. 바이츠 박사는 요란한 목소리로 이렇게 말했다. "안 됩니다. 켐니츠 편직 회사의 주주들은 그런 식의 합병으로 말미암아 주식이 절반이나 손해 보는 것에 동의하지 못합니다." 그의 의견에 따르면 설령 (그는 이 '설령'이라는 말을 무슨 연극 대사처럼 되뇌었다) 합병을 한다 하더라도 작소니아가 켐니츠에 대해 갖는 우위를 인정할 근거가 없으며, 한창 번창하고 있는 사업을 다른 회사에 예속시켜 궁지에 몰아넣을 이유가 없다는 것이었다.

치노비츠가 프라이징을 쳐다보자 프라이징이 마지못해 입을 열었다. 그는 중요한 일을 콧소리로 낮고 지루하게, 단조로운 톤으로 이야기하는 습성이 있었는데, 그런 방법으로 그는 내적인 불안정에서 벗어나 외적인 안정을 찾고 우위를 점할 수 있었다. 전쟁에 뛰어든 그의 손등은 젖어 있었다. 슈바이만의 눈은 붉은 동굴에 숨어 있다가 기어 나오는 작은 회색 쥐 같았고, 게르스텐코른은 구경꾼처럼 양쪽 엄지를 조끼의 진동에 꽂고 앉아 있었다. 호텔의 모조 다마스크 벽지는 무심하게 귀를 기울이고 있었다. 이곳 그랜드 호텔의 '대형 홀'에서는 이런 회의가 매일처럼 이루어졌고, 온갖 요리가 만들어져 주식 투자자들의 배를 불렸다. 설탕 값이 오르고, 실크스타킹 값이 내리고, 석탄 부족을 일으키는 이런저런 수많은 일들이 그랜드 호텔 회의실의 전쟁이 어떻게 진행되느냐에 달려 있었다.

프라이징이 입을 열었다. 그런데 얼음 위에 올려놓은 듯한 목소리로 그가 말을 길게 하면 할수록, 그리고 점점 더 진지하게 이야기를 하면 할수록 그는 나락으로 떨어졌다. 반면 게르스텐코른의 작고 날카로운 반박은 총알처럼 허공을 갈랐다. 프라이징은 어서 그 자리에서 일어나 도망을 쳐서 합병이라는 이따위 썩어빠진 일은 집어치우고 물레, 펩시, 바베가 기다리는 프레더스도르프의 집으로 돌아가고 싶은 생각뿐이었다. 하지만 그는 총회장이고 세상은 그렇게 만만하지 않기 때문에, 더구나 그의 지위가 이번 합병에서 중대한 역할을 하기 때문에 끝까지 자리를 지켰다. 그는 자본금을 언급하면서, 탄탄하기 이를 데 없는 사업을 총괄하는 탄탄하기 이를 데 없는 그의 지위에서 결코 밀려나지 않았다. 그가 끝도 없이 세밀하게 이야기를 이어가자 켐니츠 사람들은 지친 기색이었다. 길을 잃은 채로 소용돌이에 빠진 카누 같은 그를 치노비츠는 몇 번이나 끌어내지 않으면 안 되었다. 프라이징은 올가미를 만들어 스스로를 묶고 있었다. 그러고는 몇 가지 부차적인 문제에 매달려 끈질기고 답답하게 우기고 있었다. 프라이징은 자신이 좋아하는 분야인 폐품 면직을 이용하는 폐면직 공장에 관해 자세히 설명하느라 켐니츠 사람들을 지루하게 만들면서 앞서 편지지에다 끄적거려놓은 중요한 안건은 정작 잊고 있었다. 결국 그가 무슨 말을 하다가 멈추자 그의 말은 용두사미가 되고 말았다. 손수건을 꺼내 콧수염을 닦고 그가 새 시가에 불을 붙였는데, 담배는 마치 건초처럼 맛이 없었다. 갑자기 그는 비록 남들은 어리석은 사람으로 보고 있지만 실은 착실하기 그지없는 자신이 이런 모리배들, 근본도 없는 엉터리들하고 한 테이블에 앉아 있다는 생각이 들어서 마음이 아팠다.

이제 게르스텐코른이 소시민다운 그의 통통한 손가락을 조끼의 진동에서 꺼내 의견을 개진하기 시작했다. 숱 많은 네모 머리에 천식 환자의 목소리를 가진 이 게르스텐코른은 명확하고 예리한 연설자였다. 그는 말하려는 바를 돌리는 법이 없었고, 온갖 사투리까지도 주저 없이 구사했다. 작센, 베를린, 유대, 메클렌부르크의 사투리까지 그의 사업 연설의 양념이 되었다.

"자, 이제 잠시 멈추고 이 어른이 말 좀 합시다." 시가를 입에 문 채 그가 말했는데, 그것이 편안한 그의 말투를 더 편안하게 만드는 효과를 냈다. "작소니아가 무얼 할 수 있는지 지금 우리한테 말씀하셨는데 그건 우리가 전부터 잘 아는 것입니다. 똑같은 이야기는 필요 없습니다. 우리가 그걸 전부 대주주들에게 설명했는데, 결과는 이렇습니다. 즉 생각하고 다시 생각을 해봐도 합병에 반대하는 것이 옳다는 결론입니다. 주주들은 상대 회사의 면방 사업을 위해서 냄비에서 뜨거운 소시지를 꺼내는 것 같은 모험을 하려 하지 않습니다. 자, 그러니 분명하고도 확실하게 이야기하죠. 그쪽에서 합병을 제안하신 이후 우리 쪽 상황은 현저하게 좋아졌습니다. 그쪽의 상황은 젊잖게 말하면 제자리걸음이고, 무례하게 말하자면 악화되었습니다. 이런 상황이라면 확실히 말씀드립니다만, 프라이징 회장님, 합병에서 오는 우리 쪽의 이익은 사라지고 없습니다. 여기 앉아 있는 우리들로 말하자면 상황이 이러하니 이제 협상을 파기하라는 지시를 손에 들고 있습니다. 그쪽에서 접근해왔을 때에 비해 지금은 상황이 달라졌기 때문에……"

"우리가 접근하지 않았습니다." 프라이징이 재빨리 말했다.

"아니, 그게 무슨 말씀입니까! 그쪽에서 접근하셨지요. 저, 바이츠 박사, 서류 좀 줘보세요. 서한에 따르면 그쪽에서 9월 14일에 접근을 하셨습니다."

"그건 아니죠." 프라이징이 끈질기게 우기면서 변호사 치노비츠 앞의 서류를 자기 쪽으로 잡아당겼다. "우리가 시작한 게 아닙니다. 9월 14일 자의 우리 쪽 서한은 그쪽에서 시작한 개인적인 제안에 의해서 이루어진 것입니다."

"누가 제안을 했습니까! 그 한 달 전에 그쪽 어르신께서 완전히 개인적으로, 그리고 오랜 우정에서 먼저 문을 두드리셨습니다."

"우리가 접근한 것이 아닙니다." 프라이징이 말했다. 그는 중요한 이 사실을 완전히 사소한 일로 축소시켰다. 치노비츠가 갸름한 구두로 테이블 아래에서 경고를 보냈다. 갑자기 게르스텐코른이 질문을 접고, 넓적한 손으로 녹색 테이블보를 폈다. "좋습니다." 그가 말했다. "좋아요. 그렇게 하는 게 마음에 든다면 그쪽에서 접근하지 않은 것으로 하죠. 하지만 접근했든 안 했든 아무튼 현재는 상황이 전과 다르다는 것을 인정하셔야 합니다, 총회장님." (총회장이라고 그가 불렀는데, 편안한 호칭에서 공적인 호칭으로 바뀌자 상당히 위협적으로 들렸다.) "당시에는 우리가 작소니아 면방과 합병을 하려는 이유가 있었습니다. 하지만 오늘은 그럴 이유가 없습니다."

"자본금이 더 필요할 텐데요." 프라이징이 정곡을 찌르는 말을 했다. 하지만 이 항변을 게르스텐코른이 두 손가락으로 테이블에서 쓸어냈다. "자본금, 자본금이라뇨! 오늘이라도 새 주식을 팔기만 하면 필요한 돈은 얼마든지 모을 수 있습니다. 자본금이라니! 총회장께선 한 가지 잊고 계십니다. 그쪽의 기회는 전시(戰時)죠. 전시에는 군복이나 담요 같은 것으로 돈을 벌 수가 있으니까요. 하지만 지금은 우리 쪽이 기회라는 걸 아시는지요? 우리는 자본금이 필요치 않습니다. 저렴한 원자재만 있으면 우리는 새로운 방식을 도입해서 외국에서 새로운 판로를 구하면 됩니다. 아주 솔직 담백하게 우리 회사의 생각을 말씀드리겠습니다, 총회장님.

합병이 우리한테 이익이 된다면 우리는 합병을 할 겁니다. 이익이 안 되면 합병하지 않습니다. 자, 그쪽의 생각을 말씀해주시지요."

불쌍한 프라이징! 그는 할 말이 없었다. 이제 프레더스도로프에서 기차를 탈 때부터 그가 두려워하던 순간이 왔다. 그는 자신 없는 눈길로 치노비츠를 바라보았다. 치노비츠는 손톱만 내려다보고 있었다.

"우리가 외국과 특별히 좋은 관계를 맺고 있다는 것은 비밀이 아닙니다. 발칸 쪽만 해도 우리는 청소포를 매년 6만 5천 마르크어치 수출하고 있습니다"라고 그가 말했다. "하지만 합병의 경우 그쪽 편직물 완제품 시장을 더 강화하기 위해서 전력할 것입니다."

"이 약속이 좀더 확실하도록 근거가 될 만한 정황을 제시해주십시오." 바이츠 박사가 테이블 저 끝에서 물었다. 그 말을 하면서 그는 반쯤 몸을 일으켰는데, 그것은 과거 형사 사건 변호사 시절의 습관이었다. 어디서도 그는 항상 법복을 입고 있는 것처럼 보였다. 그의 목소리는 자신 없는 증언자들을 주눅 들게 하는 목소리였다. 총회장은 주눅이 들었다.

"정황이라니 무슨 말씀인지요?" 프라이징이 물었는데, 이미 알고 있는 것을 질문하는 것은 그의 한심스러운 습관이었다.

그와 마주 보며 앉아서 그때까지 잘 늘어나는 커다란 원숭이 입을 한 번도 열지 않은 슈바이만이 이제 입을 열었다. "버를리 앤 선 사와의 카르텔 약속이 문제입니다"라고 그가 똑 부러지게 말했다. 게르스텐코른은 시가 끝에 매달린 기다란 담뱃재를 조심해서 들고 있었다.

"죄송합니다만 저는 그 문제에 관해 대답할 만한 위치에 있지 않습니다"라고 프라이징이 즉시 대답했다. 이 대답을 그는 오래전부터 준비해서 외우고 있었다. "유감이군요." 노(老)게르스텐코른이 말했다. 그 후 모두들 1분 정도 입을 다물고 있었다.

밖에서 버스가 지나가느라 쟁반 위의 물병이 약하게 흔들렸다. 그리고 햇살이 물 표면에 약하게 반사되어 벽에, 그랜드 호텔 설립자를 그린 유화 초상화의 액자에 어른거렸다. 이 순간 프라이징은 열심히 궁리를 했다. 전혀 쓸모없고 맞지도 않는 그 불길한 편지 복사본을 치노비츠가 켐니츠 사람들한테 보여줬는지 아닌지 그는 알 수가 없었다. 다시 한 번 그는 양손에 지저분하고 불편한 감정을 갖게 되었다. 면도를 하지 못한 얼굴이 이상하게 근질근질했다. 그는 애타게 묻는 듯한 시선을 변호사에게 보냈다. 치노비츠가 그를 안심시키며 중국 사람 눈처럼 똑똑해 보이는 묘한 눈을 감았는데, 긍정인지 부정인지 도대체 알 수가 없었다. 프라이징은 정신을 가다듬었다. 잘해야 돼, 라고 다짐했는데, 판단이라기보다는 그저 감정일 뿐이었다.

"여러분," 그가 입을 열고 일어났다. 속을 넣은 우단 의자 때문에 등이 덥고 불편했기 때문이었다. "여러분, 본론에서 벗어나지 않았으면 합니다. 우리 사이의 모든 협상의 근간은 우리가 보유하고 있는 잔액과 우리 프레더스도르프 회사의 입지였습니다. 그쪽에서는 충분히 살펴보셨고, 게르스텐코른 경제고문관께서도 친히 우리 측의 경영에 대해 만족하셨습니다. 제가 말하고 싶은 것은 막연하고 예측이 어려운 문제는 오늘 협상에서 배제하자는 것입니다. 우리는 투기꾼이 아닙니다. 저는 절대로 투기꾼이 아닙니다. 저는 소문이 아니라 사실에 의거해서 일을 합니다. 우리가 맨체스터의 버를리 앤 선과 카르텔을 계획했다는 것은 증권가의 소문일 뿐입니다. 이미 저는 한번 공식적으로 부정을 했고, 그건 인정할 수가 없는……"

"나로 말하자면 아무것도 모르는 햇병아리가 아닙니다. 왜 그런 트집을 잡고 계신지 여기 있는 우리들 모두 알고 있습니다." 게르스텐코른이 한마디 했다. 슈바이만은 힘을 얻었고, 커진 콧구멍과 원숭이 입으로 낌새를 채고 영국으로의 수출 가능성을 점쳤다. 프라이징은 화가 나기 시작했다. "나는 거부합니다." 그가 큰 소리로 말했다. "거부합니다. 우리들 사업에 영국 건을 끼워 넣는 것에 난 반대합니다. 나는 공중누각 같은 생각은 안 합니다. 사업을 그런 식으로 해서는 안 됩니다. 나는 근거, 사실, 수치, 그리고 잔고를 근거로 일합니다. 자, 보세요." 그가 소리치면서 앞에 놓인 서류 파일을 손바닥으로 세 번이나 두드렸다. "여기 이것을 믿어야 합니다. 나는 다른 것은 믿지 않습니다. 나는 첫날 제시한 그대로 제안합니다. 그쪽 회사에서 오늘 갑작스럽게 그 제안에 불만이라면, 그건 유감입니다."

갑작스럽게 그가 말을 중단했는데, 마치 진창을 하나 뛰어넘은 것 같았다. 소리를 지르니 모두들 놀라는군, 그 자신도 놀란 기분이었다. 이제 모두를 꼼짝 못 하게 만들어야 돼. 그가 물 한 잔을 가득 부어서 마셨는데, 탁하고 미지근하고 아무 맛도 없었다. 마치 피마자기름 같았다. 변호사 치노비츠가 희미한 미소를 보내며 분위기를 조정했다.

"프라이징 총회장님은 모범적일 정도로 양심적이십니다"라고 그가 말했다. "맨체스터와의 일을 어느 정도 고려하자는 생각은 부당한 것도, 지나친 생각도 아닙니다. 아직 문서화되진 않았지만 전망이 상당히 좋은데 왜 그 건을 저울질조차 안 해보는 겁니까! 이유가 뭔가요?"

"이유요? 내가 그 일의 책임자가 아니기 때문입니다." 프라이징이 끼어들었다. 치노비츠는 프라이징의 발을 밟고 싶은 마음이 굴뚝같았지만 그렇게 할 수 있는 상황이 아니었다. 그래서 목소리를 높이는 것으로 총회장을 눌렀다. 프라이징은 포근한 우단 의자에 앉아 더 이상 아무 말도 하지 않았다. 하마터면 그는 사실을 말할 뻔했다. 좋아, 내 말을 막는다면 고명한 사업 전문 변호사께서 한번 결과를 직접 보시지그래! 일은 틀어졌어, 라고 프라이징은 생각했다. 이미 틀어져버린 거야. 이미 죽어서 땅에 묻혔어, 계약은 완전 물 건너간 거야. 이미 끝장났어. 나는 건실한 업체, 올바른 사람이 제안할 수 있는 올바른 조건을 다 내놓았어. 그런데 세상이 원하는 것은 그런 게 아니야. 세상이 원하는 것은 조작된 활황, 요란한 소문, 급격한 등귀야, 허풍뿐이지. 쳄니츠가 내놓는 편직물, 점퍼, 스웨터, 알록달록한 양말을 좀 보라고! 총회장은 씁쓸한 기분이었다. 그 순간 그의 눈앞에는 경박한 여자애들 수준으로 세상을 공략하고 있는 상대 회사의 다양한 빛깔의 경박한 패션이 떠올랐다.

치노비츠는 연설 중이었다. 플람 1은 다시 속기 작업에 빠져들었다. 게르스텐코른과 슈바이만은 거의 듣고 있지 않았다. 그들은 머리를 맞대고 아주 무례하게 서로 소곤대고 있었다. "우리 친구 프라이징 총회장님이……" 변호사가 말을 이었다. "조금 과하게 말씀한 것 같습니다. 하지만 그분 회사가 역사 깊은 유수 기업인 버를리 앤 선과 매우 유리한 카르텔 협정을 맺는다는 말이 돌고 있습니다. 프라이징 회장이 어떻게 해야 할까요? 마치 파산 소문이 난 것처럼 방어를 하는 게 맞습니다. 물론 그건 소문에 불과하지만, 아니 땐 굴뚝에 연기 나는 법 없습니다. 사업 고문이신 게르스텐코른 같은 노사업가는 소문이 때로 확고부동하게 체결한 계약보다도 더 이상의 돈 가치가 있다는 것을 인정하실 겁니다. 프레더스도르프 사의 오래된 법률자문으로 제가 감히 말씀드리는 것은 이는 소문 이상이며, 실제로 확실한 계약 체결이 이루어질 전조가 있다는 겁니다. 죄송합니다, 프라이징 회장님, 제가 회장님처럼 단단히 입을 다물고 있지 못해서 죄송합니다. 협상이 상당히 많이 진척되었음을 부정할 이유가 없습니다. 혹시 오늘이라도 협상이 원하는 식으로 결론날 수도 있습니다. 하지만 현재까지는 변함이 없고 여러분이 갖고 계신 잔고의 수치보다 더 나쁘지 않습니다. 제 생각에 프라이징 씨가 이 일을 회사의 현 자산으로 저울에 올려놓지 않는 것은 대단히 품격 있고 세련된 일, 정말로 품격 있고 점잖은 일이라고 생각합니다. 하지만 더 이상은 접기로 하지요. 이번 일에서 여러분께 비밀까지 다 털어놓게 되어 죄송합니다."

치노비츠는 계속 '그렇지만' '그래도' '그렇다고 해도' '한편으로' 같은 유화적인 말투로 연설을 이어갔다. 프라이징은 창백해졌다. 관자놀이에서 피가 고통스럽게 흘러 백짓장처럼 창백해진 것 같았다. 치노비츠가 편지를 보여주었군,이라고 그는 생각했다. 맙소사, 이건 속임수야, 거의 사기라고 할 수 있어, '협상이 완전 무산되었음, 브레제만'. 프라이징은 생각에 잠겼다. 그가 받은 전보의 검푸른 흐릿한 글자가 눈앞에서 어른거렸다. 그는 전보가 들어 있는 회색 신사복 윗주머니에 한 손을 넣었다가 마치 달구어진 난로에서 꺼내듯 손을 얼른 꺼냈다. 내가 지금 당장 일어나서 무슨 일이 벌어졌는지 말하지 않으면 이 혼란은 끝나지 않아,라고 생각하고 그가 일어났다. 하지만 내가 입을 열면 모두 놀라 자빠져서 합병 얘기는 끝장이 나고, 그러면 나는 웃음거리가 되어 프레더스도르프로 돌아가게 돼. 이 생각에 그는 자리에 다시 앉았다. 메스꺼운 물을 다시 한 번 따라서 약처럼 넘기면서 그는 절망적이고 우유부단한 자신의 행동을 시원치 않게 얼버무렸다.

그동안 슈바이만하고 게르스텐코른은 굉장히 기분이 좋아졌다. 두 사람은 세련되고 교활한 사업가였다. 프라이징이 영국 건을 그토록 강하게 부정하고 막으려 한 일은 그들의 관심을 모았다. 그들의 예민한 코는 무언가 특별한 것, 수출, 이윤, 경쟁력 같은 것이 그 뒤에 숨어 있다는 낌새를 맡았다. 슈바이만의 커다란 오른쪽 귀에다 대고 게르스텐코른이 말했다. "다른 사람의 경우라면 저런 부정은 거의 긍정이지. 하지만 저 황소 같은 프라이징이라면 지금 진실을 말하고 있는 것인지도 몰라."

게르스텐코른이 거칠게 끼어들었다. "변호사께서 열변을 토해봤자 아무 의미 없습니다"라고 말하면서 그가 몸을 테이블 앞으로 내밀었다. "이야기를 더 진행하기 전에 프라이징 씨에게 부탁드립니다. 버를리 앤 선과의 협의가 어느 정도 진행되었는지 확실하고 명확하게 말씀해주십시오."

"거부합니다." 프라이징이 말했다.

"일을 진행시키려면 말씀해야만 합니다." 게르스텐코른이 말했다.

"그렇다면," 프라이징이 말했다. "일의 진행에서 이 이야기는 없는 것으로 해주십시오."

"그럼 버를리 앤 선과의 협력 가능성은 없는 것으로 봐야 하는 건가요?" 게르스텐코른이 말했다.

"마음대로 생각하십시오." 프라이징이 말했다.

거의 1분 동안 아무도 말이 없었다. 플람 1이 조심스럽게 속기장을 넘겼는데, 종이 넘기는 소리만이 회의실의 적막을 깨뜨렸다. 프라이징은 병든 갓난아이처럼 보였는데, 종종 총회장의 얼굴에는 당황한, 고집 센 어린아이의 모습이 나타났다. 치노비츠가 포기한 듯이 청록색 만년필로 서류 파일 표지에다 삼각형을 그렸다.

"내 생각에 더 이상 이야기하는 것은 의미 없는 일 같습니다." 드디어 게르스텐코른이 입을 열었다. "오늘은 논의를 이만 중단하죠. 나머지는 서류로 진행하도록 합시다."

그가 일어났는데, 의자가 이 멋진 회의실에 깔린 두툼한 카펫에 자국을 냈다. 하지만 프라이징은 그대로 앉아 있었다. 그는 꾸물거리면서 시가 하나를 꺼내 끄트머리를 잘라내고 불을 붙여 빨아보고는 심각하고 조심스러운 얼굴로 시가를 피우기 시작했다. 실핏줄 때문에 볼이 붉어졌다.

총회장 프라이징이 존경할 만한 인물이며 좋은 성품을 가진 사람인데다 훌륭한 남편이자 아버지로 질서와 원칙을 지키며 훌륭한 생활 태도를 잃지 않는다는 것은 의심의 여지가 없었다. 그의 삶은 제대로 정리되고 정돈되어 숨길 것이라고는 없는, 보기에도 훌륭한 삶이었다. 그것은 정리 상자와 서류 파일, 수많은 서랍과 일로 일관된 삶이었다. 프라이징이란 사람으로 말하자면 옳지 않은 일은 한 번도 해본 적이 없었다. 하지만 그에게 잘못된 부분, 그의 삶을 공격하여 보잘것없게 만드는 도덕의 작은 병균, 조그만 불씨, 착한 시민이 입은 조끼의 청결함을 더럽히는 아주 작은 오점이 있는 게 틀림없었다……

협상이 중단되는 그 순간 굉장히 고통스러워 도움과 지원을 요청해야 할 것 같았지만 그는 도움을 청하지 않았다. 시가를 꽉 물고 그가 일어났다. 손을 주머니에 대는 순간 완전히 술에 취한 사람 같았다. "유감입니다." 아무렇지도 않은 듯 그가 말했는데, 시가를 문 입에서 갑자기 아무 거리낌 없이 이 말이 튀어나온 것이 그 자신도 이상했다. "정말 유감입니다. 협상을 연기한다면 그건 끝난 거나 마찬가지입니다. 이제 그만두죠. 중단되었으니 하는 말이지만 우리는 버틀리 앤 선과의 계약을 완벽하게 성사시켰습니다. 엊저녁의 일입니다. 그 소식을 오늘 아침에 들었습니다." 그가 손을 윗주머니에서 꺼냈는데, 손에는 접힌 전보가 들려 있었다. '협상이 완전 무산되었음, 브레제만'. 선 채로 그가 거의 사기에 가까운 엄청난 거짓말을 하면서 전보를 녹색 테이블보 위에 올려놓았을 때

유치하기 그지없는, 일종의 사기 본능으로 그는 의기양양해졌다. 그들에게 한방 먹일 작정인지, 아니면 이 치욕스러운 사건에서 멋진 퇴장을 하고 싶은 것인지 그 자신조차도 알 수가 없었다. 켐니츠 쪽 두 사람 중에서 좀더 훈련이 안 된 슈바이만이 본능적으로 전보를 집으려 했다. 여유롭게, 거의 비꼬는 듯한 미소와 함께 프라이징이 손을 테이블로 내밀었다. 그가 전보를 펼쳤다가 다시 접어서 으스대는 몸짓으로 그것을 윗주머니에다 다시 넣었다. 테이블 끝에 앉아 있는 바이츠 박사는 멍한 얼굴이었다. 변호사 치노비츠는 휘파람을 높고 가늘게 한번 불었는데, 지각 있는 그의 중국인 같은 입에서 그런 소리가 나오는 것이 꽤나 이상하게 보였다.

게르스텐코른이 천식 환자의 기침 발작을 하면서 웃기 시작했다. "저런," 그가 기침을 했다. "친구, 보기보다 훨씬 노련하시군요. 아이고, 우리를 마음대로 주무르시네. 자, 이야기를 다시 한 번 해봅시다." 그가 자리에 앉았다. 총회장은 2, 3초 동안 그 자리에 멍하니 서 있었다. 마치 관절이 내려앉는 기분이었다. 이상하게도 무릎까지 맥없이 힘이 빠지자 그 역시 자리에 앉았다. 난생처음으로 그가 속임수를 쓴 것이었다. 그것도 어리석고 굉장히 바보 같은, 오래가지 못할 방식으로 속인 것이다. 하지만, 바로 그랬기 때문에 그는 많은 과오 후에 난생처음으로 다시 우위를 점하게 된 것이었다. 갑자기 그는 자신이 말을 하고 있음을, 그것도 말을 썩 잘하고 있음을 알았다. 처음 느껴보는 이상한 도취감이 그를 엄습했다. 그는 자신의 말소리를, 매우 조리 있고, 활기차고, 자신감 넘친 말소리를 들었다. 그랜드 호텔의 설립자가 유화 초상화 속에서 환하게 그를 내려다보고 있었다. 플람 1은 보송보송한 노처녀의 얼굴을 속기장에 묻고 열심히 속기를 하고 있었다. 왜냐하면 협상이 종결되어가는 이 순간이야말로 한 마디 한 마디가 중요했기 때문이었다.

그 후에도 3시간 24분이 소요된 협상 종결까지 프라이징은 새롭고, 고무된 상태에 빠져 있었다. 계약서의 게르스텐코른 서명 옆에 자신의 이름을 적기 위해 청록색 만년필을 집어 들게 되었을 때야 그는 잠깐 자신의 손이 다시 축축하고 이상하게 더러워진 것을 느꼈다……

"9시에 218호실에다 기상 알림을 해봐." 젠프가 청년 견습생 게오르기에게 말했다.

"오늘 퇴실인가요?" 게오르기가 물었다.

"무엇 때문에 나가겠어? 아니야, 계속 숙박해."

"저는, 한 번도 깨우라는 부탁을 받은 적이 없기 때문에 그렇게 생각했어요." 게오르기가 말했다.

"앞으로는 그렇게 하도록 해." 도어맨이 말했다. 이제 오터른슐라크의 작고 저렴한 객실의 전화는 정확하게 9시에 울리게 되었다.

할 일이 많은 사람처럼 서둘러 잠에서 깨어난 오터른슐라크는 그대로 누운 채 이상한 기분이 들었다. "무슨 일이지?" 그가 자신에게, 그리고 전화에게 물었다. "대체 무슨 일이지?" 그런 다음 몇 분 동안 그는 일그러진 쪽 얼굴을 호텔 베개의 거친 리넨에 누른 채 완전한 침묵 속에, 생각을 집중하면서 누워 있었다. 잠깐만, 그 사람, 크링엘라인, 불쌍한 그 사람이 있었지. 그 사람한테 인생을 한번 제대로 보여줘야 해. 그가 우리를 기다리고 있어. 그가 조찬 식당에 앉아서 기다리고 있어. "우리 이제 일어나서 옷을 챙겨 입을까?" 그가 스스로에게 물었다. "그래, 그렇게 하자." 한참 정신을 차리고 나서 그가 말했는데, 아직도 멋진 모르핀 수면제 기운이 관절 속에 남아 있는 까닭이었다. 그렇지만 그의 표정이나 옷 입는 움직임은 상당히 활기찼다. 누군가가 그를 필요로 한다. 누군가가 그를 기다리고 있었다. 한 손에 양말을 들고 침대 끝에 걸터앉아 그는 계획을 세웠다. 오늘 하루 계획을 세우는 동안 그는 마치 누군가의 여행 가이드나 멘토처럼 중요한 사람이 된 것 같았다. 218호실 곁의 창고에서 빗자루와 들통을 들고 나오던 룸 메이드는 오터른슐라크가 이를 닦으면서 서투른 노래를 부르는 소리를 듣고 의아스럽게 생각했다……

그동안 크링엘라인은 조찬 식당에 앉아 있었는데 여전히 피곤하면서도 한편으로는 흥분되었으며 이발소에서 총회장 프라이징과 싸워서 이긴 사건으로 들떠 있었다. 10분 전부터 그는 고상하고 매혹적이고 매력적인 폰 가이거른 남작과 이야기를 나누고 있었다. 가이거른은 바빴다. 그루진스카야와 함께 밤을 보내면서 진주를 못 가지고 나왔기 때문에 그는 운전기사와 낮은 소리로, 하지만 적잖이 시끄럽게 다퉜다. 그런 다음에 곧장 샤워를 하고 체력 단련을 한 다음 라벤더 식초*를 몸에 바르고 시골에서 온 70호실의 남자를 만나려고 달려왔는데, 급하게 필요한 2, 3천 마르크라도 어떻게든 구해보려는 생각이었다. 그는 드러날 정도로 행복해 보였고, 어쩔 줄 모를 정도로 조바심이 나 있었다. 그루진스카야와 헤어진 지 한 시간밖에 안 됐지만 벌써 그는 억누를 수 없는 욕망과 그리움으로 가득했다. 될 수 있는 대로 빨리 그녀 곁으로 돌아가고 싶었다. 가이거른은 이 알 수 없는 감정을 삶의 갈증을 해소하고 모든 새로운 경험을 받아들이듯이 온몸으로 받아들였다. 그는 엄청난 열정을 가지고 크링엘라인과 함께 새로운 일을 시작했다. 로켓과 같은 속도로 그는 15분 안에 확고한 신뢰를 쌓았다. 크링엘라인은 사소하고 연약

---

* 미용과 향 치료에 쓰이는 건 물론 향수로도 쓰는 식초.

하고 별 의미 없으며 죽음에 임박한 사원의 마음을 내던졌고, 가이거른은 크링엘라인이 말하지 않는 것, 표현할 수 없는 것이 무엇인지 알아차렸다. 크링엘라인이 9시 14분에 열심히 손질한 코밑수염에 묻은 마지막 계란 노른자를 호텔 냅킨으로 닦을 때 두 사람은 이미 친구가 되었다.

"저 말입니다, 남작님." 크링엘라인이 말했다. "항상 쪼들리면서, 엄청나게 쪼들리면서 살던 저 같은 사람이 운수가 좋아서 수중에 돈을 좀 갖게 되면 어떨지 생각해보십시오. 남작님 같은 분은 전혀 상상이 안 되실 겁니다. 난방비 걱정 같은 것 모르시지요? 치과에 가야 하는데 매년 미루다가 갑자기 대부분의 이를 빼게 될 때 어떤지 아십니까? 이런 얘기 그만두죠. 그제 저는 난생처음으로 캐비아를 먹어보았습니다. 웃으시는군요. 남작님께선 매일 캐비아나 뭐 그 비슷한 걸 드시겠지요. 우리 총회장님은 파티가 있으면 드레스덴에 캐비아를 주문합니다. 파운드로 날이지요. 그거 캐비아, 샴페인, 뭐 그런 물건이 인생은 아니야, 라고 남작님께선 말씀하실 수 있습니다. 하지만 인생이 뭡니까! 보십시오, 남작님, 이젠 젊지도 않고 몸도 아프니 갑자기 두려워집니다. 인생을 헛살지 않았나 하는 두려움입니다. 나는 인생을 헛살고 싶지 않습니다. 아시겠습니까?"

"헛사는 삶 같은 건 없습니다. 사는 그대로가 인생이니 그냥 살면 되는 겁니다. 지금 그대로 살면 되지요." 가이거른이 말했다. 크링엘라인이 그를, 아름답고 활기찬 젊은이를 쳐다보았다. 안경 뒤의 눈언저리가 조금 붉어진 것 같았다. "네, 남작님에게는 매 순간이 인생이지요. 하지만 우리 같은 인간에게는……" 그가 낮은 목소리로 말했다.

"이상하네요. 선생께선 인생이 마치 달아나는 기차인 것처럼 말씀하십니다. 언제부터 기차를 쫓아가고 있나요, 사흘 전부터인가요? 캐비아하고 샴페인을 손에 가졌는데 아직도 인생을 못 잡으셨나요? 예컨대 어제 선생님께선 무얼 하셨나요? 카이저 프리드리히 박물관, 포츠담, 그리고 저녁엔 극장에 가셨지요? 저런, 맙소사! 어디가 가장 마음에 드시던가요? 어떤 그림이 마음에 드셨는지요? 네? 아무것도? 그렇겠지요. 그런데 극장에서 그루진스카야는 어땠나요? 네, 그루진스카야는……" 그 이름을 입에 올리는 순간 가이거른은 아직도 순진한 소년처럼 가슴이 뜨겁게 고동쳤다. "어땠나요? 선생님을 슬프게 했을 겁니다. 너무도 시적이지요? 네, 맞습니다. 하지만 사장님, 그 모두는 인생하고 아무 상관 없습니다." (가이거른은 순전히 예의상 '사장님'이라고 불렀다. 초라하고 멋없는 크링엘라인이라는 이름이 마음에 들지 않았기 때문이었다. 그 호칭에 크링엘라인은 기뻐서 얼굴이 붉어졌다.) "보십시오, 인생이란 종종 길에 있는 저런 아스팔트 솥처럼 끓고 부글거리고 연기 나고 페스트처럼 나쁜 냄새가 멀리까지 납니다. 그런 솥에 다가가서 머리를 숙여 코를 대고 타르 냄새를 맡아보면 굉장합니다. 뜨겁고, 강렬하고, 심한 냄새가 나서 쓰러질 지경이지만, 그 안에 걸쭉한 검은 액체가 반짝이는 걸 보면 힘이 넘칩니다. 달콤하거나 상쾌한 것은 아닙니다. 캐비아라고요! 인생을 붙잡고 싶다고요? 제가 베를린의 전차 색깔을 물어보면 아마 모르실 겁니다. 잘 쳐다보지 않았기 때문이죠. 그리고 사장님, 그런 넥타이로는 인생을 결코 따라잡을 수 없습니다. 지금 그 옷으로는 행복을 느낄 수 없습니다. 아첨이 필요 없으니 솔직하게 말씀드리죠. 일에 약간 속도를 내도록 저한테 맡기신다면 선생께선 일단 양복점부터 가야 합니다. 돈 갖고 계시죠? 수표책요? 아뇨, 현금으로 챙기세요. 그동안 제가 차고에서 차를 가져오지요. 운전기사가 슈프링에로 약혼녀 만나러 간다고 해서 휴가를 주었거든요. 그래서 제가 직접 운전합니다."

크링엘라인은 차가운 바람에 귀가 에는 듯했다. (2마르크 50페니히를 주고 상가에서 산) 자신의 넥타이와 양복에 관해 남작이 언급했을 때 정말로 마음이 아팠다. 그는 부끄러워하면서 지나치게 넓은 칼라에 손을 가져갔다. "그렇습니다." 가이거른이 말했다. "안 어울립니다. 단추가 계속 눈에 거슬립니다. 그러니 인생을 맛볼 수 없지요."

"나는 옷에다 돈을 들이지 않으려고 했습니다." 크링엘라인이 웅얼거리면서 그의 장부책의 어른거리는 숫자를 생각했다. "다른 데는 돈을 잘 씁니다만 옷에는……"

"왜 옷에 돈을 쓰지 않으시나요? 그건 중요한데요."

"그럴 만한 가치가 없기 때문이죠." 크링엘라인이 나지막하게 말했는데, 빌어먹을, 바보 같은 눈물이 이미 눈에 고였다. 곧 다가올 자신의 종말을 생각하면 가슴이 미어지는 것 같았다. 가이거른이 놋마냥한 표정으로 그를 바라보았다. 크링엘라인이 죄지은 사람처럼 작은 소리로 대답했다. "그런 것은 별 가치가 없습니다. 새 옷을 입을 기회가 나한테는 별로 많이 남은 것 같지 않습니다. 늙은이에게는 그럴 일이 별로 없다고 생각합니다." 맙소사, 모두들 베로날 한 컵씩 들고 있단 말인가, 지난밤의 감미로움으로 감정이 예민해진 가이거른은 생각했다. "생각하지 마십시오." 그가 다정하게 말했다. "생각을 하지 마십시오, 크링엘라인 씨, 생각해봤자 소용없습니다. 낡은 옷은 오래 입으시면 안 됩니다. 올바른 순간에 올바른 결정을 내려야 합니다. 저로 말하면 순간의 인간이고, 그래서 잘살고 있습니다. 자, 2, 3천 마르크 주머니에 넣고 인생이 과연 즐거운지 아닌지 한번 알아보도록 하죠. 자, 나갑시다."

크링엘라인은 고분고분 일어났는데, 마치 분화구처럼 엄청난 위험 속으로 들어가는 기분이었다. 2, 3천 마르크라고, 마음은 안개 속이었다.

하루를 멋지게 보내자. 하루만. 그런데 하루에 2, 3천 마르크라니! 가이 거른을 따라 일어났지만 마음은 아직도 받아들이기를 거부했고, 조찬 식당의 벽이 눈앞에서 춤을 추고 있었다. 말끔히 닦은 부츠 속의 비틀거리는 다리로 그는 정신없이 호텔 복도를 걸어갔다. 그는 두려웠다. 그는 가이거른이, 가격이, 말끔한 양복점 주인이 두려웠다. 운전석 옆 좌석에 앉자 청회색의 자동차가 두려웠고, 인생이 두려웠다. 하지만 그것을 놓치고 싶지는 않았다. 그는 성치 않은 어금니를 깨물고 장갑을 끼었다. 그리고 행복한 하루를 시작했다.

10시 10분 전에 크링엘라인을 찾아서 라운지의 벽을 따라 한 바퀴 돌던 오터른슐라크는 도어맨에게서 편지를 전해 받았다.

"존경하는 박사님"이라고 편지에는 쓰여 있었다. "피치 못할 사정으로 오늘 약속을 지키지 못하게 되었습니다. 삼가 인사드립니다. 오토 크링엘라인."

그건 크링엘라인의 어투지만, 필체는 그의 것이 아니었다. 매끈한 부기 기록원의 글씨에 강하고 모난 필체가 섞여 있었고 i 자 위의 점은 마치 줄을 풀고 고독하게, 아무도 듣지 못하는 작고 슬픈 탁 소리와 더불어 하늘 높이 날아가려는 풍선처럼 보였다.

오터른슐라크 박사는 편지를 손에 들고 있었다. 라운지는 텅 빈 시간의 끝없는 사막과도 같았다. 그는 신문 판매대, 꽃 판매대, 승강기 앞을 지나고 기둥을 지나 항상 앉는 자리로 가서 앉았다. '끔찍하다.' 그는 생각했다. '지겹고, 참담하다.' 담배 연기에 찌든, 쇠로 만든 의수를 늘어뜨린 채 그는 보이지 않는 한쪽 눈으로 청소하는 여자를 바라보았다. 청소부는 지시를 어기고 환한 대낮에 젖은 톱밥으로 그랜드 호텔의 라운지를 쓸기 시작했다.

커다란 양복점 탈의실에 선 크링엘라인은 무척 당황스러웠다.

세련된 직원 세 명이 곁에서 그를 도왔다. 구석에 마주 세운 거울 앞으로 12명의 초라한 크링엘라인이 등장했다. 세련된 한 직원이 외투와 양복을 들고 오면 다른 세련된 직원이 바닥에 무릎을 꿇고 바짓단을 잡았고, 다른 세련된 직원이 곁에 서서 전문가다운 예리한 눈길로 고객을 바라보면서 알아들을 수 없는 말을 중얼거렸다. 가이거른 남작은 유명 배우가 확실한 어떤 인물의 초상화 아래 소파에 앉아 누비 장갑으로 손바닥을 치면서 마치 크링엘라인이 창피하다는 듯이 먼 곳을 쳐다보고 있었다.

초라한 현실이, 프레더스도르프의 경리 직원 크링엘라인의 비밀이 모습을 드러냈다. 그의 멜빵은 다 해져서 기웠는데도 다시 해져서 천을 대 볼품없이 수선한 것이었다. 너무 늘어난 조끼는 등 쪽에다 아내가 깊은 주름을 두 개나 접어 꿰매놓았다. 그는 아버지의 셔츠를 입고 있었는데 너무 커서, 너무 긴 소매에 휘둘리지 않도록 팔뚝에 고무 밴드를 하고 있었다. 셔츠에는 크기가 난로 뚜껑만 한 케케묵은 동그란 커프스를 했는데, 붉은색 에나멜의 스핑크스를 푸른색 에나멜의 피라미드 앞에다 장식한 커프스였다. 엄청 큰 그 셔츠는 두껍고 낡은 울 셔츠로, 마치 길가의 쇼윈도처럼 앞쪽에만 줄무늬 아마천을 댄 것이었다. 그는 울 셔츠 아래에 물이 빠지고 기운 울 상의를 하나 더 입고 있었다. 그 아래에는 얼룩덜룩한 고양이털을 덧댔는데, 위의 통증과 부끄러운 오한 발작을 막기 위한 것이었다. 세련된 양복점 직원들은 표정의 변화가 없었다. 크링엘라인은 차라리 그들이 자신을 놀리거나 혹은 무슨 위로의 말이라도 하는 편이 더 나을 것 같았다.

"난 유행에 신경을 워낙 안 써서요. 너무 구식이죠." 그가 애원하듯 말하면서 직원들의 차가운 사업상의 친절에 미안해했다. 그들은 마치 양파 껍질 벗기듯이 그가 입고 있던 위아래 옷을 벗기며 훑어보았다. 무방비의 크링엘라인에게는 정말로 끔찍한 일이었다. 마치 전에 수술실에 누웠을 때와 비슷하게 모두가 그의 주위에 둘러서 있었다. 이제 세 명의 직원이 그에게 옷을 입히기 시작했다.

가이거른이 신이 나서 충고를 시작했다. "그거 하세요." 그가 말했다. "그건 하지 마요." 그의 결정에는 거의 반대가 있을 수 없었다. 크링엘라인은 가격표를 힐끗 보았다. 가격표에만 계속 시선이 갔다. 그는 감히 물어볼 용기를 내지 못하다가 마침내 한번 물어보았는데 너무 놀라서 도망가고 싶었다. 탈의실은 무서운 교도관과 거울 벽으로 막힌 감방이었다. 울 내복을 다 벗은 상태였는데도 크링엘라인은 무섭게 땀을 흘렸다. 그가 벗은 옷들은 의자에 쌓여 있었는데, 폐품처럼 역겹게 보였다. 크링엘라인은 그 옷들이 갑자기 낯설게 보였다. 해지고, 냄새나고, 물 빠진 가난뱅이의 옷이 너무도 역겨웠다. 그는 갑자기 달라졌다. 돌연 그들이 입으라고 강권하는 실크 셔츠와 사랑에 빠졌다.

"아하," 크링엘라인은 마치 비밀에 귀를 기울이듯이 고개를 비스듬히 숙이고 입을 벌린 채 서 있었다. "아, 아하." 섬세한 실크 셔츠의 감미로운 감촉이 그의 피부를 휘감았다. 칼라가 잘 맞아 쓸리지도 긁히지도 않았고, 너무 넓지도 좁지도 않았다. 넥타이 역시 매끄럽고 부드럽게 그의 가슴에 떨어졌다. 그의 심장은 남몰래 즐겁게 뛰고 있었다. 강하고 약간 아프게, 하지만 편안했다. 이제 직원들이 그의 앞에 아주 조심스럽게 양말과 구두를 가져왔다. 가이거른이 고객의 건강이 안 좋다고 몇 마디 하는 바람에 직원들이 세련된 손님이 멋을 내는 데 필요한 모든 품목을 양복점 네 개의 층에서 들고 온 것이다. 크링엘라인은 자신의 발이 정말로 창피스러웠다. 발꿈치가 부어오른 발이 자신의 초라하고 비참한 인생을 그대로 보여주는 것 같아서 그는 새 양말과 구두를 가지고 구석으로 가서 등을 벽 삼은 채 서툰 솜씨로 구두끈을 매기 시작했다. 그러고 나자 직원들이 그에게 남작이 선택한 옷을 입혔다.

"사장님께선 정말 스타일이 좋으십니다." 직원 중 한 명이 말했다. "맞춤처럼 딱 맞습니다." "고칠 필요가 전혀 없네요." 두번째 직원이 말했다. "우리 고객님 중에 이렇게 늘씬하신 분은 드뭅니다." 세번째 직원이 거들었다. 그들은 크링엘라인을 거울 앞으로 밀고 가서 나무 인형처럼 한 바퀴 돌렸다.

거울에서 앞으로 나오는 바로 그 순간 크링엘라인은 난생처음 자신이 살아 있다는 생각을 했다. 그렇다. 그는 자신을 느꼈고, 마치 번개라도 맞은 것 같은 뜨거운 전율로 자신을 인식했다. 옷을 잘 차려입은, 세련된 낯선 사람이 약간 당황한 얼굴로 그에게로 다가왔는데, 낯익은 모습의 그 자신, 프레더스도르프의 초췌한 크링엘라인, 진짜 크링엘라인의 모습은 눈 깜빡할 사이에 사라졌다. 바로 그다음 순간 그의 새로운 모습은 전혀 새롭지 않았다. 변신의 기적이 일어난 것이다.

크링엘라인은 길고 힘차게 숨을 내쉬었는데, 알 수 없는 통증이 그의 몸을 위협하려는 것 같았기 때문이었다. "이 양복이 저한테 잘 맞는 것 같습니다." 그가 어린아이처럼 가이거른에게 말했다. 남작이 남은 일을 도와주었다. 크고 따스한 두 손으로 크링엘라인의 새 양복의 어깨를 어루만져주었다. "좋네요. 이 양복으로 하죠"라고 크링엘라인이 세 명의 직원에게 말했다. 그가 몰래 옷감을 만져보았는데, 옷감에 관해서라면 그가 좀 알기 때문이었다. 비록 경리 직원이었지만 프레더스도르프에서는 가능한 일이었다. "좋은 소재입니다. 제가 전문가거든요." 그가 공손하게 말했다. "최고급 영국산입니다. 직접 런던의 파커 브로스 앤 코 회사에서 들여옵니다." 눈이 찢어진 직원이 말했다. 이런 소재는 프라이징도 입어보지 못했을걸, 크링엘라인은 생각했다. 프라이징의 양복은 대개 단색의 회색 소모사(梳毛絲)로 몇 년 묵은 재고품을 매년 크리스마스 직전에 낮은 가격으로 직원들에게 내놓은 것이었다. 크링엘라인은 두 손을 깨끗한 새 양복 주머니에 넣은 채 이 양복을 사기로 결정했다.

두려움은 그대로 구매와 소유의 행복으로 바뀌었다. 처음으로 크링엘라인은 돈을 쓰는 데서 오는 아찔한 흥분을 느꼈다. 그는 일생 동안 갇혀 지내던 담을 넘은 것이다. 그는 사고 또 샀다. 가격도 물어보지 않고 계속 샀다. 실크 옷감을 쓸어보고, 모자의 테를 만져보고 조끼와 넥타이, 벨트를 해보고, 서로 색깔을 맞춰보고 마치 미식가처럼 훌륭한 배합에 감탄했다. "사장님께서 안목이 굉장히 높으십니다." 직원이 말했다. "굉장하십니다"라고 다른 직원이 말했다. "세련되고 고상하십니다." 가이거른이 미소를 띠며 서둘러 칭찬을 했다. 지루한 나머지 그는 자신의 두 손을 들여다보았는데, 오른손에는 상처가 나 있고, 왼손은 인장 반지를 선물로 줘버려서 아무것도 없었다. 혹시 어젯밤의 향기가 조금이라도 남아 있지 않을까 해서 그가 몰래 양손을 얼굴로 가져갔다. 씁쓸하고 달콤한 향기, 위험과 고요, 네우뱌다, 들에 자라는 작은 꽃……

크링엘라인은 영국제 천으로 만든 갈색의 편한 양복, 멋진 이브닝코트에 잘 어울리는 가늘고 연한 줄무늬가 있는 진회색 바지를 고르고, 단추 몇 개만 위치를 바꾸면 되는 턱시도 한 벌도 골랐다. 그는 또한 내복, 셔츠, 칼라, 양말, 넥타이, 가이거른이 입은 것과 비슷한 코트, 피렌체에 있는 회사 상표를 금빛으로 새긴, 부드럽고 놀랄 정도로 가벼운 모자를 고른 다음 마지막으로 가이거른의 것과 똑같은, 손세탁이 가능한 누비 장갑을 들고 계산대로 갔다. 계산은 일사천리였다. 크링엘라인은 단박에 수긍을 했는데, 회계 장부나 계산서에 관한 용어라면 잘 아는 까닭이었다. 그는 1천 마르크는 그 자리에서 지불했고 나머지는 할부로 계산했다. "자 됐습니다." 가이거른이 만족해서 말했다. 마술에라도 걸린 것처럼 변신한 크링엘라인의 등 뒤로 한 떼의 환송 행렬이 점포의 유리문까지 따라 나왔다. 화창하지만 추운 날이었고 공기는 시원한 포도주 같았다. 크링엘라인은 걸어가면서 그것을 느꼈다. 그는 전에는 눈에 띄지 않게 다녔다. 하지만 이제는 제대로 걸었다. 일급 양복점에서 청회색 리무진까지 세 발자국만 걸으면 되었다. 그는 새 신을 신은 발꿈치를 멋지고 화려하게 정확히 세 번 바닥에서 들었다.

"만족하죠?" 가이거른이 웃으면서 말하고 시동을 걸었다. "다르지요? 만져보셨죠?"

"굉장합니다. 대단해요. 최고급입니다." 크링엘라인이 대답하면서 그런 일에 익숙한 사람의 얼굴로 조수석에 앉았다. 그는 안경을 꺼내서 엄지와 검지로 안경테를 닦았는데, 그것은 피곤할 때 그가 흔히 하는 행동이었다.

그는 마지막 할부금을 낼 때에는 자신이 이 세상에 없을 것 같은 생각이 들었다.

가이거른은 마음이 무척이나 바빴다. 핸들을 잡은 그의 손이 바쁘게 움직였다. 교차로마다 빨강, 녹색, 노랑 불이 들어왔고 순경들은 팔을 들고 반쯤 위협적인 미소를 보냈다. 차는 집, 나무, 광고 기둥, 사람들, 모퉁이를 지나서 과일 운반차, 광고판, 조심스럽게 걷고 있는 할머니들을 지나갔다. 할머니들은 3월 중순인데 검은색 긴 스커트를 입은 채 차도를 총총걸음으로 무단 횡단하고 있었다. 태양은 노란색의 촉촉한 빛을 아스팔트로 던지고 있었다. 대형 버스가 길에 잘못 정차하자 작은 승용차가 화난 개가 짖어대듯이 두 번 경적을 울렸다.

프레더스도르프에는 아직 자동차를 타보지 못한 사람들이 꽤 많았다. 예를 들어 크링엘라인의 아내 역시 차를 타본 적이 없었다. 하지만 크링엘라인은 이제 차를 탄 것이다. 그는 입술을 꽉 다물고 팔꿈치와 어깨죽지를 뻣뻣하게 하고 있었는데 바람이 불어서 눈에서 눈물이 났다. 커브를 돌때마다 깜짝 놀라 새 셔츠 아래에서 심장이 두근두근했다. 그것은 마치 어렸을 때 미케나우 장터에서 회전목마를 탈 때처럼 아찔한 즐거움이었다. 당시 1그로셴을 내면 목마를 세 번 탈 수 있었다.

크링엘라인은 자동차 곁을 획획 지나쳐 가는 베를린을 바라보았다. 이제는 이 대도시가 상당히 낯익은 것 같았다. 멀리서도 브란덴부르크 문을 금방 알아보았고, 게데히트니스 교회에도 멀리서부터 경탄의 시선을 보냈다. "어디로 가는 건가요?" 그가 가이거른의 오른쪽 귀에다 대고 소리쳤는데, 자동차 소리가 너무 크게 느껴졌기 때문이었다. 그는 마치 우레와 태풍 속에 있는 것 같았다.

"점심 먹으러 좀 밖으로 나가는 겁니다. 아부스* 쪽으로요." 가이거른이 신이 나서 대답했다.

도로가 점점 빨라지는 속도로 차를 맞이했다. 그들은 방송탑 근처에 도착했다. 이곳은 크링엘라인이 어제 이미 오터른슐라크 박사와 함께 저녁 안개 속에서 와본 곳이었다. 너무 피곤해서 아무것도 구경할 기운이

---

* Avus: 베를린 남서부에 위치한 곳으로 자동차 경주용 트랙으로 유명하다.

없던 곳이었다. 반밖에 완성되지 않은 아주 날렵한 새 건물들이 이제 꿈처럼 다가왔고, 현실과 꿈이라는 두 개의 층이 서로 겹쳐 반은 위협적으로, 반은 비밀스럽게 앞에 놓여 있었다. "아직 완성되지 않은 거죠?" 크링엘라인이 전시관을 가리키며 물었다. "완성된 겁니다"라는 대답이 돌아왔다. 크링엘라인은 이해가 되지 않았다. 여긴 모든 것이 마치 공장처럼 썰렁하군, 하지만 프레더스도르프에 있는 공장처럼 흉측해 보이지는 않아.

"이상한 도시네요." 그가 고개를 저으면서 말하고 더 열심히 둘러보았다. 머리를 한 대 얻어맞은 것 같은 충격을 받았지만, 그건 아무것도 아니었다. 아부스의 북문에서 가이거른이 잠시 브레이크를 밟았다가 다시 달리기 시작했다. 그는 "자, 출발"이라고 말하고는 크링엘라인이 무슨 말인지 미처 알아듣지도 못한 상황에서 바로 속도를 냈다.

바람이 점점 차가워지고 점점 더 강해지더니 마침내 주먹이 얼굴을 때리듯 강하게 몰아쳤다. 엔진 소리가 점점 커졌고, 그와 동시에 크링엘라인의 두 다리에서 무서운 일이 벌어졌다. 두 다리에 바람이 가득 차서 뼈마디를 자극하는 바람에 마치 무릎이 끊어지는 것 같았다. 그는 믿기 어려울 정도로 길게 몇 초 동안 숨을 쉬지 못했고 몇 번이나 '이제 죽는구나, 이렇게 되는구나, 죽는구나'라고 생각했다.

가슴을 오그리며 그는 바람을 피했다. 차량들이 빨강, 초록, 파랑 줄을 그리며 알아볼 사이도 없이 재빠르게 스쳐 지나가고, 나무들도 코앞을 스쳐갔다. 빨강 점이 나타나 그것이 자동차가 되었다가 다시 뒤로 멀리 사라졌다. 크링엘라인은 숨을 쉴 수가 없었다. 그의 횡격막은 상상도 못한 낯선 충격을 받고 있었다. 크링엘라인은 머리를 가이거른 쪽으로 돌려보려 했지만 그러면 목이 날아갈 것만 같았다. 가이거른은 앞으로 몸을 숙인 채 운전대를 잡고 앉아 있었다. 그는 새미가죽 장갑을 끼었는데 단추를 잠그지 않고 있었다. 이유는 알 수 없어도 그것이 마음을 안정시키고 상황을 덜 위험하게 느껴지도록 해주었다. 크링엘라인은 속이 뒤집히는 것 같았다. 가이거른은 입을 꽉 다문 채 미소만 보냈다. 실타래가 풀리듯 요란하게 지나쳐 가는 아부스의 도로에서 눈을 떼지 않은 채 그가 턱으로 무언가를 가리키자 크링엘라인은 묵묵히 그곳으로 눈길을 보냈다. 크링엘라인은 바보는 아니었던지라 그가 속도계를 가리킨다는 것을 금방 알아차렸다. 작은 바늘이 부르르 떨면서 110을 가리키고 있었다.

'맙소사.' 크링엘라인은 생각했다. 그는 두려움에 가득차서 침을 삼키고 앞으로 몸을 수그려 돌진하는 자세를 취했다. 그때 갑자기 위험이 가져오는, 요란하고 놀랄 만한 새로운 즐거움이 그를 휘감았다. 그는 마음속으로 더 빨리,라고 죽음마저 불사하며 소리쳤다. 속도는 115까지 올라갔다. 곧 118까지 올라갔고, 이제 크링엘라인은 숨 쉬는 것을 포기했다. 마치 시꺼먼 어둠 속으로 휘말려 들어가다가 다른 무언가에 부딪쳐 폭발해서는 속도의 밖으로 튕겨 나갈 것 같은 기분이었다. 병원은 싫어, 차라리 머리가 깨지는 게 나아,라고 그는 생각했다. 광고벽이 차 옆으로 미친 듯이 스쳐 지나갔고, 간격이 서서히 변하더니 도로변의 회색 줄이 소나무 숲으로 보이기 시작했다. 차가 지나가면 나무가 서서히 자동차 쪽으로 다가왔다가 마치 사람들처럼 멀어져가는 것이 보였다. 마치 미케나우에 있는 아이들의 회전목마가 회전을 멈출 때와 비슷했다. 그는 이제 광고벽에서 오일, 타이어, 자동차 상표를 읽을 수 있었다. 한결 부드러워진 바람이 목으로 흘러들었다. 속도계가 60까지 내려가더니 50, 45에서 왔다 갔다 했다. 그들은 아부스의 남문을 지나 얌전히 반제*의 빌라

---

* Wannsee: 베를린 남서부에 위치한 지역으로 그곳에 있는 호수를 가리키기도 한다.

사이를 지나갔다.

"아, 이제야 마음이 좀 가라앉네." 가이거른이 말하면서 마음껏 소리 내어 웃었다. 크링엘라인은 그때까지 양손으로 누르고 있던 가죽 쿠션에서 손을 떼고 턱, 어깨, 무릎의 긴장을 풀었다. 그는 완전히 녹초가 되었는데 한편으로는 무척 행복한 기분이었다.

"저도 그렇습니다." 그가 진심으로 대답했다.

호수 건너편 어느 레스토랑의 텅 빈 유리 테라스에 앉아서 정박 중인 돛단배가 이리저리 흔들리는 것을 바라보는 동안 크링엘라인은 별말이 없었다. 지난 기억을 더듬고자 했지만, 그것이 그렇게 쉬운 일은 아니었다. 속도란 무엇인가,라고 그는 생각했다. 볼 수도 붙잡을 수도 없으니 그것을 측정할 수 있다는 것은 사기에 불과한지도 모른다. 그런데 어떻게 속도가 이렇게 마음을 파고들고, 심지어 음악보다도 더 아름다울까! 그는 세상이 아직도 그의 주변을 맴돌며 여전히 남아 있다는 것이 좋았다. 훈츠 강장제 한 병을 가지고 있었지만 그는 마시지 않았다.

"멋진 드라이브 정말 감사합니다." 멋진 드라이브에 대한 적당한 표현을 찾느라고 애쓰면서 크링엘라인이 말했다. 시금치에 계란을 얹은 저렴한 메뉴를 선택한 가이어른이 아니라는 손짓을 했다. "내가 재미있어서 하는 겁니다"라고 그가 말했다. "오늘 처음이시죠? 무언가를 처음 경험하는 사람을 만나는 것은 꽤 드문 일입니다."

"하지만 남작님도 시큰둥한 얼굴은 아니었습니다." 크링엘라인이 그럴싸한 대꾸를 했다. 그는 이제 새 양복을 입었고 실크 셔츠에도 제법 익숙해졌다. 전과 다르게 앉아 전과 다르게 먹었고, 소맷부리에서 내민 그의 야윈 손은 아침이면 호텔 지하층에서 아름다운 아가씨한테 손질을 받았는데, 그것도 마음에 들었다.

"당연히 시큰둥할 수 없죠!" 가이거른이 즐거워하면서 말했다. "아 닙니다. 절대 아닙니다. 그냥 우리 같은 사람들은 경험이 많은 거죠." 그 가 미소를 보냈다. "그렇습니다. 우리 같은 사람들에게도 처음 경험하는 묘한 일들이 일어나곤 합니다." 그가 혼자서 중얼거렸다. 아름다운 치아 를 깨물며 그는 그루진스카야를 생각했다. 자신을 필요로 하는 그녀의 부드러운 몸을 다시 품에 안고 슬픈 새와도 같은 그녀의 속삭임을 다시 듣고 싶어 그의 온몸은 말할 수 없이 초조했다. 마치 황량한 벌판에 서 있는 기분이었다.

사흘의 말미를 두었다. 속으로는 초조해서 죽을 지경이었는데, 어떡 하든 몇 천 마르크를 모아서 그 돈으로 패거리들을 진정시키고 무사히 빈으로 떠날 생각이었다. 현재로서는 크링엘라인한테 온 힘을 기울여서 상황이 좋게 풀리기를 바랄 뿐이었다.

"다음번에는 뭔가요?" 크링엘라인이 진심으로 고마워하는 눈빛으로 그를 바라보며 물었다. 가이거른은 얌전한 시골뜨기인 그가 딱해 보였 다. 마치 크리스마스 선물을 기다리는 어린아이 같았다. 가이거른의 마 음속 깊은 곳에 사람을 좋아하는 온정이 자리 잡고 있어서 그의 희생자 들은 그 덕을 많이 보았다. "이번엔 비행기죠." 유모처럼 안심시키는 말 투로 그가 말했다. "아주 신나고 전혀 위험하지 않습니다. 정해진 트랙을 운전하는 자동차보다 훨씬 위험하지 않습니다."

"그럼 아까는 위험했나요?" 크링엘라인이 놀라서 물었다. 앞서의 두 려움이 지나고 나니 이젠 재미로만 느껴졌다.

"그럼요." 가이거른이 말했다. "118킬로미터는 대단한 겁니다. 도로 가 젖어 있어서 미끄럽기 때문에 이런 날씨에는 어떻게 될지 알 수가 없 거든요. 차가 언제 어디로 미끄러질지 모르니까요. 자, 계산합시다." 웨이터 쪽으로 공손하게 몸을 돌리더니 그가 값싼 시금치 요리 값을 지불했다. 이제 그의 지갑에는 21마르크밖에 남지 않았다. 크링엘라인도 돈을 냈다. 그는 수프 몇 숟가락밖에 먹지 않았는데 이 요란하고 불안한 행사를 위가 잘 견뎌낼 수 없었기 때문이었다. 낡고 해진, 프레더스도르프의 지갑을 다시 집어넣을 때 그는 검은 유포(油布)의 현금출납부를 무시하듯 힐끗 보았다. 오늘 아침까지 그는 9년째 한 푼도 빠짐없이 출납부에 기입해왔다. 이젠 그런 것은 지나간 일이었다. 하루 오전에 1천 마르크를 지출한 것은 거기 기입할 수가 없었다. 크링엘라인 식 세계 질서의 한 부분이 무너져버린 것이다. 소리도 없고 흔적도 없이. 가이거른의 뒤를 따라 텅 빈 레스토랑을 나와 차로 가면서 크링엘라인은 새 코트, 새 양복, 새 셔츠를 입은 어깨를 기분 좋게 이리저리 흔들었다. 그가 지나가는데 모두들 고개 숙여 인사를 했다. '안녕하십니까, 총회장님.' 그는 자신이 프레더스도르프 회사 3층의 회녹색 벽에 붙어 서 있는 모습을 상상해보았다. 가이거른 곁에 앉으면서 그는 코안경을 벗고, 밝은 3월의 햇살에 맨눈을 드러냈다. 차가 출발하자 그는 사랑과 깊은 감사의 흥분된 감정을 느꼈다.

"길로 나갈까요, 아니면 다시 아부스로 갈까요?" 가이거른이 물었다.

"다시 아부스로 가요." 크링엘라인이 대답했다. "같은 속도로 가요." 그가 나지막하게 덧붙였다.

"오, 용기가 대단하십니다." 가이거른이 말하고 가속 페달을 밟았다.

"네, 저 용기 있습니다." 크링엘라인이 말하고 긴장한 몸을 앞으로 수그렸다. 그러고는 입을 벌린 채 인생을 마음껏 즐길 준비를 했다.

크링엘라인은 흰색과 빨간색이 섞인 비행장 난간에 기대서서 오늘 아침부터 펼쳐진 이 놀라운 세상에서 정신을 가다듬으려 애쓰고 있었다. 마치 수백 년 전 같은 어제, 그는 바람을 맞으며 피곤하고 지친 몸으로 꿈을 꾸듯 방송탑으로 올라갔었다. 그것은 별로 재미가 없었다. 오터른슐라크 박사의 부정적인 코멘트가 모든 것을 더욱 의심스럽고 으스스하게 만들었다. 그제로 말하자면 이제는 수천 년 전 같은데, 그제 그는 작소니아 면방 주식회사 경리실의 보조 경리로 3백 명의 초라한 직원들 중 한 명이었다. 잿빛 양복을 입고 의무적으로 의료보험에 든, 쥐꼬리만 한 월급에 목을 맨 볼품없는 초라한 직원이었다. 하지만 오늘 이곳에서 그는 상당한 비용을 지불하고 제법 규모가 큰 개인 비행을 즐기기 위해 조종사를 기다리는 중이었다. 과거 어느 때보다도 크링엘라인은 말짱하게 정신을 차리고 있었지만, 이런 생각은 정말이지 종잡을 수 없는 생각이었다.

용기가 있다는 말은 뻔뻔한 거짓말이었다. 그는 앞으로 닥쳐온 놀이에 대해 두려움과 끔찍스러운 공포를 느꼈다. 그는 비행기를 타고 싶지 않았다. 전혀 원하는 바가 아니었다. 어서 집으로 돌아가고 싶었다. 집, 그러니까 프레더스도르프가 아니라 호텔로, 마호가니 가구와 실크 이불이 있는 70호실로 돌아가 침대에 눕고 싶었을 뿐 비행기를 타고 싶은 생각은 없었다.

인생을 찾으려고 세상 밖으로 나왔을 때 크링엘라인은 인생을 안개같고 명확하지 않지만, 많은 주름과 화려한 장식에 속을 넣어 아름답게 포장한 것, 이를테면 부드러운 침대, 수북한 접시, 풍만한 여자 같은 것으로 상상했다. 하지만 이제 인생을 겪어보고 그 안으로 들어와보니 그것은 전혀 다른 얼굴을 하고 있었다. 요구가 계속 쏟아지고 사나운 바람이 귀를 에고, 한 방울의 달콤하고 황홀한 인생을 맛보려면 불안과 공포의 벽에 부딪쳐야 했다. '비행이라!' 크링엘라인은 생각에 잠겼다. 그에게 비행이라면 꿈에나 있는 일이었다. 비행에 관한 그의 꿈은 이런 것이었다. 치켄마이어 홀의 무대 위에 서서 독창을 하고 있는 그의 주변으로 합창대가 둘러서 있다. 그는 자신의 아름다운 테너 소리에 귀를 기울이고 있는데 소리는 점점 더 높아져 간다. 이상하게도 노래 부르는 것이 아주 쉬워서 힘이 하나도 들지 않는다. 그것은 쉽고 간단하며 몹시 유쾌한 놀이다. 드디어 부드러운 노래의 최고 음에까지 오른 그가 노래와 함께 날기 시작한다. 음악에 구름이 합류하자 합창단은 그를 올려다본다. 처음에 그는 치켄마이어 홀의 지붕 아래까지 떠올랐지만, 그다음부터는 혼자 날기 시작해 주변에 아무것도 보이지 않았다. 결국 그는 모두 꿈이라는 것을 알게 되었다. 그는 단정치 못하고 불만 가득한 중년의 아내 안나가 자고 있는 눅눅한 침대로 돌아가야만 했다. 추락은 끔찍했다. 꿈에서 깬 뒤 그는 공포 속에서 작은 창문이 있는 어둡고 답답한 방이며, 모기약 냄새가 나는 장롱, 물을 담은 냄비를 올려놓은 작고 꺼져가는 쇠 난로를 향해 비명을 질렀다.

크링엘라인은 눈을 깜빡였다. 그는 템펠호프의 비행장으로 다시 돌아왔다. 방송탑 주변이나 아부스와 마찬가지로 이곳도 진한 노랑, 파랑, 빨강, 녹색 같은 요란한 색깔뿐이었다. 이상하게 생긴 탑이 솟아 있고 사방이 메마르고 휑한데, 언덕 너머 아스팔트 위로 먼지 바람이 불고 있었다. 구름은 서둘러 그림자를 출발점 너머에 드리우며 지나가고 있었다. 이륙할 소형 비행기는 이미 대기 중이었다. 남자 셋이서 시동을 걸고 프로펠러를 천천히 회전시키고 있었다. 작은 바퀴 앞에는 블록이 쌓여 있고 은빛 날개가 진동했다. 다른 비행기들은 사이렌의 요란한 환영 소리를 들으며 착륙하는 중이었다(아침 7시면 프레더스도르프의 작업장에서는 그런 소리가 났다. 그렇다면 이 모두가 혹시 꿈이란 말인가?). 다른 비행기들이 뜨고 있었다. 지상에서는 무겁게, 하늘에서는 가볍게. 금속 날개를 단 은빛 비행기도 있고, 단단한 목재 날개를 단 금빛 비행기도 있었다. 대형 날개를 달고 세 개의 프로펠러를 단 흰빛의 커다란 비행기도 있었다. 비행장은 굉장히 크고 이상할 정도로 조용했다. 거기 있는 사람들 모두가 날씬하고 피부가 그을었으며 행복하고 차분해 보였다. 모두들 흰색 복장에 꼭 맞는 모자를 쓰고 있었다. 비행기 소리만 들렸는데, 들판 위로 날아가는 그 소리는 마치 커다란 개가 짖는 소리 같았다.

가이거른이 조종사와 함께 다가왔다. 조종사는 오다리를 한, 옛날 기병대 출신의 예의 바른 사람이었다. 가이거른은 이곳의 단골손님인 것 같았다. 누구나 그를 알아보고 인사를 했다. "곧 출발합니다"라고 가이거른이 알려주었다. 가이거른이 말한 '출발'이 무슨 뜻인지 경험한 적이 있는 크링엘라인은 깜짝 놀랐다. 살려줘요,라고 그는 속으로 외쳤다. 사람 살려, 난 타고 싶지 않아. 하지만 그는 점잖게 입을 다물었다. "곧 출발합니까?" 그가 사교성 있게 물었다. 그는 난생처음으로 이 말을 한 자신이 자랑스러웠다.

그러고 나서 오토 크링엘라인은 좁은 좌석의 편안한 가죽 의자에 안전띠를 매고 앉아 3월의 청회색 하늘을 올려다보았다. 그의 곁에는 가이거른이 앉아서 나지막하게 휘파람을 불었는데, 그것이 크링엘라인에게는 무서운 긴장의 순간에서 한 가닥의 위로가 되었다.

처음에는 자동차로 평탄하지 않은 길을 가는 것과 별반 다르지 않았다. 그러다가 비행기가 갑자기 지옥과도 같은 소음을 내자 돌연 땅이 뒤로 물러나고 비행기가 뜨기 시작했다. 하지만 금방 상승하지는 못했다.

그것은 크링엘라인이 꿈속에서 테너로 노래를 부르며 떠오르던 것보다 훨씬 힘들었다. 비행기는 층계를 올라가듯이 공중에서 위로 올라갔다. 올라갔다가 내려오고, 다시 올라갔다가 내려오기를 반복했다. 이번의 불편함은 시속 120킬로미터로 달릴 때 두 다리에 느꼈던 것과 달리 머릿속까지 흔들렸다. 머릿속에서 윙 소리가 나더니 캄캄하고, 멍해져서 한순간 그는 눈을 감지 않으면 안 되었다.

"멀미가 나십니까?" 가이거른이 그의 귀에다 대고 소리치며 물었다. 가이거른은 비행기 안에서 크링엘라인에게 호텔 숙박비와 빈으로 갈 여비에 쓸 5천, 아니면 3천, 아니면 1천5백 마르크라도 부탁해볼까 생각중이었다. "괜찮으세요? 이제 그만할까요?"라고 그가 공손하게 물었다. 크링엘라인이 과감하고 용감하게 거부하면서 명랑하게 아닙니다,라고 답했다. 머릿속은 윙윙거리는 상태로 그는 눈을 뜨고 덜 흔들리는 비행기의 바닥을 보다가 시선을 들어 전면의 타원형 유리창을 쳐다보았다. 거기에도 숫자와 흔들리는 바늘이 있었다. 조종사가 날카로운 얼굴을 뒤로 돌리며 마치 친구나 동료에게 하듯 크링엘라인에게 미소를 보냈다. 크링엘라인은 그의 시선을 격려와 존경으로 받아들였다.

"고도 3백 미터, 속도 180." 윙윙거리는 크링엘라인의 귀에다 대고 가이거른이 소리쳤다. 그 순간 모든 것이 갑자기 부드럽고 가볍고 매끄러워졌다. 상승을 멈춘 비행기가 금속 엔진 소리에 맞춰 동체를 평행하게 기울이더니 마침내 미니어처처럼 내려다보이는 도시 위를 새처럼 날아갔다. 크링엘라인이 용기를 내어 밖을 내다보았다.

그가 처음으로 본 것은 햇살을 받고 있는 골이 진 날개였다. 마치 살아 있는 것처럼 움직였다. 그다음에 저 아래로 시선을 돌리면 작게 네모로 나뉜 베를린이 내려다보였다. 녹색 원형 지붕, 장난감처럼 귀엽게 보이는 역도 보였다. 녹색의 동물원이 보이고, 네 개의 하얀 돛이 보이는 은회색 빛은 반제 호수였다. 삭은 세상의 변두리는 밖으로 멀리 이어져 부드러운 곡선을 그리며 솟아 있었다. 여기저기 산이 있고 숲이 있고 누르스름한 밭도 보였다. 크링엘라인은 떨리는 입술을 진정하고 어린아이처럼 미소를 지었다. 그는 날고 있었다. 해낸 것이다. 그는 기분이 좋았다. 힘이 넘치고 완전히 새로워진 기분이었다. 그날 그는 세번째로 공포에서 벗어나 행복을 느꼈다.

크링엘라인은 가이거른의 어깨를 두드리며 괜찮냐고 묻는 그의 시선에 뭐라고 대꾸했지만 그 소리는 엔진 소음에 묻혀 잘 들리지 않았다.

"괜찮습니다." 크링엘라인이 말했다. "두려워할 필요가 없네요. 정말 괜찮습니다."

이 말을 하면서 크링엘라인은 비싼 양복 값, 아부스에서의 드라이브, 비행 뿐만 아니라 전부 다, 다시 말해 다가온 자신의 죽음, 이 작은 세상에서 사라지는 것, 엄청난 두려움 가운데 죽어서 더 위로, 가능하다면 비행기가 날 수 있는 고도보다도 더 높이 사라지는 것을 생각하고 있었다.

돌아오는 길의 템펠호프 비행장 후면도로는 새 사람이 된 크링엘라인의 가슴에 남았다. 그 길은 프레더스도르프의 을씨년스러운 도로와 비슷했다. 철둑길 뒤로 굴뚝이 늘어서 있었고, 프레더스도르프에서 마무리 작업을 끝내고 귀가할 때 맡곤 했던 아교 냄새도 났다. 그는 어디서 그 냄새가 나는지 알아보기 위해 코를 벌름거렸다. 낙후된 그 길을 지나가면서 그는 어느 때보다도 더 자신이 새 양복을 입고 차를 타고 있다는 것을 느꼈다. 이 복잡한 감정을 무어라고 불러야 할지 생각해보았지만 그는 마땅한 단어를 찾을 수 없었다. 할레 성문*에 와서야 그는 다시 명랑해졌다. 거기서 그들은 30초가량 정지해야만 했다. 비행의 기분은 온몸에 아직도 조용한, 하지만 강한 쾌감으로 남아 있었다. 그가 매우 공손하게 무언가를 갈망하는 투로 물었다. "남작님은 이제 또 무얼 하실 생각이신가요?"

"이젠 일 때문에 호텔로 돌아가야 합니다. 5시에 약속이 있습니다. 함께 가시지요. 전 춤을 좀 출 겁니다."

"감사합니다. 기꺼이 따라가겠습니다. 저는 춤은 못 추지만 보는 것은 좋아합니다."

"저런, 춤은 누구나 출 수 있는 겁니다." 가이거른이 말했다.

그 말을 크링엘라인은 프리드리히 가(街)에 올 때까지 계속 생각해보았다. "그다음은요? 그다음에는 뭘 하지요?" 그가 지지치 않고 끈질기게 물었다. 가이거른은 대답하지 않고 라이프치히 가(街)의 빨간 신호등 앞에서 다음번 브레이크를 밟을 때까지 차를 몰았다. "그런데, 사장님." 멈추어 선 채로 그가 물었다. "결혼은 하셨나요?"

크링엘라인은 노란 신호가 들어왔다가 녹색 신호가 들어와 차가 다시 출발할 때까지 한참을 생각하고 나서 대답했다. "했었습니다. 결혼을 했었습니다, 남작님. 하지만 아내와 헤어졌습니다. 네. 이런 말을 해도 될지 모르지만 전 자유를 획득했습니다. 결혼 중에는 말입니다, 서로가 짐이 되고 역겨워서 쳐다보기만 해도 화가 나는 그런 결혼도 있습니다. 아침에 아내의 머리카락이 박혀 있는 빗만 봐도 하루 종일 기분이 언짢을 수도 있습니다. 물론 그건 옳지 않죠. 머리가 빠지는데 아내라고 도리가

* Hallesches Tor: 베를린으로 들어오는 사람이나 물품의 세금 징수를 위해 18세기에 지은 성문으로, 현재 베를린의 교통 요지이다.

있겠습니까! 또는 저녁에 뭐라도 읽으려는데 아내가 이야기를 늘어놓고, 계속 떠들어대기도 하죠. 아니면 부엌에서 흥얼거리기도 하구요. 노래에 관심 없는 사람이라면 그런 흥얼거림은 짜증만 불러일으키지요. 매일 저녁 지쳐서 책이라도 보려면 이럽니다. '내일 아침에 장작 좀 패요.' 패놓은 장작 한 다발 사려면 8페니히를 더 내야 하거든요. 하루 2페니히 정도 더 쓰는 건데 그건 절대로 안 된다는 겁니다. '당신은 낭비가 심해요'라고 아내가 말합니다. '당신만 믿다가 우린 다 굶어 죽어요'라고 말하죠. 장인이 가게를 가지고 있는데, 아내가 물려받을 겁니다. 난 자유입니다. 아내는 나한테 안 맞아요. 사실을 말하자면 내가 수준이 좀더 높은데, 아내는 그걸 용납할 수가 없는 겁니다. 내 친구 캄프만이 『코스모스』 잡지 과월호 5년분을 선물했는데, 아내는 그걸 폐지로 팔아버렸습니다. 14페니히를 받고 말입니다. 남작님, 여자들은 다 그렇습니다. 이제는 헤어졌습니다. 일주일 정도 지나니 어디서 혼자 무엇을 하고 지내는지 관심도 없어요. 다시 가게에 나가서 독신 공무원들에게 저녁거리로 절인 청어나 소시지를 팔고 있겠지요. 나도 그러다 그녀를 알게 되었거든요. 아마 이번에도 다시 멍청이를 하나 물게 될 겁니다. 결혼할 때 나는 정말 멍청이였습니다. 인생이 무언지 몰랐고 여자한테 무슨 문제가 있는지도 몰랐거든요. 베를린에 와서 많은 아름다운 여자들을 보니 모두가 완벽하고 예의 바르기 때문에 이제 조금씩 눈을 뜨게 되는 것 같습니다. 하지만 이젠 이미 너무 늦어서……"

마음속 깊은 곳에서 우러난 크링엘라인의 말은 라이프치히 가에서 운터덴린덴 가로 이동하는 동안 내내 이어졌다. "항상 그렇게 암담하진 않지요." 가이거른이 별 신경을 쓰지 않고 말했다. 브란덴부르크 성문 근처의 복잡한 구간을 운전하는 중인데 앞에서 신통치 않은 운전자가 차를 몰고 있었다.

크링엘라인의 말에서 나오는 궁색하고 비좁은 부엌 냄새가 그의 마음을 무겁게 했고, 3천 마르크를 빌리려던 생각을 사라지게 만들었다.

실크 셔츠를 입고 차에 앉아 있는 크링엘라인 역시 자신의 솔직한 말 중에서 일부는 주워 담고 싶었다. 그래서 그는 "자, 이제 춤추러 가죠"라고 얼른 화제를 바꾸었다. "저를 이렇게 돌봐주시니 정말 감사합니다. 저녁에는 또 무슨 일이 벌어질지 궁금합니다."

크링엘라인은 남몰래 마음속에 품은 소원을 풀 만한 대답을 기대했다. 미술관에 있는 많은 그림들과 비슷하지만 좀더 손에 쥐고 느낄 수 있는 것, 신문에서 읽은 광란의 축제 같은 것이었다. 그는 도시의 멋쟁이 남자들은 그런 곳에 들어가는 열쇠를 가지고 있을 것으로 생각했다. 오터른슐라크 박사는 어제 그를 그루진스카야의 발레 공연에 데리고 가서 여자에 대한 애매한 그의 꿈을 당당히 펼치라고 했다. 맙소사, 그런데 그건 착오야,라고 크링엘라인은 생각했다. 보기에는 아름답지만, 너무 시적이고 감동적이고 위대해서 사람을 피곤하고 졸리게 하고 마비시켜 위통까지 오게 했다. 하지만 오늘은……

"오늘 하실 수 있는 최상의 일은 체육관에서 열리는 권투 시합을 구경하는 겁니다." 가이거른이 말했다.

"나는 권투에 전혀 관심이 없어요."『코스모스』구독자의 거만함으로 크링엘라인이 대답했다.

"관심이 없습니까? 경기장에 가본 적 있으신가요? 일단 한번 가보면 관심이 생길 겁니다." 가이거른이 짧막하게 말했다.

"남작님도 같이 가시나요?" 크링엘라인이 재빨리 물었다. 드라이브와 비행을 체험한 뒤 그는 무척 기분이 좋고 신나고 힘이 넘쳐서 의욕이 앞섰지만, 남작과 헤어진다면 바로 그 순간에 마치 고무 인형처럼 쓰러질 것 같은 기분이었다.

"물론 같이 가야죠." 가이거른이 대답했다. "그런데 문제가 있네요. 제게 돈이 없거든요." 그러는 동안 그들은 동물원의 꽃망울 진 나무 곁을 지나고 있었다. 길 아래쪽으로 호텔 정문이 나타났다. 가이거른은 속도를 12킬로미터로 낮추었다. 크링엘라인에게 말할 시간을 주기 위해서였다. 크링엘라인은 가이거른의 이 우스꽝스러운 말을 열심히 곱씹고 있었다. 그들은 5번 입구에 도착해 차에서 내렸지만 아직 얘기가 끝나지 않았다. "주차장에 차를 두고 올게요." 가이거른이 큰 소리로 말했다. 크링엘라인은 뻣뻣하고 얼얼한 다리로 차에서 내려 귀퉁이를 돌아 사라졌다. 크링엘라인은 생각에 잠긴 채 회전문을 지나갔는데, 회전문의 작동이 이젠 신경 쓰이지 않았다. 돈이 없다니, 그가 생각에 잠겼다. 돈이 없다니, 어떻게 해줘야 할 것 같았다.

로나, 도어맨, 보이들, 외팔의 승강기 안내원까지 그의 외모가 달라진 것을 보고 조용히 시선을 돌렸다. 라운지는 커피 향과 사람들, 그리고 대화로 꽉 차 있었다. 시계는 5시 10분 전을 가리키고 있었다. 오터른슐라크 박사가 주변에 신문을 잔뜩 쌓아놓고 단골 소파에 앉아 멸시와 슬픔이 섞인 알 수 없는 표정으로 크링엘라인을 쳐다보았다. 크링엘라인이 그에게 다가가 손을 내밀었다. "새 사람이 되었군요." 오터른슐라크는 그렇게 말하고 손은 내밀지 않았는데 자신의 손이 차갑고 눅눅한 것 같아서였다. "용이 되셨습니다. 어딜 그렇게 돌아다녔는지 궁금하군요."

"쇼핑 좀 했습니다. 그러고는 아부스 쪽으로 드라이브 좀 했고요. 반제에서 점심을 먹고 그 뒤에는 비행기를 좀 탔습니다"라고 크링엘라인이 말했다. 오터른슐라크를 대하는 말투가 무의식적으로 조금 달라졌다.

"굉장하네요." 오터른슐라크가 말했다. "또 뭘 할 건가요?"

"5시에 약속이 있습니다. 춤추러 갑니다."

"그래요? 그다음에는?"

"그 뒤에는 체육관에 가서 권투 경기를 구경할 겁니다."

"그렇군요." 오터른슐라크가 말했다. 그는 더 이상은 말하지 않았다. 마음이 상해서 말없이 신문을 코앞으로 가져와 읽기 시작했다. 중국에서 지진이 나서 4만 명의 사망자가 났지만 오터른슐라크의 지루함을 달래기에는 부족했다.

옷을 갈아입으러 3층에 올라갔을 때 가이거른은 크링엘라인이 문 앞에서 기다리고 있는 것을 보았다.

"웬일이세요?" 그가 답답한 표정으로 물었다. 그는 이 작고 이상한 남자한테 자신이 붙잡힌 것이 이젠 슬슬 짜증이 났다.

"남작님이 저한테 농담하신 건가요, 아니면 남작님이 재정적으로 어렵다는 것이 사실입니까?"

크링엘라인이 급히 물었는데, 일생 동안 그가 한 말 중에서 가장 어려운 말이었다. 준비를 단단히 했는데도 그는 말을 좀 더듬었다.

"분명한 사실입니다, 사장님. 전 망해서 끝장 다 본 상황입니다. 주머니에 22마르크 30페니히밖에 없어서 내일은 동물원에서 목을 매야 합니다"라고 가이거른이 말하고 잘생긴 얼굴로 웃었다. "하지만 최악의 일은 사흘 안에 내가 빈으로 가야 한다는 것입니다. 사랑에 빠졌거든요. 어떤 여자한테 말할 수도 없이 깊게 빠져서 무조건 그녀를 따라가야 하거든요. 그런데 동전 한 푼 없습니다. 오늘 저녁 누가 나한테 도박 자금을 대주면 좋겠는데……"

"나도 도박할 겁니다." 크링엘라인이 황급히, 그리고 진심으로 말했다. 그는 다시 시속 120킬로미터의 흥분, 비행하던 기분 속으로 빠져들었다.

"좋습니다! 제가 체육관으로 차를 가지고 모시러 갈 테니 함께 멋진 클럽으로 가죠. 사장님께선 1천 마르크, 저는 22마르크를 걸죠." 가이거른이 말하고 방문을 닫아 문밖에 크링엘라인만 남겨두었다. 일단 그 정도면 충분했다. 그는 옷을 입은 채 침대에 몸을 던지고 눈을 감았다. 나른하고 역겨운 기분이 들었다. 5시에 '옐로 룸'에서 만나기로 약속한, 금발의 앞머리를 한 여자를 기억해보려 했지만 잘되지 않았다. 자꾸만 그 사이에 무엇인가가, 그루진스카야의 침실 탁자 위의 등, 발코니 창틀, 아부스의 도로, 비행장의 일부, 크링엘라인 씨의 해진 멜빵 같은 것이 끼어들었다. "오늘 밤엔 별로 못 자겠군." 그는 흥분되고 들뜬 마음을 가라앉히며 생각했다. 그는 캄캄한 어둠 속에서 전쟁터에서 배운 대로 3분 동안 푹 잤다. 손에 편지를 든 룸 메이드가 노크를 하는 바람에 잠에서 깨어났는데, 편지는 크링엘라인한테서 온 것이었다.

"존경하는 남작님"이라고 크링엘라인은 썼다.

남작님을 제 손님으로 접대하고자 하는 아래 서명인의 마음을 받아주시고, 동시에 동봉한 작은 액수의 금액도 빌려드리는 것으로 받아주십시오. 남작님께 좋은 일을 해드리고 싶은 제 마음을 받아주십시오. 저에게 돈은 이제 중요하지 않습니다.

삼가 부탁드립니다.
오토 크링엘라인 올림

입장권과 2백 마르크를 동봉합니다.

호텔 직인이 찍힌 봉투에는 오렌지 색깔의 권투 시합 입장권과 옆에 다 잉크로 번호를 매긴 빳빳한 1백 마르크짜리 수표 두 장이 들어 있었다. 크링엘라인의 서명에는 i 자가 빠져 있었다. 오늘 이상한 하루를 보내느라 정신이 나가서 그런 모양이었다.

회담이 끝난 뒤 라운지에 남은 프라이징은 온몸이 쑤시는 것 같았다. 모두 가계약서에 서명을 마쳤고, 치노비츠 박사는 신이 나서 행운을 빌며 사라졌다. 총회장은 큰 승리를 이루었다는 느낌, 마침내 켐니츠 사람들을 멋지게 속였다는 생각에 어지러울 정도로 기분이 좋았다. 잔뜩 긴장해서 설득한 끝에 비록 불안했지만 드디어 승리를 이룬 것이고, 이런 기쁨은 처음 경험해보는 것이었다. 호텔 시계를 쳐다보니 3시가 지난 시각이었다. 그는 회사에 전화하려고 기계적으로 전화실로 갔다. 그러고는 남자 화장실에 꽤 오래 머물면서 두 손에 온수를 흘려보내며 거울을 들여다보고 멍한 미소를 지어 보였다. 그는 반쯤 빈 식당을 어슬렁거리다가 메뉴판을 자세히 보지도 않고 음식을 주문하고 수프가 나올 때까지 조바심이 나서 별 맛도 없는 시가를 피우기 시작했다. 포도주 목록을 들여다보고 있는데 노래 한 곡이 생각났다. 베를린 어디선가부터 그를 떠나지 않는 멜로디였다. 갑자기 감칠맛 나는 달콤한 와인 생각이 났는데, 괜찮아 보이는 1921년산 바헨하이머 만델가르텐이 눈에 띄었다. 수프가 나오자 그는 소리를 내면서 먹었다. 주의를 하지 않으면 그가 종종 하는 실수로, 어린 시절에 교육을 잘 받지 못했다는 징표였다. 행복했지만 무척이나 불확실한 상황이었다. 사기, 그는 스스로 이 강렬한 단어를 띠올렸는데 이 단어는 그에게 놀라울 정도로 엄청난 자부심을 갖게 만들었다. 그가 꾸민 사기는 기껏해야 사흘밖에 버티지 못할 게 뻔했다. 굴

욕적인 상황으로 내몰리진 않더라도 사흘 안에 무슨 일이든 벌어질 것이다. 가계약서에 한 서명은 2주일 안에는 취소가 가능했다. 차갑고 자극적이고 달콤한 와인을 바싹 마른 목으로 급하게 넘기자 주변이 흐릿해지고 그 흐릿함 속에서 프라이징은 회사의 굴뚝이 세 토막으로 무너지면서 불이 나는 것을 보았다. 실제로 불이 난 것은 아니고 그가 자주 꾸는 꿈의 기억 가운데 하나였다. 보이가 웅성대는 식당 안에다 대고 "프라이징 회장님 장거리 전화입니다"라고 소리칠 때 그는 생선을 먹고 있었다. 그는 급히 포도주 한 잔을 더 마시고, 자리에서 일어나 4번 전화실로 갔다. 전등을 켜는 것을 깜빡 잊고 그는 어둠 속에서 수화기 앞에 서서 프레더스도르프에서 잘 알려진 차가운 사업가의 얼굴을 했다. 사소한 연결 장애 때문에 생기는 날카로운 휘파람 소리 같은 것이 들리더니 곧 프레더스도르프가 나왔다.

"브레제만 상무 바꾸게." 총회장이 자신의 위치에 합당한 냉랭한 명령조로 말했다. 상무가 전화를 받을 때까지 30초쯤 걸렸다. 프라이징은 그것을 모욕으로 받아들이고 구두 뒤축으로 바닥을 내리찍었다. "이제야 나타났군." 브레제만이 등장하자 그가 말했다. 브레제만이 인사하는 것이 전화 너머로 보였고, 프라이징은 그것을 정당한 예절로 수용했다. "별일 없지, 브레제만. 어제 보낸 아무 쓸모없는 자네 전보는 빼고 말이야. 아냐, 전화로는 안 돼. 나중에 이야기해. 일단 이번 일은 아무 일 없는 걸로 생각하고 행동하게, 알았지? 잘 들어, 내가 지금 노인장한테 전화할게. 주무신다고? 뭐야, 지금 깨워야 해. 그래. 그래야 해. 그래. 지금 당장, 빨리, 브레제만. 알았어. 다른 지시는 편지로 할게. 안 끊고 기다릴게……"

프라이징은 기다렸다. 그는 손톱으로 전화 받침을 긁었다. 그러고는 만년필을 꺼내 그것으로 벽을 두드렸다. 헛기침을 했는데, 또렷하게, 막을 도리 없이 심장이 요란하게 쿵쿵거렸다. 입 앞의 수화기에서는 살균제 냄새가 났다. 수화기 앞부분이 약간 부서져 있었다. 계속 만지작댔기 때문에 컴컴한데도 그것을 알 수 있었다. 그때 프레더스도르프의 노인장이 나타났다.

"안녕하시지요, 아버님? 방해해드려 죄송합니다. 회의가 지금까지 계속되었는데 결과를 당장 듣고 싶어 하실 것 같아서요. 저어, 가계약서는 서명이 끝났습니다. 네, 서명했습니다. 했습니다." (그는 소리를 지르지 않을 수 없었는데, 노인이 끈질기게 더 못 알아듣는 척 버텼기 때문이었다.) "힘들었느냐고요? 아뇨, 할 만했습니다. 감사합니다. 정말 감사합니다. 칭찬 안 하셔도 됩니다. 그런데요, 아버님, 지금 곧 맨체스터로 가봐야겠습니다. 네, 꼭 가봐야 해요. 꼭요. 저 맨체스터로 갑니다. 네. 곧 편지로 상세히 연락드리겠습니다. 네? 기쁘세요? 저도 그렇습니다. (저어, 속기사 양, 통화 곧 끝납니다.) 그럼 안녕히 계세요."

프라이징은 컴컴한 전화실에 한동안 서 있었다. 그제야 작은 전등에 불을 켤 생각이 났다. '뭐지?' 깜짝 놀라서 그는 생각에 빠졌다. '무엇 때문에 맨체스터에 가는 거지? 내가 왜 그런 생각을 했을까? 그런데 그건 맞는 얘기야. 맨체스터로 가야 해. 여기 일을 해결했으니 거기서도 일을 해결해야 돼. 맞아. 맞는 얘기야'라고 그는 생각했다. 갑자기 새로운 자신감이 솟구쳐 그는 마치 풍선처럼 솟아올랐다. 이 사소하고 예기치 않은 사기 사건은 신중하고 멋없는 직물업자를 한껏 들뜬 모험적인 사업가, 휘청거리며 기초가 약해 언제 망할지 모르는 사업가로 만들었다.

"통화 요금 9마르크 20페니히입니다"라고 교환원이 말했다. "계산서에 올려요." 프라이징이 말하고 전화실을 나오면서 다시 생각에 잠겼다. 아내한테도 전화해야 하는데,라고 속으로 생각했지만 전화를 걸지는 않았다. 아내 물레와 이야기하는 것이 이상할 정도로 싫었다. 그의 집은 주방이 이상할 정도로 더웠는데 아내가 실내가 더운 것을 좋아하기 때문이었다. 프레더스도르프 집의 주방에서 양배추 냄새가 나는 것 같았고, 낮잠을 자다가 전화 받으러 나올 물레의 둥글고 통통한 뺨에 베개의 주름이 새겨진 것이 눈앞에 생생했다. 그는 그만두기로 했다. 그는 아내에게 전화하지 않았다. 전화실을 나와서 식당으로 돌아오니 잘 훈련된 웨이터가 어느새 포도주 병을 차가운 얼음에 담가놓고, 따뜻한 새 접시를 그의 앞에 가져다놓았다.

프라이징은 식사를 하고 포도주 한 병을 다 비우고는 시가에 불을 붙였다. 관자놀이는 뜨겁고 발은 차가워진 상태에서 그는 방으로 올라갔다. 낯설지만 편안하고 몽롱한 기분이었다. 회의를 끝내고 나니 그는 완전히 비워진 느낌이었다. 따뜻한 물로 목욕하고 싶은 생각이 나서 그는 욕조에 물을 받았다. 옷을 벗기 시작하려는 순간 배가 부를 때 목욕을 하면 건강에 좋지 않다는 생각이 났다. 잠시 그는 에나멜 욕조에서 하는 목욕이 심장에 부담이 된다는 생각을 하면서 김이 나는 온수를 그냥 틀어놓고 있었다. 피곤함과 불쾌감으로 얼굴에 경련이 일었다. 얼굴을 긁다가 그는 뺨에 면도를 안 한 것을 발견했다. 마치 거창한 행사라도 하듯 그는 모자를 쓰고 외투를 입고 나서 아침부터 그를 화나게 만들었던 호텔 이발소를 피해서 신뢰가 가는 옆 골목의 이발소로 갔다.

이것은 총회장에게는 특이한 사건이었다. 원칙을 중시하는 그가 면도기를 안 가지고 여행을 갔고, 논리적인 사고를 하는 그가 상당히 의심스러운 행동을 했으며, 불운아인 그가 처음으로 성공에 도취해 외출을 한 것 등은 모두 우연처럼 보이지만 어쩐지 숙명 같기도 했다. 어쨌든 사건은 다음과 같이 진행되었다.

프라이징이 들어간 작은 이발소는 깔끔하고 첫인상이 좋았다. 네 개의 의자 중 두 개에 사람이 앉아 있었다. 곱슬머리를 한 젊은 조수가 한쪽 손님을, 주인이 다른 손님을 손질하고 있었다. 꽤 나이가 든 주인은 황제 시대 시종장의 외모와 태도를 하고 있었다. 프라이징은 세번째 의자로 인도되어 가운과 턱받이를 하고 앉았다. 잠시만 기다려주십시오. 다른 직원이 식사를 하러 갔습니다, 라는 정중한 양해의 말과 함께 한 다발의 잡지가 그의 손으로 넘어왔다. 대꾸하기 너무 피곤해서 프라이징은 작은 목받이에 머리를 기대고 향기로운 이발소의 공기를 들이마셨다. 가위질 소리에 신경을 가라앉히고 그는 잡지를 넘기기 시작했다.

처음에 그는 잡지에 별 관심이 없었고 마음에 들지도 않았다. 왜냐하면 그는 이런 식의 가벼운 내용을 담은 잡지를 전혀 좋아하지 않았으며, 건전한 내용을 충실하게 담은 책을 선호하기 때문이었다. 하지만 시간이 흐를수록 그는 점점 이런저런 우스개에 미소를 짓게 되었고, 한번은 노출 사진을 좀더 자세히 보기 위해서 페이지를 다시 되돌려서 보기까지 했다. 그러다가 면도 의자에 앉아 기다리는 내내 잡지의 한쪽 페이지만 펴놓게 되는 일까지 일어났다. 잡지 속의 그 사진을 너무도 정신없이 들여다보느라고 식사를 마친 이발소 직원이 돌아와서 면도를 시작하려고 하자 그것이 귀찮을 정도였다.

그가 마음을 뺏긴 사진은 특별한 것이 아니었다. 프라이징이 평소에 시선을 주곤 하는 잡지들에 수백 장은 실리는 그런 흔한 사진이었다. 사진에는 벌거벗은 여성이 발꿈치를 들고 자기 키보다 높은 칸막이 너머를 넘겨보고 있었다. 두 팔을 올리고 굉장히 아름다운 가슴을 아주 특이하게, 도발적으로 내밀고 있었다. 길고 가는 등에는 섬세한 근육이 눈에 띄었다. 허리는 믿을 수 없을 만큼 잘록했는데, 이 잘록한 선이 점점 벌어지면서 두 개의 부드러운 곡선으로 엉덩이와 허벅지까지 이어졌다. 여기에서 몸이 앞쪽으로 약간 틀어져 여자의 하복부에는 연하게 그림자가 져 있었고, 길게 뻗은 허벅지와 무릎은 한껏 호기심을 일으켰다. 이 엄청나게 매력적이고 보기에도 즐거운 여성의 사진엔 얼굴도 있었는데, 얼굴이야말로 이 사진 최고의 매력으로, 총회장도 아는 얼굴이었다. 그것은 코가 귀여운 플램헨의 유쾌하고 순진무구한 어린 고양이 같은 얼굴이었다. 플램헨 2의 낯익은 미소와 세련된 사진사가 조금 유별나게 만들어놓은 그녀의 고수머리가 보였다. 그녀가 세상 앞에서 완전히 발가벗고 내보인 자세는 자연스러움, 자신감, 거칠 것 없는 태도로, 프라이징의 기억에 따르면 그녀 자신이 정확하고 겸손하게 '훌륭하다'고 말했던 바로 그것이었다. 이 사진을 눈앞에 놓고 프라이징은 얼굴을 붉혔다. 갑작스러운 뜨거운 열기로 이마가 더워지고 정신이 산만해졌다. 그가 공장 전체가 떨만큼 분노의 발작을 일으켰을 때와 비슷했다. 온몸의 핏줄이 전율하고 피가 요동치는 것 같았는데, 그런 일은 오랫동안 없던 일이었다.

프라이징은 쉰다섯으로, 노인은 아니지만 이미 식은 남자, 멀어진 물레의 소극적인 남편, 다 자란 딸의 다정한 아빠였다. 그는 플람 2의 뒤에서 마음의 동요 없이 호텔 복도를 걸었으며, 피가 살짝 뜨거워지는 것 같았지만 그것은 저절로 식어버렸다. 그런데 누드 사진 앞에서 그는 다시 뜨거워지고 숨이 멎었다. "실례합니다"라고 이발사가 말하고 우아한 손놀림으로 면도기를 그의 뺨에 갖다 댔다. 프라이징은 잡지를 손에 든 채 누워서 눈을 감았다. 처음에는 붉게만 보였지만 곧 플램헨의 모습이 나타났다. 그것은 옷을 입은 채 타자기 앞에 앉은 플램헨도, 회색 사진 속 나체의 플램헨도 아니었다. 두 모습이 뒤섞인 두 플램헨이 그를 들뜨게 했다. 황금빛 육체와 끓는 피를 가진 나체의 플램헨은 가슴을 앞으로 내밀고 호기심 가득한 표정으로 칸막이 너머를 넘겨다보고 있었다.

프라이징 총회장은 상상을 많이 하는 사람은 아니었다. 하지만 그는 지금 상상에 빠지고 말았다. 오전에 전보를 테이블 위에 올려놓고 뻔뻔하기 이를 데 없는 태도로 거짓말을 한 뒤부터 그의 상상은 나래를 펴기 시작했다. 이제 그는 놀랍고도 마음을 사로잡는 상상에 완전히 사로잡혔다. 면도기가 경쾌하고 능숙하게 그의 얼굴을 면도하는 동안 프라이징은 나체의 플램헨과 전례 없고 믿을 수 없는 일을, 자신에게도 있을 수 없는 전대미문의 일을 경험했다. "코밑수염을 자를까요?" 이발사가 물었다. "아니요." 프라이징이 놀라서 물었다. "왜요?"

"끝이 하얘서 연세가 좀 들어 보이시는데, 제가 보기에 코밑수염만 없으면 10년은 젊게 보이실 것 같습니다"라고 이발사가 모든 이발사들이 거울 속에서 보내는 아첨의 미소를 띠고 낮은 목소리로 말했다. 고밑수염을 자르고 원숭이 같은 모양으로 집으로 돌아갈 수는 없어,라고 프라이징은 생각하고 거울을 쳐다보았다. 정말로 수염이 하얬고 수염 아래에는 윗입술 위로 땀이 맺혀 있었다. 이런 맙소사. (결혼 생활도 끝장이군) 하고 그는 생각했다. "좋아요. 밀어요. 코밑수염은 언제든 다시 쉽게 기를 수 있지." "네, 그럼요." 이발사가 확인을 하더니, 작업을 위해 면도 비누를 들고 왔다. 프라이징은 사진을 다시 눈앞에 들었지만 앞서만큼 흡족하지는 않았다. 보기만 하는 것은 싫었다. 그녀를 붙잡아서 만져보고 싶었다. 그는 불타오르는 플램헨을 원했다.

호텔에서는 코밑수염이 사라진 것을 모두들 알아차렸지만, 아무도 내색을 하지 않았다. 시골에서 온 투숙객이 잠시 호텔에 머물면서 이상하게 변신하는 것에 모두들 익숙했기 때문이었다. 프라이징은 급히 숨을 몰아쉬며 우편물에 대해 물었고, 곧 아내에게서 온 편지 한 통을 손에 넣게 되었다. 그는 편지를 읽지 않은 채, 관심 없이 주머니에 넣었다. 그 런 다음 전화실로 급히 갔다. 아내한테도 전화를 해야 하는데,라고 그는 생각했다. 나중에 하지. 그는 시내 통화 전화실로 들어가서 변호사 치노 비츠의 사무실로 전화를 걸어 플람 1과 짤막한 통화를 했다.

혹시 여동생이 지금 사무실에 있습니까?

지금 없는데요.

어디 있나요?

플람 1이 주저하면서 대답했다. 글쎄요, 아마 좀 늦나 봐요. 하지만 곧 호텔에 도착할 거예요.

프라이징은 바보 같은 얼굴로 수화기를 들고 있었다. 호텔에? 여기 에? 그랜드 호텔 말인가요? 무슨 일이지요?

네. 플람 1이 신중하고 조심스럽게 대답했다. 그렇게 말한 것 같아 요. 동생은 호텔에 가야 한다고, 속기 부탁을 받았다고 한 것 같아요. 하 지만 다른 약속인지도 몰라요. 정확하게 말해주지 않을 때가 많아요. 고 집이 있어서 저하고는 다르거든요. 하지만 동생은 약속 시간은 정확히 지켜요. 일을 맡으면 철저하거든요.

프라이징은 고맙다고 말하고 정신없이 전화를 끊었다. 그는 당황해 서 라운지를 지나 도어맨 데스크 쪽으로 서둘러 갔다. '옐로 룸'에서 쿵 쿵대는 음악 소리가 또렷이 들려왔다. "혹시 내 비서가 날 찾았습니까?" 그가 젠프 씨에게 물었다. 도어맨이 놀라서, 당황한 얼굴로 그를 쳐다보 았다. "네? 무슨 말씀이신가요?" "내 비서 말입니다. 어제 속기하러 왔 던 그 아가씨 말입니다." 프라이징이 짜증이 나서 대답했다. 게오르기가 끼어들었다. "회장님을 찾진 않았지만 그 아가씨 약 10분 전에 홀로 들 어갔어요. 날씬한 금발의 숙녀분 말씀이지요? 제 생각에 지금 '5시 티타

임' 모임에 계실 것 같습니다. 라운지를 지나 '옐로 룸' 말입니다. 승강기 뒤쪽 두번째 홀입니다. 지금 음악 소리가 나고 있어요."

요란하게 울리는 재즈 음악 소리를 좇아 알 수 없는 복도를 지나 아무 권한도 가질 수 없는 경박한 젊은 비서를 찾아가는 일이 회색 양복을 차려입은 총회장의 일인가? 하지만 프라이징은 그렇게 했다. 그는 탈선을, 파멸을 눈앞에 두고 있었지만 그것을 알지 못했다. 그가 아는 것은 자신의 피가 15년, 20년 만에 평소와 달리 뛰고 있다는 것, 이 감정을 어떻게 해서든지 붙잡아 그것을 가동시키려는 생각뿐이었다. 수염은 면도로 밀어냈고, 아내에게는 전화를 안 할 생각이었다. '옐로 룸'의 문을 열고 익숙지 않은 그 방의 분위기 속으로 발을 들여놓았을 때 그는 쳄니츠나 맨체스터 때문에 앞으로 겪게 될 어려운 일에 관해서는 잊고 있었다.

5시 20분, '옐로 룸'이 사람들로 넘쳐나는 시간이다. 높은 창문 앞의 구름 같은 노란색 커튼은 활짝 열려 있었고 벽에는 노란색 등이, 작은 테이블 위에도 노란 갓 아래에 노란 등이 켜져 있었다. 안은 더웠다. 환풍기 두 대가 돌아가는 가운데 실내는 시끌벅적했다. 사람들이 빽빽이 들어앉아 있었다. 홀 한가운데에서 춤추는 사람들을 위한 공간을 더 만들기 위해 작은 탁자들을 뒤로 밀어놓았기 때문이었다. 둥근 천장에는 춤을 추고 있는 사람들을 묘사한 보라색과 연회색의 그림이 그려져 있었다. 그 그림은 종종 아래에서 춤추는 사람들을 비추는 가짜 거울 같았다. 여기에 있는 것은 모두 이상하게 각이 지고 뾰족해 보였다. 춤 역시 둥글게 도는 것이 아니라 지그재그로 움직였다. 피가 끓어 플램헨을 찾아서 이곳으로 온 프라이징은 혼란스러웠다. 사람들이 전체로 보이는 것이 아니라 부분으로 나뉘어, 일종의 모던한 그림처럼 머리나 팔, 혹은 허벅지만 보였는데 그는 미칠 것 같아서 참을 수가 없었다. 그런데 이

'옐로 룸'에서 제일 중요하고 독특한 것은 음악이었다. 음악을 연주하는 무리는 흰 셔츠에 통이 좁은 바지를 입은 일곱 명의 엄청나게 신이 난 남자들로, 유명한 이스트맨 재즈 악단이었다. 그들은 미친 듯이 신이 나서 발을 구르고 엉덩이를 흔들었다. 두 대의 색소폰이 흐느끼는 가운데 다른 색소폰 두 대가 요란하고 놀리는 것 같은 소리로 음악에 재미를 더하고 있었다. 음악은 톱질을 하고 부러뜨리고 물구나무를 섰다가 살랑대고 꽥꽥대는 식으로 멜로디를 멋대로 변주하거나 뭉개기도 했다. 이 음악의 영역 안에 들어오는 사람은 누구나 마술에 걸린 것처럼 홀의 지그재그 리듬에 빠지기 마련이었다.

얼음이 든 잔을 들고 왔다 갔다 하는 웨이터들에 밀리면서 프라이징은 문 앞에 선 채 정강이가 흔들거리는 것을 느꼈다. 그래도 그는 열심히 눈으로 플람 2를 찾았다. 수염을 깎아서 젊어진 그의 윗입술은 다시 땀범벅이 되었다. 그는 손수건을 꺼내 얼굴을 닦고 손수건을 바깥 윗주머니에 꽂았다. 평소에는 만년필을 꽂아두는 주머니였다. 조금 당황한 눈길로 그는 손수건의 한쪽 끝으로 작고 멋진 삼각형을 만들어놓았다. 그렇게 함으로써 그는 그랜드 호텔의 이 즐거운 방에 들어올 자격이 있음을 보여주려는 것 같았다. 그를 신경 쓰는 사람은 아무도 없었다. 얼마든지 그 자리에 선 채로 2백 명의 젊은 여성들 속에서 한 사람을 찾아도 될 것 같았다.

"5시 10분이 되어도 안 오셔서 전 바람 맞은 줄 알았어요. 날 바람 맞혀? 두고 봐, 라고 전 생각했어요." 찰스턴 춤곡을 약간 변형시킨 춤곡에 맞춰 가이거른과 함께 춤을 추면서 플램헨이 말했다. 그 곡은 새로운 춤곡으로, 두 사람은 무릎을 요란하게 잡아당기며 완전히 하나가 되어 움직였다.

"말도 안 됩니다. 난 하루 종일 당신 만날 생각만 했습니다." 가이거른이 가볍게, 아무렇지도 않게 말했다. 플램헨보다 키가 2, 3센티미터밖에 크지 않은 그가 미소를 지으며 아기 고양이 같은 그녀의 눈을 내려다보았다. 그녀는 파란색 얇은 실크 원피스를 입고 유리를 깎아 만든 값싼 목걸이에 멋지게 재단한, 1마르크 90페니히를 주고 세일 상품으로 산 모자를 쓰고 있었다. 직업여성의 우아함을 보여주는 옷차림을 한 그녀는 충분히 매력적이었다. "나를 만날 생각만 했다는 것, 사실인가요?" 그녀가 물었다. "반은 진실이고, 반은 거짓입니다." 가이거른이 솔직하게 대답했다. "오늘 정말 지루한 날이었거든요"라고 그가 덧붙이고 한숨을 쉬었다. "노인네를 태우고 도시 안내를 했거든요. 지루해서 죽는 줄 알았슈니다."

"왜 그런 일을 하셨어요?"

"그 사람한테 내가 필요했어요."

"네에." 플램헨이 알겠다는 듯이 대답했다.

"이따가 그 사람과 춤을 좀 춰야 합니다." 가이거른이 말하고 그녀를 자기 쪽으로 좀더 가까이 끌어당겼다.

"꼭 그래야 해요?"

"네. 정말 부탁합니다. 그 사람은 춤을 출 줄 모르는데, 너무도 추고 싶어 합니다. 그 사람하고 벽을 따라 슬슬 움직이기만 하면 돼요. 부탁입니다."

"알겠어요." 플램헨이 동의했다. 두 사람은 묵묵히 춤을 추었다. 잠시 후 가이거른이 다시 한 번 그녀의 몸을 좀더 자기 쪽으로 당겼다. 여자의 등이 자신의 손에 따라 움직이는 것이 느껴졌다. 그런데 즐겁기는커녕 화만 났다. "왜 그러세요?" 플램헨이 금세 알아채고 물었다. "아뇨,

아무것도 아닙니다." 가이거른이 말했다. 그는 스스로에게 화가 났다.

"왜 그러세요?" 플램헨이 집요하게 물었다. 저 사람은 입이 정말 예뻐. 그리고 턱의 저 상처랑 묘하게 생긴 눈도 멋있어. 그녀는 가이거른에게 약간 빠진 상태였다.

"난 좀 미친 짓을 하고 싶어요. 별건 아니고요. 당신을 깨물거나 당신하고 싸우거나 아니면 박살내고 싶어요. 나 오늘 저녁에 권투 시합 보러 가는데, 거기 가면 아마 그 비슷한 걸 볼 겁니다."

"네에." 플램헨이 말했다. "오늘 권투 시합을 보러 가시는군요. 그렇군요."

"그 노인장하고 갑니다." 가이거른이 대답했다.

"만약에…… 아, 끝났네요." 음악이 끝났다. 플램헨은 서 있던 자리에서 열심히 박수를 쳤다. 가이거른은 그녀를 홀의 중심에서 작은 테이블로 데려오려고 길을 만들었다. 커피 한 잔과 함께 크링엘라인을 혼자 남겨두었던 테이블이었다. 그런데 밀리고 치이면서 반쯤 왔을 때 음악이 다시 시작되었다. "탱고예요!" 플램헨이 신이 나서 소리치면서 가이거른을 휘어잡았다. 그녀의 양손 손바닥이 그의 손바닥과 겹쳐지는 순간 간청과 허락이 범벅이 되었다. 이미 그녀의 허벅지는 애태우며 유혹하는 탱고 스텝과 하나가 되었다. 두 사람이 얼마나 멋지게 춤을 추는지 홀은 두 사람을 위해 약간의 공간을 만들어주었다. "리드를 정말 잘하세요." 플램헨이 나지막이 말했는데, 거의 사랑 고백에 가까웠다. 가이거른은 아무런 대답도 하지 않았다.

"어제와는 전혀 다르시네요." 플램헨이 조금 후에 말했다.

"네, 어제요." 가이거른이 대답했다. 마치 백 년 전요, 라고 말하는 것 같았다. "어제와 오늘 사이에 저한테 일이 좀 있었습니다"라고 그가 덧붙였다. 두 사람이 서로를 충분히 이해하고 있었기 때문에 가이거른은 어렵지 않게 플램헨에게 자신의 이야기를 할 수 있었다. 더군다나 그 순간 그는 갑자기 모든 걸 설명하고 싶은 생각이 들었다.

"어젯밤에 완전히 사랑에 빠졌습니다. 완전히 빠졌어요." 요란한 연주로 홀을 흐느끼듯 사로잡는 탱고 음악 사이로 그가 낮은 소리로 말했다. "완전히 정신이 나가고 말았습니다. 정말이지 혼이 다 빠진 것 같습니다. 그래서……"

"그런 건 별일 아니에요." 좀 실망한 플램헨이 놀리면서 말했다.

"아뇨, 별일입니다. 확 변해서 다른 사람이 되었으니까요. 이 세상에 한 여자, 그 여자 한 명뿐이고, 다른 것은 아무 의미 없어 보입니다. 그 여자 곁이 아니라면 이제 더 이상 잠을 잘 수 없을 것 같습니다. 한 방에 완전히 날아갔어요. 마치 대포에 실려서 달이나 뭐 완전히 다른 곳으로 실려 간 것 같습니다."

"그 여자가 어떻게 생겼는데요?" 플램헨이 물었는데, 그 자리에 있었다면 다른 여자도 똑같은 질문을 했을 것이다.

"어떻게 생겼느냐고요? 그녀는 늙었고, 아주 마르고 가벼워서 내가 한 손가락으로 들 수 있을 정도입니다. 여기저기 주름이 졌고 눈은 울어서 부어 있고 마치 어릿광대처럼 뒤섞인 언어로 말을 합니다. 그래서 들으면 우스워서 눈물이 날 정도지요. 그런데 이 모두가 나한테는 너무도 사랑스러워서 어쩔 수가 없네요. 진정한 사랑입니다."

"진정한 사랑요? 그런 건 없어요." 플램헨이 말했다. 그녀는 화단의 삼색제비꽃에서 종종 볼 수 있는 깜짝 놀란, 고집스러운 고양이 얼굴이 되었다.

"있습니다, 있어요. 그런 사랑이 있습니다." 가이거른이 말했다. 이 말에 플램헨은 탱고를 추다 말고 멈춰 서서 고개를 저으며 가이거른을 쳐다보았다. "정말 내단하시네요"라고 그녀가 중얼거렸다. 바로 그 순간 에로틱한 탱고 음악의 혼돈 속에서 프라이징의 눈이 드디어 그가 찾아 헤매던 모습을 발견했다. 프라이징은 화가 났지만 그래도 꿋꿋이 인내심을 가지고 이 느린 춤이 끝날 때까지 기다렸다가 전에 본 적 있는 두 남자 사이에 플램헨이 앉아 있는 테이블로 달려갔다. 이런 식의 이상한 친교가 호텔에서는 흔했다. 승강기에서 마주친 사람을 식당에서 만나고 화장실, 바에서 만나기 일쑤였다. 계속 돌아가면서 사람들을 안으로 들여보내고 밖으로 내보내는 회전문에서 서로 앞서거니 뒤서거니 하기 때문이었다.

"안녕하시오, 미스 플람." 총회장이 쉰 듯한, 당황한 나머지 불친절한 목소리로 말했다. 그는 플램헨의 의자 곁에 앉아 웨이터들이 쉽게 지나갈 수 있도록 등을 수그렸다. 플람 2는 눈을 가늘게 뜨고 생각도 못한 프라이징이 나타난 것을 알아보았다. "안녕하세요, 총회장님." 그녀가 친절하게 말했다. "춤추세요?" 그녀가 세 남자의 굳은 얼굴을 쳐다보았는데, 남자들의 그런 표정은 그녀에겐 낯익은 것이었다. "서로 아시지요?" 영화배우들한테서 보고 배운 고상한 손동작으로 그녀가 물었다. 소개는 할 수가 없었는데, 남자들의 이름을 모르기 때문이었다. 프라이징과 가이거른은 무슨 말인지 웅얼거렸고, 총회장은 한 손을 움켜쥐듯이 테이블 위에다 얹었다. 오렌지주스 잔을 얹은 쟁반이 위험하게 그의 머리 위로 지나갔다.

"안녕하십니까, 프라이징 씨." 크링엘라인이 앉은 채로 갑자기 말했다. 떨지 않고 쓰러지지 않도록, 경리실의 불쌍한 크링엘라인이 되지 않도록 너무도 긴장한 나머지 그는 등골 마디마디가 아팠다. 어깨를 펴고 입과 치아, 콧구멍까지 긴장했는데 그느라고 못된 당나귀 같은 표정이 되었다. 엄청난 순간의 절정이었다. 잘 재단된 검정 상의, 셔츠, 넥타이, 잘 손질된 손톱에서 나오는 알 수 없는 힘이 그의 의지를 북돋아주었다. 그를 거의 혼미하게 만드는 것은 프라이징이 달라졌다는 것, 회장이 낯익은 프레더스도르프의 양복을 입고 있지만 코밑수염이 없다는 사실이었다.

"죄송합니다만, 전에 만난 적이 있나요?" 프라이징이 플램헨과 연관된 이 긴장된 상황에 용서라도 구하듯이 아주 공손하게 물었다.

"물론입니다. 크링엘라인이라고 합니다"라고 크링엘라인이 말했다. "제가 근무하는 회사는……"

"아," 프라이징이 쌀쌀맞게 말을 끊었다. "크링엘라인, 크링엘라인 씨군요. 혹시 우리 회사 과장 아닙니까?" 그가 크링엘라인의 우아한 차림새를 힐끗 쳐다보고 덧붙였다.

"아뇨. 경리 직원입니다 경리실의 경리 보조입니다. C동 3층 23호실에서 근무합니다." 크링엘라인이 구체적으로, 하지만 시들하게 대답했다.

"그런가요?" 프라이징이 그렇게 말하고는 생각에 잠겼다. 그는 그랜드 호텔 '엘로 룸'에 나타난 프레더스도르프 경리 보조원의 이야기는 더 이상 듣고 싶지 않았다. "미스 플람에게 내가 할 얘기가 있습니다"라고 그가 말하고 플램헨의 등받이에 올려놓았던 손을 내렸다. "새로 타자할 일이 있습니다." 그가 사무적으로 말했는데, 그것은 특히 프레더스도르프에서 온 사람이 들으라고 한 소리였다.

"좋아요." 플램헨이 말했다. "언제가 좋을까요? 7시요? 7시 반은 어떤가요?"

"아뇨. 지금 좀." 프라이징이 명령하면서 얼굴을 닦았다. 프레더스도르프에서 온 이 인간도 상의 주머니에 손수건을, 실크로 만든 요란하고 천박한 손수건을 가지고 있었다.

"당장은 안 되는데요." 플램헨이 친절하게 대답했다. "여기서 약속이 있어요. 이분들을 여기서 기다리게 할 수는 없어요. 그리고 크링엘라인 씨하고 춤도 한 곡 춰야 해요."

"크링엘라인 씨께서 아마 양보하실 겁니다." 프라이징은 물러나지 않았다. 그것은 명령이었다. 크링엘라인은 프라이징의 굳은 입술에서 25년 경력의 부하 직원의 얼굴에서 미소를 날려 보내려는 의지를 느꼈다. 크링엘라인은 수척하고 피곤한 얼굴에서 미소를 거두었다. 그는 가이거른이 도와주고 힘을 주기를 바랐다. 남작은 담배를 입에 물고 있었는데 연기가 왼쪽 눈의 눈썹에까지 올라갔다. 남작은 마음이 통했음을 보여주는 장난꾸러기 같은 윙크를 살짝 보냈다.

"양보할 생각 없습니다." 크링엘라인이 말했다. 이 말을 하자마자 그는 밭고랑에 죽어 있는 토끼처럼 굳어졌다. 이 고집스러운 얼굴에서 프라이징은 갑자기 얼마 전까지의 크링엘라인의 모습이 생각났다.

"정말 이상한 일이군요." 그가 위협적인 콧소리로 사무적으로 말했다. "정말 이상합니다. 이제 기억이 나는군요. 회사에 병가를 낸 것 같은데, 크링엘라인 씨, 대체 무슨 일입니까? 병이 위중하다고 당신 아내가 지원금을 신청한 것으로 알고 있는데요. 월급을 주면서 6주 휴직 처리를 해주었더니 베를린에 와서 이렇게 놀고 있는 겁니까? 지금 당신은 지위나 수입하고 어울리지 않는 유흥에 빠져 있습니다. 이상한 일이네요. 정말 이상합니다. 크링엘라인 씨. 당신을 믿었는데 아무래도 당신의 장부를 자세히 검토해봐야겠군요. 이렇게 잘사는 걸 보니 당신 월급을 삭감해도 되겠습니다. 크링엘라인 씨. 아무래도……"

"자, 여러분, 여기서 싸우지 마세요. 그건 회사에 가서 하세요." 플램헨이 적개심을 지우도록 명랑한 태도로 말했다. "우린 여기 놀러 온 거예요. 자, 크링엘라인 씨, 어서 춤춰요."

크링엘라인이 일어섰는데, 무릎이 덜덜 떨렸지만 플램헨이 그의 어깨에 손을 얹자 눈에 띌 정도로 자신감을 갖게 되었다. 음악은 속도가 좀 빨라서 시속 115킬로미터의 자동차나 헬리콥터를 탄 것 같았다. 그 덕분에 25년 동안 아랫사람의 삶을 살면서 그가 벼르기만 하던 말을 내뱉을 용기가 생겼다. 플램헨에 이끌려 홀의 가운데로 나간 그가 고개를 돌려 큰 소리로 말했다. "프라이징 씨, 세상이 당신 것입니까? 당신이 나하고 다른 게 뭡니까! 우리 같은 인생은 살 권리도 없습니까!"

"아휴, 그만하세요." 플램헨이 말했다. "여긴 불평하는 데가 아니고, 춤추는 곳이에요. 이제 발을 보지 말고 제 얼굴을 보세요. 그리고 제가 리드를 할 테니 천천히 따라서 움직이세요."

"사기꾼 같으니." 프라이징이 테이블 앞에 앉은 채 화가 나서 몸을 떨면서 소리쳤다. 이 말은 담배를 피우고 있던 가이거른의 마음을 이상하게 움직여 크링엘라인에게는 일종의 동지적인 연대감을, 땀을 흘리고 있는 뚱뚱한 총회장에게는 날카로운 반감을 갖게 했다. '당신 쓴맛을 한번 봐야겠군'이라고 그는 속으로 생각했다. "불쌍한 그 친구를 그냥 좀 내버려두시죠." 그가 낮게 말했다. "얼굴 보면 갈 날이 머지않아 보입니다!"

'넌 참견 마'라고 프라이징은 생각했지만 아무 말도 하지 않았는데, 남작의 혈통이 자기보다 위인 것을 어렴풋이 느꼈기 때문이었다. "급한 용무 때문에 내가 미스 플람을 라운지에서 기다린다고 전해주십시오. 6시까지 오지 않으면 이 일을 포기하는 것으로 하겠습니다"라고 말하고 나서 그는 간단히 인사를 하고 물러났다.

플램헨은 최후통첩에 놀라 6시 3분 전에 라운지로 나갔다. 안절부

절못하며 앉아 있던 프라이징이 일어나면서 진심에서 우러나는 미소를 보냈다. 미소를 자주 보내는 사람이 아니었기 때문에 이 친절은 귀한 것이었고 놀라운 사건이었다. "왔군." 그가 바보처럼 말했다. 아까부터 그는 플램헨이 과연 올까, 하는 단 한 가지 생각에 고문을 당하는 느낌이었다. 그는 여자 경험이 별로 없는 데다 그마저도 오래전 일이었다. 물론 남자끼리의 모임이나 출장에서의 유흥에서 종종 이런 종류의 여자들하고 힘들이지 않고 잠시 바람을 피울 수 있다는 얘기를 듣긴 했지만 그는 새로운 세대의 젊은 여자에 관해서는 아는 바가 별로 없었다. 그는 플램헨을, 실크 스타킹을 신고 꼬고 앉은 그녀의 다리를, 유리로 만든 수정 목걸이를, 조금 전에 입을 내밀고 새로 칠한 그녀의 입술을 바라보면서 무심해 보이는 그녀가 자신의 의도에 찬성할지 반대할지 점쳐보았다. 플램헨이 분첩을 접고 나서 물었다. "네, 무슨 일이지요?"

프라이징은 담배를 손에 든 채 단숨에 말했다. "해야 할 일은……" 그가 말했다. "영국에 갈 일이 있는데 비서 한 사람을 데리고 갔으면 해요. 첫번째는 우편물 때문이지만, 여행에 동행자도 필요하거든. 난 굉장히 예민해요. 예민합니다." (그녀의 호감에 호소하면서 그가 힘주어 말했다.) "여행 중에 날 돌봐줄 사람이 필요한데, 무슨 말인지 알지요? 내 부탁은 믿을 만한 관계, 내가 믿을 수 있는……"

"알았어요." 그가 말을 더듬자 그녀가 조용히 말했다.

"내 생각에 여행에서 우리가 잘 어울릴 것 같아"라고 프라이징이 말했다. 어려운 설득을 끝내고 나니 심장이 쿵쾅대던 증세는 사라졌다. 하지만 원하기만 하면 모든 거래를 즉석에서 성사시키는 플램헨을 보면서 안됐다는 생각이 좀 들었다. "작년에도 어떤 남자분과 여행을 했다고 하기에, 그래서 같이 가주면 어떨까 생각을 한 건데, 같이 가주겠소?"

"생각 좀 해봐야겠어요." 그녀가 말했다. 플램헨은 족히 5분은 생각하는 것 같았다. 그녀는 생각에 잠긴 얼굴로 손에서 놓지 못하는 담배를 빨아들였다.

"영국이죠?" 그녀가 물었다. 황금빛 피부가 좀 탁해 보였는데, 아마 조금 창백해졌기 때문일 것이다. "전 영국에 가본 적이 없어요. 며칠이나 걸리나요?"

"글쎄, 지금은 정확히 말할 수 없는데, 상황을 봐야 해. 그곳 용무가 잘 처리되면 2주 정도 휴가를 내고 그 뒤에도 영국에 그대로 있거나 아니면 파리로 가도 될 것 같아."

"좋아요. 그렇게 하죠. 편지에서 본 적이 있어서 그 일은 좀 알아요." 플램헨이 확실하게 대답했다. 긍정적인 성격이야말로 그녀가 살아가는 기본적인 힘이었다. 자신의 사업에 관해 그녀가 알고 있고 또한 성공을 예언하고 있다는 사실에 프라이징은 힘이 나고 감동받았다. "하지만 액수에 관해 말을 해줘야 해."

이번에는 플램헨의 대답이 나올 때까지 시간이 좀 걸렸다. 계산을 해봐야 할 게 무척 많았기 때문이었다. 지금 막 시작된 잘생긴 남작과의 연애를 포기해야 하고, 프라이징의 육중한 50년, 그의 지방(脂肪), 답답한 숨소리도 참아야 한다. 하지만 그녀에게는 내야 할 할부금들이 남아 있었다. 새 옷, 멋진 구두. 파란색 구두 할부금은 곧 끝날 참이었다. 게다가 영화에서 새로운 일을 얻고 평가를 받는 데 들어갈 돈이 기본적으로 필요했다. 플램헨은 이번 제안을 냉정하게, 감상에 빠지지 않고 생각해보았다. "1천 마르크요"라고 말했는데, 그녀가 보기에 좀 많아 보였다. 요즘은 아름나운 여지들의 밤믿에 놓여야 할 액수에 관해서 환상 같은 것이 없었기 때문이다. "그리고 여행할 때 입을 옷 살 돈도 조금 필요해요." 평소와는 달리 그녀가 약간 수줍어하면서 말했다. "제가 멋있게 보이는 게 좋으시잖아요."

"멋있게 보이려면 옷 필요 없지. 그 반대거든." 프라이징이 몸이 달아서 말했다. 멋지게 대답했다고 그는 생각했다. 플램헨은 애잔한 미소를 보냈는데, 활짝 핀 삼색제비꽃 같은 그녀의 얼굴이 좀 어색해 보였다.

"자, 그럼 이야기 끝난 거요." 프라이징이 말했다. "난 여기서 내일 할 일이 좀 있고, 우리가 여권 문제도 해결해야 하니 모레 출발하면 될 것 같은데, 영국 좋아하나?"

"굉장히 좋아해요." 플램헨이 말했다. "그럼 제가 내일 타자기를 들고 와서 일을 하도록 하죠."

"오늘 저녁에는? 괜찮으면 오늘 저녁에 함께 극장에라도 가면 어떨까? 계약을 축하하면서 포도주라도 한잔 해야지, 어때?"

"오늘요?" 플램헨이 말했다. "좋아요. 오늘 저녁 좋아요." 그녀가 이마의 고수머리를 훅 불더니, 다 피운 담배를 재떨이에 던졌다. '옐로 룸'에서 음악 소리가 아주 똑똑히 들렸다. 전부 다 가질 수는 없어, 라고 그녀는 생각했다. 1천 마르크. 새 옷. 그리고 런던도 무시할 수 없지. "언니한테 전화 좀 할게요"라고 그녀가 말하고 일어났다. 프라이징이 뜨겁고 열정적인 파도에 정신없이 휩쓸려 그녀의 뒤를 따라가면서 조심스럽게 그녀의 양쪽 팔꿈치를 잡자, 그녀가 팔꿈치를 몸에 밀착시키며 그의 품 안으로 들어왔다.

"나한테 잘해줄 거지?" 그가 다정하게 물었다. 그러자 플램헨이 빨강 카펫을 내려다보며 그에 못지않게 다정하게 대답했다.

"재촉하지만 않으면요."

카레이서, 비행사, 승리자인 크링엘라인은 이제 새로운 삶의 날을 열심히 보내고 있었다. 그는 마치 생사를 넘나들며 공중제비를 넘는 위험천만한 곡예사 같았다. 거꾸로 서서 위험 속으로 들어간 그는 이제 자신의 통제를 넘어서는 한계선까지 나아가는 수밖에 없었다. 돌아서는 것은 추락을 의미하니 앞이든, 아래든, 위든, 어디가 됐든 방향도 모른 채 나아가는 수밖에 없었다. 떨어지는 작은 혜성이 된 그는 머지않아 원자로 분해될 처지였다.

자동차는 다시 카이저담을 따라 요란하게 달리고 있었다. 이제 그들은 젊은 베를린의 중심에 와 있었다. 방송탑이 회전하면서 시내의 구역을 환하게 토막 내고 있었다. 체육관 앞은 검은 무리의 사람들로 넘쳐났는데, 모두들 마치 벌통 앞에 모여든 벌 떼처럼 열심히 웅웅대고 있었다. 크링엘라인은 실내가 그렇게 넓은 체육관도, 한 장소에 그렇게 많이 모인 사람들도 전에는 본 적이 없었다. 탑처럼 앞장서서 가고 있는 가이거른을 따라 그는 밀려서 자기 자리로 들어갔다. 환한 앞좌석, 완전이 다 드러나게 조명이 환한, 1만 4천의 시선이 모이는 링의 바로 앞좌석이었다. 가이거른이 설명을 많이 했지만 크링엘라인은 전혀 이해가 되지 않았다. 그는 두려웠다. 정말로 그는 두려웠는데, 피, 싸움, 거친 행동을 볼 수 없기 때문이었다. 괴로운 마음으로 그는 전쟁 때 야전병원의 의무병 시절을 기억했다. 다른 곳에는 쓸모가 없었기 때문에 그는 그곳으로 파견되었다. 링 위로 근육질의 남자들이 올라와 가운을 벗고 단단한 근육을 보여주자 그는 놀라서 바라보았고, 장내 아나운서의 우렁찬 목소리에 다른 사람들이 박수를 치자 함께 박수를 쳤다. 너무 심하면 고개를 돌리면 돼, 첫 라운드가 시작되자 그는 생각했다. 하지만 코가 휘어진, 마른 두 복서는 링 위에서 장난만 하고 있는 것 같았다. 고양이 새끼들처럼 싸우네, 그가 중얼거리고 마음이 가벼워져서 미소 짓기 시작했다. 가이 거른이 너무 진지하게 긴장하고 있는 것이 그는 이상했다. 체육관은 조용했고 복서들도 마찬가지였다. 가끔씩 조심스럽게 코로 숨 쉬는 소리만 들릴 뿐, 복싱화를 신고 춤추듯 움직이는 발은 거의 아무 소리도 나지 않았다. 그러다가 적막 속에서 둔탁하게 툭 하고 치는 가죽 소리가 났고, 그 순간 긴장감이 체육관 이 끝에서 저 끝까지, 뿌연 허공 속에서 수천의 얼굴이 내려다보고 있는 관중석에까지, 지붕 버팀목 아래에까지 넘쳤다. 한 방 더 갈겨,라고 크링엘라인은 생각했다. 타격을 가하는 소리가 달콤하고 들뜬 만족감으로 그를 가득 채웠지만, 곧 다시 갈증으로 이어졌다. 공이 울리자 사람들이 양동이, 의자, 스펀지, 수건을 들고 로프를 넘어 링 안으로 들어갔다. 복서들은 코너에 앉아 숨을 내쉬었는데, 마치 사냥당한 짐승처럼 혀를 늘어뜨리고 있었다. 사람들이 그런 선수들에게 물을 뿌려주었다. 선수가 물을 마시는 것은 허용되지 않았다. 크링엘라인이 있는 아래에까지 물이 튀었다. 그는 외투에 떨어진 물방울을 코너에 있는 복서와의 이상한 연대감을 가지고 털어냈다. 공이 다시 울렸다. 곧 게임을 위해서 링 위가 밝아졌다. 체육관 안의 웅성대는 소리가 멈추고 사람들이 긴장했다. 주먹이 계속 오갔다. 관중석이 소란스러웠다. 적막, 그리고 타격. 한쪽 선수의 눈 위에서 피가 흐르기 시작했지만 그는 웃고 있었다. 한 대, 또 한 대, 숨을 헐떡이기 시작했다. 크링엘라인은 외투 주머니 속에서 단단히 쥔 주먹이 마치 낯선 딱딱한 물체처럼 느껴졌다. 공이 울렸다. 링의 코너에서는 다시 소동이 일었다. 손수건으로 부채질을 하고 가볍게 두드리고 마사지를 했다. 복서의 몸은 땀범벅이 되었다. 아래에서 쳐다보는 사람들의 얼굴은 모두 조명 때문에 퍼렇고 차가워 보였다. 사람들은 의자에서 일어나 흥분해 소리쳤다.

"이제부터 진짜 시작입니다." 3라운드가 시작되자 가이거른이 말했다. 흥분되는 사건에 앞서 가이거른이 보낸 이 신호에 크링엘라인은 약간 소름이 끼쳤다. 크링엘라인은 양쪽 복서가 구별이 안 되었는데, 두 사람 모두 코뼈가 부러졌기 때문이었다. 그는 중간 휴식 시간에만 자기 쪽 코너의 복서를 편들 수 있었다. 링 위의 두 복서들은 이제 서로 마구 공격을 하고 있었다. 서로 엉키기도 했는데, 때로 화가 나서 내키지 않는 포옹을 하는 것처럼 보였다. "떨어져라." 1만 4천의 목소리가 소리를 질렀다. 크링엘라인도 소리쳤다. 갈겨, 어서 갈겨. 하지만 두 사람은 로프에 기대 비틀거리기만 했다. 그는 가죽장갑이 몸을 때리는 그 둔탁한 소리를 한 번 더 듣고 싶었다.

"블링스가 그로기 상태라 오래 못 버티겠어." 가이거른이 중얼거렸는데, 위로 올라간 윗입술 아래로 건강한 그의 치아가 보였다. 링 위에서는 흰색 실크 셔츠를 입은 심판이 피 흘리는 근육질 선수 사이에 계속 끼어들면서 두 사람을 떼어놓았다. 말을 잘 듣는 두 사람이 크링엘라인의 눈에는 착해 보였다. 그는 '그로기 상태'라는 복서에서 눈을 떼지 않고 있었는데, 그 전문용어는 거의 끝장났음을 스스로 의식하지 못한다는 뜻으로 들렸다. 그 사람, 블링스는 오른쪽 눈에 마치 과일처럼 퍼런 혹이 달려 있었다. 등과 어깨가 피투성이였고 자꾸만 심판의 발 앞에다 피를 뱉었다. 그는 허용된 높이보다 더 낮게 몸을 숙이고 있었는데, 복싱을 잘 모르는 크링엘라인에게는 굉장히 비겁해 보였다. 블링스가 한 대 얻어맞을 때마다 크링엘라인은 동물적으로 날것 그대로의 흥분을 느끼며 피가 끓었다. 보고 있는 것만으로는 부족했다. 선수가 주먹에 맞을 때마다 그는 만족스러운 신음 소리를 냈고 입을 벌린 채 머리를 앞으로 내밀면서 다음번 타격을 기다렸다. 그때 공이 울리고 휴식 시간이 되었다.

7라운드에서 블링스는 녹다운되었다. 앞으로 쓰러져서는 바닥을 구르더니 그대로 누워 있었다. 체육관의 2만 8천 개의 손이 박수갈채를 보냈다. 크링엘라인은 자신이 목이 쉬도록 소리치고 미친 듯이 박수를 치는 것을 느꼈다. 실크 셔츠의 남자는 쓰러진 블링스를 내려다보면서 망치처럼 보이는 한쪽 팔로 카운트를 했다. 블링스는 얼음판에 넘어진 말처럼 한번 움직였는데, 결국 일어서지 못했다. 체육관 안에서는 다시 환호성이 일었다. 사람들이 로프를 넘어 링으로 올라가 승리한 선수와 포옹하고 입을 맞추었으며, 마이크에서는 환성이 울렸고 관중석은 열광 상태였다. 블링스가 질질 끌려 나가자 크링엘라인은 힘이 빠져 딱딱한 의자에 주저앉았다. 너무 긴장을 했는지 어깨와 팔이 아팠다.

"어이구, 정말 열심히 응원하시네요." 가이거른이 그에게 말했다. "재미있지요?"

크링엘라인은 수천 년 전 같은 어제저녁을 회상했다. "이건 어제 본 그루진스카야 발레하고는 전혀 다르네요"라고 그가 대답했다. 안됐다는 심정으로 그는 텅 빈 극장, 귀신처럼 슬프게 회전하는 요정들, 달빛 속에 쓰러진 비둘기, 오터른슐라크가 보내던 열의 없는 박수를 생각했다.

"아, 그루진스카야 말이군요." 가이거른이 말했다. "네, 전혀 다르지요." 그가 빙그레 웃기 시작했다. "그루진스카야는 치치가 너무 많죠"라고 그가 말했다. 그 순간 프라하의 드레싱 룸에 앉아 쉬고 있을 그녀의 모습이 눈앞에 떠올랐다. 그녀가 지난밤에 피곤했을 텐데, 그래도 젊고 용감했다고 그는 생각했다.

"이 경기는 별것 아닙니다. 진짜는 곧 시작됩니다"라고 그가 크링엘라인에게 말했다. 이 말에 크링엘라인은 반가웠다. 그 역시 무언가 더 있을 것이라고 생각했다. 더 위협적인 주먹, 더 요란한 신음과 더 열광적인 감동이 있을 것 같았다. 계속해,라고 그는 생각했다. 계속해, 어서 시작해.

경기가 계속되었다. 두 거인이 링에 나타났는데, 한 사람은 백인이고, 다른 사람은 흑인이었다. 흑인은 키가 크고 날씬했으며 부드러운 피부가 은빛 조명을 반사하고 있었다. 백인은 어깨가 떡 벌어지고 근육이 울퉁불퉁한 데다 얼굴이 동물처럼 사각이었다. 크링엘라인은 당장에 흑인을 응원하게 되었다. 관중 모두가 흑인을 응원했다. 마이크에서 소개의 말이 울렸고, 시합을 위해서 완전한 적막이 흘렀다. 그리고 아까와 마찬가지로 경기가 시작되었다. 주고받는 단발 주먹, 발놀림, 머리를 숙이고 재빨리 가하는 공격, 날쌔게 뒤로 물러나기, 백인과 흑인의 몸이 서로 엉킨 채 이루어지는 공격, 사랑할 때처럼 뜨겁고 진지하게, 한 방, 한 방, 또 한 방, 그사이 숨 돌리기 위한 휴식. 3분 경기, 1분 휴식, 3분, 1분, 15회, 1시간, 3분 경기, 1분 숨 돌리기. 그런데 이번 경기는 달랐다. 더 빠르고, 더 격렬했다. 갑자기 흑인이 쓰러졌고, 백인이 마치 불길처럼 활활 타오르며 미친 듯이 공격을 했다.

크링엘라인은 녹초가 되었다. 그는 이제 혼자가 아니었다. 더 이상 그는 부서질 것 같은 몸 안에 머물러 있지 않았다. 크링엘라인은 1만 4천 관중 가운데 한 사람이었다. 체육관에 있는 많은 사람 중 한 사람, 퍼렇게 비틀린 많은 얼굴 중 하나였고, 그의 외침은 모두가 동시에 내지르는 엄청난 외침과 뒤섞였다. 남들이 숨 쉬면 그도 숨 쉬었고, 체육관 전체가 복서와 함께 헐떡이면 그 역시 숨을 멈추었다. 귀는 뜨겁고, 주먹을 꽉 쥔 채, 입술은 마르고, 위장은 얼어붙었다. 쉬어버린 목구멍으로 그는 뜨겁고 달콤한 침을 삼켰다. 갈겨, 어서 갈겨!

마지막 두 라운드에서 크링엘라인의 흑인이 우세한 경기를 펼쳤다.

혹인의 가죽 글러브가 백인의 근육을 계속 내리치며 공격했고, 상대는 양팔을 벌린 채 로프에 두 번 기댔다. 두 복서는 정신이 나간 사람처럼 미소 지었다. 그들은 마치 기계처럼 숨을 헐떡였다. 마지막 라운드는 체육관 전체가 계속 소리를 지르고 발을 구르는 가운데 진행되었다. 크링엘라인 역시 소리치며 발을 굴렀다. 공이 울렸다. 마침내 경기가 끝났다. 크링엘라인은 땀으로 범벅이 되어 자리에 쓰러졌다. 마이크가 조용하더니, 곧 안내 방송이 나왔다. 백인의 승리였다.

　"뭐야? 뭐냐고? 말이 안 돼!" 크링엘라인이 소리쳤다. 1만 4천의 목소리와 함께 외치면서 의자 위로 올라갔다. 모두들 의자 위로 올라가서 소리쳤다. "사기다, 사기야!" 홀 전체가 미쳐 날뛰었다. 크링엘라인은 미칠 것 같았다. 계속, 계속해, 계속하라고, 계속해라. 관중석이 날뛰고 휘파람 불고 괴성을 질렀다. 불만에 싸인 관중석의 먼지와 연기, 아우성 속에서 목재 관중석은 부서질 것 같았다. 로프에 기대 조명을 받고 있는 복서는 글러브를 낀 채 두 손을 흔들면서 사진 찍을 때처럼 미소 짓고 있었다. 홀 안에는 비가 쏟아졌다. 상자, 담뱃갑, 오렌지, 유리컵, 병이 날아갔다. 깨끗하던 링은 순식간에 쓰레기로 가득했고 휘파람 부는 시끄러운 소리는 천장에까지 닿았다. 뒷좌석에서는 싸우는 사람들까지 있어서 마치 1만 4천 명이 소동을 일으킨 것 같았다. 머리가 무겁고 답답했지만 크링엘라인은 그걸 전혀 느낄 수가 없었다. 크링엘라인은 주먹을 쥐고 있었다. 그는 달려들어 싸워서 부당한 심판을 때려주고 싶었다. 그는 가이거른을 돌아보았다. 가이거른은 링의 맨 앞에 서서 웃고 있었다. 마치 봄비를 맞고 있는 사람처럼 반은 목마르게, 반은 만족스럽게 웃고 있었다. 그의 감정에 녹아든 크링엘라인은 갑자기 웃고 있는 이 남자에게 뜨거운 애정을 느꼈다. 가이거른은 거기 선 모습 그대로 인생 그 자체로 보였다.

가이거른이 크링엘라인을 붙잡아 광분에 휩싸인 체육관에서 데리고 나왔다. 따뜻하고 단단한 방패로 보호받듯이 크링엘라인은 그의 뒤를 따라나왔다.

그들은 계속 돌아다녔다. 수천 개의 주변 불빛 때문에 벽이 희게 보이는 게데히트니스 교회를 지나 미끈한 아스팔트에다 반짝이는 바퀴 자국을 내면서 그들은 달려갔다. 타우엔치엔 가에서는 불을 밝힌 쇼윈도 때문에 사람들이 모두 꺼멓게 보이더니, 바이에른 구역*의 가로수 아래를 지날 때는 갑자기 조용하고 어두워졌다. 자갈, 산울타리, 가로등이 보이는 작은 놀이터에는 어둠이 깃들었다. 차는 계속 달렸다.

도박 클럽이었다. 구식 베를린 가옥의 커다란 홀을 클럽으로 개조한 곳이었다. 벽지를 덧댄 벽에서는 남자들 냄새가 뒤엉켜 났다. 턱시도 차림의 남자들이 조용히 움직이고 있었다. 인사가 오갔다. 타일을 붙인 탈의실에는 외투가 많이 걸려 있었다. 크링엘라인은 짙은 양복을 입은 창백하고, 마르고 세련된 이 사람들을 알고 있었다. 그 자신처럼 숱이 없는 머리를 이마에서 쓸어 올리는 사람들이었다. 거울 속에서 자신을 마주 보는 일은 그를 놀라게 했다. 난 정말 많이 참아왔어, 라고 그는 생각했다. 그는 친구 노타르 캄프만을 잠깐 생각했는데 마치 그를 꿈에서 만난 것 같은 기분이었다. 잡담하며 술을 마시는, 스탠드 램프와 벽난로가 있는 방에 그들은 잠시 머물렀다. 옆방에는 브리지 게임용 탁자가 몇 개 놓여 있었다. 저건 스카트 게임**보다 더 고상할 것도 없어, 라고 크링엘라인은 생각했다. 별다른 구경거리가 없나 그는 궁금했다.

"우린 뒤쪽으로 가겠습니다." 가이거른이 어떤 남자한테 말했다. "이

---

* 바이에른 광장이 있는 쇤베르크 구외 동쪽 지역 주택가.
** skat: 세 명이 32장으로 하는 카드놀이.

리 오십시오, 크링엘라인 사장님, 우린 뒤로 가지요."

뒤라는 곳은 좁고 흉한 복도의 끝이었는데, 문들이 여러 개 이어져 있었다. 맨 끝에는 양쪽으로 열어젖히는 갈색 문이 있고, 그 뒤에는 작은 방이 있었는데 완전히 컴컴하게 되어 있어서 거의 벽도 알아볼 수 없을 정도였다. 마치 체육관의 링 위처럼 탁자의 한가운데에만 불이 환했다. 탁자 주면에는 몇몇 사람들이 서거나 앉아 있었는데, 숫자는 많지 않아서 열둘, 혹은 열네 명 정도였다. 그들은 진지하고 한편으로는 사무적으로 보였는데, 크링엘라인이 알아들을 수 없는 간단한 몇 마디 말을 서로 주고받고 있었다.

"얼마를 걸까요?"라고 가이거른이 묻더니 가정교사 분위기의 검정 옷을 입고 카운터 앞에 앉아 있는 웬 여자 쪽으로 갔다. "어떡할까요?"

크링엘라인은 10마르크를 생각했다. "남작님, 전 잘 모르겠습니다"라고 그가 자신 없게 대답했다.

"우선 5백 마르크 걸어보죠." 가이거른이 제안했다. 반대할 능력이 없는 크링엘라인은 낡은 지갑을 꺼내서 지폐 다섯 장을 내놓았다. 그는 초록, 파랑, 빨강의 알록달록한 칩을 한 보따리 받았다. 그는 다른 사람들이 같은 물건을 녹색 갓을 씌운 네모난 램프 아래에서 탁자 위로 딸가닥 소리를 내면서 던지는 소리를 들었다. 해보자, 그는 초조하게 생각했다. "아무데나 앉으시죠." 가이거른이 말했다. "내 설명은 아무 소용이 없습니다. 아무 곳에나 아무렇게나 앉으면 됩니다. 대개는 처음 하는 사람이 돈을 따는 법입니다."

오늘 도대체 몇 번이나 위험에 빠지는 거지? 크링엘라인은 이것 역시 삶과 별반 다르지 않으리라는 것을 알았다. 두려움과 만족이 호두의 안과 밖처럼 하나라는 것을 그는 알고 있었다. 그는 자신이 프레더스도르프에서 47년간 처참한 생활을 하며 얻은 것을 지금부터 한두 시간 안에 다 잃어버릴 것을 알았다. 이 알 수 없는 방에서 자신이 녹색 탁자를 내려다보고 있는 과묵한 남자들과 더불어 전처럼 휘둘리다가 앞으로 무덤까지 3, 4주쯤 남아 있는 삶마저 잃게 되리라는 것을 알았다. 하늘 높은 공중제비의 마지막 재주를 앞두고 도대체 앞으로 어떻게 될지 크링엘라인은 궁금하기까지 했다. 가자, 가보자.

테이블 앞으로 다가가서 게임을 시작하는 그의 귀와 입술은 창백해졌다. 마치 모래를 손에 가득 쥔 것 같았다. 그가 패를 걸었다. 작은 삽처럼 생긴 것이 나타나서 그의 녹색 패를 나머지 패와 함께 쓸어갔다. 누군가 무슨 말을 했지만 그는 이해하지 못했다. 이번에는 다른 쪽에다 걸었다. 잃고, 걸고, 잃고, 걸고, 잃었다. 건너편의 가이거른도 잃었다. 한번 땄지만 그 역시 다시 잃었다. 크링엘라인은 애원하는 시선으로 그를 넘겨다봤지만, 가이거른은 그를 보지 못했다. 여기서는 모두들 자기 일에만 몰두했다. 시선은 모두 바늘처럼 녹색 테이블에 꽂혀 있었다. 각자 돈을 따기 위해서 힘과 의지를 모으고 있었다. "오늘 운이 형편없네." 어디선가 누군가 말했다. 어두운 뒷방의 당구장 녹색 램프 아래서 들으니 불길한 말이었다. 한창 몰두해 있던 크링엘라인은 검정 옷의 여자에게로 가서 다시 5백 마르크를 바꿨다. 그가 다시 테이블로 돌아왔다. 이번에는 다른 남자가 패를 긁어모아 흔들더니 양손으로 옹졸하고 불안하게 쌓아놓았다. 크링엘라인은 왼손으로 내기 패를 집고, 오른손으로 아무렇게나 무의식적으로 걸었다. 걸었고, 땄다. 녹색 패와 함께 빨강 패가 들어왔다는 사실이 놀라웠다. 그는 걸고, 따고, 걸고, 또 땄다. 패 몇 개를 주머니에 넣기도 했는데, 왜 그랬는지 알 수 없었다. 그는 걸고, 잃고, 또 잃었다. 그러다가 몇 분 쉬었다. 가이거른도 게임을 멈추고 두 손을 수머니에 넣은 채 담배를 피우고 있었다. "오늘은 그만하죠." 그가 말했다. "전 돈을 다 잃었습니다." "실례일지 모르나 남삭님." 크링엘라인이 낮은 소리로 말하면서 주머니에서 남아 있는 빨강 패 두 개 중에서 하나를 꺼내 가이거른의 손에 넘겨주었다. "오늘은 영 안 되네요." 가이거른이 중얼거렸다. 그는 운수를 점치는 재주가 있었고, 그것은 의심스러운 그의 직업과 관련이 있었다. 하지만 그루진스카야와의 로맨스를 빼면 오늘은 운 좋은 날이 아니었다. 하지만 크링엘라인은 테이블로 돌아가서 게임을 계속했다.

크링엘라인이 뒷골이 흔들려서 노름을 중단하고 카운터로 가서 칩을 교환했을 때 시계가 둔탁하게 1시를 쳤다. 그는 3천4백 마르크를 땄다. 손목 관절이 늘어지고 떨리기 시작하는 것을 느끼며 그는 손을 단단히 잡았다. 그에게, 혹은 그가 노름에서 딴 것에 대해 신경을 쓰는 사람은 아무도 없었다. 크링엘라인은 프레더스도르프에서의 1년 치 봉급을 땄다. 그는 돈을 전부 낡은 가죽 지갑에다 채워 넣었다.

가이거른은 곁에서 하품을 하면서 쳐다보았다. "전 오늘 처량한 신세입니다, 사장님. 날 도와주세요. 현재 빈털터리입니다." 그가 무심한 듯 말했다. 크링엘라인은 어떻게 하면 좋을지, 무얼 기대하는 건지 알지 못한 채 양손으로 지갑을 들고 서 있었다. "내일은 제가 완전히 거덜낼게요." 가이거른이 말했다. "그렇게 해주십시오." 크링엘라인이 젊잖게 대답했다. "자 이제 뭘 하죠?"

"맙소사, 지치지도 않으시네요. 이제 남은 건 술 아니면 여자죠." 가이거른이 대답했다. 크링엘라인은 모자를 쓰고 나서 창백하고 피곤한 얼굴로 거울 앞을 떠났다. 그는 문을 열어주는 어린 종업원의 손에 50페니히를 얹어주었다. 그러고는 손을 다시 주머니에 넣어서 이번에는 1백 마르크짜리 지폐를 꺼내 작게 구겨진 그 지폐를 보이의 손에 쥐여주고 컴컴하고 조용한 길로 나왔다. 그는 제정신이 아니었다. 그는 돈이 무엇인지 알지 못했다. 오전에 1천 마르크를 쓰고 저녁에 3천 마르크를 따는 세상에서 프레더스도르프의 경리 직원 크링엘라인은 빛도 길도 없는 마술의 숲을 걷듯 헤매었다. 가로등 아래에는 4인승 소형차가 묵묵히, 하지만 인내심 있게 기다리고 있었다. 그 인내심 덕분에 마치 착한 개가 충성스럽게 서 있는 것처럼 보였다. 크링엘라인은 감동했다.

달리고, 달렸다. 비가 내리고 있었다. 와이퍼가 크링엘라인의 눈앞에서 반원을 그리며 이리저리, 이리저리 돌아갔다. 가솔린 냄새가 이제는 작고 따스한 고향의 냄새 같았다. 젖은 아스팔트 위로 빨강, 파랑, 노랑의 기다란 줄이 만들어졌다. 검은 옷의 노동자들 앞의 요란한 작업 불꽃이 선로를 따라 반짝였다. 그들은 한밤중까지 정신없이 일하고 있었다. 자동차는 너무도 천천히 가고 있었다. 지나치게 느리게 간다고 크링엘라인은 생각했다. 그는 옆에 앉은 가이거른을 바라보았다. 가이거른은 담배를 피우고 있었다. 길을 바라보고 있었는데, 무슨 생각을 하고 있는지는 알 수 없었다. 밤 1시 반의 거리는 무슨 사고라도 난 것처럼 보였다. 거리는 완전히 깨어 있어서 거의 낮과 마찬가지로 사람들이 넘쳤고, 경찰관이 없는 길 모퉁이에서는 많은 차들이 서로 경적을 울려댔다. 위로는 붉게 타오르는 파국의 하늘이 보였는데, 방송탑 회전 조명등의 환한 불빛이 규칙적으로 번쩍였다. 그들은 계속 달리고, 또 달렸다.

3층짜리 건물의 계단이 소음과 음악으로 시끄러웠다. 아래에는 깃발과 종이로 만든 뱀, 중간쯤에는 금박의 벽토 액자를 한 거울이 보였고, 취한 사람 몇하고 우울한 기분의 낯선 사람들 몇 명, 눈 주변이 검은 마른 여자들이 눈에 띄었다. 크링엘라인은 등에 분을 바른 아가씨들을 지나 층계 위로 올라갔다. 실내 전체에 담배 연기가 가득했다. 층계참에 매달린 조명의 최신식 종이 등갓 앞에도 연기가 푸른 뭉게구름처럼 떠 있었다. 아래층은 소음이 크고 요란했지만, 2층에는 문 뒤에서 상당히 얌전한 음악이 들리는 가운데 사람들이 춤을 추고 있었다. 한 층을 더 올라가니 조용했다. 요란한 녹색 바지를 입은 아가씨가 손에 잔을 들고 층계에 앉아서 그들이 지나가는데 자는 척하고 있었다. 그녀의 드러난 어깨가 크링엘라인의 새 양복을 스치자 그는 잔뜩 기대에 찼다. 문 뒤에는 기다란 방이 있었는데 많이 어두웠다. 종이 등갓을 씌운 등 두 개가 바닥에만 흐린 불빛을 비추고 있었다. 음악도 들렸다. 크링엘라인은 음악을 들을 수는 있어도 어디서 소리가 나는지는 알 수 없었다. 조명 속에서 춤을 추고 있는 여자의 다리가 보였다. 무릎까지만 보이고 그 위는 어둠 속에서 보이지 않았다. 크링엘라인은 마치 아이처럼 가이거른의 손을 꼭 잡고 싶었다. 모든 것이 흐리고 불분명했다. 의자와 낮은 탁자들을 나누어놓은, 그림이 그려진 병풍 뒤에 무엇이 있는지 잘 상상이 되지 않았다. 크링엘라인은 자신이 마시고 있는 것이 차가운 샴페인인 것을 알았다. 그는 낯설고 불안하고 달콤하게 자신을 덮치는 많은 육체를 상상했다. 그가 두 대의 바이올린 소리에 맞춰 테너로, 알 수 없는 멜로디를 나지막이 노래 불렀고, 이리저리 비틀대다가 머리를 어느 여자의 시원한 팔 위에 눕혔다.

"한 병 더 드릴까요?" 웨이터가 진지하게 물었다. 크링엘라인이 한 병을 더 주문했다. 크링엘라인은 폐병 환자 같은 웨이터가 딱해 보였다. 주문지를 들여다보는 그의 얼굴이 어둠 속에서 드러나 보였다. 크링엘라인은 마음이 아팠다. 웨이터는 물론 우습게도 다리만 내보이면서 이렇게 늦게까지 춤을 추고 있는 아가씨들, 그리고 자기 자신이 말할 수 없이 마음 아팠다. 그는 어느 낯선 아가씨의 힘없고 맥 빠지고 낯선 몸을 자기 무릎 위로 당겼다. 그녀의 얼굴을 쳐다보자 무릎이 떨리기 시작했다. 낯선 피부의 분 냄새 속에서 술에 취한, 뜨거운 슬픔이 그를 집어삼켰다. 그가 노래하기 시작했다. 생각에 빠져 있는 가이거른은 마치 보초병처럼 등나무 의자에 앉아서 크링엘라인이 높고 떨리는 목소리로 부르는 노래를 듣고 있었다. "등불이 아직 환하게 타오를 때 인생을 즐겨보자." 속물 같으니, 가이거른은 화가 났다. 집으로 갈 때 지갑을 뺏어서 빈으로 가야지. 위험한 삶의 벼랑 끝에서 균형을 잡으면서 그가 생각했다.

크링엘라인은 작고 답답한 화장실에서 계속 식은땀이 흐르는 얼굴을 씻었다. 그는 훈츠 강장제 한 병을 꺼내서 열심히 세 모금을 마셨다. 난 피곤하지 않아, 라고 그는 중얼거렸다. 하나도 안 피곤해, 눈곱만큼도 피곤하지 않아. 오늘 밤 굉장한 일이 아직 남아 있어. 강장제의 세 번째 향을 혀에 남긴 채 그는 어둠 속의 아가씨한테 되돌아왔다. 계속, 계속하자, 어서 계속해야 돼.

모험으로 가득한 알 수 없는 섬에 닿듯 크링엘라인은 어떤 입술에 닿았다. 입술을 그렇게 하고 그는 좌초한 사람처럼 그곳에 누워 있었다. 약한 취기가 느껴졌다. 어이, 정신 차려, 라고 누군가 말했는데 그를 두고 한 말이었다. 꼼짝도 않고 누운 채로 그는 자신의 내면에 귀를 기울이고 또 기울였다. 꿈의 어느 한순간 그는 두 손에 미케나우 숲의 잘 익은 빨갛고 달콤한 산딸기를 들고 있었다. 그러더니 무언가가 친근하게 다가왔다. 무시무시한 것, 칼이나 번개, 불타는 날개 같은 것이……

갑자기 가이거른은 그가 신음하는 소리를 들었다. 그것은 두려움과 고통에서 나오는 요란스럽고 알 수 없는 소리였다. "무슨 일이죠?" 가이거른이 놀라서 물었다.

"아, 아파요." 쥐어짜는 듯한 대답이 크링엘라인의 얼굴 근처의 어둠 속에서 들려왔다. 가이거른이 등 하나를 집어 들어 테이블 위에 올려놓았다. 그때 그는 크링엘라인이 뻣뻣하고 꼿꼿하게 의자에 앉아 양손을 사슬처럼 깍지를 끼고 있는 것을 보았다. 등불이 푸른색이었기 때문에 그의 얼굴 역시 푸르게 보였다. 둥글고 크고 검은 입으로 그는 신음하고 있었다. 가이거른은 이런 고통스러운 얼굴을 전쟁 때 크게 부상당한 사람들에게서 본 적이 있었다. 그는 황급히 한쪽 팔을 크링엘라인의 머리 아래에 넣고 흔들리는 그의 어깨를 부드러우면서도 강하게 눌렀다.

"많이 취했어요?" 아가씨가 물었다. 그녀는 아주 어렸고, 평상시처럼 금속 장식이 요란한 검은 원피스를 입고 있었다.

"쉿!" 가이거른이 짧게 내뱉었다. 크링엘라인이 눈을 들어 그를 바라보았다. 아파서 고통으로 일그러진 모습이었는데 우아한 태도를 유지하기 위해 고통스럽지만 애를 쓰고 있는 중이었다.

"이제 내가 그로기입니다." 그가 푸른 입으로 말했다. 어지러워서 거의 의식이 없는, 싸우다가 지쳐 쓰러진 자신의 상태를 두고 하는 말이었다. 처량하지만 매우 대담한 그 농담은 도중에 산산이 찢어져 결국 신음으로 마감되고 말았다.

"도대체 왜 이러십니까?" 가이거른이 놀라서 물었다.

그러자 크링엘라인이 거의 들리지 않게 대답했다. "내가…… 아무래도 죽는 것 같습니다."

호텔의 룸 메이드가 열쇠 구멍을 들여다본다는 것은 말이 안 된다. 룸 메이드들은 열쇠 구멍 안에 있는 사람들에게 전혀 관심이 없다. 호텔의 룸 메이드들은 할 일이 많은 데다가 과로로 늘 지쳐 있고 모두들 어느 정도는 체념 상태로 자신의 일에만 열중한다. 큰 호텔에서는 아무도 다른 사람에 대해서 신경 쓰지 않는다. 오터른슐라크 박사가 그럴듯하게 인생에 비유한 이 커다란 창고 안에서 사람들은 각자 혼자일 뿐이다. 이중으로 잠긴 문 안에서 각자 혼자 살면서 거울 속 자신의 모습, 혹은 벽에 비친 그림자를 반려자로 삼고 있다. 그들은 복도에서 마주치기도 하고 라운지에서 인사를 나누기도 하고, 때로는 이 시대의 공허한 언어에서 조심스럽게 골라낸 짤막한 대화를 주고받기도 한다. 하지만 상대에게 보내는 시선은 눈에까지 닿지 않은 채 옷에서 멈추고 만다. 종종 '옐로 룸'에서 춤을 추면서 두 육체가 가까워지기도 한다. 하지만 그것이 전부이다. 그 뒤에는 심연처럼 깊은 고독이 있다. 방 안에 들어가면 각자 모두 완벽하게 혼자이다. 다른 사람은 손을 댈 수도, 건드릴 수도 없다.

134호실의 신혼여행 커플에게도 각자 말하지 못한 언어의 투명한 공허가 잠자리에 숨어 있다. 밤에 문 앞에 내놓은, 서로 짝이 된 구두들은 또렷한 증오의 감정을 가죽 표면에 담고 있다. 어떤 구두는 절망적이고 지쳐서 늘어져 있는 데도 명랑한 척한다. 구두를 모아 가는 보이는 속이 불편하지만 아무도 그에게 관심 없다. 3층의 룸 메이드는 가이거른의 잘생긴 운전기사와 눈이 맞았다. 운전기사가 아무 말 없이 사라져버려서 그녀는 화가 나 있다. 그렇다고 그녀가 열쇠 구멍으로 방 안을 들여다보는 것은 말이 되지 않는다. 밤이면 차분하게 생각을 해보려 하지만 그녀는 너무 졸음이 온다. 그녀는 잠을 잘 수가 없는데, 다른 침대의 룸 메이드가 폐가 나빠서 밤이면 일어나 불을 켜고 기침을 하기 때문이다. 네 개의 벽 안에서는 누구에게나 비밀이 있다. 말없는 얼굴로 항상 콧노래를 부르고 다니는 28호실의 여자도, 요란하게 양치질을 하는 영업사원 남자도 마찬가지다. 물 칠을 해서 앞머리를 빗어 넘긴 18번 보이 역시 괴로운 비밀을 가지고 있는데, 가이거른 남작이 '겨울 가든' 홀에다 놔두고 간 금빛 담배 케이스를 돌려주지 않은 것이다. 검사하면 발각될까 봐 겁이 나서 그는 그것을 당분간 클럽 의자의 등받이와 좌석 사이에다 마치 보물처럼 숨겨놓았는데 이 열네 살짜리의 양심 안에서는 도덕과 반항적인 프롤레타리아 정신이 격렬한 싸움을 벌이고 있다. 근무 중이 아닐 때의 이름이 카를 니스페인 그 아이에게서 도어맨 젠프는 눈을 떼지 않고 있는데, 회전문 옆에 서 있는 그가 산만해 보이고 눈 주변이 검기 때문이었다. 젠프 역시 다른 것들을 생각하고 있었다. 그의 아내는 며칠째 병원에 입원해 있는데, 자연 분만은 힘들겠다는 통보를 받았다. 통증은 멈추었지만 알 수 없는 경련이 일어났다. 다행히 아기의 심장 소리는 들려서, 현재 인공 분만을 생각하고 있는 중이었다. 젠프는 오후에 외출했지만 병원에서는 그를 아내한테 들여보내지 않았다. 그의 아내는 의사들이 수면이라고 말하는, 몽롱한 상태로 누워 있었다.

이것이 도어맨 젠프의 상황이었다. 그는 지금 열쇠걸이 판과 마호가니 서랍장의 열차 시간표 사이에서 분주하게 일하는 중이었다. 로나가 그에게 휴가를 며칠 내라고 했지만 도어맨은 휴가를 원치 않았다. 긴장해서 일하느라 생각할 시간이 없는 것이 그는 좋았다. 성실한 로나, 용감하게, 하지만 절망적으로 자신의 계층에서 내려와서 하루에 14시간씩 일하는 로나 백작이 무슨 생각을 하는지는 아무도 알 수 없다. 자신의 위치가 자랑스러울지 모르지만, 같은 계층의 손님이 숙박부에 이름을 적을 때면 창피스러울 수도 있는 일이었다. 하지만 밝고, 갸름한 적갈색의 그의 얼굴은 아무것도 드러내지 않았다. 그의 얼굴은 가면이 되었다.

새벽 2시경, 완전히 지쳐서 기운이 빠지고 기분이 좋지 않은 남자 일곱 명이 검은 상자를 들고 그랜드 호텔 2번 입구를 빠져나갔다. 이스트맨 밴드의 멤버들로 땀에 젖은 셔츠 차림으로 집으로 돌아가는 길이었다. 모든 나라의 음악가들이 그렇듯이 그들 역시 받는 돈에 대해 불만이 많았다. 그때 5번 현관 앞으로 차들이 들어오더니 잠시 뒤 전조등 불빛이 꺼졌다. 난방을 낮췄기 때문에 라운지는 썰렁했다. 거의 혼자서 라운지에 앉아 있던 오터른슐라크 박사가 몸을 떨면서 하품을 했다.

거의 동시에 로나 역시 그의 자리에서 하품을 했다. 그는 서랍을 닫고 다섯 시간 동안 잠을 자러 6층으로 올라갈 채비를 했다. 비에 흠뻑 젖은 신문 배달원이 가져온 다음 날 조간신문을 야간 도어맨이 정리하고 있었다. 지친 신문 배달원은 흙이 묻은 신발로 회전문을 나가고 있었다. 목소리가 큰 미국 여자 두 명마저 잠을 자러 올라간 뒤 라운지는 완전히 적막에 잠겼다. 조명의 반은 꺼진 상태였다. 교환원은 졸지 않으려고 불랙커피를 마시고 있었다.

"이제 올라가볼까?" 오터른슐라크 박사가 혼잣말을 하고 남은 코냑을 마셨다. "그래, 이제 가서 자야 할 것 같아." 그가 혼자 대답을 했다. 결정한 것을 실행하려면 그는 대충 10분이 필요했다. 에나멜 구두를 신고 일어서니 그가 평소보다 더 힘이 있어 보였다. 그는 평상시처럼 라운지를 한 바퀴 돌아 야간 도어맨에게로 갔다. 아직 3미터 정도 남았는데 도어맨이 "박사님한테 온 것 없습니다"라고 맥없이 말하면서 손을 저었다. "누가 물어보면 나 자러 올라갔다고 말해줘요." 오터른슐라크가 말하고 젖은 조간신문을 집어 신문 기사의 제목을 훑어보았다. "주무시러 올라가셨다고 전하겠습니다." 도어맨이 기계적으로 따라서 말하고 열쇠판에다 백묵으로 표시를 했다. 먼지를 머금은, 비 냄새가 나는 차가운 바람이 회전문을 통해 안으로 들어오고 있었다.

"저런." 시력이 남아 있는 한쪽 눈으로 눈앞에 펼쳐진 광경을 바라보면서 오터른슐라크가 내뱉은 말은 이것뿐이었다. 그가 입을 열고 쓴웃음을 지었다. 크고 장대한 데다 심각한 얼굴을 해도 빛을 발하는 가이거른이 회전문을 통해 안으로 들어오고 있었다. 그는 작고 비틀거리는, 고통으로 거의 의식이 없는 크링엘라인을 끌고 들어왔다. 크링엘라인은 나지막하게 흐느끼며 신음하고 있었다.

술 취한 사람과 중환자는 아주 흡사해 보일 정도로 정신을 놓기 마련이지만 오터른슐라크 박사는 이 둘을 확실하게 구별할 수 있었다. 아직 미숙한 야간 도어맨은 호텔로 들어오는 두 사람을 진지하고 날카로운 시선으로 바라보았다.

"69호실하고 70호실 열쇠 좀 줘요." 가이거른이 낮은 소리로 말했다. "이분이 아주 안 좋습니다. 가능한 한 빨리 의사 좀 불러주세요." 한 손으로 크링엘라인을 부축하고 다른 손으로는 열쇠를 받아 든 그가 크링엘라인을 승강기 쪽으로 끌고 갔다.

"내가 의사입니다. 당장 70호실로 더운 우유를 가지고 와요." 갑자기 놀랄 만큼 명료한 목소리로 오터른슐라크 박사가 말했다. "그렇지 않아도 크링엘라인이 걱정스러웠습니다." 승강기로 올라가는 동안 박사가 가이거른에게 말했다. "크링엘라인 씨, 걱정하지 마십시오. 곧 끝납니다."

그 말을 제대로 알아듣지 못한 크링엘라인이 승강기 안의 작은 의자에 가서 앉았다. 그는 더 이상 신음 소리를 내지 않은 채 끔찍스러운 고통을 참고 있었다. "끝인가요?" 체념한 그가 물었다. "이렇게 빨리 끝나나요? 금방 시작했는데요."

"너무 욕심을 냈군요. 단숨에 끝장을 보려는 것은 지나친 일입니다." 오터른슐라크가 말했다. 마음속으로 크링엘라인이 마음에 늘시 않있지만 그래도 그는 크링엘라인의 손을 잡아 맥박을 재고 있었다.

"무슨 소리입니까, 크링엘라인. 끝나다니요! 차가운 샴페인을 너무 많이 마신 것뿐입니다." 가이거른이 밝은 목소리로 말했다. 승강기가 쿵하고 멈추는 소리에 마지막 말은 잘 들리지 않았다. 복도에서 크링엘라인은 무릎이 휘청거렸고, 맥이 빠져 있던 룸 메이드는 놀라서 그 모습을 바라보았다. 가이거른이 가벼운 크링엘라인을 안아서 침대에 눕혔다. 그가 옷을 벗기고 새 잠옷을 입힌 다음 단추를 채우는 동안 오터른슐라크 박사가 바쁜 표정으로 "잠시만"이라고 말하더니 뻣뻣하지만 힘찬 걸음으로 사라졌다.

그가 돌아와 보니 크링엘라인은 두 손을 허벅지에 올려놓고 정렬 중인 군인처럼 꼼짝 않고 침대에 누워 있었다. 신음 소리를 그친 것은 극도의 의지력의 결과였다. '삶'을 찾아서 집을 나왔을 때 그는 죽음이 다가오면 용감하게, 소란스럽지 않게 받아들이기로 결심했다. 그것은 마지막 며칠을 멋대로 산 자신의 방종함에 대해서 어떤 힘에게 보내는 일종의 감사 표시였고, 그가 갚아야 할 빚이기도 했다. 지금 황동 침대에 누워 고통과 죽음의 공포로 이마와 목에 식은땀을 흘리면서도 그는 그 생각에 매달려 있었다. 가이거른이 상의 주머니에서 연보라색 실크 손수건을 꺼내 크링엘라인의 작고 노르스름한 얼굴을 닦았고, 여윈 그의 코에서 안경을 조심스럽게 내려놓았다. 그 잠깐 동안 크링엘라인은 자신이 죽고 만사가 다 끝난 기분이었다. 이제 가이거른의 따스하고 커다란 손이 곧 자신의 눈을 감길 것 같았다. 하지만 가이거른은 옆으로 비켜나 오터른슐라크에게 자리를 내주었다.

오터른슐라크가 작고 검은 상자에서 주사기를 꺼냈다. 어디서 나온 것인지 반짝이는 앰풀이 마술처럼 나타났다. 그가 마술사처럼 재빨리 앰풀의 끝을 부러뜨리고 엄지손가락을 병 입구에 대더니 자세히 들여다보지도 않으면서 한쪽 손으로 재빠르게 주사기에 주사액을 채웠다. 동시에 다른 손으로는 크링엘라인의 잠옷 소매를 올리고 소독약으로 팔을 닦았다. "뭐죠?" 병원을 다녀봤기 때문에 그 자비로운 약물에 관해서 알고 있으면서도 크링엘라인이 물었다.

"좋은 거, 달콤한 사탕입니다." 오터른슐라크가 괴짜 유모처럼 노래하듯 말했다. 그러면서 크링엘라인의 마른 팔뚝을 두 손으로 잡고 주삿바늘을 찔렀다.

가이거른은 그 모습을 가만히 쳐다보고 있었다. "그걸 가지고 계셔서 정말 다행입니다"라고 그가 말했다. 오터른슐라크가 주사기를 보이지 않는 의안 바로 앞에 대고 불빛에 비춰보았다. "이건 내 여행의 필수품입니다. 항상 가지고 다니지요. 준비하는 것, 그건 당연하다, 셰익스피어가 멋지게 말했지요. 떠날 준비를 하라, 어떤 순간에도 준비하라, 바로 그겁니다. 그게 바로 이 작은 물건의 위대한 익살이죠." 그러면서 그는 주사기를 씻어 상자에 넣고 닫았다. 가이거른이 그 작고 검은 상자를 탁자에서 집어 손에 들고 무게를 짐작해보았다. 그러면서 이해가 안 된다는 듯 기이한 얼굴을 했다. 어떻게 이렇지, 라고 그는 생각했다.

"좀 괜찮은가요?" 오터른슐라크 박사가 침대를 쳐다보며 물었다. "네"라고 크링엘라인이 대답했다. 그는 눈을 감았다. 마치 구름 위에 앉아 빠르고 가볍게 날아가는 기분이었다. 그 자신과 그의 고통이 분해되어 어느새 선회하는 구름이 되어 있었다. "저 말입니다." 박사가 뭐라고 말하는 소리가 들렸지만 그는 아무것에도 관심이 없었다. 죽음은 마치 검은 짐승처럼 그에게서 물러났다.

"됐습니다." 그렇게 말하고 나서 오터른슐라크는 크링엘라인의 머리를 실크 이불에 내려놓았다. "당분간 괜찮을 겁니다." 크링엘라인의 새 양복을 정리하고 있던 가이거른이 침대 머리맡으로 다가와 옅은 푸른색 잠옷 아래에서 힘없이 짧은 숨을 쉬고 있는 크링엘라인을 바라보았다.

"당분간요?" 그가 속삭이듯 물었다. "괜찮을까요, 아무 일 없을까요? 위험하지 않나요?"

"괜찮습니다. 우리 친구가 고생을 조금 할 겁니다. 안정이 되려면 몇 번 더 이런 난리를 겪어야 합니다. 심장은 보시다시피 그 자리에 있습니다. 살아 있어서 뛰고 있는데 아직 더 뛰고 싶어 하죠. 별로 사용하지 않은 기계가 바로 크링엘라인 씨의 심장입니다. 그 주변은 전부 망가졌지만 심장은 아직 자기 권리를 주장합니다. 마지막 실타래가 남아 있는 한 꼭두각시는 춤을 춰야 하거든요. 담배 피우시렵니까?"

"감사합니다." 가이거른이 정신없이 대답하고, 그림 아래로 가서 앉았다. 꿩을 그린 정물화였다. 오터른슐라크의 말을 이해하기 위해서는 몇 분이 필요했다. "저 사람이 많이 아프군요. 하지만 죽을 수는 없군요. 정 말 끔찍스러운 고역입니다."

질문마다 고개를 끄덕이던 오터른슐라크가 대답했다. "바로 그겁니 다. 그렇기 때문에 내 이 작은 상자가 귀한 겁니다. 이 세상의 모든 것을 견뎌낼 수 있는 힘은 언제라도 끝장을 볼 수 있다는 것을 알기 때문 아 닙니까? 인생이란 처참한 거죠."

그 말에 가이거른이 미소를 보냈다. "하지만 전 즐겁게 삽니다." 그 가 천진난만하게 대답했다. 오터른슐라크가 눈이 보이는 얼굴 반쪽을 재 빨리 그에게로 돌렸다. "네, 남작님은 즐겁게 사십니다. 남작님 같은 분 들은 즐겁게 사시죠. 저는 남작님을 잘 압니다."

"저를요?"

"네, 특별히 잘 압니다. 완전히 개인적으로요." 오터른슐라크가 팔을 내밀어 담배 때문에 노랗게 된 검지로 가이거른의 얼굴을 가리켰다. 가 이거른이 뒤로 물러났다. "여기서 내가 한번 예쁜 수류탄 파편을 꺼낸 적 이 있지요. 남작께서 재미있어하던 그 멋진 밤에 내가 당신을 꿰맨 적이 있습니다. 기억 안 나십니까? 프로멜*에서 말예요? 당신 같은 분들은 모 든 것을 망각하지요. 우리 같은 사람들은 모두 기억하고 거기서 절대로 벗어나질 못합니다. 절대로요."

"아, 프로멜요? 아, 그 끔찍한 야전병원 말입니까? 아뇨, 기억이 안 납니다. 당시 난 거의 의식이 없었거든요. 정신이 나갔었으니까요. 당시엔 부상을 당하면 의식을 잃는다고 생각했습니다. 실제로 의식이 없었죠."

---

* Fromelles: 프랑스 북부에 위치한 지역으로 제1차 세계대전 막바지에 큰 전투가 벌어졌 던 곳.

"하지만 나는 남작이 기억나는데, 내가 치료한 가장 어린 병사였거든요. '노래하면서 죽음으로', 뭐 그런 타입 말입니다. 하지만 개인적으로 전혀 그런 분이 아닐 수도 있겠네요. 요즘 인생을 즐겁게 사시는 것 같더군요. 그럴 거라고 생각했지요. 아무튼 반갑습니다. 단지 한 가지만은 인정하셔야 합니다. 회전문은 열어봐야만 한다는 것 말입니다."

"무슨 말씀인가요?" 가이거른이 당황해서 물었다.

"회전문 말입니다. 라운지에 앉아서 한 시간쯤 회전문을 한번 쳐다보세요. 거의 미칩니다. 들어오고, 나가고, 들어오고, 나가고, 들어오고 나가죠. 회전문은 말입니다, 멋진 물건입니다. 오래 쳐다보면 멀미가 날수도 있죠. 하지만 이걸 알아야만 합니다. 회전문으로 안에 들어왔으니 당연히 회전문으로 다시 나갈 거라고, 회전문이 코앞에서 멈춰 서 문 안에 갇혀 그랜드 호텔을 못 나가는 일은 없다고, 그렇게 믿고 계신 기 이닙니까?"

가이거른은 목덜미가 서늘해지는 기분이었다. '갇힌다'는 말이 그에게는 비밀스러운 협박처럼 들렸다. "물론 그렇습니다." 그가 재빨리 대답했다.

"그럼 우린 의견이 일치하네요." 그렇게 말하고 오터른슐라크는 주사기를 다시 상자에서 꺼내 반짝거리는 유리와 바늘을 가지고 장난을 쳤다. "회전문은 열려 있어야만 합니다. 출구는 항상 나갈 수 있어야만 합니다. 사람은 적당할 때 죽을 수 있어야만 합니다. 원할 때 말입니다."

"하지만 누가 죽고 싶어 할까요? 아무도 없을 겁니다." 가이거른이 재빨리, 그리고 확신에 가득 차서 말했다.

"글쎄요"라고 말하고 나서 오터른슐라크가 무엇인가를 삼켰다. 호텔 침대에 누워 있는 크링엘라인이 알아들을 수 없는 말을 힘없는 콧수염 아래로 중얼거렸다. "자, 예를 들어 나를 보십시오." 오터른슐라크가 말했다. "나를 자세히 보십시오. 나는 자살자입니다. 대개 자살자를 보게 되는 것은 그들이 가스를 틀거나 방아쇠를 당긴 다음입니다. 하지만 나는 여기 앉아 있는 채로 이미 자살자입니다. 나는 살아 있는 자살자, 한마디로 별난 인간입니다. 어느 날 내가 이 상자에서 앰풀 열 개를 꺼내 핏줄에 주사하면 나는 사망한 자살자가 되는 겁니다. 시각적으로 표현하면 회전문 밖으로 나가는 거지요. 남작께선 라운지에 앉아 기다리기만 하면 됩니다."

놀란 가이거른은 정신 나간 이 오터른슐라크 박사가 자신에게 일종의 증오심을 가지고 있는 것으로 생각했다. "그건 취향의 문제죠." 그가 가볍게 대답했다. "저는 서두르지 않습니다. 삶이 마음에 들거든요. 인생은 멋지다고 봅니다."

"그런가요? 멋지다고 생각하나요? 남작께서도 전쟁에 참가했죠. 그런 다음 집으로 돌아왔는데, 그런데도 인생이 멋지다고 생각하십니까? 저런, 모두들 어떻게 살고 있죠? 다른 사람들을 다 잊으셨나요? 좋습니다, 좋아요. 전쟁터가 어땠는지 그 얘기는 하지 맙시다. 모두들 잘 알고 있으니까요. 하지만 어떻게 그럴 수 있나요! 그곳에서 돌아와서 이제 어떻게 삶이 마음에 든다는 말을 할 수가 있습니까! 삶은 어디에 있나요? 나는 삶을 찾아보았지만 발견하지 못했습니다. 종종 난 이런 생각을 합니다. 나는 이미 죽었다, 내 머리는 수류탄에 날아갔고, 나는 시체가 되어 크루아루스의 참호에 묻혀 있다, 라고 말입니다. 그곳에서 목격한 참된 현실의 모습은 거기서 돌아온 후 내 인생을 바꿔놓았습니다."

"네." 가이거른은 오터른슐라크의 열변에 감동을 받았다. 그는 다시 한 번 "네"라고 말하고 일어나서 침대로 다가갔다. 크링엘라인은 눈을 완전히 감지 않은 채 잠들어 있었다. 가이거른은 발꿈치를 들고 오터른슐라크에게로 돌아왔다. "네, 일부는 사실입니다." 그가 낮은 소리로 말했다. "돌아오는 일은 쉽지 않았죠. 우리 같은 사람들이 '거기'라고 말할 때 그건 대개 '고향'이라는 의미입니다. 그런데 이곳 독일로 돌아와 보니 우리는 이제 아무 쓸모없는 인간이 되어버렸어요. 골치 아픈 존재가 되어 어디에도 끼어들 만한 자리가 없습니다. 우리 같은 인간은 뭘 해야 할까요? 군인? 교관? 선거 운동원? 글쎄요. 비행사? 파일럿? 시도해봤지요. 매일 비행 시간표에 맞춰 베를린-쾰른-베를린을 왔다 갔다 하는 겁니다. 답사, 탐험, 이런 건 모두 맥 빠지고 위험이 없습니다. 보세요, 이렇습니다. 인생은 약간 더 위험해야 좋습니다. 하지만 뭐 주어지는 대로 살아가는 수밖에 없지요."

"아뇨, 그렇지 않습니다." 오터른슐라크가 못마땅해서 말했다. "그건 사소한 개인적인 시각일 뿐입니다. 내가 남작을 꿰매준 것만큼만 내 낯짝도 잘 꿰매졌다면 나도 상황을 그렇게 좋게 보겠지요. 하지만 의안으로 세상을 보면 아주 이상하게 보입니다. 정말 그렇습니다. 저런, 크링엘라인 씨, 괜찮습니까?"

크링엘라인이 갑자기 침대에서 일어나 앉아 모르핀 때문에 무거워진 눈을 힘들게 뜨고 무엇인가를 찾았다. 그는 모르핀 때문에 무감각해진 손가락으로 이불을 더듬고 있었다.

"내 돈 어디 있나요?" 크링엘라인이 속삭이듯 말했다. 그는 지금 막 프레더스도르프에서 돌아왔는데, 아내와 싸우고 와서 마호가니로 장식된 그랜드 호텔의 방을 찾느라고 무척 애를 먹고 있었다. "내 돈 어디 있나요?" 타는 입으로 그가 물었는데, 그는 처음에 두 사람을 우단 안락의자에 앉아 있는 움직이는 거대한 그림자로 보았다.

"저 사람이 돈이 어디 있는지 묻네요." 남작이 귀가 잘 안 들리기라도 하듯 오터른슐라크가 남작에게 말을 전했다.

"아까 호텔 보관함에다 맡기더군요." 가이거른이 대답했다.

"당신이 돈을 호텔에 맡겼답니다." 오터른슐라크가 마치 통역사처럼 말을 전했다. 크링엘라인이 무거운 머리로 겨우겨우 말귀를 알아들었다. "아직도 아픕니까?" 오터른슐라크가 물었다.

"아프다니요? 어디가요?" 크링엘라인이 구름 위에서 물었다. 오터른슐라크가 일그러진 입으로 웃었다. "다 잊어버렸군요." 그가 말했다. "아픈 걸 다 잊어버렸어요. 내가 착한 일을 해주었는데 그것도 잊었네요. 내일이면 다시 멀쩡할 겁니다. 당신, 멋쟁이야." 그가 드러내고 놀리면서 말했다.

크링엘라인은 한 마디도 알아들을 수 없었다. "내 돈 어디 있나요?" 그가 끈질기게 물었다. "돈이 많았는데요. 딴 돈 말입니다." 가이거른이 담배에 불을 붙이고 연기를 폐 깊숙이 들이마셨다.

"돈 어디 두었나요?" 오터른슐라크가 물었다. "지갑에 있습니다." 가이거른이 말했다. "당신 지갑에 있습니다." 오터른슐라크가 확인했다. "자 어서 더 자도록 해요. 너무 나대면 다시 아파집니다."

"내 지갑 갖다주세요." 손가락을 편 채 크링엘라인이 고집을 부렸다. 이 멍한 상태가 무엇인지 표현할 길은 없지만, 그가 흐릿한 의식 속에서 또렷하게 느낀 것은 자신이 인생의 모든 순간을 현금으로 지불해야만 했다는 것이었다. 그는 현금으로 비싸게 지불했다. 꿈에서 그는 자신의 인생과 돈이 사라지는 것을, 흙탕물이 되어 프레더스도르프의 여울처럼 재빨리 사라지는 것을 느꼈다. 여울은 매년 여름이면 말라버렸다.

오터른슐라크가 한숨을 쉬고는 가이거른이 의자 등받이에 걸어둔 크링엘라인의 상의 주머니에 손가락을 넣어보았지만 아무것도 없었다.

가이거른은 담배를 피우면서 창가에 서 있었다. 등을 돌리고 얼굴은 거리를 향하고 있었다. 거리는 아크 등 불빛 아래 적막했다. "지갑이 없습니다." 오터른슐라크가 말하고, 한참 더 애를 쓴 후 양손을 늘어뜨렸다.

갑자기 크링엘라인이 침대에서 일어났다. 잠옷 차림으로 비틀거리며 방 한가운데로 갔는데 얼굴은 일그러진 채 곧 숨이 끊어질 것 같았다. "내 지갑 어디 있습니까?" 그가 흐느끼듯 소리쳤다. "어디 있나요? 그 많은 돈 어디 있나요? 그 많고 많은 돈 어디 있나요? 내 지갑, 내 지갑 어디로 갔나요?"

아까부터 지갑을 가지고 있던 가이거른은 찢어지는 이 고음의 탄식 소리에 귀를 막으려고 했다. 밖에서 승강기 올라오는 소리가 들렸다. 발소리가 복도를 따라 들리다가 문 안으로 사라졌다. 옆방 71호실에서 누군가가 숨 쉬는 소리가 들리는 것 같았다. 손목시계가 똑딱거리고, 자신의 심장이 조용히 뛰는 소리가 들렸다. 하지만 크링엘라인의 두려움도 들렸다. 이 순간 그는 크링엘라인의 거친 태도를 증오했다. 그를 때려 죽여버리고 싶었다. 그가 힐끗 방을 돌아보았지만, 크링엘라인이 보여주는 우울한 장면에 그의 주먹은 풀어지고 말았다. 크링엘라인이 방 한가운데 서서 울고 있었다. 모르핀 때문에 축 처진 눈꺼풀 아래로 눈물이 흘러 푸른색 실크 잠옷으로 떨어졌다. 지갑 때문에 크링엘라인은 어린아이처럼 울었다. "지갑에 6천2백 마르크가 들어 있습니다." 그가 훌쩍였다. "그거면 2년은 살 수 있어요." 알지 못하는 사이에 크링엘라인은 다시 프레더스도르프 수준으로 떨어져 있었다.

오터른슐라크가 가이거른을 향해 절망적인 몸짓을 했다. "지갑이 어디로 갔을까요? 크링엘라인이 꼭 2년을 더 살아야만 하는데 말입니다." 그가 농담을 하면서 물었다. 가이거른이 주먹을 주머니 안에 넣은 채 미소를 보냈다. "알람브라 궁전*의 아가씨들이 그걸 가져간 것 아닐까요?" 오래전부터 그가 준비한 대답이었다. 크링엘라인이 침대 모서리에 털썩 주저앉았다. "절대 아닙니다." 그가 조용히 말했다. "아닙니다, 아닙니다, 아니에요." 오터른슐라크가 크링엘라인을 쳐다보고 가이거른을 쳐다보고 다시 크링엘라인을 쳐다보았다. "그렇군." 그가 중얼거렸다. 그가 검은 케이스를 들고 가이거른에게로 가서 예전 방식대로 벽을 따라 걸었다. 마치 벽과 가구에서 힘과 기운을 받지 않으면 걷지 못하는 사람 같았다. 그가 가이거른 앞에 서서 성치 않은 쪽으로 몸을 돌려 의안으로 그의 목을 쳐다보았다.

"크링엘라인에게 지갑을 돌려줘야 합니다." 그가 나지막하고, 예의를 갖춰 말했다. 가이거른이 잠시 머뭇거렸다.

그 순간 가이거른의 운명이 판가름 났다. 그의 생사가 걸린 틈새가 벌어졌다.

가이거른은 명예로운 사람이 아니었다. 전에도 훔치고 사기를 쳤다. 하지만 범죄자는 아니었는데, 그의 성격과 혈통의 훌륭한 천성이 못된 생각을 파괴하는 경우가 많았기 때문이었다. 그는 멋쟁이 모험가였다. 그의 내면에는 힘이 있지만 충분한 힘은 아니었다. 그는 병든 두 사람을 때려눕히고 도주할 수 있었다. 그들을 쓰러뜨리고 훔친 돈을 가지고 호텔 벽을 넘어 도망칠 수도 있었다. 농담 몇 마디 던지고 방을 나가 역으로 달려가서 사라져버릴 수도 있었다. 그는 이 모두를 생각해보고 그루진스카야를 생각했다. 그녀의 가녀린 몸을 양팔 안에 느껴보았다. 그녀를 안고 트레메초에 있는 그녀 집 층계를 오르는 것을 생각해보았다. 그녀에

---

* 스페인 남부 그라나다 지역에 있는 이슬람 왕국의 궁전을 말하지만, 여기서는 두 사람이 갔던 술집 이름을 가리키는 듯하다.

266

게 가야만 한다. 가야 한다, 가야 한다. 어제 그루진스카야에게서 느꼈던 알 수 없는 강한 연민이 갑자기 그를 엄습했다. 하지만 침대 모서리에 앉아 있는 크링엘라인에 대해서도 그는 같은 연민을 느끼고 있었다. 전쟁 때문에 못 쓰게 된 얼굴로 자신을 바라보고 있는 오터른슐라크에게도, 그뿐 아니라 자기 자신에 대해서도 그는 알 수 없는 희미한 연민이 일었다. 이 연민에 그는 무릎을 꿇었다.

그가 방 안으로 두 걸음 들어오면서 미소를 지었다.

"지갑 여기 있습니다. 우리가 들어갔던 클럽에서 혹시 잃어버릴까 봐 내가 잘 보관하고 있었습니다."

"그것 봐요." 오터른슐라크가 안심을 하면서 가이거른의 양손에서 낡고 해진, 불룩한 지갑을 건네받았다. 묘하게 피곤한 듯하면서도 따뜻한 느낌이었다. 그의 손이 다른 사람의 손과 닿는 것은 굉장히 드문 일이었다. 그가 고개를 돌려서 멀쩡한 쪽 눈으로 한편으로는 고맙고 한편으로는 이해한다는 마음을 담아 가이거른을 쳐다보았다. 그러다 그는 깜짝 놀랐다. 아름답고 활기 넘치던 가이거른의 얼굴이 무서울 정도로 창백하고 핼쑥해져서 죽은 사람의 얼굴처럼 공허해 보였기 때문이었다. 이 세상에는 유령뿐인가? 소파를 따라 침대로 가서 크링엘라인 앞에 지갑을 갖다놓으면서 그가 중얼거렸다.

이 모든 일이 몇 초밖에 안 걸렸고, 그동안 크링엘라인은 입을 꽉 다문 채로 깊은 생각에 빠져 있었다.

오터른슐라크가, 자신이 그토록 법석을 일으키게 만든 지갑을 내밀었는데도 크링엘라인은 미동도 하지 않았다. 지갑을 쳐다보지도 않은 채 이불 위에 그대로 놔두었다. 돈을, 도박에서 딴 돈을 그는 쳐다보지도 않았다. "나를 떠나지 마세요." 그가 말했는데, 자신을 도와준 오터른슐라

크에게 한 말이 아니라 가이거른에게 한 말이었다. 그가 가이거른에게
손을 내밀었는데, 가이거른은 어두운 얼굴로 창가에 서서 새 담배에 불
을 붙이고 있었다.

"크링엘라인, 두려워할 필요 없습니다." 그사이에서 오터른슐라크가
말했다.

"전 두려워하지 않습니다." 크링엘라인이 단호하게, 완전히 말짱한
정신으로 말했다. "내가 죽을까 봐 두려워한다고 생각하시나요? 전 두렵
지 않습니다. 반대입니다. 그것을 고마워해야 합니다. 내가 죽을 것을 몰
랐다면 나는 결코 용기를 내지 못했을 겁니다. 언젠가는 죽으리라는 것
을 알면 용기가 생기는 법입니다. 죽어야 한다는 사실을 언제나 생각한
다면 말입니다. 그러면 어떤 것도 할 수가 있습니다. 그게 비밀입니다."

"네에." 오터른슐라크가 말했다. "회전문 말이군요. 크링엘라인이 철
학자가 되었네요. 병이 들면 현명해진다더니 그래서 그런 걸 알게 되었나
요?"

가이거른은 대답하지 않았다. 도대체 무슨 말들을 하고 있는 거야?
삶! 죽음! 어떻게 그런 것을 말할 수 있지? 그런 것은 말로 할 수 있는
게 아니야. 나는 살고 있다,라고 말하면 나는 그야말로 살고 있는 거야.
나는 죽는다, 그러면 맙소사, 내가 죽게 되는 거지. 죽음을 생각한다니,
말이 안 돼. 죽음에 관해 말하다니, 미친 거야. 하지만 점잖게 죽어야 해.
언제든 그 순간이 오면 말이지. 원숭이처럼 호텔 벽을 기어 올라가게 된
다면 저들도 삶이니 죽음이니 하는 소리는 뻥긋도 하지 않을걸, 그는 당
당하게 생각했다. 나도 준비가 되어 있어, 나는 모르핀 한 상자 그런 거
필요 없어. 그가 하품을 했다. 그는 열린 창문으로 들어오는 새벽 공기를
마음껏 들이마시면서 복서 못지않게 단단한 어깨에서 서늘한 냉기를 털

어냈다. "난 졸립니다." 그가 말했다. 갑자기 그가 웃음을 터뜨렸다. "어젯밤에 내 침대에 들어가보지도 못했습니다. 새벽 4시가 다 되었는데 오늘도 아직 못 갔네요. 가시죠, 박사님, 이제 이불 속으로 들어가야죠."

크링엘라인은 곧 말을 들었다. 그가 무거운 머리로 흐릿하긴 해도 계속 남아 있는 몸의 통증과 더불어 침대에 누워서 양손을 이불 위에 포개 얹었다. "가지 마세요, 제발 가지 마세요." 그가 간절하게 말했다. 너무 큰 소리로 말했는데 귓속이 다시 멍해지면서 쉿쉿 소리가 났기 때문이었다. 오터른슐라크는 옆에 서서 듣고 있었다. 그에게 신경 쓰는 사람은 아무도 없었다. 아무도 그에게 곁에 있어달라고 부탁하지 않았다. "모르핀이 들어갔으니 이젠 내가 필요 없지 않나요?"라고 그가 물었지만 크링엘라인은 놀리는 것을 눈치채지 못했다. "아뇨, 감사합니다." 크링엘라인이 멍하니 대답했다. 그가 가이거른의 손을 어린아이처럼 꼭 잡았다. 가이거른에게 매달렸다. 그는 가이거른을 사랑하고 있었다. 가이거른이 자신의 돈을 훔치려 했다는 것을 흐릿하게 알 수 있었지만 어쨌든 그는 가이거른을 꼭 붙잡았다. "제발 곁에 있어주세요"라고 그는 애원했다. 그러자 오터른슐라크도 웃기 시작했다. 그가 램프의 차가운 불빛 속에 일그러진 얼굴을 들어서 비뚤어진 입으로 웃기 시작했다. 그 웃음은 가이거른의 웃음과는 완전히 달랐다. 처음에는 소리 없이 웃다가, 폐부 깊숙이에서 새어 나오는 쉭 소리를 내면서 웃었다. 그 소리는 점점 더 상대를 무시하는, 적대적인 웃음으로 변했다.

옆방 71호실에서 벽을 세 번 두드렸다. "제발 좀 조용히 합시다. 밤엔 잠을 자야 하니 제발 떠들지 맙시다." 짜증나고, 잠에 취해 화가 난 낯선 사람의 목소리였다. 바로 옆방에서 세 사람의 운명이 결정적인 이 순간에 서로 마주치고 있음을 꿈에도 모르는 총회장 프라이징의 목소리였다.

그랜드 호텔의 도덕관은 고무줄 같았다. 그랜드 호텔 규칙상 프라이징 총회장이 비서를 방으로 들이는 것은 허용될 수 없었다. 하지만 젊은 여성을 방으로 들이면서 그는 아무런 제지도 받지 않았다. 그는 플램헨을 확실하게 설득한 후 불그스름한 이마로 말을 더듬으면서 그 일을 해냈다. 능란한 로나는 죄송하지만 빈방이 72호실 더블베드 룸 하나밖에 없는데, 프라이징의 방인 71호실과는 욕실을 사이에 둔 채 분리돼 있다고 말했다. 프라이징은 뭐라고 중얼거렸는데 체면상 못마땅한 척한 것이었다. 한껏 달아오른 그는 모험 속으로 뛰어들었다.

아침이면 프레더스도르프에서 그에게 우편물이 왔다. 수많은 사업 관련 우편물과 아내에게서 온 편지 한 통인데, 아내의 편지에는 딸 바베가 쓴 두 줄도 첨가되어 있었다. 하지만 그 연배의 남자들이 종종 그렇듯이 이제는 해변에서 멀리 벗어나 거친 바다 한가운데로 뛰어든 프라이징으로서는 편지를 냉정하게, 양심의 가책도 느끼지 않고 식사 중에 읽었다. 그는 함께 방을 쓴, 귀엽고 쾌활하고 전혀 거침이 없는 플램헨과

270

식탁에 함께 앉아서 식사를 했다.

크링엘라인 역시 프레더스도르프에서 우편물을 받았다. 그는 침대에 앉아 있었는데 아픈 곳이 하나도 없었고 훈츠 강장제와 잘 기억나지 않는 전날의 신나는 활력 덕분에 힘이 넘쳤다. 어젯밤 죽음의 공포를 물리치고 난 뒤, 거기에서 살아 나온 뒤에 그는 자신이 마치 투명한, 매우 강한 금속으로 만들어진 것 같았다. 전보다 더 빈약해 보이는 코에 안경을 얹고 그는 아내가 요리 공책에서 찢은, 파란 줄을 친 종이에 쓴 편지를 읽었다.

"여보." 그와 한 번도 가까운 적이 없었고, 이제는 생각할 수 없을 만큼 낯설고 먼 곳으로 사라져버린 크링엘라인 부인이 그렇게 썼다. "여보 오토, 당신 편지 길 받았어요. 당신의 병이 별것 아니길 바라요. 아버지도 그러셔요. 아버지가 당신 회사에다 지원을 신청해주셨는데, 어떻게 됐는지 아직 소식이 없어요. 이리저리 미루고만 있어요. 오늘 편지를 쓰게 된 것은 보일러 때문이에요. 빈더가 한번 와봤는데, 배출구가 막혔다면서 이곳 단지 안에서 고장이 안 난 집이 없다고 했어요. 고치지 않으면 석탄을 가져다 때야 하는데 석탄 값을 감당할 수 없을 거라고 하네요. 빈더하고 얘기를 해봤는데 14, 15마르크 아래로는 배관을 수리할 수 없다면서 그래도 고쳐야 석탄 값이 절약된대요. 이건 중요한 일이니까 어떻게 해야 할지 될 수 있는 대로 빨리 당신 생각을 듣고 싶어요. 그냥 둘 수는 없는데, 그렇다고 이 형편없는 보일러에 14마르크를 들이는 것도 말이 안 돼요. 이런 일에 대해 좀 아는 키차우한테 얘기를 건네봤더니 가격은 그 정도 드는 게 맞지만, 고친다고 돈이 덜 든다는 보장도 없대요. 여러 번 귀찮게 굴다가 결국 내가 회사로 슈리베스를 찾아가서 보일러를 고쳐달라고, 사택이니까 그렇게 하는 게 맞는다고 좀 시끄럽게 했어요. 하지만 말을 듣지 않아요. 슈리베스는 제멋대로에다 아주 야비한 인간이라 자기 주머니만 생각해요. 아버지 말로는 우리가 의료 지원을 신청하면 회사에서 30마르크는 내놓을 거라고 하지만, 나는 그렇게 생각하지 않아요. 그렇게 해도 욕심 사나운 프라이징은 한 푼도 안 내놓을 거예요. 이러니 보일러를 고쳐야 할까요, 아니면 그냥 놔둘까요? 당신이 요양원에 들어가게 되면 추가 의료비 지원을 당신이 받나요, 아니면 그것도 회사로 들어가나요? 이곳 사람들은 고약한 얼굴로 당신이 꾀를 부리면서 월급만 받아간다고들 해요. 나는 그런 사람들하고 어울리지 않는데, 그건 이로울 게 없기 때문이에요. 제발 의료보험 문제를 빨리 해결해요. 프람 부인 얘기로는 병가 중에는 보험에서 한 푼도 공제받을 수가 없대요. 그러니 정신을 바싹 차려야 한다고, 안 그러면 바보가 된다고 하더군요. 여긴 날씨가 나빠요. 거긴 어떤가요? 잘 지내기 바라요. 당신의 안나.

보일러 문제에 대해 빨리 답장을 주세요. 아니면 당신이 돌아올 때까지 기다리고 있을까요? 연기가 엄청 많이 나와서 눈이 매워요."

크링엘라인은 잘 다듬은 양손에 편지를 든 채로 침대 모서리에 앉아 10분쯤 깊은 생각에 잠겼다. 하지만 그는 프레더스도르프, 아내, 보일러, 고통의 발작, 한밤중의 죽음의 고통에 대해 생각하지 않았다. 그는 비행기, 비행 중 전혀 멀미가 나지 않았던 일, 심하게 선회하며 비행기의 창에 기댄 채 세상이 함께 돌아가는 것을 바라본 것, 그리고 겁 없이 밖을 내다볼 때 자신을 덮쳤던, 자신감과 용기로 가득했으며 감동적이면서 달콤했던 감정에 대해서 생각하고 있었다.

크링엘라인은 이제 일어나서 프라이징하고 이야기를 해봐야겠어,라고 생각하고 바로 침대에서 나왔다. 프라이징과의 일을 해결해야 해, 안 그러면 모든 것이 아무런 의미도 목적도 없어. 크링엘라인은 목욕을 하고 새로운 크링엘라인으로 옷을 입었다. 그는 실크 셔츠, 날씬한 조끼, 그리고 자의식으로 무장했다. 71호실 문 앞에 가 섰을 때 그의 심장은 주먹처럼 단단하고 확고했다. 그가 바깥문을 열고 들어가 흰색 안쪽 문을 노크했다.

"들어와요"라고 프라이징이 소리쳤는데, 평소 습관대로 아무 생각 없이 내뱉은 말이었다. 즐거운 플램헨과의 아침 식사를 누군가가 방해하리라고는 생각도 못 한 까닭이었다. 그런데 "들어와요"라고 소리치자마자 문이 열리고, 크링엘라인이 들어왔다.

그가 프라이징 앞에 나타났다. 프라이징으로서는 고상한 사람들만 묵는 그랜드 호텔 3층 71호실에 폭탄이라도 떨어진 기분이었다. 크링엘라인은 플로렌스 산(産) 멋진 새 펠트 모자를 단단히 눌러 쓰고 있었다. "안녕하십니까, 프라이징 씨." 그가 말하고 무심한 듯 두 손가락으로 모자의 테를 만지작거렸다. "말씀드릴 게 있습니다."

그 말에 프라이징은 굳어졌다. "무슨 일입니까? 어떻게 여길 들어왔지?"라고 물으면서 그는 조끼를 입은 크링엘라인을, 머리에 모자를 쓴 크링엘라인을, 세계의 파멸을 전하러 온 것처럼 굳은 얼굴을 한 경리과의 보조 경리 크링엘라인을 바라보았다.

"제가 노크했더니 들어오라고 하셨습니다"라고 크링엘라인이 놀라울 정도로 밝은 목소리로 대답했다. "드릴 말씀이 있습니다. 좀 앉겠습니다."

"앉아요." 막을 길 없는 프라이징이 말했는데, 크링엘라인은 이미 앉아 있었다.

"방해가 된다면 숙녀분께는 죄송합니다." 크링엘라인이 플램헨을 쳐다보며 말했다. 그러자 플램헨이 친절하고 명랑하게 대답했다. "사장님, 우리 만난 적이 있어요. 함께 폭스트롯을 멋지게 추었잖아요."

"그래요, 맞습니다." 크링엘라인이 말하며 쉰 목을 가라앉혔다. 목소리가 떨렸다. 이어 침묵이 흘렀다.

"자, 무슨 일입니까? 난 바쁩니다. 미스 플람한테 편지를 받아쓰게 해야 합니다." 총회장이 드디어 총회장님의 어조로 말했다.

얼른 말을 시작하지는 못했지만 크링엘라인은 조금도 주눅 들지 않았다. "제 아내가 편지를 보내왔는데, 보일러가 또 문제를 일으키는데 회사 측에서 수리를 거부한답니다. 그건 안 될 일이죠. 회사의 사택이고 매달 꼬박꼬박 월급에서 집세를 떼어가고 있으니 불편함이 없도록 회사가 책임을 져야 합니다. 보일러가 고장 나서 우리 같은 사람들이 질식해 죽지 않도록 말입니다"라고 그가 말했다. 눈썹 사이가 불그레해진 프라이징은 성질을 가라앉히려고 애쓰는 중이었다.

"그런 일이 나하고 관련 없다는 것을 잘 알 것 아닌가! 문제가 있으면 주택과로 가봐야지. 그런 일로 날 귀찮게 하는 것은 있을 수 없는 일이야."

그걸로 끝이었다. 얘기는 끝났다. 프라이징이 한 마디 더 했다. "사택을 지어줬는데 고마워하기는커녕 이렇게 나오는 건 뻔뻔한 일이야. 있을 수 없는 일이지."

프라이징은 일어섰지만 크링엘라인은 앉아 있었다. "좋습니다. 알겠습니다." 그가 무관심하게 대답했다. "회장님께선 모욕적인 말을 막 해도 된다고 생각하는군요. 전 그렇게 생각하지 않습니다. 프라이징 씨, 당신은 스스로 우월하다고 생각하시지만 그냥 보통 사람일 뿐입니다. 부자와 결혼을 해서 저택에 살고 있지만 그냥 보통 사람입니다. 프레더스도르프에서 어느 누구보다도 욕을 많이 먹고 있지만 말입니다. 이젠 아셨을 겁니다."

"난 상관없어. 아무 상관도 없어. 어서 여기서 나가게." 프라이징이 소리쳤다. 하지만 크링엘라인의 내부에는 아직도 알 수 없는 힘이 넘쳤다. 27년간의 말단직 생활에 관해 할 말이 많았고 힘이 철철 넘쳤다. "아뇨, 상관있습니다"라고 그가 말했다. "굉장히 상관이 있습니다. 아니면 무엇 때문에 공장 곳곳에 첩자와 밀고자들을, 슈리베스나 쿨렌캄프 같은 아첨꾼들을, 그런 인간들을, 아랫사람들을 밟아 뭉개고 윗사람에게 쩔쩔매는 그따위 인간들을 풀어놓는 겁니까! 3분만 지각을 해도 고자질을 하고 사환들의 뒤까지 캐는 것을 회사 전체가 다 알고 있습니다. 하지만 우리가 뼈 빠지게 일을 하는 건 얘깃거리가 되지도 않고, 돈을 더 주는 것도 아닙니다. 프라이징 씨 당신은 우리 같은 사람들이 일급으로 인간답게 살 수 있는지 그런 것에는 관심도 없습니다. 당신은 자동차를 타고 다니지만 우리들은 구두 뒤창 갈 돈도 없습니다. 다 써먹어서 늙게 되면 우릴 그냥 내팽개쳐버리겠죠. 아무도 우릴 걱정해주지 않을 테니까요. 실제로 32년간 공장에서 일한 한네만 노인은 백내장에 걸렸는데 연금도 한 푼 못 받습니다."

만약 프라이징이 크링엘라인 같은 말단 직원의 말처럼 몹쓸 폭군이라면 아마 크링엘라인을 당장 방에서 내쫓았을 것이다. 하지만 그는 점잖고, 선량하고 우유부단한 인간이었기 때문에 대화를 시도했다.

"월급은 등급에 따라 주는 겁니다. 그리고 회사에는 직원 기금이 있습니다." 그가 화난 목소리로 말했다. "한네만에 관해서 나는 아는 바가 없어요. 한네만이 대체 누구입니까?"

"등급 좋아하네! 기금 좋아하네!" 크링엘라인이 소리쳤다. "병원에서 나는 3등실에 있었습니다. 수술 후 사흘 동안 치즈하고 살라미를 먹도록 되어 있었어요. 내 아내가 몇 번이나 신청을 하고 다시 신청을 했지만 한 번도 보조금을 받지 못했습니다. 미케나우까지 가는 병원 차도 내가 돈을 내야 했어요. 사실 나는 이제 위도 없지만, 계속 치즈만 먹게 했어요. 병원에 있는 4주 동안 당신은 나한테 편지를 보냈어요. 오래 병을 앓게 되면 면직을 당하게 된다고 말입니다. 프라이징 씨, 그랬나요, 안 그랬나요, 그랬지요?"

"내가 쓰도록 한 편지 전부를 다 기억하지 못합니다. 하지만 회사는 요양원이 아니고, 병원은 보험사가 아닙니다. 당신은 회사에는 병가를 내놓고 여기서 귀족처럼, 건달처럼 지내고 있습니다!"

"그 말 취소하십시오. 당장 여기 숙녀분 앞에서 그 말 취소하십시오." 크링엘라인이 소리쳤다. "그런 모욕적인 말을 하는 당신은 대체 어떤 사람입니까? 지금 누구한테 그런 말을 하는 겁니까? 나를 쓰레기로 생각하나요? 내가 쓰레기라면 프라이징 회장님, 당신은 더 형편없는 쓰레기입니다. 그걸 알아야 합니다. 당신이야말로 쓰레기, 쓰레기입니다."

두 남자는 마주 보고 서서 서로에게 화를 냈고, 열에 들뜬 얼굴로 서로 정신없이 욕을 내뱉었다. 프라이징은 벌게졌다가 거의 창백해졌으며, 면도를 한 윗입술 위에는 땀방울이 맺혔다. 크링엘라인은 완전히 노래지면서 입에서는 절망적으로 핏기가 사라지고, 팔꿈치, 어깨, 모든 관절을 떨고 있었다. 플램헨은 이쪽저쪽을 번갈아 쳐다보았다. 고개를 들어 양쪽을 번갈아 쳐다보았는데, 마치 털 뭉치를 가지고 이리저리 장난하는 철모르는 새끼 고양이 같았다. 하지만 정신없는 이 상황에서 그녀는 크링엘라인이 말하려는 것이 무엇인지 이해가 되었고, 공감할 수 있었다.

"우리 같은 인간들이 어떻게 살고 있는지 아마 모르실 겁니다." 허옇게 밀어낸 콧수염 아래의 창백한 입술로 크링엘라인이 소리쳤다. "우리들의 삶은 절망적입니다. 일생 동안 지하실에 갇혀 사는 꼴입니다. 거기서 일 년, 또 일 년을 기다리면서 처음엔 180마르크를 받고 5년을 기다려 2백 마르크를 받습니다. 계속 허우적대면서 기다리고 또 기다립니다. 그러면서 이렇게 생각합니다. '좀 있으면 나아질 거야, 좀 있으면 아이 하나는 키울 수 있을 거야.' 하지만 나아지지 않습니다. 그러다가 개 기르는 것까지 포기하죠. 돈이 모자라니까요. 그러면서도 나아지길 기다립니다. 죽도록 일하면서 초과 근무까지 합니다. 하지만 320마르크와 가족 수당을 받는 좋은 자리는 다른 사람에게 뺏기고, 항상 멍하니 제자리입니다. 왜냐고요? 총회장이 아무것도 모르기 때문이죠. 총회장은 부당한 사람만 승진시킵니다. 브레제만 같은 인간 말입니다. 우리 같은 사람들은 20주년 근속 기념일 같은 건 기대할 수도 없습니다. 나한테 축하한딘 말이라도 했나요? 축하금 같은 것을 줄 생각이라도 해봤나요? 책상에 앉아서 기다려봤지만 아무것도 없더군요. 그래서 이렇게 생각했습니다. '이게 아닐 거야. 아마 굉장히 놀랄 만한 일이 있을 거야. 잊어버릴 리가 없어. 20년을 죽도록 일했잖아, 20년이야.' 점심때가 되었습니다. 그리고 6시가 되었어요. 옷을 챙겨 입고 기다렸지만 아무 일도 없었습니다. 집으로 터덜터덜 돌아갔는데 아내한테, 그리고 캄프만한테 창피하더군요. 캄프만이 물었어요. '어이, 오늘 제대로 축하 받았나?' '응'이라고 대답했죠. '오늘 내 책상은 꽃투성이였고 5백 마르크도 받았어. 그리고 총회장님이 직접 칭찬도 했어. 내가 제일 늦게까지 근무한다는 걸 알고 있거든.' 캄프만에게 그렇게 말한 것은 창피함을 숨기려고 그런 겁니다. 그런데 7주 뒤에 브레제만이 나를 부르더니 이렇게 말하더군요. '자네가 20년 근속을 했는데 깜빡했네. 혹시 뭐 바라는 것 있나?' 그래서 내가 대답했습니다. '볼 수 있는 대로 빨리 죽어 사라지는 게 내가 바라는 것입니다. 이런 개 같은 생활이 정말 싫군요.' 그러자 브레제만이 윗분을 찾아갔고, 5월 말부터는 월급을 420마르크로 올려준다고 하더군요. 그래봤자 개처럼 사는 건 달라질 게 없습니다. 그래서 나는 맹세했어요. 프라이징 씨에게 다시 한 번 저의 진실을 말해봐야겠다고 말입니다."

크링엘라인은 큰 소리로 말을 시작했지만 말하는 동안 목소리가 잦아들었다. 슬픔이 더해져서 목소리가 사라졌다. 프라이징은 뒷짐을 지고 작은 방 안을 이리저리 왔다 갔다 했다. 무거운 몸무게에 그의 구두가 삐걱 소리를 냈다. 플램헨이 내내 그 자리에 앉아 이쪽저쪽의 얘기를 귀 기울여 들었다는 사실에 그는 화가 났다. 갑자기 그는 크링엘라인 앞으로 다가가서 새로 마련한 그의 상의 앞으로 몸을 내밀었다.

"대체 원하는 게 뭐야? 내가 모르는 사람인데 어떻게 여길 들어온 거지!" 그가 차갑게 코맹맹이 소리로 말했다. "뻔뻔하게 남의 방에 들어와서 무슨 빨갱이 같은 소리를 하는 거야! 자네 20주년이 나한테 무슨 상관이야? 내가 자네하고 무슨 상관이 있어! 내가 회사 직원 하나하나에 모두 신경을 써야 하나? 나는 다른 할 일이 많아. 나라고 해서 팔자가 늘어진 것은 아냐. 전혀 그렇지 않아. 뛰어난 업적을 내는 사람은 합당한 대우를 받고, 앞길도 탄탄하지. 나는 남들한테 관심 없고, 자네는 내가 모르는 사람이야! 이제 지겨우니 제발……"

"나를 모른다고요? 하지만 나는 당신을 잘 압니다. 당신이 견습생으로 프레더스도르프에 와서 구둣방 집 뒷방에 살면서 내 장인한테 버터하고 소시지 살 돈을 꾸어 갈 때부터 당신을 잘 압니다. 프라이징 씨, 당신이 우리들한테 먼저 인사 건네는 걸 그만둔 그날 노인장 딸의 애인이 된 것을 아직도 기억합니다. 프라이징 씨, 당신한테서 눈을 떼지 않았기 때문에 나는 하나도 놓치거나 빼먹은 것이 없습니다. 당신은 엄청나게 큰 과오를 저질렀지만, 만약 우리 같은 인간이 아주 작은 실수라도 저질렀다면 우리는 오래전에 쫓겨났을 겁니다. 복도를 지나면서 너희는 사람도 아니라는 듯이 우리를 바라볼 때 당신의 그 못마땅한 표정이라니! 그리고 1912년 내 회계 장부에 착오가 나서 310마르크 손실이 났을 때, 그때 당신이 나한테 퍼부은 말들을 나는 결코 잊을 수가 없습니다. 당신이 해고한 8백 명의 직원들은 아직도 당신 뒤에서 침을 뱉습니다. 그건 확실합니다. 당신은 차를 타고 우리 곁을 지나가면서 배출구로 유독가스를 쏟아내며 스스로 무슨 대단한 인물이라도 된 것처럼 착각하지만, 당신으로 말하자면……"

크링엘라인은 샛길로 빠지고 있었다. 그는 지난 모든 일과 27년간의 증오를 쏟아냈다. 중요한 것에 부차적인 것을, 사실에 상상을, 아는 것에 회사 소문을 뒤섞었다. 이 호텔 객실에서 쏟아져 나오는 이야기는 약하고 실패뿐인 사람이, 단순하고 무지막지하게 출세의 길을 달린 사람에게 퍼붓는 한탄이었다. 사실이지만, 어찌 보면 부당하고 상당히 우스꽝스러운 한탄이었다. 어떤 인간적인 공감도 불가능한 프라이징 쪽에서는 자신이 견습생 시절에 자우어크라츠 씨의 형편없는 시골 가게에서 빚을 졌던 일을 크링엘라인이 이야기하자 더욱더 무시무시한 분노에 사로잡혀서 현기증이 나고 심장 발작이 걱정될 정도였다. 그의 목구멍에서는 무거운 숨소리가 들렸다. 눈의 가느다란 핏줄에는 피가 가득해서 앞이 불그레하고 흐릿하게 보였다. 갑자기 그가 두어 발자국 크링엘라인에게 다가가 그의 조끼를 움켜쥐고 마치 보따리처럼 그를 이리저리 흔들었다. 크링엘라인의 새 모자가 바닥에 떨어지자 프라이징은 짐승을 밟듯이 그것을 발로 밟았다. 그런데 이상하게도 크링엘라인은 이 거친 행동이 묘하게 재

미있었다. '병들어 다 죽게 된 힘없는 사람을 패는군, 당신다운 일이야.'
그는 거의 통쾌한 기분이었다. 룸서비스 조식 너머에서 플램헨이 혼잣말
을 했다. "안 돼요. 그러지 마세요."

프라이징이 크링엘라인을 벽으로 밀자 문이 열렸다. "집어치워." 그
가 소리 질렀다. "입 다물어. 나가! 당장 나가! 당신 해고야. 내가 해고할
거야. 당신 해고야. 해고라고!"

모자를 집어 든 크링엘라인은 그 말에 얼굴이 종잇장처럼 창백해진
채로 이중문 사이에 서 있었다. 안쪽 문은 열려 있었고 바깥쪽 문은 닫
혀 있었다. 그가 땀에 젖은 떨리는 등을 하얗게 칠해진 문에 기댄 채 웃
기 시작했다. 분노로 일그러진 프라이징의 얼굴에다 대고 그가 입을 크
게 벌린 채 웃기 시작했다.

"날 해고한다고? 지금 협박하는 겁니까? 해고 못 할 겁니다. 프라이
징 씨, 나한테 당신은 아무 짓도 못 합니다. 절대도, 절대로 못 합니다.
난 병들었어요. 죽을병이 들었단 말입니다. 난 죽습니다. 2, 3주밖에 안
남았습니다. 아무도 날 어떻게 하지 못합니다. 당신이 날 해고하기 전에
나는 죽습니다!" 그가 소리쳤다. 그리고 웃느라고 온몸이 흔들렸는데,
두 눈에는 뜨거운 눈물이 흘렀다. 저쪽에서 플램헨이 소파에서 일어나
몸을 앞으로 숙였다. 프라이징도 몸을 숙였는데 주먹 쥔 손부터 내려놓
았다. 그가 손을 바지 주머니에 넣었다.

"저런." 그가 낮은 소리로 말했다. "지금 미친 거 아냐? 웃고 있잖
아! 중병이 들었다면서 당신 웃고 있잖아! 지금 술 취한 건가?"

이 말에 크링엘라인은 갑자기 정신이 들어 생각을 가다듬었는데, 약
간 당황한 것 같았다. 그는 두 개의 문 사이에 잠시 더 서 있다가 작은
호텔방 안을 힐끗 둘러보았다. 햇살을 받으며 창가에 서 있는 플램헨의

모습과 양손을 바지 주머니에 넣은 건장한 총회장. 문이 열려 있는 침실과 그 옆의 욕실을 바라보았다. 이 모든 것이 희미하게 보였는데, 크링엘라인의 두 눈, 어느새 흘러내린 눈물 속에서 모든 것이 흔들리고 있었다. 그는 프라이징이 발로 밟았던 모자를 집어 들고, 몸을 숙여 인사를 했다.

"방해를 해서 숙녀분께는 죄송합니다." 그가 다시 듣기 좋은 고음으로 말했다. 못된 남자의 습성대로 프라이징은 그것을 비겁하고 수치스러운 말투로 받아들였다. 그가 주머니에서 주먹을 꺼냈다. "나가." 그가 소리쳤다. 하지만 크링엘라인은 이미 사라지고 없었다. 프라이징은 세 번이나 방 안을 이리저리 왔다 갔다 했다. 관자놀이가 튀어나오고 이마는 벌게졌다.

"이제 어떡하죠?" 플램헨이 물었다.

갑자기 총회장이 문으로 달려가 문을 활짝 열고는 조용한 호텔 복도에다 대고 화난 코끼리처럼 소리를 질러댔다. "찾아내고 말 거야. 두고 볼 거야. 여기 와서 빈들거리는 돈을 어디서 훔쳤는지 알아내고 말 거야. 빨갱이 같은 놈. 사기꾼 같으니. 뻔뻔하고 비열한 건달 같으니! 널 체포하게 할 거야, 체포할 거야." 하지만 크링엘라인은 보이지도, 들리지도 않았다.

"원래는 좋은 사람이에요. 그 사람 마지막에는 울었어요." 내내 입을 다물고 있던 플램헨이 끝맺음을 하면서 말했다.

"정말 예쁜데, 스타킹은 그냥 신고 있지그래." 72호실 플램헨의 방 소파에 앉아 프라이징이 말했다. "안 돼요." 플램헨이 거절했다. "너무 불편해요. 구두하고 스타킹을 신고 있는 건 못 참겠어요." 탁자 등의 불빛에 그녀의 육체가 빛을 발했다. 흐릿한 노랑 불빛에 붉은 그림자가 서렸다. 무릎과 어깨의 팽팽하고 동그스름한 피부 위로 부드러운 불빛이 반사되었다. 그녀는 침대 모서리에 앉아서 파란색 구두를 벗은 다음 진지하고 조심스럽게 새 실크 스타킹을 돌돌 말아 내렸다. 몸을 숙이자 불빛이 부드러운 가슴골을 비췄고 척추가 잔물결을 일으켰다. 프라이징의 숨을 멎게 만드는 장면이었다. "정말 예뻐." 그가 말했는데, 그래도 그는 불편한 소파에서 일어날 생각은 하지 않았다. 플램헨이 착한 표정으로, 격려를 보내면서 어깨 너머로 고개를 끄덕였다. 그녀가 얌전한 여학생처럼 드레스와 속옷을 개켜놓은 의자 위에다 스타킹도 올려놓았다. 프라이징이 일어나서 구두를 삐걱거리며 그녀에게 다가갔다. 그가 연한 색깔의 털이 수북한 검지를 조심스럽게 내밀고 마치 그녀가 야생의 낯선 동물이라도 되는 것처럼 플램헨의 등을 조심스럽게 만졌다. 플램헨이 미소를 보냈다. "응?" 그녀가 다정하게 말했다. 그녀는 약간 불안하고 초조했다. 하지만 문서화하지 않은 계약을 제대로 이행하고픈 최선의 의지를 가지고 있었다. 1천 마르크에다 영국 여행, 새 옷 등등을 받으면서 아무런 보상도 안 하는 것은 참한 사람이라면 안 될 일이었다. 하지만 총회장으로 말하자면 너무도 재주가 없이 이틀째 버둥대기만 해서(적어도 플램헨은 소심하고 기가 죽은 프라이징의 구애 방식을 이렇게 불렀다) 보통 불편한 게 아니었다. 마치 유난히 재주 없는 치과 의사한테 치아 때우기를 맡긴 기분이었다. 괴로운 일이 더 이상 없기를 바랐지만 나아지는 게 없어서 그녀는 짜증이 났다. 그녀가 등을 프라이징의 손 가까이 댔지만, 프라이징의 불안한 검지는 어느새 조끼 주머니에 들어갔다가 과감한 모험을 중단하고 만년필 옆에 가 있었다. 플램헨은 한숨을 쉬고 얼굴을 총회장 쪽으로 돌렸다.

그녀의 나체가 그를 매혹시키기도 하고 동시에 불안에 빠뜨리기도 했다. "으응, 예뻐. 정말로 예뻐." 그가 불안하게 말했다. 그녀의 육체가 너무도 생기 있고 청결하게 숨 쉬고 있기 때문에 총회장은 도취보다는 불안감에 사로잡혔다. "그런데 잡지에 있는 사진하고는 완전히 달라." 그가 거의 슬프게 말했다.

"달라요? 어디가 달라요?"

"더 요염했지. 사람을 완전히 홀릴 정도였는데 말이야."

플램헨은 그가 무슨 말을 하는지 알아들었다. 냉정할 정도로 완전 무결한 자신의 몸에 대한 드러낼 수 없는 실망감, 답답하고 둔한 프라이징의 소시민적인 성격을 그녀는 느꼈다. 하지만 어쩔 수 없는 일이었다. 나는 달라진 거 없어,라고 그녀는 생각했다. 그녀가 말했다. "네, 촬영기사들은 모델들을 항상 마음대로 갖고 놀아요. 멋대로 수정까지 해요. 사진이 실물보다 더 마음에 드신 것 같아요."

"아냐. 정말 예뻐." 프라이징이 같은 말을 반복했다. 연애에 필요한 말은 그 한 마디밖에 아는 것이 없었다. "그런데 나한테 자기라고 불러주면 안 될까?"

플램헨이 생각에 잠겨 고개를 저었다. "안 돼요."

"안 된다니, 대체 왜 안 되는 거야?"

"그냥 안 돼요. 그렇게 못 하겠어요. 못 해요. 낯선 사람인데 어떻게 자기라고 불러요! 다른 것은 원하는 대로 해드릴게요. 하지만 자기라고 부르는 건 못 하겠어요."

"플램헨, 자기 정말 이상한 여자야." 프라이징이 말하고, 반짝이는 그녀의 나체와 짙게 칠한 입술을 바라보았다. "알고 싶은 게 많아."

"이상한 여자 아니에요." 플램헨이 고집스러운 표정을 지으며 말했다. 그녀는 나름대로의 정조관념을 가지고 있었다. "신중해야 해요." 그녀가 설명했다. "회장님하고 같이 영국으로 가서 뭐든지 해드릴 수 있어요. 하지만 군더더기가 남지 않았으면 해요. 자기라고 부르다가는 그렇게 될 수 없어요. 반년 뒤쯤에 제가 회장님을 만나면 '안녕하세요, 총회장님'이라고 인사해야 하고, 그리고 회장님은 '내가 맨체스터에서 만난 그 여비서로군.' 이렇게 해야 맞는 거예요. 하지만 자기라고 말하다가 만약 회장님 곁에 사모님이 계신데 제가 '안녕하세요, 자기?' 혹은 '자기, 요즘 잘 지내시죠?'라고 말한다면 회장님께서는 불편하실 거예요."

실제로 총회장은 이 호칭에 몸서리를 쳤다. 순간 그는 집에 있는 아내 물레를 까맣게 잊고 있었다. 그의 핏속에선 탈선과 타락이 뜨겁게 용솟음쳤다. 영양 상태가 좋은 미래의 동맥경화 환자 프라이징의 혈압은 그로 인해 너무 높게 올라갔다. 그는 옆에 놓인 의자에 앉아서 한숨을 쉬었다. 의자 역시 한숨을 쉬었다. 현관이 덜컹거리고 가구가 신음을 하고, 문이 무거운 프라이징의 몸에 부딪쳐서 쿵 소리를 냈다. 그가 양손을 내밀고 엄청난 용기를 쥐어짜내서 플램헨의 엉덩이 위의 멋진 굴곡에 손을 올렸다. 하지만 곧 그는 놀라고 실망했는데, 기대했던 부드러움 대신 빳빳한 고무줄처럼 단단하고 탄력 있는 몸과 마주한 까닭이었다. 그가 무릎 위로 플램헨을 끌어당기고 자꾸만 떨려오는 무릎을 진정시켰다. "아니, 왜 모두들 근육이 남자 같은 거야?" 그가 쉰 목소리로 중얼거렸다.

"누구요? 모두라니 누굴 말하는 거예요?"

"자기, 그리고 내가 아는 여자들 말이야." 프라이징은 그렇게 말하면서 자신의 딸들인 바베와 펩시의 수영복 입은 모습을 떠올렸다. 으슬으슬 추위를 느낀 플램헨은 가까이 다가온 프라이징의 따뜻한 몸이 반가워서 딱딱한 말투가 부드러워졌다. "저런, 여자들을 많이 아시나 봐요"라고 그녀가 말하면서 프라이징의 머리를 가지고 장난을 쳤다. 그의 머리는 바로 어제 고급 이발소에서 손질을 해서 좋은 냄새가 났다. (응, 상당히 괜찮은데,라고 플램헨은 생각했다.) "물론 여자들을 잘 알지. 대체 무슨 생각을 하는 거야? 나 나무토막 아냐. 5시 티파티에 항상 멋쟁이 젊은 애들이랑 참석해. 만져봐, 내가 얼마나 힘이 좋은데!" 그렇게 말하고 나서 프라이징은 이두박근에 힘을 주었다. 그는 어제의 회담을 성공적으로 끝내고 믿기 힘든 이런 모험에 뛰어들게 되어 행복하고, 황홀하고 자랑스러운 흥분 상태로 되돌아갔다. "만져봐, 얼마나 단단한데. 만져보라고, 얼마나 단단한데." 되풀이해 말하면서 그가 팔뚝을 플램헨한테 내밀었다. 플램헨이 마음을 먹고 팔을 만져보았다. 정말로 소매 아래로 놀랄 정도로 단단하고 거대한 이두박근이 보였다.

"어머." 플램헨이 경탄했다. "강철 같아요." 불편한 프라이징의 무릎에서 일어나서 그녀가 조금 뒤로 물러났다. 그러고는 두 손을 목 뒤로 보내고 입을 반쯤 벌린 채 총회장을 바라보았는데, 겨드랑이에는 이마 위처럼 연한 털이 보였다. 프라이징은 갑자기 목이 눌리는 기분이었다.

"나한테 잘해줄 거야?" 그가 맥없이 물었다. "그럼요. 물론이죠." 플램헨이 아주 공손하고 성의 있게 대답했다. 다음 순간 총회장은 그녀를 덮쳤다. 다 끊어진 밧줄로 감방을 탈출해서 담을 넘는 죄수의 표정이었다. 정확하고 양심적이며 사려 깊은 인간 프라이징은 이렇게 자신에게서 탈출했다. 로켓이 발사되듯 그는 플램헨의 두 팔 안에 착륙했다. 그렇지,라고 플램헨은 생각했다. 당황하게 만드는 프라이징의 그 열정, 불안, 격정에 그녀는 마음이 조금 흔들렸다. 그녀가 양팔로 그의 목을 감았다. 따스한 파도 같은 그녀를 안은 채 프라이징은 함께 파도 속으로 빠져들었다. 그녀를 안고 있는 그의 눈앞에서 전보문이, 수많은 전보문이 소용돌이치며 진홍색이 되었다가 진파랑으로 바뀌더니 그가 플램헨의 입술에서 제비꽃 향기를 들이마시자 완전히 사라져버렸다.

저녁 늦은 시간이었다. '옐로 룸'에서 들려오는 댄스곡의 멜로디가 그
랜드 호텔의 벽마다 나지막이 울렸다. 도어맨 젠프는 한 시간 훨씬 전에
야간 도어맨과 근무 교대를 했다. 오터른슐라크 박사는 방으로 올라가
눈을 감고 입을 벌린 채 침대 위에 누워 있었다. 그는 마치 미라처럼 보
였다. 완전히 떠날 작정으로 자그마한 트렁크를 챙겨놓았지만, 언제나 그
렇듯이 그는 오늘 저녁도 간단한 수속을 위한 마지막 결정을 아직 내리
지 못하고 있었다. 68호실 그루진스카야의 방에서는 계속 타자기 소리가
들렸다. 그 방에는 어느 미국 영화사 대표가 자리를 잡고 있었다. 사랑의
보금자리였던 청동 침대 모서리에는 사진 필름이 수북이 쌓여 있었다.
미국인은 그것을 들여다보면서 업무용 편지를 쓰고 있는 중이었다. 타자
소리는 70호실까지 들렸는데, 그곳에서는 크링엘라인이 욕조에 들어앉아
흰 법랑 욕조에 넣은 발포제(發泡劑)가 거품을 만들어내는 것을 구경하고
있었다. 그는 슬펐는데, 슬프기 때문에 힘을 내기 위해서 나지막하고 조
심스럽게 노래를 부르고 있었다. 숲속에 들어온 아이처럼 크링엘라인은
욕조 안에서 노래를 불렀다. 날씨가 안 좋아 맥이 빠지는 데다가 프라이
징과의 대결에 힘이 빠져서 그는 지치고 쇠진한 상태였다. 게다가 최악의
일은 활력소이자 에너지의 원천인 가이거른이, 시동을 거는 뜨거운 피를
가진 시속 120킬로미터의 무모한 그가 갑자기 보이지 않는 것이었다. 크
링엘라인은 고통을 진정시키는 따스한 욕조에 몸을 담그고 있었는데, 마
치 삶의 마지막 페이지를 다 읽은 듯한, 페이지를 다 넘긴 것 같은 그런
기분이었다. 이제 아무것도, 정말 아무것도 남은 것이 없었다.

층계를 조심조심 오르던 18번 보이 카를 니스페가 걸음을 멈추었다

가 다시 조심스럽게 걷다가 멈추기를 반복하면서 층계를 올라가고 있었다. 그의 눈 주변에는 마치 화장을 한 것처럼 검은 테가 둘러 있었다. 그가 침을 삼켰는데, 그 역시 대다수 호텔 직원들처럼 이상한 허기에 시달리고 있었다. 근무가 끝나면 그는 화려한 기둥과 양탄자, 베네치아식 분수가 있는 호텔 라운지를 나와서 갑갑한 가난뱅이의 생활로 돌아갔다. 열일곱 살 아직 풋내기인 그는 흔히 약혼자라고 부르는 여자 친구가 있었는데, 그녀는 몇 푼 안 되는 그의 월급으로는 감당할 수 없는 요구를 종종 했다. 그는 '겨울 가든'에서 금빛 담배 케이스를 발견해 나흘째 숨겨 가지고 있었는데, 거의 훔친 것이나 다름없었다. 이제 정신이 들자 그는 이 문제를 해결할 작정으로 케이스를 마치 지금 발견한 것처럼 돌려주기로 작정했다. 가슴을 두근거리며 그가 69호실 앞에 서서 모자를 벗었다. 그러자 정복을 입은 그의 얼굴이 순간 인간적인 모습으로 변했다. 그가 가슴을 두근거리며 몇 분 동안 그렇게 서 있다가 노크를 했다.

가이거른 남작이 약 15분 전에 열쇠를 찾아가지고 방으로 올라가는 것을 보이 카를 니스페가 보았는데도 안에서는 대답이 없었다. 보이는 망설이다가 마음을 먹고 바깥문을 열고 들어가 안쪽 문을 노크했다. 두 문 사이의 옷걸이에는 룸서비스 직원에게 세탁을 맡기기 위해 남작이 내놓은 턱시도가 걸려 있었다. 보이가 노크를 했지만 응답이 없었다. 기다리다가 그가 다시 노크를 했다. 응답이 없었다. 안쪽 문의 손잡이를 누르자 방 안이 보였는데 텅 비어 있었다. 세상살이를 좀 아는 보이 카를은 빙긋 웃고 높고 부드럽게 휘파람을 한 번 분 다음에 손 안에서 따스해진 담배 케이스를 탁자 가운데에다 놓았다. 방 안은 정돈이 잘되어 있었다. 불이 켜져 있었고 공기는 아주 신선해서 보통의 호텔방과는 달리 박하, 라벤더, 담배 향, 라일락 향이 섞여 숨 쉬기가 아주 상쾌했다. 꽃병에는 속성 재배한 하얀 라일락 몇 가지가 꽂혀 있었다. 책상 위에는 셰퍼드 사진이 놓여 있었다. 방 한가운데에는 가이거른의 에나멜 구두가 가지런히 보기 좋게 놓여 있었다. 보이는 미소를 보내며 고상한 독신남의 분위기에 홀려서 잠시 생각에 잠겼다. 그러다가 그는 갑자기 가슴을 두근거리면서 담배 케이스를 다시 집어 셔츠 안에다 숨기고 조용히 방을 나왔다.

지나치면서 보니 문이 열린 작은 오피스 안에서 룸 메이드가 앉아 편지를 쓰고 있었다. 3층은 조용했고 아래층에서는 환풍기의 작은 프로펠러가 돌아가고 있었다. '옐로 룸'에서는 탱고가 시작되었다.

프라이징이 비서를 위해서 빌린 고가의 더블 룸인 72호실에서도 음악 소리는 들렸다. 첫 키스의 제비꽃 향기에서 깨어나 프라이징이 말했다. "들어봐."

"아까부터 들렸어요. 음악 소리예요." 플램헨이 말했다. "멀리서 들려오는 음악 소리가 난 좋은데요."

"음악? 아냐. 다른 소리 못 들었어?" 프라이징이 물었다. 침대 모서리에 똑바로 앉아서 귀를 기울이는 그의 모습은 제정신이 아니었다. 긴장으로 인해 미간이 좁아지고 이마는 여러 해 동안 힘들게 사업을 이어온 탓에 생긴 주름들이 가득했다. "계속 무슨 소리가 들려." 그가 불안하게 말했다. "뭐가요? 어디서요?" 플램헨이 중얼거렸다. 졸음이 오기 시작한 그녀가 초조하게 프라이징의 머리를 잡았다. "무슨 노크 소리 같은 게 들렸어." 프라이징이 주장을 굽히지 않으면서 열려 있는 자기 방의 욕실을 바라보았다. "무슨 소리가 들리네요." 플램헨이 말하고 두 손을 프라이징의 조끼 위에 올려놓았다. "사장님 심장 뛰는 소리가 들리네요. 쿵쿵쿵 소리가 똑똑히 들려요."

정말로 프라이징의 심장은 넓은 그의 가슴에서 대단한 소리를 내고 있었다. 회색 옷 아래에서 둔탁하면서도 요란하게 박동하고 있었다. 프라이징은 열린 문으로 계속 시선을 보냈는데, 니스 칠을 한 방문 위로 컴컴한 방에 있는 침실 탁자등의 분홍색 불빛이 반사되고 있었다. "가볼게. 가봐야겠어." 그가 플램헨의 손을 그의 가슴에서 밀어내면서 일어났다. 그가 일어나자 침대가 삐걱거렸다. 플램헨은 어깨를 으쓱하면서 그를 보냈다. 프라이징이 성큼성큼 세 발자국 걸어 욕실 문 쪽으로 갔다.

목재로 만든 하얀색의 한 쪽짜리 작은 이 문은 닫아두는 것이 원칙이었다. 그 문은 총회장의 방과 여비서의 방을 가르는 것이었다. 하지만 호텔 측에서는 문을 터놓고 사용하는 것에 반대하지 않았다. 오히려 권장하는 편이었다. 하지만 그 작은 문에는 이쪽에 문고리가 없기 때문에 닫혀 있으면 손잡이가 없어서 열 도리가 없었다. 프라이징은 공장에서 항상 가지고 다니는 누름쇠를 이용해서 문을 열어두고 있었다. 그날 밤 그는 구두 보관 주머니, 셔츠 칼라 상자, 목욕용 가방 같은 착실한 남편의 잡동사니를 자기 방에 놔둔 채 이 문을 통해서 끝없고, 가늠할 수 없는 모험 속으로 발을 담근 것이었다.

그는 서둘러 컴컴한 욕실을 지나갔다. 욕조에는 물이 똑똑똑 떨어지고 있었다. 그 옆은 자그마한 거실인데, 역시 컴컴했지만 의심스러운 소리는 나지 않았다. 프라이징은 잠시 그곳에 서서 스위치를 찾았지만 찾을 수가 없었다. 더듬더듬 닫힌 침실 문 쪽으로 가던 그는 깜짝 놀라 숨이 멎은 채 거실 한가운데 우뚝 섰다. 침실의 불을 확실히 끄고 나왔는데, 지금 그곳엔 불이 켜져 있었다. 방문 아래로 실처럼 가는 불빛이 흘러나오고 있었다. 빛은 문지방을 넘어 프라이징의 발 앞에서 깜빡거리다가 사라졌다. 프라이징은 1초 동안 우뚝 선 채로 한줄기 불빛이 흘러나

오다가 다시 어둠에 잠긴 방을 바라보았다. 호텔 정문을 비추던 자동차 전조등, 가로등, 네온사인의 흐릿한 불빛이 이제는 그 방을 비추고 있었다. 그렇게 서 있는 동안 정확히 알 수는 없지만 무언가 아주 좋지 않은 일이 일어날 것 같은 기분이었다. 막연한 생각이지만 정신 나간 경리 직원이 아침처럼 다시 방에 들어와 있을 것 같았다. 그룩엘라인인지 크링엘라인인지 하는 그 의심스러운 인간이 자신을 헐뜯고 협박하고 온갖 미친 짓을 하는 것이 그는 굉장히 마음에 거슬렸다.

멍한 머리에 이런 생각이 떠오르자 프라이징은 침실 문을 왈칵 열었다.

방 안은 어둡고 아무 소리도 나지 않았다. 거기엔 아무도 없었다. 숨소리 하나 나지 않았다. 프라이징 역시 숨을 쉬지 않았다.

그가 문 쪽으로 손을 내밀어 스위치를 찾아서 불을 켰다. 그런데 다음 순간 방은 다시 어두워졌다. 전깃불이 들어온 것은 한순간으로 너무 짧은 순간이라 총회장은 아무것도 보지 못했다. 미칠 것 같은 극도의 불안감이 이어졌다. 프라이징의 두뇌가 미친 듯이 빨리 작동했다. 복도에도 스위치가 있지, 그의 두뇌가 정신없이 돌아갔다. 거기에 누가 있다가 내가 불을 켜니까 꺼버린 거야!

"누구 있습니까?" 너무 크고 너무 높은 자신의 목소리에 그 자신도 놀랐다. 아무 대답도 없었다. 앞으로 나아가다 정강이를 책상에 부딪쳐 그는 무척 아팠다. 그가 책상 위의 등을 켰다. 그 순간 그는 얼어붙고 말았다.

장롱 옆 현관문 바로 옆에 사람이 서 있었다. 남자였는데 실크 파자마를 입은 사람이었다. 경리 직원이 아니었다. 녹색 불빛에 얼굴을 알아볼 수 있었는데, 그것은 다른 사람, 라운지와 '엘로 룸'에서 봤던 멋진 남자, 플램헨과 춤을 추던 그 남자였다. 그가 문 옆에 서서 녹색의 일그러진 얼굴을 남의 침실 쪽으로 돌리고 있었다.

"여기서 뭐 하는 겁니까?" 프라이징이 못마땅한 목소리로 물었다. 그는 요동치는 자신의 심장이 걱정스러웠다. 무릎이 떨리고 손가락도 떨렸다.

"죄송합니다." 가이거른 남작이 말했다. "문을 혼동한 것 같습니다."

"무슨 소리요? 혼동했다고? 어디 봅시다." 프라이징이 쉰 목소리로 말하고 책상 주위를 한 바퀴 돌았다. 그가 짐승처럼 머리를 위협적으로 치켜들었는데 불빛이 붉어지는 순간 마치 기적처럼 자신의 지갑이 책상 위에서 사라진 것을 똑똑히 보았다. 플램헨의 방으로 가기 전에 그가 꼼꼼하게 챙겨둔 지갑이었다. "정말 방을 혼동한 건지 어디 봅시다." 그가 말하면서 책상을 밀치고 앞으로 나갔다. 그 순간 남작이 오른손을 앞으로 내밀어 프라이징의 얼굴을 조준했다. "움직이면 쏜다"라고 그가 말했는데, 아주 큰 소리는 아니었다. 프라이징은 깜빡 정신이 나가서 연발총의 검은 총구를 바라보았다.

"뭐야? 쏘겠다는 거야?" 그가 소리를 지르고, 무엇인가를 집어 휘둘렀다. 그는 자신의 팔이 무엇인지 무거운 것을 들어 허공에서 휘둘러 온 힘으로 내려치는 것을 느꼈다. 상대방의 머리를 가격하는 강하고 요란한 타격이었는데, 그 충격이 자신의 팔에도 느껴졌다.

남작은 놀란 얼굴로 잠시 서 있다가 그대로 넘어져서 장롱 옆의 짐 보관대 위에 놓아둔 트렁크에 부딪히며 바닥에 쓰러졌다. 바닥으로 엎어졌는데 아무런 소리도 나지 않았다.

"쏴보지그래. 총 있잖아!" 프라이징이 말했는데 목구멍에서부터 공기가 뿜어져 나왔다. 분노와 공포로 그는 마치 깊은 물속에서 나온 사람처럼 식식거렸다. "거기에 총 있잖아!" 쓰러져 있는 남자한테 그가 다시 소리쳤는데, 이번에는 훨씬 더 약하고, 반은 미안하다는 듯, 반은 자책하는 말투였다. 남자는 대답이 없었다. 프라이징이 몸을 숙이고 남자를 내려다보았지만 손을 대지는 않았다. "이봐, 무슨 일이야, 왜 그래?" 그가 좀 작은 소리로 말했다. '엘로 룸'의 음악 소리가 이제 들리기 시작했다. 그리고 자신의 심장이 쿵쿵대는 소리와 숨소리가 들렸다. 욕실에서 똑똑똑 물 떨어지는 소리도 들렸다. 하지만 바닥에 쓰러진 사람은 아무 소리가 없었다. 그제야 프라이징은 주변을 둘러보았다. 그의 손에는 가격을 가했던 물건이 들려 있었다. 그것은 잉크병, 날개를 편 독수리 장식이 있는 청동 잉크병이었다. 프라이징은 자신의 손에 검은 자국이 있는 것을 보았다. 윗옷 옷깃에도 있었다. 그는 잉크병을 제자리에 가져다놓은 뒤 손수건을 꺼내서 꼼꼼하게 닦았다. 그런 다음 바닥에 쓰러져 있는 남자한테로 다시 갔다. "기절했군." 그가 큰 소리로 말했다. 남자 옆에 무릎을 꿇은 채 바닥이 이상하게 크고 묘한 소리를 내는 것을 듣자 그는 혼란스러웠으며, 물에 빠진 것 같은 이상한 감정이 들었다. 경찰을 부를 걸 그랬어,라고 생각했지만 아직도 정신이 없어서 벨을 누를 겨를이 없었다. 마치 목이 부러진 것처럼 고꾸라져서 양팔을 벌리고 쓰러진 사람을 보니 언짢았다. 그는 카펫 위에 총이 떨어지지 않았나 찾아보았지만 찾지 못했다. 조금 전까지 요란하게 넘어지는 소리가 나고 시끄럽던 방 안은 끔찍스러울 정도로 조용했다. 프라이징은 어느 정도 진정을 하고 쓰러진 남자를 똑바로 잘 눕혀보려고 남자의 어깨를 잡았다.

그 순간 그는 가이거른이 눈을 뜨고 있는 것을 보았다. 가이거른은 이미 숨이 끊어져 있었다.

"무슨 일이지?" 그가 중얼거렸다. "대체 무슨 일이야! 대체 무슨 일이냐고! 대체 무슨 일이야!" 그가 수없이 같은 말을 되뇌었다. 정신이 하나도 없었다. 그는 카펫 위에, 죽은 사람 곁에 웅크리고 앉아 중얼거렸다. "대체 무슨 일이야! 대체 무슨 일이냐고!" 죽은 가이거른은 공손하게 미소를 보내고 있었다. 그는 이미 세상을 떠났다. 이 커다란 호텔을 떠나 돌아올 수 없는 곳으로 가버리고 말았다. 하지만 손은 아직도 따스한 채 71호실 바닥에 눈을 뜬 채로 누워 있었다. 그의 아름다운 얼굴을 책상 램프의 녹색 불빛이 비추고 있었다. 그 얼굴에는 아직도 깜짝 놀란 표정이 남아 있었다.

얼마 뒤 플램헨이 프라이징을 찾아 문을 나와 두 사람이 있는 곳으로 다가왔다. 그녀는 맨발로 달려오다가 문지방에 멈춰 서서 눈을 깜빡였다. "대체 무슨 일이에요? 누구랑 얘기했어요? 어디 아파요?" 그녀가 물으면서 어둠 속에서 무슨 일인지 알아보려고 했다. 세 번이나 애를 쓰고야 프라이징은 간신히 대답할 수 있었어. "일이 벌어졌어." 그가 중얼거렸다.

"일요? 맙소사, 무슨 일인가요? 여긴 너무 어둡네요." 플램헨이 그렇게 말하면서 천장의 등을 켰다. 방이 대낮처럼 환해졌다.

"어머." 가이거른의 얼굴을 보고 플램헨은 짧고 고통스러운 외마디 비명을 질렀다. 프라이징이 그녀를 올려다보았다.

"이 사람이 날 쏘려고 했어. 나는 그냥 한 대 먹이려고 한 것뿐이야." 그가 중얼거렸다. "경찰을 불러야 해."

플램헨이 가이거른 쪽으로 몸을 숙였다. "아직도 쳐다보고 있어요." 낮은 소리로 그녀가 말했는데 이제 좀 진정이 되었다. 죽은 건가? 좋은 사람이었는데. 그녀는 차분히 속으로 생각했다. 그녀가 한 손을 내밀었다.

"경찰이 올 때까지 건드리면 안 돼." 프라이징이 의도보다 큰 소리로 말했는데, 그제야 정신이 든 모양이었다. 비로소 플램헨은 무슨 일이 일어났는지 이해가 되었다. "어머나." 그녀가 다시 한 번 말했다. 그녀는 뒤로 물러났는데 현기증이 나고 벽이 무너지는 기분이었다.

그녀는 쓰러지지 않으려고 정신을 가다듬으며 문으로 달려갔다. 뛰다가 비틀거리면서 문, 문, 계속 문을 찾았다. 도와주세요, 그녀가 낮은 소리로 말했다. 눈앞의 문마다 모두 흔들거렸고 전부 잠겨 있었다. 하나만이 잠겨 있지 않았다.

플램헨이 그 문을 보았고, 그 뒤로 그녀는 아무것도 보지 못했다.

그랜드 호텔의 복도는 종종 시끄러워서 투숙객들이 불평을 했다. 승강기가 요란한 소리를 내며 오르내리고 전화가 울리고 투숙객들이 너무 크게 웃고 휘파람을 불고 문을 쾅 닫는 사람도 있고, 복도 끝에서는 룸메이드 둘이서 낮은 소리로 다투고, 화장실을 가다가 괴롭게도 여덟 명의 사람들과 마주칠 때도 있었다. 하지만 대개는 복도가 곧 다시 텅 비고 조용해진다. 발가벗고 카펫 위를 달려 도와주세요,라고 소리를 질러도 아무도 그 소리를 듣지 못할 수 있다.

크링엘라인은 위의 통증 때문에 잠들지 못하고 있었다. 통증과 다가오는 죽음으로 귀가 예민해진 크링엘라인은 밖에서 플램헨이 정신없이 외치는 작은 소리를 들었다. 그는 옆방 68호실의 미국 영화인과 달리 못 들은 척하지 않고, 침대에서 벌떡 일어나 방문을 열었다.

다음 순간 그의 인생에는 기적이 일어났다.

다음 순간 크링엘라인은 나체인 플램헨의 완벽한, 믿을 수 없는 모습과 마주쳤다. 그녀가 비틀거리며 그에게로 와 그의 양팔에 쓰러져 꼼짝도 하지 않았다.

크링엘라인은 그 순간 정신을 잃지도, 기절한 아름다운 여성의 무게에 밀리지도 않았다. 물론 그의 팔 안에 절망해서 쓰러진 이 황금빛의 따스한 육체에 놀라고 감동해서 기절할 정도였지만 그는 일을 침착하게 제대로 처리했다. 늘어진 플램헨의 목 아래에다 자신의 한쪽 팔을 넣고, 다른 팔로 플램헨의 무릎을 안아 번쩍 들어서 침대에 눕혔다. 그런 다음에 현관에 있는 두 개의 문을 닫고 숨을 깊게 들이마셨다. 심장에서부터 피가 끓었기 때문이었다. 축 늘어진 플램헨의 손에서 무엇인가가 바닥에 떨어졌는데, 파란색의 약간 낡은 하이힐이었다. 그때까지 그녀가 가슴에 안고 있던 것이었다. 플램헨은 구두를 집어 들고 나왔는데 화재나 붕괴 사고, 천재지변이 났을 때 옷가지를 들고 나오듯이 구두를 들고 나온 것이었다. 크링엘라인은 그녀의 손을 잡아주고 구두를 조심스럽게 집어서 침대에 놓아주었다. 그는 방 안을 둘러보다가 훈츠 강장제 병을 발견하고, 플램헨의 입술에 몇 방울 떨어뜨렸다. 그녀의 이마가 약간 떨렸지만 기절을 했기 때문에 그것을 마시지는 못했다. 하지만 숨을 깊게 쉬었는데, 숨을 쉴 때마다 연한 빛의 고수머리가 베개에서 아주 부드럽게 부풀어 올랐다가 다시 가라앉았다. 크링엘라인은 욕실로 달려가서 손수건을 찬물에 담가 어제부터 고상해진 덕분에 그가 소유하고 있는 화장수 한 방울을 떨어뜨려 플램헨에게로 가지고 왔다. 조심스럽게 그녀의 얼굴, 관자놀이를 닦은 다음에 그는 심장 박동을 살펴보려고 그녀의 탄탄하고 둥근 왼쪽 가슴 아래에 손을 대보았다. 젖어서 시원한 손수건을 거기에 올려놓은 채 그는 침대 곁에 서서 기다렸다.

거기 서서 그녀를 내려다보면서 그는 자신의 얼굴이 부끄러운, 끝을 모르는 무한한 경탄의 표정으로 가득한 것을 알지 못했다. 콧수염 아래로 열일곱 살 소년의 새로운 미소가 꽃핀 것을 몰랐다. 그 순간 그는 스스로 정말로 진실한, 말로 할 수 없는 엄청난 사랑에 빠진 것을 전혀 알지 못했다. 지금 그의 마음속에서 거의 고통스러울 정도로 타오르며 파고드는 이 감정, 이 부드러움, 꿈속에서만 느껴보았던 녹을 듯하고 맑으며 스르르 용해되는 것 같은 이 감정은 그가 단 한 번도 느껴본 적도, 현실에서 경험해보지도 못한 것임을 알 수 있을 뿐이었다. 마취되었을 때, 파란 실안개 같은 것이 까맣게 변하기 직전이 이와 비슷했는데 크링엘라인은 남몰래 마음속으로 죽음을 그 비슷한 것, 전례가 없는 축제, 아무런 찌꺼기도 남지 않는 완벽한 것으로 생각하고 있었다. 그런데 여성이 기절해서 그의 보호가 필요한 이 순간 크링엘라인은 전혀 죽음을 생각하지 않았다.

이런 일이 있구나, 라고 그는 생각했다. 이런 일이 있어. 이런 엄청난 일이 정말 있구나. 그림에서처럼 그려놓은 것이 아니고, 책에서처럼 상상도 아니고, 극장에서처럼 가짜도 아니었다. 아름다운 여성이 나체로, 정말이지 너무도 아름다운 완전한…… 그는 다른 단어를 찾아보았지만 다른 단어는 생각나지 않았다. 너무 아름답다, 그저 너무 아름답다는 말밖에는 머리에 떠오르지 않았다.

플램헨이 눈썹을 찡그리더니 다 큰 아이처럼 입을 앞으로 내밀었다. 그러고는 눈을 떴다. 전등의 불빛이 그녀 눈동자의 동그랗고 하얀 동공을 반사했다. 그녀가 눈을 깜빡이더니 얌전하게 미소를 보냈다. "고마워요." 그러더니 다시 눈을 감았는데 자려는 것 같았다. 크링엘라인이 바닥으로 흘러내린 이불을 조심스럽게 덮어주었다. 그런 다음 의자 하나를 침대맡으로 가져와서 앉아 기다렸다. "고마워요." 플램헨이 한참 뒤에 다시 한 번 말했다.

의식을 되찾은 그녀는 머릿속을 정리하고 일을 순서대로 생각해보려고 했다. 혼란스러운 것은 그녀가 좋아했던 친구이자 애태우며 몸을 내맡긴 어떤 남자하고 침대맡에 앉아 있는 깡마른 크링엘라인을 혼동한 것이었다. 연푸른 빛깔의 줄무늬 잠옷과 크링엘라인하고는 별로 어울리지 않는 매우 따뜻한 보호가 이런 혼동을 일으키게 했다. "내가 어떻게 여기 있죠?" 플램헨이 물었다. "내 옆에서 당신은 뭘 하세요?" 예기치 않은 '당신'이라는 말에 크링엘라인은 너무도 감동했지만, 그는 기적의 한가운데에서 그것을 자연스럽게 받아들였다.

그래서 그는 "당신이 정신없이 나한테 와서는 기절했어요"라고 아무렇지 않게 대답했다. 그제야 프램헨은 혼동한 것을 알아차렸고, 동시에 모든 것이 기억나서 침대에서 벌떡 일어났다.

"죄송해요." 그녀가 낮게 말했다. "끔찍한 일이 일어났어요." 그녀가 이불을 얼굴로 잡아당겨 눈을 닦으며 울기 시작했다. 크링엘라인의 눈에도 이내 눈물이 고였다. 미소 지으려고 애쓰는 그의 입술도 떨렸다. "정말 끔찍해요." 그녀가 나지막이 말했다. "정말 끔찍해요, 정말이지 끔찍해요." 그녀가 마음 놓고 울었다. 눈물바다를 이루며 마음껏 울고 나자 그녀는 진정되었다. 이불자락을 얼굴에 대고 있어서 하얀 리넨 이불보에 빨간 하트 모양의 립스틱 자국이 났다. 바라보는 크링엘라인의 눈가가 강렬한 감동으로 따가웠다. 드디어 그가 손을 들어 플램헨의 목에다 올려놓았다. "저어, 저어, 저어……" 그가 말했다. "저어, 저어, 저어. 음, 음, 음."

눈물에 젖은 눈으로 플램헨이 그를 바라보았다. "선생님이군요." 그녀가 안도하며 말했다. 그제야 그녀는 침대 모서리에 앉은 자그마한 사람이 어제 부끄러워하면서 함께 춤을 추었고, 오늘 프라이징과의 대결에서 그렇게나 용감했던 사람인 것을 알았다. 그의 침대에서 그의 팔에 편안히 기댄 채 그녀는 안도감과 편안함을 느꼈다. "우리 서로 아는 사이네요"라고 그녀가 말하고, 무의식적으로 느낀 동물적인 고마움으로 그의 팔 안으로 파고들었다. 크링엘라인은 토닥거리는 것을 그만두고, 바짝 긴장했다. 그에게는 예기치 않은 엄청난 에너지와 저돌적인 적극성이 솟구쳤다.

"무슨 일이 있었습니까? 프라이징이 무슨 짓을 했나요?"

"나한테는 아니에요." 플램헨이 낮게 말했다. "나한테는 아니고요……"

"내가 가서 따지겠습니다. 나는 프라이징 씨가 두렵지 않습니다."

똑바로 앉아 용기백배하고 있는 크링엘라인을 바라보면서 플램헨은 깊은 생각에 잠겼다. 그녀는 71호실의 끔찍스러운 장면을 떠올렸다. 녹색 불빛 속에서 바닥에 두 사람이 쓰러져 있다. 한 사람은 죽어서 길게 뻗어 있고, 살아 있는 다른 사람은 정신이 나가서 웅크리고 있다. 하지만 그런 것은 그녀의 건강하고 융통성 있는 영혼에서 이미 지워져버렸다. 입술만이 그 기억으로 굳어 있었고, 흥분해서 양팔의 근육이 긴장해 있었다.

"그 사람이 그를 죽였어요." 그녀가 낮게 말했다.

"죽여요? 누가? 누구를?"

"프라이징요. 그 사람이 남작을 살해했어요."

크링엘라인은 한순간 멍했지만, 정신을 차리고 마음을 진정했다. "하지만…… 그건 불가능합니다. 믿을 수 없어요." 그가 중얼거렸다. 자신이 두 손으로 플램헨의 목을 감싸서 그녀의 얼굴을 자기 쪽으로 당기고 있는 것을 그는 알지 못하고 있었다. 그는 그렇게 그녀의 눈을 들여다보고 있었는데, 그녀 역시 그의 눈에서 시선을 떼지 않았다. 드디어 그녀가 아무 말 없이 고개를 크게 세 번 끄덕였다. 이상하게도 그 순간에야 크링엘라인은 그녀가 말하는 믿을 수 없는 이 사건을 믿게 되었다. 그는 양손을 내려놓았다.

"죽었나요?" 그가 말했다. "그 사람, 그 사람은 활기가 넘쳤는데. 힘이 정말 넘쳤는데. 어떻게 프라이징 같은 인간이……"

그가 일어나서 방 안을 왔다 갔다 했다. 소리 없이, 야윈 발에 슬리퍼 차림으로 굉장히 흥분해서 곁눈질을 하면서 걸었다. 그는 프라이징이 인사도 건네지 않은 채 프레더스도르프의 C관 건물 복도를 지나가는 것을 보았었다. 임금 협상을 하는 그의 차가운 콧소리를 들었고, 총회장이 화를 터뜨리자 문이 흔들리고 공장 전체가 두려움에 떠는 것을 보았었다. 그는 커튼이 내려진 창가로 가서 기억 속의 프레더스도르프를 떠올렸다.

"순리대로 된 거야. 순리대로야." 드디어 그가 입을 열었다. 초췌한 그의 아랫사람 육체는 드디어 정의가 실현되었다는 감정으로 들끓어 올랐다. "이제 순서가 된 겁니다." 그가 한마디 덧붙였다. "체포됐나요? 이 일을 어떻게 알았죠? 일이 어떻게 일어났습니까?"

"프라이징은 내 방에 저와 함께 있었어요, 문을 열어둔 채였어요. 그런데 갑자기 일어나더니, 무슨 소리가 들린다고 했어요. 나는 깜빡 잠이 들었던 것 같아요. 굉장히 피곤했거든요. 무슨 말소리 같은 게 들렸는데 아주 큰 소리는 아니었어요. 그러다가 무엇인가 떨어지는 소리가 들리고, 프라이징은 돌아오지 않았어요. 겁이 나서 건너가 보았더니 문이 열려 있었고, 그 사람이 눈을 뜬 채 쓰러져 있었어요." 플램헨은 창백한 얼굴을 이불로 가리고 죽어 있는 가이게른을 생각하며 다시 슬픔을 쏟아내면서 울었다. 표현할 수는 없었지만 결코 다시는, 절대 다시는 만날 수 없는 굉장히 아름다운 것을 잃은 기분이었다. "그 사람은 어제 저하고 같이 춤을 추었는데, 정말 좋은 사람이에요. 이제는 이 세상을 떠나 다시는 돌아올 수가 없어요." 그녀가 따뜻한 깃털 이불의 어둠에 얼굴을 묻고 훌쩍였다. 크링엘라인은 기억 속의 그 흉한 프레더스도르프의 풍경이 남아 있는, 커튼이 내려진 창가를 떠나 침대가로 와서 앉았다. 그는 한쪽 팔을 플램헨의 어깨에 올려놓았는데, 울고 있는 이 여자를 위로하고 보호하는 일이 무척 자연스러운 일로 여겨졌다. 어제의 친구가 세상을 떠났다는 것이 아직도 이해가 되지 않았고, 죽은 가이거른을 생각하면 슬펐다. 과묵하고 강한 남자의 슬픔이었다.

울음을 그친 플램헨이 천성대로 다시 밝은 얼굴로 돌아왔다. "남작이 도둑이었는지 몰라요. 그렇다고 사람을 죽일 수는 없죠." 그녀가 낮게 말했다. 크링엘라인은 어젯밤의 그 이상한 지갑 사건이 생각났다. 돈이 필요했던 거야,라고 그는 생각했다. 아마 남작은 하루 종일 돈을 구하러 다녔을 거야. 웃으면서 멋진 남자인 척했지만 실제로는 가난뱅이였는지 몰라. 뭔가 어려운 일이 있었던 거야, 그러다가 프라이징 같은 인간한테 죽게 된 거야. "안 돼." 그가 큰 소리로 말했다.

"오늘 아침 프라이징에게 하셨던 말은 다 맞는 말이에요." 크링엘라인의 팔에 기댄 채 플램헨이 다시 입을 열었다. 그녀는 자신의 말투가 아주 친밀해진 것을 알지 못했다. 크링엘라인이 아주 가까운 사람으로 여겨져서 자연스럽게 그렇게 된 것이었다. "나도 프라이징이 싫어요." 그녀가 천진하게 말했다. 크링엘라인은 잠시 동안 어제부터, 춤을 추던 플램헨이 프라이징에게 갔을 그때부터 마음에 남아 있는 조금은 거친 질문을 생각해보았다. "그렇다면 왜 프라이징하고 가깝게 지내나요?" 결국 그가 묻고 말았다.

신뢰로 가득한 얼굴로 플램헨이 그를 바라보았다. "물론 돈 때문이죠." 그녀가 아주 간단하게 대답했다. 크링엘라인은 그 말을 금방 알아들었다.

"돈 때문에." 그가 따라서 말했는데, 질문이 아니라 대답 같았다. 자신의 인생이 돈을 위한 전쟁이었기 때문에 그는 플램헨의 말이 충분히 이해되었다. 그가 두번째 팔까지 그녀의 어깨에 둘러 마치 원처럼 그녀를 안았다. 플램헨은 그의 품에 파고들어 머리를 크링엘라인의 가슴에 묻었다. 그가 숨을 쉴 때마다 얇은 실크 아래에서 갈비뼈가 움직이는 것을 느낄 수 있었다.

"집에선 날 이해 못 해요." 플램헨이 말했다. "난 집이 싫어요. 항상 의붓엄마나 의붓언니하고 부딪쳐요. 일자리 못 구한 지가 1년이 넘어서 정말이지 무슨 일이든지 해야 해요. 사무실에서 근무하기엔 내 외모가 너무 넘치는 것 같아요. 가는 곳마다 사건이 있었거든요. 용모가 뛰어난 여자는 큰 회사에서 안 쓰는데, 그건 맞는 일이에요. 그렇지만 나는 모델하기에는 너무 커요. 거기선 42사이즈를 찾아요. 42가 넘으면 안 돼요. 그리고 영화에선 이유를 잘 모르겠는데, 아마 요염하지 않아서 그런 것 같아요. 시간이 지나면 나아지는데요, 처음엔 좀 그렇거든요. 하지만 난 이겨내야 해요, 이겨내야만 해요. 이대로 나이 먹으면 안 돼요. 지금 열아홉 살인데 앞으로 어떻게 될지는 두고 봐야죠. 내가 총회장 같은 사람하고 사귀는 것이 돈 때문이 아니라는 사람들도 있어요. 아니에요, 정말 돈 때문이에요. 난 이런 일이 문제라고 생각하지 않아요. 나는 변함없이 나일 뿐이에요. 잠깐 그 사람한테 잘해준다고 내가 달라지는 것은 아니에요. 1년 동안 일을 구하지 못한 채 영화사를 따라다니고 광고회사를 찾아다니면서 옷이 넝마가 되어 입을 만한 옷도 없이 진열창 앞에 서 있는데, 아무런 대책이 없다고 생각해보세요. 옷을 잘 입는 것, 그게 내 꿈이에요. 새 옷을 입을 때 내가 얼마나 행복한지 아무도 모를 거예요. 하루 종일 나는 나중에 한번 입어보고 싶은 옷 생각만 하는 날도 있어요. 그리고 여행요. 여행이 나는 미치도록 좋아요. 길을 떠나 낯선 도시들을 보는 것 말이에요. 그래요, 집에서는 지겨워요. 정말 그래요. 나는 느긋하고 좋은 성격이라 잘 참긴 하지만 때로 도망쳐버리고 싶을 때가 있어요. 돼지같이 형편없는 인간하고라도 떠나는 거예요. 돈 때문에, 물론 돈 때문이죠. 돈이란 정말 중요하니까요. 다르게 말하는 사람은 거짓말을 하는 거예요. 프라이징은 나한테 천 마르크를 주겠다고 했어요. 그건 큰 액수죠. 그만한 돈이면 살아나갈 수 있어요. 하지만 이젠 끝났어요. 다시 제자리로 돌아왔어요. 집은 지겨운데……"

"압니다. 상상이 됩니다. 충분히 이해가 됩니다." 크링엘라인이 말했다. "집에서는 정말 구질구질하죠. 돈이 있어야 깔끔한 사람이 될 수 있습니다. 돈이 없으면 공기까지 나쁩니다. 비싼 난방비 때문에 환기를 제대로 못 하니까요. 물을 데우려면 석탄 값이 드니 목욕도 할 수가 없어요. 면도날은 낡아서 상처를 내죠. 세탁도 돈을 아껴야 합니다. 식탁보, 냅킨도 사용하지 않습니다. 비누도 아껴야 합니다. 머리빗은 솔이 다 빠져서 없고, 커피 주전자는 망가진 것을 땜질해서 쓰고, 수저도 검게 되었죠. 베개는 낡아서 형편없는 깃털이 날립니다. 망가지면 망가진 그대로 있습니다. 고치는 법이 없습니다. 그래도 보험료는 내야지요. 그런데도 스스로 잘못 살고 있다는 것을 전혀 모릅니다. 그냥 그런 것이려니 하면서 삽니다."

그가 머리를 플램헨의 머리에 기댔다. 그렇게 두 사람은 가난한 삶의 탄식을 주고받았다.

"손거울이 망가졌거든요." 플램헨이 말했다. "그런데 새 거울을 살 수가 없어요. 잠은 병풍 아래 소파에서 자야 하고, 항상 석탄 가스 냄새가 나요. 하숙인하고는 매일 말다툼이에요. 돈도 못 내면서 음식 탓을 하거든요. 일자리가 없으니까요. 하지만 아무도 날 기죽이지 못해요. 내 기를 꺾을 수는 없어요." 그녀가 힘주어 말하면서 크링엘라인의 품에서 나와서 침대에 꼿꼿하게 앉았다. 그 바람에 그녀의 피부처럼 따스한 이불이 크링엘라인의 무릎으로 떨어졌다. 크링엘라인은 그 온기를 엄청난 선물인 양 받아들였다. "난 견뎌낼 거예요." 플램헨이 말하고 처음으로 이마의 고수머리를 훅하고 불었다. 쾌활함과 활력이 그녀에게 다시 돌아왔다는 신호였다.

크링엘라인은 일련의 어려운 생각들을 정리하고 나서 그것을 말로 표현해보려고 했다.

"최근에 나는 문제는 돈이라는 걸 실감했습니다." 그가 말을 더듬으면서 설명했다. "돈이 있어서 원하는 것을 살 수 있으면 완전히 다른 사람이 되는 겁니다. 하지만 그런 것까지 살 수 있는지는 생각도 못 했습니다."

"그런 것, 이라뇨?" 플램헨이 미소를 지으며 물었다.

"그쪽이 생각하는 바로 그것 말입니다. 아주 멋진 것, 굉장한 것이죠. 우리 같은 사람들은 당신 같은 사람이 있는 것도 몰랐습니다. 우리는 아무것도 모르고 아무것도 보지 못했고, 모든 것이, 결혼이나 여자와의 모든 일 역시 재미없고 별 볼일 없고 추하고 즐겁지 않고 이곳 술집처럼 형편없는 것이라고 생각했습니다. 그런데 아까 당신이 정신을 잃고 여기 누워 있었을 때 나는 감히 쳐다볼 수도 없었습니다. 맙소사, 아름답구나. 맙소사, 저렇게 아름답구나! 이런 아름다움이 있구나, 라고 나는 생각했습니다. 맙소사, 있구나, 기적이 있구나, 기적이!"

정말이지 크링엘라인은 그랬다. 침대 모서리에 앉아 마흔일곱 살의 경리 직원이 아니라 사랑에 빠진 사람으로서 말을 하고 있었다. 비밀스럽고, 예민하고 겁 많은 그의 영혼은 둥지에서 나와 작은 새의 새로운 날개를 펄럭였다. 플램헨은 어리둥절한, 믿을 수 없는 미소를 띠고 두 손으로 무릎을 감싼 채 앉아 있었다. 때때로 울고 있는 아이처럼 목에서 흐느끼는 소리가 났다. 크링엘라인은 젊지도, 잘생기지도, 세련되지도, 건강하지도, 강하지도 않았다. 애인의 자격이 하나도 없었다. 그가 멋쩍게 말을 더듬고 열에 들뜬 눈으로 곁눈질로 바라보고 손을 내밀다 멈칫대며 멈추는 것이 플램헨의 마음을 움직인 것은 그것이 깊은 내면에 뿌리를 둔 때문이었다. 무엇보다도 고통에 대한 이해, 인생을 한번 맛보고자 하는 절박한 열정, 묵묵히 죽음을 맞는 태도 같은 것이 연하늘색 줄무늬 잠옷을 입은 이 보잘것없는 사람을 남자답고 사랑스러운 존재로 만든 것 같았다.

하지만 플램헨이 당장 크링엘라인과 사랑에 빠지는 일은 없었다. 아니다. 인생은 그런 달콤한 일과는 거리가 멀었다. 하지만 이곳 70호 객실에서 친근함과 편안함이 그녀를 사로잡았는데, 그것은 평소 그녀의 가벼운, 벌이나 나비 같은 뜨내기 삶보다 더 강해 보였다. 크링엘라인은 말을 하고 또 했다. 말하는 동안 점점 더 많은 말이 쏟아져 나왔고, 마음을 열어 진심으로 모든 것을 이야기했다. 그에게는 이 순간 마치 자신의 인생이 단 하나의 목표, 하나의 완성을 위해 살아온 기분이었다. 그가 지금 만나게 된 기적을 향해서, 완벽한 아름다움을 위해서인 같았다.

플램헨은 자신에 대해서 엄청난 생각을 하지 않고 있었다. 자신의 가격을 잘 알고 있었다. 누드 한 장에 20마르크, 한 달 회사에 근무하면

140마르크. 타자 한 장 먹지를 대고 쳐주면 15페니히였다. 240마르크짜리 밍크코트 값을 벌려면 일주일간 애인 노릇을 해야 한다. 맙소사, 그러니 어떻게 자신의 품격을 높게 평가할 수 있단 말인가! 하지만 크링엘라인의 말 속에서 그녀는 처음으로 거울을 통해 자신을 볼 수 있었다. 멋진 황금빛 피부, 연한 금발머리, 팔과 다리, 아름다움과 행복감, 생기, 구김 없는 성격과 미래에 대한 밝은 생각이 그것이었다. 그녀는 땅 속에 묻힌 보석 같은 자신을 발견했다.

"전 대단한 존재가 아니에요." 그녀가 밝고 겸손하게 중얼거렸다. 크링엘라인의 찬사를 듣던 그녀는 프라이징의 이름이 생각나자 놀라서 몸서리를 쳤다. 그들은 71호실의 녹색 불빛 아래에서 일어난 일을 반시간 동안이나 까맣게 잊고 있었다. 갑자기 두 사람은 소스라치게 놀랐다.

"난 그곳에 다시는 안 가요." 플램헨이 낮은 소리로 말했다. "그 사람 아마 체포됐을 거예요. 나도 체포할지 몰라요. 난 여기에 숨어 있을래요."

크링엘라인이 희미하게 미소를 지었다. "당신을 왜요?" 그가 물었지만 그 역시 두려웠다. 그 역시 가이거른이 눈앞에 어른거렸다. 차를 타고 있는 가이거른, 비행기 안의 가이거른, 도박판과 복싱 링의 하얀 불빛 아래서의 가이거른, 지갑을 돌려주기 위해 자기를 향해 몸을 수그린 가이거른, 회전문을 나가는 가이거른의 모습이었다.

"왜 당신을 체포합니까?" 그가 물었다.

플램헨이 조심스럽게 고개를 끄덕였다. "목격자니까요." 그녀가 아주 자신 없게 대답했다.

"그럴까요?" 크링엘라인이 막연하게 대답을 하고 그녀 너머로 가이거른을 응시했다. 갑자기 그는 엄청난 속도로 달리던 어제 낮의 자동차 속으로 빠져들었다. "겁낼 필요 없습니다. 내가 처리해줄게요." 그가 재빨리 말했다. "그럼 내 곁에 있어주는 거죠? 네가 잘해줄게요. 내가 바라는 것은 당신이 잘 지내는 것뿐입니다. 어때요? 난 돈이 있어요. 충분한 돈을 가지고 있습니다. 상당히 오래 쓸 만한 돈입니다. 그리고 게임을 하면, 돈을 또 딸 수도 있습니다. 우리 떠납시다. 파리로 갑시다. 아니면 어디 가고 싶은 곳이 있나요?"

"내 여권에 영국 비자가 있어요."

"좋아요. 그럼 영국으로 가요. 당신이 원하는 곳으로. 당신이 원하는 대로 해요. 옷이 필요할 겁니다. 옷도 있어야 하고 돈도 있어야 합니다. 우리 함께 신나게 지내요, 괜찮지요? 게임에서 딴 돈을 줄게요. 3천 마르크입니다. 나중에 더 줄 수 있습니다. 아무 말도 하지 마요. 아무 말 마요. 그냥 조용히 있어요. 가만히 여기 누워 있어요. 내가 건너가보겠습니다. 내가 프라이징에게 가보겠습니다. 어떻게 되었는지 내가 가볼게요. 프라이징하고 함께 있는 것보다 내 곁에 있는 게 더 낫다고 생각하지요? 내가 그 방으로 가서 당신 물건들을 가져오겠습니다. 나를 믿어요. 두려워하지 마요."

크링엘라인이 욕실로 가더니 후다닥 옷을 갈아입었다. 검은 상의에다 진한 빛깔의 두툼한 실크 넥타이를 맸는데, 한밤중에 옷을 그렇게 입으니 기분이 이상하고, 열에 들뜨고 복잡했다. 밖의 거리는 아주 조용했고 라디에이터도 식어 있었다. 플램헨은 그의 침대에서 뺨을 무릎에 얹은 채 안도의 숨을 내쉬고 있었다. 정신을 잃었던 머리는 이제 두통이 나고 목은 건조했다. 사과하고 담배 생각이 났다. 탁자 위의 훈츠 강장제 병을 집어 한 모금 마셔보려 했지만 계피 향이 마음에 들지 않았다. 크링엘라인이 옷을 갈아입고 돌아왔는데, 멋진 남자로 보였다. 20년 동안 아내에게 매일 장작을 패주던, 프레더스도르프에서 온 크링엘라인이라는 이 남자는 사실 멋진 남자였다.

"갔다 오겠습니다. 그냥 조용히 여기 있어요"라고 말하고 그가 밝고 반짝이는, 곁눈질하는 듯한 눈에다 코안경을 썼다. 눈동자는 크고 검었다. 문 앞에서 그가 돌아서더니 침대 쪽으로 와서 갑자기 무릎을 꿇었다. 양손으로 머리를 감싸고 그가 뭐라고 중얼거렸는데 플램헨은 알아듣지 못했다. "그럼요." 그녀가 말했다. "네, 그럴게요."

크링엘라인이 일어나서 상의 윗주머니에 꽂혀 있던 손수건 끝으로 코안경을 닦고 방을 나갔다. 밖의 문이 닫히고 그의 발소리가 복도를 지나가는 소리가 들렸다. 그러더니 멀리서 '옐로 룸'의 음악 소리가 들렸다. 그곳에서는 3시간 전에 춤추던 바로 그 사람들이 아직도 춤을 추고 있었다.

가이거른은 죽어 71호실의 카펫 위에 누워 있었다. 그에게는 더 이상 아무 일도 일어날 수 없을 것이다. 이 세상 누구도 그를 귀찮게 할 수 없고, 그가 쫓길 일도 없었다. 가이거른 남작은 이제 형무소에 가지 않게 되었는데, 그건 좋은 일이었다. 그루진스카야가 기다리는 빈에서 아무도 그를 만날 수 없게 된 것, 그건 슬픈 일이었다. 하지만 이 아름답고 강한 탈선자는 아름답고 충만한 삶을 살았다. 어린 시절 그는 풀밭에서 뛰놀았고, 승마를 하면서 소년 시절을 보냈다. 전쟁 중에는 군인이었고 싸움꾼, 사냥꾼, 노름꾼, 사랑에 빠진 남자였으며 애인이기도 했다. 이제 그는 죽었다. 그의 머리카락은 축축했고, 연푸른 잠옷에는 잉크가 튀어 있었다. 입술에는 놀라움에 짓게 된 미소가 남아 있었다. 발에는 도둑들이 신는 두꺼운 털양말을 신고 있었고, 싸늘해진 오른손에는 어젯밤 사건의 상처가 그대로 남아 있었다.

프라이징 역시 아래층에서 들리는 댄스 음악 소리를 들었다. 그는 말할 수 없을 만큼 고통스러웠다. 그가 생각하는 모든 것이 '옐로 룸'에서 이스트맨 밴드가 연주하는 싱코페이션 리듬을 따라 호텔 벽에서 울렸다. 밤새도록 아래층에서 연주하는 음악하고 밤새 여기서 그의 머릿속을 스치는 생각하고는 끔찍하게 안 어울렸다.

'난 끝났어.' 프라이징은 생각했다. '끝장났어. 끝난 거야. 맨체스터로 가지 못해. 켐니츠와의 일도 끝난 거야. 경찰이 날 체포하겠지. 심문하고 재판에 넘길 거야. 정당방위야, 그래 정당방위였어. 어쩔 수 없었어. 그런데 또 한 가지가 문제야. 여자 말이야. 여자도 심문할 거야. 여자가 옆에 있었어. 문이 열려 있었고. 아직도 문이 열려 있을 거야.'

프라이징은 방 한구석에 있는 이상한 바구니처럼 생긴 통 위에 앉아 있었다. 원래는 세탁통으로, 덮개에다 속을 넣어 깔개로도 사용하는 것이었다. 방 안의 불을 전부 켰지만, 돌아보거나 뒤를 쳐다볼 용기는 없었다. 이상하게도 그는 죽은 가이거른에게서 눈을 뗄 수가 없었다. 마치 고개를 돌려서 열린 문을 쳐다보는 순간 무시무시한 일이 일어날 것 같은 기분이었다.

'문이 열려 있었어. 내가 닫으면 안 돼. 경찰이 올 때까지 손을 대면 안 돼. 내일이면 내가 호텔에서 여자랑 있었다고 신문에 날 거야. 아내가 다 알게 될 거야. 아이들도 알게 될 거야. 그래, 아이들도 알게 될 거야. 맙소사, 하느님 맙소사, 난 어떻게 될까, 어떻게 되는 걸까! 물레는 이혼할 거야. 아내는 그런 일을 이해 못 해. 전혀 이해 못 해. 물레가 맞아, 이혼하는 게 맞지. 이런 일은 없었어야 해, 일어나서는 안 되는 일이지. 어떻게 이 두 손으로 아이들을 만진단 말인가!'

그는 경직된 자신의 손바닥을 내려다보았다. 온통 잉크투성이였다. 당장 욕실로 달려가서 손을 씻고 싶은 생각이 간절했지만 그는 죽은 사람에게서 눈을 뗄 수 없었다. 헬로, 마이 베이비, 재즈 음악이 멀리서 들려왔다.

'난 아이들을 잃고, 아내도 잃을 거야. 노인은 나를 회사에서 쫓아내겠지, 그건 확실해. 나같이 치욕스러운 인간을 회사에 둘 리 없어. 이게 모두 여자 때문에, 바로 여자 때문에 일어난 일이야. 혹시 그녀가 남자하고 결탁해서 나를 자기 방으로 불러들이고 남자더러 도둑질을 하게 했을 수도 있어. 그거야, 재판 받을 때 그 얘기를 해야 돼. 그리고 이건 정당방위였어. 총으로 날 쏘려고 했어.'

프라이징은 몸을 숙이고 죽은 가이거른의 손을 수천 번은 들여다보았다. 그런데 손에는 아무것도 없었다. 오른손은 꽉 쥔 체였고, 왼손은 손목이 힘없이 늘어져 있었는데 양손이 비어 있었다. 프라이징은 무릎을 꿇고 불빛이 비치는 카펫을 샅샅이 둘러보았다. 아무것도 없었다. 그를 위협하던 총은 아무데도 없었다. 처음부터 총이 없었는지도 모를 일이었다. 프라이징은 기어서 자기 자리로 돌아왔는데 미칠 것 같았다. 모범 시민의 굳건한 삶의 기초는 그가 켐니츠 사람들에게 숙명적인 전보를 내던진 그 순간부터 발밑에서부터 무너져버렸다. 그때부터 그는 비틀거리며 추락하기 시작해 이런저런 사건을 저지르게 되었다. 그는 자신이 무시무시하게 추락하는 것을, 모범적인 삶으로부터 어둠 한가운데로, 심연으로 떨어지는 것을 느꼈다. 그는 지금의 자신과 비슷한 사람들을 알고 있었다. 대단한 과거를 가졌지만 낡은 양복을 걸치고 여기저기 사무실로 일거리를 구걸하고 다니는 사람들이었다. 그는 쫓겨나서 지저분한 모습으로 욕을 먹으며 홀로 돌아다니는 자신의 모습을 보았다. 그는 혈압이 올라 뒷머리가 쑤시는 듯 아프고, 귀에서는 윙 소리가 들렸다. 망가질 대로 망가진 프라이징은 그나마 용서를 받을 수 있도록 그 밤에 심장 발작이라도 일어나길 잠시 동안 바랐다. 하지만 그런 일은 없었다. 가이거른은 죽은 채 그대로였고, 자신은 살아 있었다.

"맙소사." 그가 신음했다. "맙소사, 물레, 바베, 펩시…… 어떡하면 좋아!" 양손에 얼굴을 묻고 싶었지만, 그는 그렇게 하지 못했다. 그는 손바닥 속의 어둠이 두려웠다.

2시가 조금 지나서(그 직전에 음악이 끝났다) 크링엘라인이 조심스럽게 노크를 하고 방으로 들어갔을 때 프라이징은 그렇게 하고 있었다. 크링엘라인의 입술은 백지장처럼 창백했지만, 뺨은 긴장해서 붉게 달아올라 있었다. 그는 이상하게 고양되었고, 위엄을 갖춘 채 신중했다. 그는 검정 양복을 차려입고 사교가의 예의를 갖춘 자신의 모습이 완벽하고 흠잡을 데 없는 것을 확실하게 느꼈다.

"숙녀분이 저를 보냈습니다"라고 그가 말했다. "여기서 무슨 일이 벌어졌는지 저는 압니다. 총회장님을 도와드리고 싶습니다." 이 말을 다 하고 나서야 그는 죽은 가이거른을 내려다보았다. 그는 놀라지 않았다. 좀 이상했을 뿐이었다. 70호실에서 여기로 올 때까지 그는 이 모두가 사실이 아닐 것이라고 생각했다. 가이거른은 살아 있고, 프라이징은 살인자가 아니고, 플램헨이 꿈을 꾸었거나 꿈을 꾸는 중에 자신의 방으로 왔을 것이라고 생각했다. 하지만 지금 플램헨이 그의 방에서 그를 기다리고 있는 것과 마찬가지로 가이거른은 지금 정말로 바닥에 누워 있었다. 그는 형제애 같은 묘한 감정에 휩싸여 몸을 숙이고 죽은 사람을 내려다보았다. 가이거른 곁에 그가 무릎을 꿇고 앉자 잊을 수 없는, 즐거웠던 하루 동안 그를 떠나지 않았던 라벤다와 향내 나는 영국 시가 냄새가 났다.

고마웠습니다, 그가 눈물을 삼키며 한 번 크게 숨을 들이마셨다.

프라이징은 고통스러운 눈으로 멍하니 그를 바라보았다. "경찰이 올 때까지 그 사람한테 손대면 안 돼." 크링엘라인이 친구의 눈을 감겨주기 위해서 손을 내밀자 프라이징이 갑자기 입을 열었다. 크링엘라인은 귀퉁이에 앉아 있는 그를 무시하고 작고 엄숙한 일을 해냈다. 그는 플램헨이 그렇게 부탁한 것 같은 생각을 억누를 수 없었다. 아주 평화로워 보이네. 괜찮아, 그리 나쁘지 않은데, 뭘 그래. 괜찮아질 거야, 곧, 이라고 그는 생각했다. 곧.

"총회장님께선 경찰에 신고를 하셨나요?" 다시 일어나면서 그가 조심스럽게 물었다. 프라이징이 고개를 저었다. "총회장님, 내가 이 일을 떠맡아도 괜찮을까요? 총회장님을 돕고 싶습니다"라고 그가 덧붙였다. 방에 들어온 크링엘라인이 공손한 경리 직원의 밀두로 도와주겠다고 말하자 프라이징은 이상하게도 마음이 가벼워지는 것 같았다.

"그래, 얼른 좀. 아니 조금 있다가…… 잠시 기다려봐." 그가 낮은 소리로 말했다. 엄한, 하지만 자신 없는 명령이었는데, 크링엘라인이 회사에서 아랫사람이라는 사실을 의식한 때문이었다.

"어르신한테 이곳의 사건에 관해 알려드려야만 합니다. 총회장님, 제가 식구분들한테 전보를 보낼까요?" 크링엘라인이 물었다.

"아냐, 아니야." 프라이징이 흥분된 목소리로 얼른 대답했는데, 거의 비명에 가까웠다.

"총회장님께선 어서 변호사를 선임해야 합니다. 지금 한밤중이긴 해도 이렇게 특별한 경우에는 변호사한테 전화해도 됩니다. 총회장님은 곧 피의자 신분으로 구속되실 겁니다. 하지만 제가 여행 떠나기 전에 총회장님에게 필요한 조치를 모두 다 해놓겠습니다." 크링엘라인이 계속 제안을 했다. 그는 자신이 엄청난 이 사건의 한가운데에 있다는 것을 완벽하게 의식했다. 자신이 지금 구사하고 있는 선택된 언어 표현이 그로서는 만족스럽고 적당하며 상황에 잘 맞는 것 같았다. 어디에서 오는 것인지 알 수 없지만 혼비백산한 총회장을 대하는 그에게는 특별한 공손함이 흘러넘쳤다. 그는 다소곳이, 하지만 꼿꼿이 서 있었다. 오늘 밤까지 프라이징은 그 자신은 알지 못하는 오랜 싸움에서 승리자였다. 하지만 크링엘라인에게 이제 분노, 공포, 노여움, 상심 같은 것은 남아 있지 않았고, 프레더스도르프에서의 감정도 다 사라졌다. 약간의 존경심, 무언가 악한 일을 한 사람에 대해 느끼는 묘하고 설명이 안 되는 존경심, 그리고 예의를 차리게 만드는 약간의 동정심과 우월감이 있을 뿐이었다.

"여행을 가면 안 되지." 세탁통 위에 앉은 프라이징이 저 뒤에서 말했다. "당신이 필요해. 나한테 당신이 필요합니다. 여행 얘기는 꺼내지 마요." 그건 마치 퉁명스럽게 휴가를 금지하는 말처럼 들렸다. 가이거른이 머리를 딱딱한 바닥에 대고 카펫 위에 누워 있는 것이 마음 아프지 않았다면 크링엘라인은 거의 미소를 지을 뻔했다. "목격자로 당신이 필요할 거야. 경찰이 왔을 때 당신은 여기 있어야 해." 총회장이 우겼다.

"증언은 금방 끝납니다. 나는 몸이 아파요. 치료차 내일 여행을 떠나야만 합니다." 크링엘라인이 꿋꿋하게 반박했다.

"하지만 자네가 이 남자를 알잖아." 프라이징이 재빨리 말했다. "그리고 여자도."

"남작님은 제 친구였습니다. 숙녀분은 살인 사건 직후 제 보호 아래 있습니다." 크링엘라인이 훌륭한 신문 기사용 독일어로 말했다. 그의 작은 가슴에는 자부심이 넘쳤다. 자신이 상황에 맞게 대응하는 것에 그는 만족스러웠다.

"그 사람은 도둑이었어. 내 지갑을 훔쳤어. 아마 지금도 가지고 있을 거야. 난 그를 손대지 않았어."

크링엘라인은 가이거른을 내려다보았다. 그들이 말을 주고받는데 그가 묵묵히 바닥에 쓰러져 있는 것이 이상했다. 크링엘라인은 알 수 없는 희미한 미소를 보냈다. 말총으로 심을 넣은 최고급 새 양복을 입은 그는 어깨를 으쓱했다. 그럴 거야, 라고 그는 생각했다. 아마 도둑이 맞는 것 같아. 하지만 그게 중요한가? 이 세상에서 수천의 사람이 돈을 벌고, 쓰고, 게임에서 돈을 따는데 지갑 하나가 무엇이란 말인가.

생각에 몰두해 있던 프라이징이 갑자기 정신을 차렸다. "당신 왜 여기에 온 거지? 누가 당신을 여기로 보냈지? 플람 양인가?" 그가 날카롭게 질문했다. 이렇게 해서 크링엘라인은 플램헨의 진짜 성을 알게 되었다.

"그렇습니다. 플람 양입니다." 그가 대답했다. "숙녀분은 지금 내 방에 있습니다. 자기 방으로 돌아가지 않겠답니다. 자기 물건을 가져다달라고 나를 이리로 보냈습니다. 경찰이 올 때 옷을 입고 있어야 하니까요. 정신을 잃어서 옷을 챙겨 입을 상황이 아니었답니다."

프라이징은 잘 정리된 이 답변을 잠시 곰곰이 생각해보았다. "플람 양도 심문을 당할 거야"라고 그가 말했는데 절망적인 두려움으로 가득했다.

"물론입니다." 크링엘라인이 짧게 대답했다. "오래 걸리지 않았으면 합니다. 내일 나하고 여행을 떠나니까요. 내가 일을 부탁했거든요"라고 그가 덧붙였는데, 질식할 듯한 승리감에 못 이겨 그의 뺨이 하얘졌다. 하지만 프라이징은 이젠 남자가 아니었고 여자를 신경 쓸 처지가 전혀 아니었다. 플램헨이 크링엘라인한테 간 사실이 크링엘라인에게는 엄청난 사건, 기적, 말할 수 없는 최상의 축복이라는 사실을 프라이징은 전혀 의식하지 못했다.

"플람 양의 물건은 72호실, 그 여자 방에 있어. 왼쪽 옆방이야"라고 그가 말하고, 일어서려는데 무릎이 말을 듣지 않았다. 마치 모래가 쌓인 것처럼 무릎이 말을 듣지 않았다. 죽은 사람은 아직도, 그대로 바닥에 쓰러져 있었다.

그런데 크링엘라인이 문 쪽으로 가서 혼자 남게 되자 프라이징이 벌떡 일어났다. "기다려, 기다려봐요." 목이 잠긴 채 그가 낮게 비명을 질렀다. "크링엘라인 씨, 내 말 좀 들어봐요. 경찰에 신고하기 전에 할 얘기가 좀 있습니다. 문제가 있는데, 여자 때문입니다. 그 여자하고 떠난다고 했죠? 그 여자 지금 당신 방에 있죠? 혹시 그냥 거기 있도록 하면 안 되나? 내 생각에, 내 말 좀 들어봐요, 크링엘라인 씨, 우린 남자입니다. 여기서 일어난 일은 내 책임입니다. 정당방위, 그래요, 정말이지 말 그대로 정당방위입니다. 나쁜 일이긴 하지만, 내가 책임을 지겠습니다. 하지만 다른 일이 정말 골치 아픕니다. 문젯거리가 아닐 수 없어요. 경찰이 플람 양의 일까지 알아야 할 필요가, 내 말은 그것까지 알아야 하나요? 72호실로 가는 방의 문만 다시 잠그면 됩니다. 플람 양은 당신과 밤을 보냈기 때문에 이 일에 관해 아무것도 모르고, 크링엘라인 씨, 당신도 이 일을 전혀 모른다고 하면 됩니다. 그렇게만 하면 만사는 해결됩니다, 다 해결이 돼요. 그냥 여행 떠나요. 증언할 것 없습니다. 플람 양은 소환되지 않습니다. 말해봐요, 크링엘라인 씨, 나를 이해할 수 있죠? 내 처를 알지 않습니까? 나만큼이나 오래전부터 내 아내를 알고 있을 겁니다. 그리고 노인장도 알지 않습니까, 우리 노인장 잘 알죠? 당신은 우리 회사 직원입니다, 크링엘라인 씨. 그러니 길게 설명하지 않겠습니다. 내 인생은 한 가닥 실오라기에 매달려 있습니다. 솔직히 말해서 그렇습니다. 단 한 번의 어리석은 짓, 한 번의 여자 문제로 나는 끝장이 날 수 있습니다. 아무

314

것도 아닌 일로 말입니다. 크링엘라인 씨, 난 아내를 사랑합니다. 아내하고 아이들 없으면 못 삽니다." 마치 아내에게 맹세하듯 그는 말했다. "크링엘라인 씨, 우리 두 딸들 알지요? 법정에서 플람 양과의 일이 밝혀지는 날이면 나는 모든 것을 잃습니다. 남는 것이 하나도 없습니다. 플람양하고는 아무 일도 없었습니다. 맹세코 아무 일도, 아무 일도 없었습니다." 그가 낮은 소리로 말했다. 이 사실이 그는 그제야 생각이 났다. "크링엘라인, 나 좀 도와줘요. 우린 남자입니다. 당신이 이 일을 좀 맡아줘요. 짐을 꾸려서 어서 그 여자랑 떠나줘요. 나머지 일은 나한테 맡기면 됩니다. 당신은 그냥 입만 다물고 있으면 됩니다. 그리고 플람 양에게도 입을 다물라고 부탁해줘요. 그렇게만 하면 됩니다. 떠나요, 어서 떠나세요. 크링엘라인 씨, 오늘 아침에 우리 두 사람 사이에 좀 안 좋은 일들이 있었죠. 마음 쓰지 마요. 아무래도 당신이 나를 오해한 것 같아요. 정말이지 날 오해한 겁니다. 사장하고 직원 간에는 어디나 오해가 있는 법입니다. 심각하게 생각하지 마십시오. 우리는 한솥밥을 먹고 있어요! 크링엘라인, 우린 같은 배를 타고 있어요. 내가 말입니다, 수표를 줄 테니, 떠나도록 하세요. 당장 72호실로 가서 문을 닫아주세요. 플람 양만 입을 닫으면 만사는 잘 해결됩니다. 만약 사람들이 물어보면 밤새 당신과 함께 지내느라고 아무것도 알지도, 보지도, 듣지도 못했다고 말하면 됩니다. 크링엘라인 씨, 제발 부탁입니다. 간곡한 부탁입니다."

다급하고 정신없는 프라이징의 속삭임을 들으며 크링엘라인은 그를 바라보았다. 샹들리에 전구 일곱 개의 하얀 불빛이 식은땀을 흘리고 있는 쇠진한 그의 얼굴에 검은 그림자를 드리우고 있었다. 눈은 푹 꺼져 흐려지고, 면도를 한 낯선 윗입술은 떨리고 있었다. 눈꺼풀은 경련을 일으키고, 머리카락은 사업으로 주름진 이마에 달라붙어 있었다. 아픈 사람의 손처럼 보이는 감각 없는 양손을 들어 그가 같은 말을 반복했다. "부탁합니다, 부탁합니다, 부탁합니다."

불쌍한 놈, 갑자기 크링엘라인은 그런 생각이 들었다. 예상 못 한 갑작스러운 이 생각은 사슬을 끊고 벽을 무너뜨렸다.

"내 운명은 당신한테 달려 있습니다." 프라이징이 낮은 소리로 말했다. 자비를 구하는 프라이징은 부끄러움 없이 운명이라는 처량한 말까지 했다. 내 운명은 어떤가? 크링엘라인은 잠시 생각했지만 금방 그 생각을 접었다.

"총회장님은 그 숙녀분에 대한 저의 영향력을 과대평가하십니다. 거짓말을 하실 생각이면 총회장님 스스로, 혼자서 해결하셔야 합니다." 그가 차갑게 말했다. "제가 권하는 것은 지금 경찰에 신고하라는 것입니다. 안 그러면 나쁜 영향을 줄 수 있습니다. 총회장님께서 부탁하면 지금 제가 플람 양의 물건을 70호실에서 내 방으로 가져가겠습니다. 일단 그것부터 하겠습니다."

프라이징이 일어나 말을 듣지 않는 다리를 움직여 걸어보려 했지만 그만 다시 주저앉고 말았다. 크링엘라인이 그에게 다가가서 부축했다. 불쌍한 놈, 다시 그런 생각이 들었다. 불쌍한 놈이야. 프라이징이 팔을 크링엘라인에게 힘겹게 얹으며 다시 부탁했다. "크링엘라인 씨, 당신의 병가에 관해 내가 했던 말은 없던 일로 하겠습니다. 당신이 무슨 방법으로 이렇게 회사를 이탈하고 있는지도 묻지 않겠습니다. 당신이 돌아오면 승진도 알아볼게요. 내가 당신에게 해줄 수 있는 일은 다 해주겠습니다."

하지만 크링엘라인은 그저 미소만 보낼 뿐이었다. 꾸밈없는, 마음 상하지도, 그렇다고 고마워하지도 않는, 아주 가볍고, 건성으로 보내는 미소였다. "감사합니다." 그가 말했다. "호의에 감사드립니다. 하지만 그럴

316

필요 없을 겁니다." 그가 프라이징을 벽에다 세워놓았다. 그의 넓고 구부정한 어깨를 71호실의 물결무늬 벽지에 기대놓았다. 그는 빙하의 틈새로 떨어지는 얼굴을 하고 있었다. 복도에는 두번째 등이 켜졌고 코너에는 '계단 조심'이라는 불빛이 들어와 있었다. 벽시계가 옛날식 소리를 내면서 3시를 쳤다.

3시 반, 졸면서 이튿날 조간신문을 읽고 있던 야간 도어맨한테 전화가 왔다. "여보세요." 그가 검은색 수화기에다 대고 말했다. "여보세요, 여보세요." 전화기에서는 아무 소리도 들리지 않았다가 잔기침하는 소리가 났다.

그러더니 누군가가 말했다. "호텔 매니저를 빨리 보내주십시오. 71호실의 프라이징입니다. 그리고 경찰에 신고해주세요. 사건이 일어났습니다."

대형 호텔에서 일어나는 일은 제대로 마무리되는 빈틈없고 완벽한 운명을 갖지 못하는 법이다. 단지 부스러기, 조각, 부분만이 남을 뿐이다. 무관심한 사람이든 별난 사람이든 모두 객실 안에 들어 있고, 잘 나가는 사람이든 못 나가는 사람이든, 행복이든 파멸이든 전부 다 벽 안에서 일어난다. 회전문은 계속 돌아간다. 체크인과 체크아웃 사이에 일어난 일로 말하자면 그것이 전부가 아니다. 이 세상에 온전한 숙명 같은 것은 존재하지 않는 것 같다. 단지 불확실한 것, 시작만 하고 중단된 것, 완결되지 못한 결말이 있을 뿐이다. 우연으로 보이는 많은 것이 실은 법칙이다. 그리고 삶의 방 뒤에서 일어나는 일들은 건물의 기둥처럼 단단하지도, 교향곡의 구조처럼 결정된 것도 아니어서 별들의 궤도처럼 짐작하기 힘들다. 그것은 인간의 삶과 흡사하며, 덧없고, 초원 위를 떠가는 구름의 그림자보다도 파악하기가 더 힘들다. 방 안에서 일어나는 일을 알아보려는 사람은 위험에 처하게 되고, 늘어져서 흔들리는 밧줄 위에 올라선 사람처럼 거짓과 진실 사이에서 균형을 잡아야만 하는 위험에 처하게 된다.

예를 들면 밤 12시 직후에 프라하에서 걸려온 장거리 전화가 그렇다. 웬 여자 목소리가 69호실 가이거른 남작과 통화하고 싶다고 말했다. 그래서 야간 전화수가 전화를 연결했다. "여보세요." 그루진스카야였다. 프라하에서 막 잠자리에 든(유명하지만 이제는 낡은 호텔의 형편없는 침대였다) 그녀가 통화를 시도했다. "여보세요, 여보세요, 당신이에요?"

물론 그 무렵 69호실은 비어 있었고, 문 두 개를 지나 71호실에서는 3개월 후에 그 일로 인해 총회장 프라이징이 재판을 받게 되고 지위와 가정을 모두 잃게 되는 나쁜 사건이 일어나고 있었다. 하지만 그루진스카야는 수화기에서 작지만 아주 또렷하게 사랑스러운 목소리를 들었다. "녜우뱌다? 당신? 당신이야?"

"여보세요?" 그루진스카야가 말했다. "잘 있어요? 당신 잘 있죠? 내가 전화해서 놀랐지? 좀 크게 말해요. 전화 연결이 나빠요. 지금 막 공연에서 돌아왔는데, 오늘 공연 정말 좋았어. 정말이지 굉장했어. 대성공이야. 환호가 대단했어. 난 굉장히 피곤하지만 너무너무 행복해. 오늘처럼 춤을 춘 건 정말 오랜만이야. 아, 행복해. 당신, 내 생각 하고 있어? 나는 계속 당신 생각만, 당신만 생각해. 빨리 보고 싶어. 나 내일 빈으로 가요. 내일 아침에. 당신도 거기로 오는 거지? 약속하지? 내일 빈에서, 브리스톨 호텔에서 봐요. 알았죠? 그런데 교환양, 교환양, 전화 연결이 이상하네, 저쪽 말이 안 들려요. 당신 내일 빈에 오죠? 당신을 기다리고 있어요. 트레메초에 전부 다 준비시켜놨어요. 당신두 좋지요? 이제 2주일만 더 일하면 우리는 트레메초에 가는 거야. 한마디만 해요, 한마디만 이라도. 당신 목소리가 안 들려. 뭐라고? 무슨 말이죠? 남작님이 전화를 안 받아요? 알았어요. 남작님한테 내가 내일 빈에서 기다린다고 전해줘요. 내일이에요. 고마워요."

이것이 그루진스카야가 텅 빈 69호실과 통화한 내용이었다. 호텔 침대에 누워 있는 그녀는 턱 보호대를 한 채였다. 화장 때문에 눈에서는 아직도 열이 나지만, 뜨겁게 달아오른 가슴은 사랑으로 가득했다. "사랑해요. 정말 사랑해요"라고 그녀는 먹통 전화기에다 대고 말했다. 그랜드 호텔의 교환수는 이미 전화를 끊은 후였다.

바로 다음 방인 70호실에서는 새벽 4시에서 5시 사이 커튼이 훤해지기 시작할 무렵 플램헨이 처음으로 크링엘라인을 양팔로 안는다. 자신을 판 것이 아니라 스스로 내어준 단 한 번의, 행복한 순간이다. 난생처음 그녀는 이렇게 스스로 내주는 것이 작은 즐거움, 사소한 행복이 아니라 무언가 엄청난 것, 전율, 최상의 완성이라는 것을 알았다. 아주 젊은 엄마처럼 그녀는 누운 채 젖을 물리듯이 그를 팔 안에다 아이처럼 부둥켜안는다. 질병과 허약함으로 그를 누르고 있는 크링엘라인의 목덜미에 그녀는 손가락을 얹는다. 아무 걱정 없어,라고 크링엘라인은 생각한다. 나는 아프지 않아. 나는 강해. 좀 피곤한 거야, 피곤하니 잠을 자야 해. 여기 도착한 후부터 통 잠을 못 잤어. 시간이 별로 없는 게 유감이야. 난 떠나고 싶지 않아, 여기 더 있고 싶어. 이제 모든 것이 시작되는데 여기서 멈추고 싶지 않아.

"플램헨," 젊고 따스한 그녀의 품속에서 그가 말한다. "플램헨, 날 죽게 내버려두지 마, 죽게 하지 마." 그러자 플램헨이 그를 더 강하게 끌어안아 위로하기 시작한다. "죽는다니 말도 안 돼요. 그런 말 듣고 싶지 않아요. 별것도 아닌 병이기 때문에 금방 죽지 않아요. 당신을 돌봐줄게요. 빌머스도르프 가에 사는 내가 아는 사람이 기적의 치료를 해요. 당신보다 심한 사람도 그 사람이 고쳤어요. 당신은 나을 수 있어요. 내일 일찍 우선 그 사람한테 같이 가요. 처방을 해주면 금방 나을 거예요. 그러고 나서 당장 떠나요, 런던으로, 파리로. 남프랑스에는 이미 봄이 왔을 거예요. 거기서 하루 종일 누워서 햇볕에 몸을 태우면서 즐겁게 지내요. 그런데 이젠 좀 주무세요, 어서요." 죽을 듯이 피곤한 크링엘라인에게 그녀는 천진스러운 건강과 에너지를 전해주었고, 그는 그녀의 말을 믿는다. 플램헨의 가슴 같은, 금작화가 만발한 언덕 같은 황금빛 행복 속에서 그는 잠이 든다.

그 시간 두 개의 층 위에서는 오터른슐라크 박사가 매주 되풀이되는 꿈을 꾸고 있다. 그는 낯익은 어느 꿈의 도시로 들어가서, 잊고 있던 꿈의 버스를 탄다. 꿈의 여인이 거기 살고 있는데, 그녀는 그가 형무소에 있는 동안 꿈의 아이를 낳았다. 무시무시한 아이였는데, 아이의 아버지는 그가 아니었다. 아이는 일그러진 그의 얼굴을 보자마자 깔끔한 유모차 안에서 울부짖는다. 꿈은 계속되어 그는 페르시아 고양이 구르베를 쫓아 헐떡이면서 꿈의 도시 전체를 돌아다니다가 지붕 위에서 사람의 얼굴을 한 낯선 고양이와 싸우고, 그러다가 수류탄이 터져 화염에 휩싸인 허공에서 호텔 침대로 떨어진다. 오터른슐라크 박사는 거기까지 꿈을 꾸고 잠에서 깬다. "됐어." 그가 중얼거린다. "이제 지쳤어. 아직도 더 기다려야 해? 아냐, 우리 이젠 그만 끝내자." 그가 일어나 작은 가방을 들고 온다. 주사기를 세척하고 열 개, 아니 열두 개의 앰풀을 깨뜨려 주사기에 넣은 다음에 팔을 씻는다. 팔에는 전에 찌른 주삿바늘로 인해 상처가 많이 나 있다. 그런 다음 그는 기다린다. 그리다가 온몸을 떨기 시작하는데, 양손에서 힘이 모두 빠진 것 같다. 그러더니 사용하지 않은 채로 그가 주사기를 비운다. 은밀하게 사취한 귀한 내용물을 그가 허공에 그냥 흩날려버린다. 목마른 그의 몸에 사용할 수 있는 마지막 남은 한 방울까지 그는 모두 비운다. 그런 다음에 그는 다시 잠자리에 누워 잠이 들어 호텔에서 일어나는 일을 하나도 듣지 못한다.

4시 반 직후에 로나 백작은 야간 도어맨의 전화를 받고 조용히, 눈에 띄지 않게, 대낮과 마찬가지로 화장수 향기를 풍기면서 방을 나온다. 그는 71호실로 가서 사건을 둘러보고, 필요한 조치를 취한다. 떨고 있는 프라이징에게 코냑 한 잔을 주고, 가이거른의 시신 주변에 몰려드는 겨울 파리를 쫓는다. 그러고는 팔짱을 끼고 고개를 숙인 채 15초 정도 서 있는데 마치 기도하는 것처럼 보인다. 같은 귀족인, 탈선한 친구를 위해 정말로 기도를 하는지도 모르는 일이다. 이미 저 사람도 힘들었나 보군, 이라고 생각했을 것이다. 그런 다음 그는 작은 사무실로 내려가 호텔 구역 담당 형사 예디케에게 전화를 한다.

첫번째 청소차가 아스팔트를 쓸며 지나갈 때 코트를 챙겨 입은, '살인 사건 전담반'이라는 스산한 이름의 남자 네 명이 나타난다. 로나가 몸소 승강기를 운전해서 그들을 3층으로 인도한다. 정의의 바퀴가 돌기 시작한다. 호텔 측에서는 소란을 막고, 웬만한 것은 은폐하도록 신중한 처리를 부탁한다……

하지만 그건 불가능한 일이다. 무슨 일이 일어났는지 곧 프레더스도르프에까지 알려진다. 당장에 총회장 사모님이 이 끔찍한 사건에서 남편을 구하기 위해 뇌졸중 환자인 아버지와 함께 베를린에 올 것이다. 남편이 사람을 죽였다는 사실은 끔찍한 일이지만, 그녀는 그것을 이겨낼 수 있다. 하지만 두번째 조사에서 프라이징이 말을 더듬고 땀을 흘리면서 감추려 하지만 인정하지 않을 수 없는 그 지저분한 여자 문제만은 이해할 수도, 용서할 수도 없다.

사망한 펠릭스 벤베누토 아마데이 폰 가이거른 남작에 관해서는 불확실한 것이 많지만 대부분 우호적이다. 아무도, 그랜드 호텔의 어느 누구도 그에 관해 나쁘게 말하지 않는다. 그는 처벌 받을 만한 일도, 의심스러운 일도 없고, 경찰의 요주의 인물도 아니다. 빚이 좀 있고 소형차를 어떻게 마련했는지는(은행에 담보로 잡혀 있었다) 아직 알아내지 못했다. 그렇다고 그것이 그를 불리하게 만들지 않는다. 그는 노름꾼, 호색한으로 가끔 술에 취해 있었지만, 언제나 좋은 사람이었다. 호텔 직원 중에는 조용히 전해진 그의 사망 소식에 우는 사람도 있다. 그의 금빛 담배 케이스를 주머니에 가지고 있는 보이 카를 니스페는 운다. 그는 맨 처음 증인으로 불려가서 남작이 12시 직전에 그의 방에 없었다고 증언한다. 71호실 바로 아래층, 즉 2층 18호실의 여자는 그 비슷한 시각에 무언가 떨어지는 소리를 들었는데, 그 소리에 굉장히 화가 났기 때문에 똑똑히 기억하고 있다. 하지만 12시와 3시 반 사이에 무슨 일이 있었고, 왜 프라이징은 곧장 신고하지 않았는가? 거기에 관해서는 사건의 경위를 보완하는 증인 플람과 크링엘라인의 조심스럽지만 아주 명확한 증언이 있고, 12시경에 벌써 신문에 보도가 되어 시민 프라이징의 삶은 결정적인 타격을 받는다. 프라이징이 주장하는 무기는 전혀 발견되지 않는다. 어떤 총도, 종종 별 볼일 없는 범죄자들이 겁주기 용으로 사용하는 작은 피스톨 같은 것도 찾아볼 수 없다. 그것은 프라이징에게 나쁜 영향을 준다. 이 문제에서 그가 하는 말이 거짓이라면 다른 것 모두 다 의심을 받게 될 것이다. 그의 지갑이 죽은 자의 잠옷에서 발견된다. 하지만 사건을 예리하게 파고드는 검사는 정당방위와 절도 혐의를 만들기 위해서 프라이징 자신이 가이거른의 옷에 지갑을 넣었을 수도 있다고 따진다. 한편 가이거른이 가벼운 권투용 신발 위에다 양말을 신은 사실도 지적된다. 가이거른의 운전기사가 그 층의 실습 룸 메이드한테 준 사진이 예리한 당국에 압수되었고, 적어도 가이거른의 운전기사는 유명한 사기꾼, 혹은 범죄자인 것으로 밝혀진다. 그를 잡으면 좀더 명확한 것을 캐낼 수 있을 것이다. 일단 프라이징은 미결 구치소에 수감되는데, 심한 시력 장애를 겪는다. 그의 눈앞에 가이거른 남작이 계속 나타나는데 쓰러져 죽은 모습이 아니라 아주 선명하고 또렷하게 살아 있는 모습이다. 턱의 흉터, 긴 속눈썹, 땀구멍 하나까지 그와 처음 만났을 때, 전화실에서 마주쳤을 때의 모습 그대로 눈에 선하다. 이 모습을 좇다 보면 눈꺼풀 아래가 붉어지고 그러다가 프라이징은 플램헨, 플람 2, 그녀의 일부분, 자신의 운명이 고꾸라지기 시작한 당시에 총회장의 손에 들어온 잡지 속 사진의 그녀 엉덩이가 눈앞에 나타난다.

대형 호텔의 손님들은 좀 유별나다. 아무도 들어올 때와 똑같이 회전문을 나가지는 않는다. 모범 시민 프라이징은 범죄자로 체포되어 두 사람한테 끌려 나간다. 밝게 빛나던 가이거른을 네 사람이 납품용 층계를 통과해서 조용히, 남모르게 운반한다. 푸른 코트에 고급 장갑을 낀 채 당당한 시선으로 라벤더와 향기로운 영국 담배 냄새를 풍기면서 지나갈 때면 홀 전체를 미소 짓게 만들던 가이거른이다. 크링엘라인과 플램헨은 조사를 마쳤고, 떠나도 된다는 허락을 받는다. 크링엘라인은 왕처럼 절을 받고 팁을 뿌리면서 호텔을 떠난다. 그의 사치는, 다음번의 극심한 고통 발작까지 아마 일주일 이상 가지 못할 것이다.

이 용감한 말기 환자가 새로 힘을 얻고, 모든 예측에도 불구하고 살아남는다는 것이 조금이라도, 혹시라도 가능하지 않을까? 플램헨은 완전히 그렇게 믿는다. 황홀감에 들떠 있는 크링엘라인도 그렇게 믿고 싶다. 그리고 크링엘라인이 얼마나 오래 살 것인지는 그다지 중요한 일이 아니다. 왜냐하면 길게 살든 짧게 살든 인생에서 중요한 것은 그 내용이기 때문이다. 무언가로 충만한 이틀을 사는 것이 텅 빈 40년을 사는 것보다 더 길 수 있다는 것이 기차역으로 가기 위해 플램헨과 함께 차에 오르면서 크링엘라인이 알게 된 지혜이다.

오전 10시, 호텔은 평상시와 다름없는 모습을 보여준다. 청소부는 젖은 톱밥으로 홀을 쓸고, 로나는 못마땅한 얼굴이다. 분수는 춤을 추고, 조식 식당에서는 서류가방을 든 남자들이 검은 시가를 피우면서 사업에 관해 이야기한다. 복도에서는 직원들이 소곤대지만 투숙객들 귀에까지는 들어가지 않는다. 71호실은 경찰에 의해 폐쇄되었고, 양쪽 창문은 서늘한 3월 날씨에도 하루 종일 활짝 열려 있다. 옆방 72호실은 침대가 다시 정리되고 옷장 뒤도 말끔하게 닦였다. 아침 8시에 도어맨 젠프가 부은 얼굴로 출근했는데, 밤새도록 병원의 좁은 복도에 앉아 아내가 밤을 무사히 넘길지 초조하게 기다렸기 때문이다. 젊은 실습생이 전하는 말을 그는 멍하니 들었다. 아침 근무를 위해서 도어맨실로 들어갈 때 그는 거의 쓰러질 정도였다.

"정말이지 머리가 빙빙 돌아." 미안해하면서 그가 말한다. "잠을 못 자면 어떤지 아마 모를 거야. 그런데 필츠하임 형사가 운전기사를 찾아냈어? 필츠하임이 똑똑하다고 내가 항상 말했지! 남작의 기사 놈만 미리 잘 추적했으면 우리 호텔에 먹칠하는 이런 사건은 일어나지 않았을 거야. 22호실에 조식." 웨이터실에다 간간이 소리치면서 그는 우편물을 분리하고 있다. "여기 그 사람 우편물이 있어. 이 편지들을 어떻게 하지? 경찰에 넘겨주나? 아, 네, 안녕하십니까, 박사님, 안녕하시지요?" 그가 오터른슐라크 박사에게 인사한다. 노르스레하고 깡마른 모습에 의안을 한 박사는 라운지를 한 바퀴 돌고 나더니 마호가니 데스크 앞에 와서 걸음을 멈춘다.

"우편물 없나요?" 오터른슐라크가 물었다. 도어맨은 다시 찾아보는데, 일부는 예의상, 일부는 최근 며칠 동안 크링엘라인이 오터른슐라크에게 전하는 쪽지가 있었기 때문이다. "없네요. 오늘은 없습니다, 박사님." 그가 말했다.

"전보는요?" 오터른슐라크가 물었다.

"없습니다, 박사님."

"나를 찾은 사람은요?"

"없습니다. 아직까지는 없습니다."

오터른슐라크가 라운지를 돌아서 매일 앉는 그의 자리로 갔다. 7호 보이가 그를 따라갔고, 웨이터가 커피를 가져다주었다. 오터른슐라크는 의안으로 꽃 진열대에서 꽃을 만지고 있는 판매원을 응시하지만, 그녀를 보는 것은 아니다.

"안녕하십니까, 어서 오십시오." 도어맨이 데스크 앞에 나타난, 시골에서 온 부부에게 말했다. "방요? 있습니다. 70호실이 비었습니다. 좋은 방이죠. 싱글 베드에 욕실이 있습니다. 72호실도 비었는데, 더블베드로 욕실이 없습니다. 오늘, 아니면 내일 그 옆방 71호실도 빌 것 같습니다. 욕실이 있고 정말 좋은 방이죠. 일단 그 옆방에 투숙하시겠습니까? 응? 뭐라고? 잘 안 들려요." 그가 교환실 쪽에다 소리쳤다. "뭐라고? 곧 갈게요. 나 말인데 전화실로 가서 개인 전화를 받아야겠어. 병원에서 전화가 왔대." 그가 게오르기에게 말하고 급히 라운지를 달려가 제2복도를 지나서 전화실로, 교환수가 알려준 4번 부스로 달려갔다.

오터른슐라크 박사가 평소와 마찬가지로 막대기처럼 일어나 도어맨 데스크 앞으로 왔다. "크링엘라인 씨가 아직도 방에 있나요?"

"아뇨. 크링엘라인 씨는 떠나셨어요." 꼬마 실습생이 말했다.

"떠났다고? 그래요? 나한테 남긴 것 없나요?"

"없는데요. 유감스럽게도 없습니다." 실습생이 도어맨한테서 배운 대로 예절을 갖춰 말했다. 오터른슐라크가 몸을 돌려 자리로 돌아갔다. 이번에는 우회하지 않고 라운지를 대각선으로 곧장 걸어갔는데, 그것은 극히 예외적인 일이었다. 그의 곁으로 도어맨이 달려왔는데, 금발의 충직한 하사관 얼굴을 한 그는 엄청난 긴장감으로 땀에 흠뻑 젖어 있었다. 마치 항구에 도착한 사람처럼 도어맨은 데스크 뒤의 자리로 가서 섰다.

"딸이야. 수술로 태어났어. 이제 다 끝났는데 아이 무게가 5파운드야. 이젠 위험하지 않아. 걱정할 것 하나도 없어. 두 사람 모두 아주 건강해"라고 그가 감격해서 말했다. 젖은 눈과 기뻐서 빛나는 얼굴로 그가 모자를 벗었다가 로나가 유리 칸막이 너머로 쳐다보자 곧 모자를 다시 썼다.

시골에서 온 부부는 승강기를 타고 72호실로 올라갔다. 욕실은 없는 더블베드 룸인데 아직도 플램헨의 제비꽃 분향기가 났다.

"창문을 열어요." 아내가 말했다.

"공기 좀 바꿔야겠네." 남편이 말했다.

라운지에서는 오터른슐라크 박사가 앉아서 혼잣말을 하고 있다. "끔찍스러운 일이야." 그가 중얼거린다. "항상 똑같아. 아무 일도 없어. 끔찍스럽게 혼자야. 지구는 죽은 별이야. 온기가 남아 있질 않아. 크루아루스 언덕에는 92명의 군인들이 매몰되어 묻혔지. 아마 나도 그들 중의 하나로, 전쟁이 끝나고도 거기서 그들 사이에 있는지도 몰라. 나는 죽었는데 그걸 모르고 있는 거야. 이 거대한 쓰레기장에 제발 무슨 일이라도 터지면 좋으련만! 그런데 아무 일도, 아무런 일도 없어. 떠났다고? 잘 가게, 크링엘라인 씨. 통증 치료에 좋은 것을 내가 주려고 했는데. 그런데 저런, 인사도 없이 떠나버렸어. 빌어먹을. 들어오고 나가고, 들어오고 나가고, 들어오고 나가는구나."

하지만 마호가니 데스크 뒤에서 꼬마 게오르기는 소박하고 지극히 평범한 생각에 빠져 있다. '이 호텔 돌아가는 것을 보면 정말 대단해'라고 그는 생각한다. '엄청난 곳이야. 계속 무슨 일인가 일어나지. 어떤 사람은 체포되고, 어떤 사람은 살해되고, 어떤 사람은 떠나고, 또 어떤 사람은 들어오지. 한 사람이 들것에 실려 뒤쪽 계단으로 나가는데, 동시에 다른 사람은 아이가 태어났단 소식을 들어. 정말이지 흥미로운 곳이야. 하지만 원래 인생이 그런 거야.'

오터른슐라크 박사는 라운지에 앉아 있다. 돌처럼 굳어진 고독과 죽음의 형상이다. 그는 지금 단골 자리에 앉아 있다. 납으로 만든 노란 손을 늘어뜨린 채 의안으로 밖의 거리를 내다본다. 거리에는 햇살이 가득하지만 그는 그것을 볼 수 없다.

회전문이 돈다. 돌고, 돌고, 돈다……

그랜드 호텔, 다양한 인생이 마주치는 곳

바이마르공화국(1919~1933)

제1차 세계대전의 막바지인 1918년 11월 7일 북독일의 항구 도시 킬에서는 수병들이 폭동을 일으켰다. 11월 혁명이라 불리는 이 사태로 황제 빌헬름 2세는 폐위되어 네덜란드로 망명했고 11월 11일에 독일은 휴전 협정에 조인했다. 패전과 함께 봉건 왕정이 무너졌고, 그다음 해 8월 11일에 새 정부 바이마르공화국이 출범했다. 바이마르공화국이라는 이름은 이 공화국의 헌법이 괴테와 실러의 도시인 바이마르에서 제정되었기 때문이다. 초대 대통령은 사민당(SPD)의 프리드리히 에버트(Friedrich Ebert, 1871~1925)였다. 독일 최초의 민주제 연방국인 이 공화국의 생명은 너무도 짧았다. 바이마르공화국은 화폐, 세제, 철도 개혁에서 성공을 거두고 외국 자본, 특히 미국의 원조에 힘입어 대공업국으로 도약을 이루었지만 유례없는 인플레이션과 극좌와 극우의 갈등, 소요와 피업에디 1929년의 세계 경제공황을 맞아 중산층까지도 나치당 지지로 기울었다. 1933년 1월에 히틀러가 총통에 즉위하자 결국 바이마르공화국은 역사의 뒤안길로 사라지고 말았다.

하지만 14년밖에 존속하지 못한 이 공화국의 시대만큼 엄청난 도약과 변화를 겪은 시대는 독일 역사상 찾아볼 수 없다. 수도 베를린은 1925년에는 인구 수가 4백만에 달했다. 일자리를 찾아서 모여든 사람들로 넘쳐났고, 여성들에게도 자기 계발과 발전의 가능성이 처음으로 활짝 열린 시대였다. 대기업과 콘체른이 생겨나 젊은 여성들은 공장이나 마켓에서 사무실로 이동하기 시작했다. 투표권을 갖게 된 여성들은 첫번째 선거에서 80퍼센트가 투표에 참여했다. 문화면에서도 황금기라고 불릴 정도로 화려한 꽃을 피웠는데, 대형 출판사가 줄지어 생기고 영화 산업이 융성하고 신문, 잡지 등의 대중매체가 대중의 마음을 사로잡았다. 바이마르공화국에서 독일의 대중문화가 화려하게 꽃피기 시작한 셈이다.

1917년 우파(UFA)영화사의 설립 이후 독일 영화는 종사 인원이 2천5백 명에 달할 정도였고, 1923년 한 해에만 253편의 영화가 제작되어 할리우드의 102편과 대조를 이루었다. 독일의 무성영화는 대량으로 할리우드로 수출되었다. 로베르트 비네의 「칼리가리 박사의 밀실」(1920), F. W. 무르나우의 「노스페라투」(1922), G. W. 팝스트의 「판도라의 상자」(1929), 스턴버그의 「푸른 천사」(1930, 마를레네 디트리히 주연) 등은 현재도 영화사에서 중요한 위치를 차지하고 있다. 「판도라의 상자」의 룰루와 「푸른 천사」의 롤라롤라가 보여주는 여성의 성적 분방함은 남성들을 파괴시키고 죽음으로 끌고 가는 무서운 힘으로, 소위 남성의 구원자 혹은 뮤즈로서의 전통적인 여성 이미지와 반대되는 것이었다. 룰루 역의 루이제 브룩스가 보여준 검은 단발의 강렬한 팜파탈의 이미지나 점잖은 교사를 쇼 단의 광대로 만든 마를레네 디트리히의 매력은 치명적인 것이었다.

새로운 여성 작가의 등장

　여성 문학은 독일에서 중세 수녀원을 중심으로 시작되어(힐데가르트 폰 빙엔, 메히트힐트 폰 막데부르크) 오랫동안 상류층 여성의 전유물이었다. 일반 여성들에게는 교육의 기회가 주어지지 않았기 때문이다. 몇 안 되는 여성 작가들은 지식인, 또는 작가의 아내(카롤리네 프리데리케 노이버, 빅토리아 고트셰트, 베티나 폰 아르님), 혹은 연인(조피 폰 라 로쉬, 카롤리네 슐레겔-셸링)이었다. 이들의 글은 주로 신앙 고백, 결혼 이야기, 가정사, 여행기 등으로 여성적 미덕을 강조하는, 계몽적이며 교육적인 것이 대부분이었다. 중산층 여성들이 글을 쓰기 시작한 것은 19세기 말에 여성해방운동이 시작되면서부터이다. 하지만 이들의 글쓰기는 문학적인 욕구에서 시작된 것이라기보다는 사회변혁의 한 수단, 시민운동의 일환이었다. 이들의 용감한 사회 비판과 요구에 몇몇 남성 지식인들은 여성 작가들을 위험한 존재라고 부르기까지 했다. 그래서 몇몇 여성 작가들은 가명, 혹은 남성의 이름으로 글을 쓰기도 했다. 19세기 후반에 출생한 루 안드레아스 살로메, 리카르다 후흐, 엘제 라스카 쉴러 등이 그 선구적인 작가들이다.

　세계대전을 겪고 나서 여성들의 사회 활동은 눈에 띄게 늘어났다. 여성들은 이른바 3K(Küche, Kirche, Kinder/ 부엌, 교회, 아이들)라고 불리는 전통적인 여성 공간에서 나와 사회에 뛰어들기 시작했다. 여성의 대학 입학이 허용되고 백 명 이상의 여성들이 국회로 진출했다. 리카르다 후흐는 독일에서 대학 입학이 허용되지 않자 스위스로 가서 대학 공부를 하고 여성 최초의 철학박사가 되었다. 로자 룩셈부르크, 클라라 체트킨 같은 사회주의 여성운동가들도 등장했다.

여성 독자들의 전폭적인 관심 속에서 베스트셀러 여성 작가들도 등장했다. 시나 희곡보다는 소설에서 인기를 모은 텍스트들이 쏟아져 나왔고, 이들 독자의 대부분은 여성이었다. 바이마르공화국 시대의 대표적인 여성 작가는 비키 바움(Vicki Baum, 1888~1962), 이름가르트 코인(Irmgard Keun, 1902~1982), 마리루이제 플라이서(Marieluise Fleißer, 1901~1974), 일제 랑그너(Ilse Langner, 1899~1987) 등을 손꼽을 수 있다. 이른바 이들 신여성 작가들은 글쓰기뿐 아니라 개인사에서도 파격적인 행보를 보여주었다. 바이마르 시대의 여성 작가들은 그들 자신이 전통적 여성상에서 벗어나 있었다. 비키 바움은 음악 학교에서 고등교육을 받았고 하프 연주자로 활동했으며 신문사, 출판사에서 일했다. 도서 시장에 여성 작가들의 아름다운 모습이 홍보를 위해 사용된 것도 이때부터이다. 영화 「그랜드 호텔」의 성공 이후 비키 바움은 그레타 가르보의 이미지와 연결되어 대중 속에 자리 잡았다.

비키 바움과 『그랜드 호텔』

비키 바움Vicki Baum(본명은 헤트비히 바움Hedwig Baum)은 1888년 1월 24일 오스트리아 빈의 부유한 유대인 가정에서 출생했다. 어려서부터 문학적 재능을 보였던 그녀는 음악 학교를 졸업한 후 오케스트라의 하프 주자로 활동했고, 1913년에 독일로 이주하여 다름슈타트의 호프테아터에서 연주자로 활동했다. 잡지사와 출판사에서 일하면서 작가 활동을 시작했는데 특히 울슈타인 출판사의 집중적인 후원 아래 인기 작가로 부상했다. 1906년 결혼한 신문기자인 막스 프렐스Max Prels와 1913년에 이혼 후 1916년에 지휘자 리하르트 레르트Richard Lert와 재혼, 1933년 나치 집권 후 미국으로 이주했다. 1938년에 미국 시민이 되어 할리우드에 살면서 파라마운트 픽처스와 MGM에서 시나리오 작가로 일했다. 최초의 베스트셀러 작품은 『화학도 헬레네 빌퓌어Stud. Chem. Helene Willfür』지만, 바움을 국제적인 명성의 인기 작가로 만든 것은 40대 초반에 발표한 『그랜드 호텔Menschen im Hotel』(원제는 호텔 사람들)이다.

바움이 특히 관심을 가진 것은 성적으로 해방된 자립적인 여성, 소위 신여성, 모던 걸이었다. 바움은 많은 장편과 중편소설 외에 영화 시나리오와 희곡도 썼는데 대부분의 소설이 외국어로 번역되었다. 그녀는 대표작 『그랜드 호텔』 외에도 『비밀 없는 삶Leben ohne Geheimnis』(1932), 『발리에서의 사랑과 죽음Liebe und Tod auf Bali』(1937), 『마리온은 살아 있다Marion lebt』(1941), 『운명의 비행Schicksalsflug』(1947), 『진흙 속 수정Kristall im Lehm』(1953) 등을 썼으며 1960년 로스앤젤레스에서 사망했다.

바움은 십대 때부터 『그랜드 호텔』의 아이디어를 갖고 있었다고 한다. 그녀가 하프를 연주한 어느 작은 음악회에 아마추어 남성 합창단이 함께 출연했는데, 거기서 작고 여윈 테너 솔로 가수가 그녀의 눈에 띄었다고 한다. 바움은 그 남자는 어떤 생활을 할까라는 상상을 오랫동안 하게 되었고, 불행한 결혼 생활을 하고 있으며, 위암을 앓고 있어서 죽음이 임박한 탓에 모은 돈을 죽기 전에 일주일 동안 다 써버리기로 작정한 어느 중년 남자에 관한 글을 써볼 생각을 하게 되었다고 한다. 20여 년 후에 『그랜드 호텔』을 쓰기 시작하면서 이 남자는 말단 경리 직원 오토 크링엘라인으로 모습을 드러내게 되었다. 내리막길의 발레리나인 그루진스카야의 모델은 같은 러시아 출신의 발레리나 안나 파블로바였는데, 바움은 파블로바의 공연을 베를린에서 직접 관람한 적이 있다. 도둑질하기 위해 호텔의 벽을 올라간 남작의 이야기나 비서와 바람을 피우다 범죄에 휘말린 중소기업의 사장 이야기는 당시 신문에 유사한 사건이 보도된 적이 있었다고 한다. 이처럼 『그랜드 호텔』에는 로맨스와 범죄가 섞여 있다.

『그랜드 호텔』은 처음에는 울슈타인 출판사의 주간지 『베를리너 일루스트리어테 차이퉁Berliner Illustrierte Zeitung』에 연재되었다. 14회에 걸친 연재 후 1929년에 단행본으로 출간되어 1931년까지 5만 6천 부가 판매되었고, 20여 개국의 언어로 번역되었다. 소설의 인기에 힘입어 연극 무대에서도 1930년 1월 16일부터 3월 26일까지 막스 라인하르트와 구스타프 그륀트겐스의 연출로 70회 공연되었다. 뉴욕의 연극 무대에서는 더욱 성공을 거두어 459회 공연을 기록했다. 그러다가 1932년에 영화화되어 (그레타 가르보, 조앤 크로포드, 라이오넬 베리모어 출연/ 제5회 아카데미 최우수 작품상 수상) 세계적인 명성을 얻게 되었다. 바움은 작품을 빨리 완성하는 작가여서 소설 한 편에 3개월 이상 걸리지 않았다고 한다. 영화 개봉 이후 대형 출판사의 마케팅까지 가세해 바움은 과거 어느 여성 작가도 누리지 못한 부를 누리게 되었다.

대중 소설과 여성 독자의 등장

주간지 『베를리너 일루스트리어테 차이퉁』은 1891년에 창간되어 1920년대 후반부에는 2백만 부에 육박하는 판매 부수를 기록하고 있었다. 1920년대에 이미 신간을 비행기로 수송할 정도였다고 하니 그 인기가 실로 대단했다고 할 수 있다. 『베를리너 일루스트리어테 차이퉁』을 발간하는 울슈타인 출판사는 화보가 많이 들어 있는 주간지뿐 아니라 1마르크짜리 '울슈타인 소설 시리즈'를 창안해 대중문화를 선도했다(울슈타인 출판사는 히틀러 집권 후 나치의 프로파간다에 이용되었고, 1956년에 독일 최대의 미디어 그룹 악셀 슈프링어에 합병되었다).

바이마르 시대는 바야흐로 문학이 본격적으로 대중화, 상업화하기 시작한 시대였다. 소설을 읽는 여성 독자들이 급속하게 늘어나면서 '여성을 위한 소설'이라 불리는 여성소설(Frauenroman)이라는 독특한 장르까지 등장했다. 문학이 과거에 일부 지식층의 소유였던 것과 달리 전업 작가들이(대부분 여성) 대중을(대부분 여성) 염두에 두고 쓴 오락성 강한 소설을 일컫는 여성소설들은 여성 독자들의 많은 사랑을 받았다. 1970년대 이후에는 로볼트Rowohlt, 바스타이Bastei를 위시한 출판사에서도 이 장르의 소설을 독립시켜서 소위 '여성소설 시리즈'까지 만들게 되었다. 이후 여성소설은 서점에서 역사소설, 스릴러, 아동소설, 청소년소설 등과 함께 소설의 중요한 하위 장르로 자리매김되었다.

『그랜드 호텔』은 출간 이후 오랜 기간 대중문학(Trivailliteratur), 혹은 오락문학(Unterhaltungsliteratur)으로 저평가되었다. 쉽고, 가볍게 소비되는 문학을 일컫는 이런 명칭은 이른바 고급 문학(Hochliteratur)에 대치되는 것이다. 고급 문학이라면 독문학사에서 레싱, 괴테, 실러, 횔덜린, 하이네, 폰타네, 토마스 만, 카프카, 헤세, 브레히트, 츠바이크, 바흐만, 프리쉬, 뒤렌마트, 뵐, 그라스, 한트케, 옐리네크 등을 칭하지만, 고급 문학과 저급 문학 사이의 명확한 경계는 없다. 요즘은 이런 구분이 의미 없는 것이 되어버렸다.

『그랜드 호텔』이 대중/오락문학인가 아니면 고급 문학인가 하는 질문은 현재로서는 의미 없어 보인다. 대중/오락문학이라고 부를 수 있다면 무엇보다도 이 소설이 주간지의 연재소설로 시작된, 대중문화가 꽃피기 시작한 20세기 초반의, 대중을 크게 의식한 소설이며 대형 출판사의 집중적인 광고 지원과(당시로서는 새로운 시도였다) 영화화되어(그것도 할리우드 대스타들이 출연한) 상업적인 성공을 거둔 소설이라는 점이 지적될 수 있다. 하지만 이런 식의 마케팅은 요즘 일상적일 뿐이다. 『그랜드 호텔』은 대중/오락소설이 갖는 일반적인 특징, 예컨대 감상성, 관능성, 판에 박힌 인물 설정, 현실에 대한 허상, 현실 도피와 거리가 있다. 무엇보다도 감상성 거부, 현실에 대한 가감 없는 서술이라는 점에서 대중/오락소설의 일반적인 형태와는 차이가 있다. 21세기에 이르러 예술에서 장르는 서로 혼재하고, 사조 역시 단순하게 파악할 수 없는 것이 되어버렸다.

문학사의 맥락에서 본다면 『그랜드 호텔』은 1920년대에 독일에 등장한 신즉물주의(Neue Sachlichkeit)의 영향을 받은 일종의 시대/사회소설로 볼 수 있다. 독일 사실주의 문학(테오도어 폰타네)이 변용(Verklärung)을 내세워 현실의 낭만화에 빠졌던 것과는 달리 20세기 초반의 신즉물주의 작가들은 주관화와 내면화를 거부하고 현실에 대한 객관적인 서술과 비판에 관심을 가졌다. 대표적인 소설로는 알프레트 되블린(Alfred Doblin, 1878~1957)의 『베를린 알렉산더 광장Berlin Alexanderplatz』(1929)이 널리 알려져 있다. 대도시소설로 불리는 되블린의 이 소설은 1920년대의 대도시 베를린의 이면을 전과자 비버코프의 삶을 통해 보여주고 있다. 같은 계열로 여성 작가의 소설로는 마리루이제 플라이서(Marieluise Fleißer, 1901~1974)의 『밀가루 외판원 프리다 가이어Mehlreisende Frieda Geier』(1931)와 이름가르트 코인(Irmgard Keun, 1905~1982)의 『길기, 우리들 중의 하나Gilgi, eine von uns』(1931)를 꼽을 수 있다. 코인의 『길기』는 꿈을 좇는 사무실 여직원 길기(기젤라)의 생활을 보여준다. 길기는 구술하는 사장의 편지를 타자하면서 소설 속의 여주인공 같은 삶을 꿈꾼다. 아침마다 체조로 몸 관리를 하고, 외국어를 배우러 다니면서 멋진 남자를 만나 사랑하고, 파리나 런던으로 여행을 하고, 부유한 결혼 생활을 누리게 되는 꿈을 꾼다. 하지만 길기는 무기력한 남자를 만나 사랑에 빠지면서 꿈에서 멀어져 간다.

패전 후 독일 직장 여성들의 숫자는 대폭 늘어나 사무직의 3분의 1이 여성들로, 그 숫자가 140만에 달했다. 대부분 전화교환원, 속기사, 비서직 같은 단순직으로, 길기나 『그랜드 호텔』의 플램헨이 그런 여성들이다. 플램헨은 속기사로 일하면서 거의 알몸으로 광고 사진 모델 일을 하고 종종 부자들의 여행 파트너로 돈을 벌고 있다. 그녀의 꿈은 영화배우가 되는 것이지만 그 꿈은 요원해 보인다.

『그랜드 호텔』은 여섯 명의 인물들이 최고급 호텔에서 6일 동안 묵는 이야기를 통해 화려한 외양과는 달리 피폐하고 불안한 대도시 베를린의 삶을 보여준다. 로맨스와 범죄가 섞인 이 소설은 오락성이 강한 데다, 출판사의 광고 전략에 힘입었을 뿐만 아니라 특히 할리우드에서 영화화되면서 상업화에 성공했다.

『그랜드 호텔』에서 가난한 귀족은 호텔의 매니저 혹은 도둑이 되고, 내리막을 걷고 있는 발레리나는 자살을 생각한다. 밤마다 발레가 공연되고, 술집에서는 노름꾼들이 모여들어 일확천금을 꿈꾼다. 제1차 세계대전에서 한쪽 얼굴을 잃은 의사는 모르핀에 빠져든다. 방직 공장의 사장은 속임수 경영을 시도하고 출장길에 젊은 여자를 돈으로 산다. 죽음을 앞둔 그 회사의 말단 직원은 가지고 있는 돈을 모두 인출해 일탈을 꿈꾼다. 그리고 그 가운데 속기사이자 광고 모델, 섹시 걸 플램헨이 있다.

신여성, 모던 걸

윌리엄 A. 드레이크(William A. Drake, 1899~1965)가 대본을 쓴 영화 「그랜드 호텔」은 악덕 고용주인 프라이징과 그에 맞서는 노동자 크링엘라인의 대결에 집중하고 있다. 영화에는 20세기 초반의 베를린의 풍경이나 시대상은 찾아볼 수 없고, 시간과 공간을 넘어 대도시의 고급 호텔을 드나드는 다양한 인간상에 초점을 맞추고 있다. 하지만 소설에서는 베를린의 중심가와 유흥가를 실명으로 소개하면서 20세기 초반 수도 베를린의 모습을 꼼꼼하게 전하고 있다. 대극장에선 발레가 공연되고 있지만 관객이 없다. 젊은이들은 영화에 빠져 있고, 프라이징 사장의 어린 딸까지 영화배우가 되는 것이 꿈이다. 밤이면 사교춤, 도박, 자동차 경주가 열리고, 호텔 로비에는 기업가들이 모여서 불법적인 사업 확장을 의논한다. 호텔방에서는 전쟁터의 부상자가 마약을 주사하고, 한물 간 발레리나는 자살을 시도한다.

소설에서 스토리는 두 개의 커다란 선을 따라서 진행된다. 하나는 발레리나 그루진스카야와 빈털터리 가이거른 남작의 범죄가 은폐된 러브라인이고, 다른 하나는 플램헨이라는 젊은 여성을 가운데 둔 사장 프라이징과 그 회사의 말단 직원 크링엘라인 간의 충돌이다. 영화든 소설이든 그루진스카야와 플램헨이라는 두 여성의 매력이 대중의 관심을 모았는데, 영화에서 대스타 그레타 가르보가 연기한 그루진스카야에게 관객의 관심이 더 집중되었던 것과는 달리, 소설에서는 연재 당시 최첨단의 여성 플램헨이 인기가 높았다. 그녀는 새롭게 등장한 신여성이었다.

독일에서는 제1차 세계대전의 패전 이후 대도시의 예술계를 중심으로 이른바 신여성이라 불리는 여성들이 등장했다. 코르셋이 사라지고 무릎까지 오는 스커트에 블라우스와 직선적인 실루엣, 단발, 진한 립스틱이 유행을 주도했다. 눈썹까지 내려오는 모자, 인조 진주나 색유리 비즈 등을 이용한 긴 목걸이도 유행했다. 자신을 희생하여 남성을 구원하는 괴테의 그레트헨(『파우스트』)이 되기를 거부하고 자유로운 삶을 모색하는 여성, 담배를 피우고 복싱을 하는 여성들까지 나타났다. 일부 지식층과 예술가들 사이에서 처음 등장한 이들 '해방된' 여성들은 중산층의 젊은 여성들에게도 영향을 끼쳤다. 노동자의 딸들은 대개 단순 노동에 종사하면서 남성에 훨씬 못 미치는 급료를 받기 때문에 어두운 현실에 갇혀 있었지만(1926년 통계에 따르면 월 평균 생계비가 175마르크인데 직장 여성의 월 평균 임금은 세금 포함 146마르크였다), 그럼에도 불구하고 화려한 허상을 좇아 도시의 직장 여성으로 변신을 시도했다. 걸girl이라 불리는 젊은 여성층이었다. 무엇보다도 큰 변화는 여성들이 자신의 육체, 섹슈얼리티를 발견한 일로, 1901년에 천 명 중 21명이었던 이혼율은 1925년에는 62명으로 급격히 증가했고, 가임 여성의 50퍼센트가 (법으로 금지된) 임신중절의 경험을 갖게 되었다.

『그랜드 호텔』의 플램헨은(플람의 애칭으로, 처음에는 플람 2로 소개된다) 이런 걸 중의 하나로, 같은 속기사 직업을 가진 의붓언니 플람 1과 달리 어디서나 남성들의 시선을 모으는 완벽한 몸매와 화려한 외모의 주인공이다. 배우 지망생인 그녀는 프라이징 사장의 아르바이트 속기사로 그랜드 호텔에 등장한다. '강아지, 혹은 고양이를 연상시키는' 플램헨은 본인의 말에 따르면 '사무실에서 근무하기에는 넘치는 외모 때문에' 헐값으로 광고 사진의 모델도 하고 부자들의 여행 파트너가 되기도 한다. 그랜드 호텔에 등장하자마자 그녀는 잘생긴 가이거른 남작에게 관심을 쏟지만, 남작이 연상의 발레리나에게 빠져 있는 것을 발견하자 곧 그를 단

넘하고 프라이징 사장에게 집중한다. 그러면서 자신의 그런 행동이 오로지 돈 때문임을 인정한다.

프라이징 사장은 회사의 합병 시도가 무산되어 속기사가 필요 없게 되었지만 플램헨의 매력에 푹 빠져 천 마르크에다 의상비도 얹어준다는 조건으로 플램헨과 런던 여행을 계획하고, 비밀의 문이 있는 옆방에다 그녀를 투숙하게 한다. 그날 밤 두 사람은 한 침대에서 만나게 되지만, 프라이징의 서툰 손길에 플램헨은 '마치 재주 없는 치과 의사에게 치아를 맡긴' 기분이다. 반면 프라이징은 플램헨이 막상 옷을 벗으니 '잡지의 사진과 다르다'고, '요염하지 않다'고 불평한다. 그런데 그 순간 돈을 훔치러 들어온 가이거른 남작이 낸 소리가 들리고, 프라이징은 실수로 가이거른 남작을 살해하게 된다.

바움의 『그랜드 호텔』은 패전과 정치적 대변혁, 그에 따른 가치관의 변화, 여성주의 물결과 여성의 사회 진출, 대중문화, 특히 할리우드 영화에 대한 열광을 겪던 바이마르공화국, 그 안에서도 특히 플램헨이라는 새로운 여성의 모습을 보여준다. 신여성, 혹은 걸, 모던 걸이라 불리는 그녀는 스스로 운명을 개척해나가고자 하는 독립적인 여성이고, 그런 점에서 여성해방의 선구자처럼 보이기도 한다. 그런 점에서 보수적인 독자들로부터 비판의 대상이 되기도 했다.

마지막 장면

그런데 신여성 플램헨을 보여주던 바움은 마지막 장면에서 가부장적인 여성상으로 되돌아간다. 처음에 플램헨이 프라이징 사장의 속기사로 그랜드 호텔에 등장했을 때, 호텔 직원들은 그녀를 콜걸로 보고 객실로 올려보내지 않았다. 그 정도로 유난한 모습이었다. 하지만 플램헨은 자신의 인생을 스스로 책임지고, 운명을 개척하여 꿈을 이루고자 하는 당찬 여성으로, 자신이 가진 성적 매력이야말로 큰 재산임을 알고 있었다. 그렇기 때문에 누드모델을 하고 부자들의 여행 파트너 역할을 하면서도 플램헨에게 도덕적인 갈등 같은 것은 찾아볼 수 없었다. 그녀의 태도는 1970년대 페미니스트들의 '내 몸은 나의 것'이라는 슬로건을 상기시킨다.

그랬던 플램헨이 살인 사건의 현장에서 크링엘라인의 방으로 피신한 후 전과는 전혀 다른 태도를 취한다. 살인의 현장에서 플램헨은 애지중지하는 구두를 챙겨 들고 거의 알몸으로 크링엘라인의 방으로 달려가 구원을 청한다. 크링엘라인은 '열일곱 살 소년의 [……] 엄청난 사랑으로' 그녀를 '기적으로' 받아들이고 그녀에게 살인 현장에서의 알리바이를 만들어준다. 크링엘라인에게 플램헨은 자신을 '팔지 않고 스스로 내어준다'. 그리고 스스로를 내어주는 일이 '무언가 엄청난 것, 전율, 최상의 완성'이라는 것을 깨닫는다. 돌연한 각성이 일어난다. 그녀는 엄마가 '아기에게 젖을 물리듯이' 크링엘라인을 품안에 끌어안는다. 플램헨은 모성을 구현하면서 거의 성모(聖母)의 이미지까지 도달한다.

그러나 현실을 직시하면 플램헨에게 달라진 것은 없다. 프라이징과 계획했던 런던 여행 대신 파트너를 바꿔서 크링엘라인과 파리로 떠나는 것뿐이다. 크링엘라인으로 말하자면 프라이징 사장 같은 비도덕적 인간은 아니지만 남성으로서 프라이징보다 결코 더 매력 있는 존재가 아니다. 크링엘라인과의 동반 여행을 그녀가 받아들이는 데에도 그가 가진 돈은 큰 역할을 한다. 플램헨은 이번 여행에서 프라이징의 경우와는 다른 차원의 과제까지 기꺼이 받아들이는데, 그것은 즐거움을 주는 여행 파트너 역할뿐만 아니라 절망에 빠진 크링엘라인의 보호자, 상담자, 구원자로서의 역할이다. 이 역할은 전통적인 여성의 역할로, 시대를 앞서가며 가부장적 성 질서를 무너뜨리는 모던 걸의 모습은 이제 사라지고 없다. 플램헨은 결국 어머니, 또는 구원자라는 이상적인 과거의 여성상으로 되돌아간 것이다. 이것이 아마 1세기 전 베스트셀러 여성 작가가 가졌던 사고의 한계이리라.

1888   오스트리아 빈에서 아버지 헤르만 바움과 어머니 마틸데 도나트
        사이에서 출생.

        본명은 헤트비히 바움Hedwig Baum.

1902   학생 시절부터 단편소설을 씀.

1904~10 음악 대학을 다님. 빈 심포니 오케스트라에서 하프 연주자로 활동.

1906~10 저널리스트인 막스 프렐스Max Prels와 결혼 후 음악가뿐 아니라 저
        널리스트로도 활동.

        남편이 바움의 단편소설들을 자신의 이름으로 베를린의 문학 잡지
        에 보낸 것이 계기가 되어 작가 활동 시작. 초기에 바움은 글쓰기
        를 진지하게 생각하지 않았다고 함.

1912~16 다름슈타트 호프테아터의 하프 연주자로 활동. 막스 프렐스와 이
        혼.

1916   지휘자 리하르트 레르트Richard Lert와 재혼, 두 아들 출산.

        연주자라는 직업을 포기하고 저널리스트, 작가로 활발히게 활동.

하노버, 만하임, 베를린에 거주.

1926~32   베를린의 잡지사에서 일함.

1928   소설 『화학도 헬레네 빌퓌어 _Stud. Chem. Helene Willfür_』로 큰 성공을 거
둠. 1931년까지 모두 10만 부가 팔림. 이 소설은 당시 유행하는 이
른바 '신여성'이 주인공인 소설들 중에서 독일어권 최고 판매 부수
를 기록함. 높은 교육을 받은 뒤 남성 중심의 사회에서 적극적으로
활동하는 여주인공의 자의식과 자존감을 통해 바이마르공화국의
성공적인 현대 여성상을 보여주었음.

1929   3개월 만에 『그랜드 호텔 _Menschen im Hotel_』을 완성. 1920년대 말 베
를린 최고 호텔 투숙객들의 삶을 보여주는 이 소설의 사실감을 위
해서 바움은 4주 동안 호텔의 룸 메이드로 일함. 소설이 영어로 번
역되면서 바움은 국제적인 명성을 얻게 됨.
울슈타인 출판사가 계속 출간하는 바움의 소설들이 여성 독자들로
부터 열렬한 환영을 받음. 37편의 소설과 희곡, 시나리오를 계속
발표하면서 명성을 이어감.

1930   『그랜드 호텔』이 1월 16일에 베를린에서 당대 최고의 연출자인 막
스 라인하르트 연출로 무대에 올려짐. 이 연극은 유럽, 북미에 소
개되었고 브로드웨이에서 큰 성공을 거둠.

1931   『그랜드 호텔』의 영화화 작업을 위해 뉴욕과 할리우드로 감. 에드
먼드 굴딩이 감독을, 그레타 가르보가 여주인공역을 맡은 이 영화
가 아카데미 최우수 작품상을 수상함.

1932   가족과 함께 캘리포니아로 이주. 『비밀 없는 삶 _Leben ohne Gebeimnis_』
발표.

1932~46   파노라마 영화사, MGM에서 시나리오 작가로 일하는 한편 작가

활동도 병행.

1935   유대인이란 이유로 나치 정권에서 출판 금지가 내려져 바움의 독
        일어 서적은 네덜란드 암스테르담에서 출간됨. 이집트, 멕시코, 중
        국, 발리 등 많은 여행을 함.

1937   『발리에서의 사랑과 죽음Liebe und Tod auf Bali』으로 『그랜드 호텔』이
        후 두번째로 큰 성공을 거두고, 뒤를 이어 『상하이의 폭탄Bomben
        über Shanghai』 『완전 매진Der große Ausverkauf』을 발표함.

1938   미국 국적 취득.

1941   『마리온은 살아 있다Marion lebt』 발표.

1947   『운명의 비행Schicksalsflug』 발표.

1953   『진흙 속 수정Kristall im Lehm』 발표.

1959   『그랜드 호텔』이 막스 라인하르트의 아들 고트프리트 라인하르트
        감독에 의해 독일에서 영화화됨.

1960   8월 28일 로스앤젤레스에서 세상을 떠남.

1962   사후에 자서전 『전부 전혀 달랐다Es war alles ganz anders』 출간.

기획의 말

'대산세계문학총서'를 펴내며

2010년 12월 대산세계문학총서는 100권의 발간 권수를 기록하게 되었습니다. 대산세계문학총서의 발간은 앞으로도 계속될 것이고, 따라서 100이라는 숫자는 완결이 아니라 연결의 의미를 지니는 것이지만, 그 상징성을 깊이 음미하면서 발전적 전환을 모색해야 하는 계기가 된 것은 분명합니다.

대산세계문학총서를 처음 시작할 때의 기본적인 정신과 목표는 종래의 세계문학전집의 낡은 틀을 깨고 우리의 주체적인 관점과 능력을 바탕으로 세계문학의 외연을 넓힌다는 것, 이를 통해 세계문학을 바라보는 우리의 시각을 전환하고 이해를 깊이 해나갈 수 있도록 한다는 것이었다고 간추려 말할 수 있습니다. 그리고 궁극적으로는 우리의 인문학을 지속적으로 발전시켜나갈 수 있는 동력이 될 수 있기를 희망하는 것이었습니다. 이러한 기본 정신은 앞으로도 조금도 흐트러지지 않고 지켜나갈 것입니다.

이 같은 정신을 토대로 대산세계문학총서는 새로운 변화의 물결 또한 외면하지 않고 적극 대응하고자 합니다. 세계화라는 바깥으로부터의 충격과 대한민국의 성장에 힘입은 주체적 위상 강화는 문화나 문학의 분야에서도 많은 성찰과 이를 바탕으로 한 발상의 전환을 요구하고 있습니다. 이제 세계문학이란 더 이상 일방적인 학습과 수용의 대상이 아니라 동등한 대화와 교류의 상대입니다. 이런 점에서 대산세계문학총서가 새롭게 표방하고자 하는 개방성과 대화성은 수동적 수용이 아니라 보다 높은 수준의 문화적 주체성 수립을 지향하는 것이며, 이것이 궁극적으로 한국문학과 문화의 세계화에 이바지하게 되리라고 믿습니다.

또한 안팎에서 밀려오는 변화의 물결에 감춰진 위험에 대해서도 우리는 주의를 게을리하지 말아야 할 것입니다. 표면적인 풍요와 번영의 이면에는 여전히, 아니 이제까지보다 더 위협적인 인간 정신의 황폐화라는 그늘이 짙게 드리워져 있는 것이 사실입니다. 대산세계문학총서는 이에 대항하는 정신의 마르지 않는 샘이 되고자 합니다.

'대산세계문학총서' 기획위원회